나쓰메 소세키 평전

도가와 신스케 지음 | **김수희** 옮김

일러두기

1. 이 책은 국립국어원 외래어 표기법에 따라 외국 지명과 외국인 인명을 표기하였다.

2. 본문 중, 역자 주로 표기된 것 외에는 모두 저자의 주석이다.
   *역자 주
   예) 일본우선日本郵船(1885년 창립된 선박회사로 미쓰비시 재벌의 중핵 기업이자 일본 3대 해운회사 중 하나 - 역자 주)

3. 서적 제목은 겹낫표(『』)로 표시하였으며, 그 외 인용, 강조, 생각 등은 따옴표를 사용하였다.
   *서적 제목
   예) 『한눈팔기道草』, 『풀베개草枕』, 『우미인초虞美人草』, 『꿈 열흘 밤夢十夜』, 『산시로三四郎』, 『생각나는 것들思ひ出す事など』

머리말

　나쓰메 긴노스케夏目金之助가 제일고등학교와 도쿄제국대학에서 교편을 잡고 있을 무렵의 일이다. 그가 어느 해 시험에 '4월 이후 구술했던 것을 전체적으로 요약하고 이에 대한 비평을 시도해보시오'라는 문제를 낸 적이 있다고 한다. 시험에 나올 법한 곳만 찍어서 공부한 학생들은 엄청나게 곤혹스러워했다는 이야기다. 요즘에는 이런 유형의 문제를 내는 선생님도 더러 있겠지만, 당시로서는 매우 색다른 시험 문제였을 것이다. 하지만 그가 일부러 학생들에게 고약하게 했던 것은 아니다. 개개의 사실에 대한 자잘한 지식이 아니라 자신의 강의를 전체적으로 어떻게 받아들였는지를 정확히 알고 싶었을 것이다.

　이 일화는 머지않아 소세키漱石라는 필명으로 작가의 길로 들어서는 긴노스케(작가가 된 이후의 이름은 '소세키'로 적는다-역자 주)의 특색을 보여준다. 뒷부분에서 언급하겠지만 그의 장편소설에서는 애당초 그다지 눈에 띄지 않았던 사소한 일들이 훗날 중요한 의미를 가지는 경우가 많다.

사진으로 보는 소세키는 항상 진지하면서도 약간 깐깐해 보인다. 유일한 예외로 만년에 잡지에 실린 기묘한 사진이 한 장 남아 있을 뿐이다. '싱글벙글 주의'를 주장하는, 그 이름도 《싱글벙글ㄴㄱㄴㄱ》이라는 잡지사가 취재 과정에서 거듭 부탁을 하는데도 그가 좀처럼 웃는 표정을 지어주지 않자 결국 잡지사 측에서 맘대로 수정한 사진이다. 물론 그의 언짢은 표정은 그의 어떤 일면에 지나지 않는다.

소세키는 친구들이나 제자들과 즐겨 담소를 나눴고, 그들의 부탁이라면 취직 문제든 금전 변통이든 그야말로 혼신의 힘을 다해 도와주었다. 약속은 반드시 지키는 사람이었으며, 의리를 소중히 여기는 기질을 가지고 있었다. 술은 거의 입에 대지 않았지만 담배는 하루에 40개비를 마다하지 않았다. 멋 부리기를 좋아해서 복장에는 각별히 신경을 썼으며, 외출했을 때 행여 마음에 드는 물건이라도 있으면 주저하지 않고 사 온다. 먹는 것에 관해서는 까다롭지 않았지만 달짝지근한 주전부리를 좋아해서 아내가 집을 비울 때면 직접 뒤져서 뭐라도 찾아 먹는다. 잦은 병

억지로 웃는 얼굴을 지어 보이는 소세키. 실은 좀처럼 웃어주지 않자, 인위적으로 사진에 손을 대서 입가에 미소 비슷한 표정을 띤 것처럼 해놓았다. 잡지 《싱글벙글ニコニコ》 1915년 발췌. 사진 제공 : 일본근대문학관

치레로 고생하면서도 결코 해서는 안 될 무리한 행동도 태연히 해치워버린다. — 얼른 떠오르는 대로 그의 표면적인 모습을 열거하면 대충 이 정도가 되려나.

'소세키 에도江戶 토박이설'이 있다. 훗날 아내가 된 교코鏡子도 그렇게 생각하고 있었다. 그는 음력으로 1867년 1월 5일에 태어났으며, 출생지는 우시고메바바시타요코牛込馬場下横마치町(현재의 신주쿠新宿구區 기쿠이喜久井초町)다. 에도江戶성城 외곽에 설치된 망루 격인 이른바 '에도성 36 미쓰케見付' 안을 에도라고 상정한다면, 그곳은 미세하게나마 그로부터 약간 외곽으로 벗어나 있었다. 엄밀히 말하자면 태어나자마자 에도가 도쿄로 바뀌었기 때문에 오히려 '도쿄인'이라고 생각하는 것이 합당하지 않을까.

이토 긴게쓰伊藤銀月는 도쿄인에 대해 다음과 같이 설명하고 있다. "도쿄 토박이는 에도 토박이가 겉만 '서양 도금'된 것이나 마찬가지지만, 도쿄인은 이와는 대조적으로 외국 취향과 일본 고유의 취향을 융합해 새로운 도쿄 취향을 만들어낸 사람을 말한다(이하 생략.『최신도쿄번창기最新東京繁昌記』1905년)". 이토 긴게쓰는 오자키 고요尾崎紅葉를 도쿄 토박이로, 고다 로한幸田露伴을 도쿄인으로 규정했다. 당시 소세키는『나는 고양이로소이다吾輩は猫である』를 연재 중이었지만, 이 시점에서는 아직까지 그 인품에 대해 아는 사람이 그리 많지 않았을 것이다.

훗날 다니자키 준이치로谷崎潤一郎는 이른바 '패잔병 에도 토박이'라는 유형을 지적하며 자신의 부친을 예로 들고 있다. "정직하고 결벽증이 있으며, 소극적이고, 명예나 이득을 좇지 않으며, 낯을 가리고, 남에게 아첨하는 것을 매우 싫어해서 처세가 부족하다"(「내가 본 오사카와 오사카인私の見た大阪及び大阪人」1932년)라고 적고 있다. 아첨을 싫어하는 성

향, 정직함이나 결벽증은 소세키에게도 해당되지만 다른 항목은 그에게 어울리지 않는다.

소세키는 학교에서는 수재였고, 대학교수로서도 소설가로서도 성공한 사람이었다. 그는 지인들이 부탁한 일이라면 가능한 한 최선을 다해 들어줬으며 많은 사람들이 그를 따랐다. 세간의 시각으로 본다면 오히려 '처세'가 탁월했다고 평가받을 만한 경우도 있었다.

물론 그는 그런 평판을 무시했으며, 항상 주어진 현재의 직무에 충실했다. 하지만 그에 안주하지 않고 느닷없이 뜻을 바꾸거나 직업을 바꾸는 경우가 있었다. 그의 속내에는 항상 현재 상태에 온전히 만족할 수 없는 강한 욕구가 깊이 자리 잡고 있었던 것 같다. 이하 그와 관련해 그가 어떤 생애를 어떻게 살았는지 상세히 짚어보고자 한다.

목차

머리말   3

제1장 불안정한 성장 과정   9

제2장 마사오카 시키와의 교우관계   33

제3장 마쓰야마와 구마모토   59

제4장 런던에서의 고독   101

제5장 작가로의 길   157

제6장 소설기자가 되다   227

제7장 『산시로』까지   241

제8장 『그 후』전후   261

제9장 슈젠지 대환   295

제10장 순회강연을 떠나다   309

제11장 내면을 탐색하다   347

제12장 살아 있는 과거   373

제13장 『한눈팔기』에서 『명암』까지   383

제14장 명암 저 너머   393

제15장 만년의 소세키와 그 주변   425

소세키 개략 연보   440
저자 후기   445
역자 후기   448

제1장
불안정한 성장 과정

출생

  나쓰메 긴노스케夏目金之助가 태어났을 때 그의 아버지는 50세, 긴노스케가 출생한 우시고메바바시타 부근 11개에 이르는 '마치町'의 단속을 총괄하는 '마치카타 나누시町方名主(에도시대 영주로부터 도시의 통치 임무를 위임받은 동시에 영주에 대해 도시 거주민을 대표하는 직책-역자 주)'였다. 긴노스케의 어머니 지에千枝와는 상처喪妻한 후 재혼한 사이였다. 두 사람 사이에서는 여섯 명의 자녀가 태어났고 그중에서 1남 1녀는 어린 시절 사망했다. 긴노스케는 다섯 번째 아들이었다. 전처가 낳은 두 누나들을 포함해 모두 여섯 남매 중 막내였다.

  어머니는 긴노스케를 낳을 때 이미 42세의 고령 산모여서 늦은 나이에 아이를 출산한 것이 남부끄럽다는 속내를 내비쳤다고 한다. 젖도 잘 돌지 않아 젖먹이는 일찌감치 양자로 보내졌다. 태어나자마자 양자로 보내진 만물상 가게 앞에서 바구니에 담긴 갓난아기가 너무 가엾다며, 그의 누나가 다시 집으로 데리고 왔다는 이야기는 널리 알려져 있다.

  그가 밤마다 자주 울며 보챘기 때문에 아버지는 매우 언

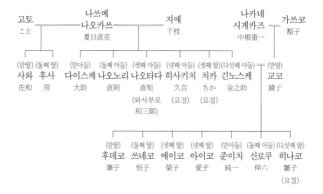

나쓰메 가계도

짧아했다고 한다. 당시의 일반적 사고방식에 따르면 사내아이란 집안의 대를 잇기 위해 중요한 존재로 응당 장남이 그 역할을 이어받았다. 둘째 아들까지는 장남에게 만일의 사고가 생길 때를 대비한다는 의미가 있었으나, 셋째 아들이후로는 사내아이가 없는 다른 집의 대를 잇게 하는 경우가 많았다. 심지어 위로 무려 세 명이나 사내아이들이 있었기에 긴노스케는 젖을 떼자마자 지극히 당연하다는 듯다른 집 양자로 갈 운명을 맞이했다.

양자

당시 나쓰메 집안과 가깝게 지내던 시오바라 쇼노스케塩原昌之助라는 나누시名主가 있었다. 그는 젊은 시절에 나쓰메 집안에서 서생 노릇을 한 적이 있었는데, 마침 아내 야스やす와의 사이에 아이가 태어나지 않아 긴노스케를 양자로 맞이하게 됐다. 이는 양쪽 집안 모두에 환영받을 이야기였을 것이다. 시오바라는 지금의 신주쿠구, 당시 요쓰야四谷에 있는 다이소사太宗寺 몬젠나누시門前名主(절이나 신사를 포함한 지역의 나누시-역자 주)로, 얼마 지나지 않아 나누시 제도가 변경됨에 따라 아사쿠사淺草의 42번조 '소에토시요리添年寄(나누시보다 약간 격이 낮은 직책)' 자격으로 아사쿠사로 이사했다. 부부 모두 지독한 구두쇠였지만 긴노스케를 끔찍이 사랑해서 아이가 기뻐할 만한 장난감이나 그림 따위를 아낌없이 사 주었다고 한다. 그를 무대 공연 등에 처음으로 데리고 간 사람도 그들이었을 것이다.

양부모들과의 생활은 훗날 『유리문 안에서硝子戶の中』나 소설 『한눈팔기道草』에서 묘사되고 있는데, 그 부분을 살펴보면 긴노스케에게는 비슷한 또래의 아이들과 놀았던 기억이 없다는 사실이 주목된다. 『한눈팔기』에서는 "겐조

유소년기의 긴노스케. 오치아이 나오부미落合直文 씨 유족이 소장하고 있던 사진으로 뒷면에는 '시오바라 긴노스케塩原金之助'라고 적혀 있었다. 『소세키 사진첩漱石寫眞帖』 발췌

健三가 양부모 집에 있었던 것은 세 살부터 일곱 살까지"라고 서술돼 있다. 그것이 사실이라면(그가 시오바라 집안에 얼마나 있었는지, 그 기간에 대해서는 다양한 설이 있다), 겐조가 주위 아이들과 어울리지 못한 것은 양부모들이 그를 금이야 옥이야 애지중지하며 행여 '천박한' 아이들에게 나쁜 짓이라도 배울까 봐 격리했기 때문이지 않았을까.

모든 것이 허용됐기 때문에 그는 대담하고 고집불통인

아이로 자랐다. 또래집단이 부재하는 어른들 틈에서 짓궂은 장난을 치는 아이로 성장했던 것이다. 양부모는 아이에게 아버지와 어머니가 누구냐고 물어보거나, 가장 좋아하는 사람이 누구인지 물어봤을 때 자신들을 가리키면 흡족해했다. 30세가 될 때까지 아이가 없었던 그들은 그런 질문이 반대로 아이들의 마음을 멀어지게 한다는 사실을 알아차리지 못했던 것이다.

『한눈팔기』에는 "그 후 얼마 지나지 않아 양아버지 시마다島田가 아내인 오쓰네お常를 배신하고 여자애가 딸린 미망인과 관계를 맺는 바람에 밤이면 밤마다 부부 싸움이 계속됐다"고 적혀 있다. 연보에 따르면 이 여성은 히네노 가쓰日根野かつ였으며, 그녀의 딸은 렌れん이라는 소녀였다. 히네노 렌은 긴노스케가 최초로 동경했던 여성이라고 전해진다. 양아버지 시오바라는 집을 나와 히네노 모녀와 살림을 차렸고, 남겨진 양어머니 야스와 긴노스케는 한때 나쓰메 본가에서도 지냈지만 결국 양부모는 이혼하기에 이른다. 이 때문에 긴노스케는 시오바라 집안으로 돌아간 상태에서 초등학교에 입학했다. 도다戸田소학교라 불리던 학교였다.

급변하는 교육과정

당시에는 '소학교小學校'라고 부르던 초등학교가 정식으로 발족된 것은 1872년의 일이다. 하지만 이 시절의 학제는 급변하는 와중이어서 매우 복잡하다. 소학교는 상하上下 과정으로 나뉘어 있었으며, 각각의 과정은 반년 단위를 1기로 해서 8급에서 1급까지 있었다. 긴노스케는 1874년 말부터 1876년 5월까지 하급과정 소학교 4급을 마쳤고, 같은 해 7월경 이치가야야나기市谷柳초에 있는 이치가야市谷소학교 3급으로 전학을 가서 1877년 12월 소학교 하급과정 1급을 졸업했다.

이치가야소학교로 전학을 간 것은 그가 시오바라라는 성을 쓰고 있던 상태에서 본가로 돌아왔다는 것을 의미한다. 이어 긴노스케는 1878년 4월 이치가야소학교 상급과정 8급을 졸업했고, 같은 해 10월에는 간다사루가쿠神田猿樂초에 있던 긴카錦華소학교의 소학심상과小學尋常科 2급 후기를 졸업했다. 놀랍도록 빠른 스피드였다. 이것은 당시의 학제에서는 월반 제도가 있었기 때문에 가능했겠지만, 한편으로는 그가 얼마나 공부에 푹 빠져 있었는지를 증명하는 것이기도 하다.

가족들의 따뜻한 애정을 받지 못한 그는 그 '감옥'에서 탈출하기 위해 면학에 전념하지 않을 수 없는 기분에 휩싸였을 것이다. 아울러 본가로 되돌아왔을 때 "친아버지에게 겐조는 하나의 작은 장애물에 불과했다. 아버지는 이런 덜떨어진 것이 어쩌다가 우리 집으로 굴러들어왔냐는 표정을 지으며 거의 자식으로 대접해주지 않았다"라고 『한눈팔기』에는 표현돼 있다. 이런 강렬한 반감을 증명하기라도 하듯 긴노스케는 1883년 본가를 뛰쳐나와 고이시카와小石川에 있는 절에서 자취 생활을 시작했다. 이것을 꼭 그의 일방적인 곡해 때문이라고 생각할 수는 없다.

아버지의 태도가 바뀐 것은 큰형과 둘째 형이 연거푸 이른 나이에 세상을 떠나고, 셋째 형인 나오타다直矩(와사부로和三郞)가 집안을 이끌어나갈 재목으로 그다지 싹수가 보이지 않는다는 사실이 분명해진 이후부터였다. 어머니 지에가 일찌감치(1881년) 세상을 떠나면서 아버지에게는 긴노스케 이외에 기댈 만한 가족이 없어진 것이다.

한시문漢詩文에 대한 동경

다소 빠른 발걸음으로 긴노스케의 성장 과정을 살펴보았다. 소학교를 나온 긴노스케는 간다神田구 오모테진보表神保초(현재의 히토쓰바시一ッ橋)에 생긴 도쿄 부립 제1중학교의 정규 코스 격인 '정칙과正則科 을乙 과정'에 입학했다. '정칙과 갑甲 과정'은 대학 입문과정(현재의 교양과정에 해당) 입학을 전제로 영어 수업을 진행했지만, '정칙과 을 과정'에서는 일본어로 강의를 진행했다. 소학교 전 과정을 수료하지 않았던 긴노스케는 '정칙과 을 과정'에 들어갔지만 2년 남짓 만에 느닷없이 학교를 그만두고 니쇼二松학사로 전학간 뒤 한학을 배우기 시작한다. 그 무렵 그는 영어를 싫어했다고 하는데 '문학'에는 흥미를 갖기 시작했다고 한다. 서양문학은 이제 막 일본 사회에 퍼지고 있었는데, 여기서 말하는 '문학'이란 한시문을 가리킨다. 1년 만에 니쇼학사도 그만두고 말았지만 당시에 지은 한시 몇 수가 남아 있다(『소세키전집漱石全集』 제18권). 『소세키전집』에서 일본어로 해독해놓은 바에 따라 몇 가지 예를 들어보면 다음과 같다.

고노다이鴻台

새벽녘 고노다이에 있는 선방禪房을 찾아가니

鴻台 曉を冒して 禪扉を訪う

홀로 문 두드리는 소리 끊어질 듯 희미하게 이어지고

孤磬 沈沈 斷續して 微かなり

두드려봐도 밀어봐도 답해주는 이 없이

一叩 一推 人答へず

놀란 까마귀만 요란하게 문을 스쳐 날아가누나

驚鴉 撩亂 門を掠めて 飛ぶ

— 아직 해도 뜨지 않은 이른 아침에 선종의 산사山寺를 찾아갔다. 선방의 문 앞에서 문을 두드려도 문고리 쇠붙이 소리만 희미하게 들릴 뿐, 아무리 문을 두드리고 밀어봐도 대답하는 사람이 없다. 문 두드리는 소리에 놀란 까마귀들만 문을 스치듯 날아오를 뿐이다.

고노다이는 오늘날의 지바千葉현 이치카와市川시에 있는 구릉지대를 말한다. 실제로 긴노스케가 그곳에 있는 오래된 선종 사찰을 방문했는지는 불분명하지만, 아직 어린 그가 아무도 응대해주지 않는 쓸쓸함을 노래하고 있는 것이 인상적이다.

다른 예를 보자. 제목은 「이별의 슬픔, 문인의 운을 빌려離愁、文人の韻に次す」다.

이별의 애한은 꿈처럼 공허하니

離愁別恨 夢寥寥

수양버들은 연기 같고 푸른 둑은 아득하여라

楊柳 烟の如く 翠堆遙かなり

몇 해나 흘렀을까 봄날 강가에서 서로 헤어진 이후

幾歳か 春江に袂を分かちし後

으스름한 가는 달이 붉은 다리만 비추고 있노라

依稀として纖月 紅橋を照らす

— 헤어짐의 한스러움은 꿈처럼 서글프다. 수양버들은 안개처럼 흩날리고 강둑은 저 멀리 아득하게 느껴진다. 봄날 강가에서 헤어진 후 몇 해나 흘렀을까. 가느다란 초승달 으스름 달빛만이 빨갛게 칠해진 다리를 비춰주고 있누나.

이런 시구가 특정 사실에 기반하고 있는지 그 여부는 정확히 알 수 없으나, 설령 중국의 시어를 그대로 모방한 대목이 있다 해도 그에게 한시에 관한 재능이 있었던 것만은 충분히 짐작할 수 있다. 적어도 이 시대의 그는 '문학'으로서의 한시에 일단 경도돼 있었던 것이다. 그에게는 어떤 목적을 위해 오로지 어떤 일에 몰두하는 일면과, 그와 모순되지만 어느 날 갑자기 진로를 순식간에 바꿔버리는 일면이 병존한다. 나중에 언급하겠지만 마쓰야마松山중학교로 떠났던 것이나 도쿄아사히신문사에 입사한 것도 그런 면모를 드러내고 있다. 하지만『보쿠세쓰로쿠木屑錄』나『생각나는 것들思ひ出す事など』에서도 분명한 것처럼, 그는 한시문으로 감흥을 표현하는 일을 평생토록 손에서 내려놓지 않았다. 그것은 소설과 함께 그의 '문학'의 양면이라고도 말할 수 있을 것이다. 제일고등중학교(도쿄대 예비과정-역자 주)에서 서로의 존재에 대해 알게 되자마자 곧바로 마사오카 시키正岡子規가 그의 '타고난 재능'을 발견하고 격찬했던 것도 어떤 의미에서는 수긍이 간다(『보쿠세쓰로쿠』말미의 평). 마사오카 시키의 표현을 따르자면 영어 문장이 탁월하고 한시에 능통한 소세키(1892년 5월 마사오카 시키의

『나나쿠사슈七草集』에 대한 독후감에서 처음으로 자칭하기 시작한 '호'라고 함)는 함께 이야기를 나누거나 서로 맞서 싸워나가기에 충분한 호적수로 보였을 것이다.

친어머니의 죽음

한시를 짓기 시작하기 직전인 1881년 1월, 긴노스케의 생모가 병으로 세상을 떠났다. 향년 55세였기에 당시로서는 결코 단명했다고 할 수 없겠지만, 긴노스케의 입장에서는 본가로 돌아와 고작 5년 정도 함께 지냈을 뿐이었다. 그는 도쿄에 있었지만 '꼴도 보기 싫으니 꺼지라'는 꾸지람을 듣고 "임종도 지키지 못했다(『생각나는 것들』)"고 한다.

하지만 그는 친아버지나 양부모들에게 가졌을지도 모를 악감정을 생모에게만은 품지 않았다. 양부모집에서 온갖 응석을 부리며 제멋대로 성장한 그였지만, 친어머니에게 야단을 맞으면 순순히 말을 들었던 모양이다. 어머니는 항상 돋보기를 쓰고 바느질을 하고 있었다. 『유리문 안에서』에서는 "어머니를 기념하기 위해" 어머니와 관련된 뭔가를 써두고 싶다는 내용으로 시작되는 글이 있다. 거

친어머니 나쓰메 지에(1826~1881년). 제멋대로 성장한 긴노스케였지만 친어머니가 하는 말에는 고분고분 따랐던 모양이다. 『소세키 사진첩』발췌

기에는 친어머니와 관련된 여러 가지 단편적인 기록들이 나와 있다.

본가로 돌아간 지 얼마 되지 않았을 무렵, 그는 낮잠을 잘 때마다 자주 악몽을 꿨다고 한다. 어느 날 그가 누군가 자기에게 맡겨두었던 돈을 다 써버린 꿈을 꾸다가 자기도 모르게 고함을 지른 적이 있었는데, 어머니는 그 소리를 듣자마자 단숨에 2층까지 뛰어올라와 "걱정할 거 없어. 어미가 얼마든지 돈을 다 갚아줄 테니"라며 달래줬다고 한다. 하지만 이 사건이 "전부 꿈인지, 아니면 절반만 진짜인지" 지금도 알 수 없다고 한다. 설령 그 어느 쪽이든 그가 친어머니에게 진정한 애정을 원하고 있었던 것만은 분명할 것이다. 그는 죽기 1년 전인 1915년 "'지에'라는 이름은 내 어머니만의 이름이기 때문에 결코 다른 여자의 이름이어서는 안 된다는 생각이 든다"고 회상하고 있다.

그가 도쿄 부립 제1중학교를 중퇴하고 니쇼학사에서 공부하기 시작한 것은 그 직후의 일이다. 어머니가 세상을 떠난 이후 마음을 허락할 수 있는 인간은 그에겐 더 이상 존재하지 않게 됐다. 그 고독을 치유하고 싶다는 마음이 그를 한시나 한학으로 이끌었을지도 모른다.

세리쓰成立학사와 도쿄대 예비과정

긴노스케는 다시 마음을 잡고 면학에 전념했다. 입신양명을 위해서는 대학에 들어가야 했고, 그러려면 싫어하는 영어도 배워야만 했다. 중학교 정칙과에서는 영어를 배우지 않았기 때문이다. 물론 당시 대학은 도쿄대뿐이었다.

그 전 단계인 도쿄대 예비과정(훗날 제일고등중학교로 개칭)에 들어가기 위해서는 중학교 졸업 자격, 혹은 그에 준하는 학력(시험)이 필요했다. 중학교를 중도 포기한 그는 뒤늦게나마 영어를 중심으로 공부하기 위해 간다스루가다이神田駿河台에 있는 사설학교인 세리쓰成立학사에 들어갔고, 결국 무난하게 도쿄대 예비과정에 합격했다. 입시를 치를 때 그는 수학 문제만큼은 옆 사람 답안지를 보고 썼다고 적고 있다(「일관되게 공부가 부족한 인간―貫したる不勉強」). 옆 사람이란 세리쓰학사에서 함께 수학했고 훗날 삿포로농업학교(홋카이도대학의 전신) 교수가 되는 하시모토 사고로橋本左五郎였다. 아이러니하게도 정작 하시모토 본인은 이 시험에서 떨어지고 재시험을 봐서 합격하긴 했지만 결국 삿포로농업학교를 선택했다. 하시모토와는 훗날 만주에서 재회해 젊은 날의 우정을 더더욱 돈독히 하게 된다(『만한 이곳저곳滿韓ところどころ』). 하시모토는 긴노스케의 '커닝'에 대해, 하시모토 본인이 종이를 책상 가득 펼쳐놨기 때문에 소세키에게 우연히 보였을 거라고 회상하고 있다.

도쿄대 예비과정에서는 시바노 제코柴野是公(훗날 양자로 들어가 나카무라 제코中村是公가 됨)나 하가 야이치芳賀矢一(같

도쿄대 예비과정 친구들과 함께. 앞줄 왼쪽에서 두 번째가 긴노스케. 뒷줄 오른쪽에서 세 번째가 시바노(나카무라) 제코. 네 번째가 오타 다쓰토. 세리쓰학사 출신의 '10인회' 기념사진으로 추측된다. 『소세키 사진첩』 발췌

은 배로 함께 유럽으로 유학감) 등과 친해졌다. 특히 오타 다쓰토太田達人와 함께 평생에 걸쳐 다시없는 친구로 남는 시바노(나카무라) 제코는 훗날 남만주철도주식회사 총재가 된 사회적 명사였다. 오타 다쓰토는 세리쓰학사 이후 평생에 걸친 친구로 도쿄대 물리학과를 졸업한 후 지방의 중학교 교장을 역임했다. 시바노 제코처럼 화려한 경력의 소유자는 아니었지만 온화하고 독실한 성격으로 긴노스케와는 마음이 잘 맞았던 것 같다. 그들이 도쿄대 예비과정 시절에 만든 세리쓰학사 출신의 '10인회'에 무슨 연유인지 제

코도 들어갔다고 한다. 에노시마江の島로 도보여행을 갔을 때를 회상한 대목을 살펴보면 긴노스케의 청춘이 만발한 듯한 느낌이 전해진다. 긴노스케는 친구들이 시키는 대로 보트의 노도 저었고, 야구 경기에도 참가했으며, 새알심이 들어 있는 단팥죽도 맘껏 먹었다고 한다(「도쿄대 예비과정 시절의 소세키預備門時代の漱石」). 아직 도로가 나 있지 않은 에노시마를 향해 재빠른 그가 앞장서고, 다른 친구들이 그 길을 따라가는 광경이 눈에 보이는 듯하다. 이런 어울림이야말로 본가에서는 경험할 수 없었던 관계일 것이다. 그들은 서로 아주 먼 훗날까지 그 우정을 소중히 지켰다. 대학에서는 살짝 선배에 해당하는 가노 고키치狩野亨吉나 스가도라오菅虎雄의 경우도 마찬가지였다. 본가에서는 불우했던 긴노스케였지만, 학교라는 공간에서 좋은 친구들을 많이 만나게 됐다.

질병과 낙제

긴노스케는 활발한 성격이었지만 도쿄대 예비과정 시절부터 병치레가 잦았다. 입학 직후에는 맹장염에 걸렸고,

그 2년 후에는 복막염으로 학년말 시험을 볼 수 없어서 결국 낙제했다. 추가 시험을 봤다면 진학이 가능했을지도 모르지만, 결국 그는 추가 시험까지 기다리라는 친구의 충고를 저버리고 "스스로 낙제"했다(「낙제落第」). 이유는 추가 시험을 보라는 통지가 없는 것은 자기에게 '신용'이 없기 때문이며, 신용을 얻기 위해서는 공부를 해야 하니 동일한 학년을 처음부터 다시 시작해야 한다고 생각했다는 것이다. 다소 융통성이 없지만 그 심지는 훌륭했다. 작심하고 임하자 수학도 "매우 탁월하게" 할 수 있어서 주위 친구들은 그가 이과 계열로 진학할 거라고 믿었다고 한다.

긴노스케 본인도 괴짜인 자기가 세상에 나아가 제몫을 해내기 위해서는 일상생활에 필요한 건축가, 그것도 '미술적인' 건축가가 돼 자기가 굳이 찾아가지 않아도 상대방이 먼저 찾아와주는 일을 해야겠다고 생각했다. 하지만 낙제 이후 동급생이 된 벗 요네야마 야스사부로米山保三郎라는 엄청난 수재가, 일본의 현 상황에서 예술적인 건축을 후대에 남긴다는 것은 아직 불가능하며, 오히려 문학을 전공으로 삼아 성과를 올려야 한다고 충고해줬기 때문에 결국 그 의견에 따랐다고 한다.

긴노스케와 요네야마 야스사부로(오른쪽). 요네야마는 건축가 지망생이던 긴노스케를 문학의 길로 안내했다. 긴노스케는 그를 "두 번 다시 아니 나올 엄청난 괴물"이라고 높이 평가하며 너무 일찍 찾아온 아까운 죽음을 못내 애석해했다.『소세키 사진첩』발췌

　　요네야마는 탈속적인 '괴짜'였다. 긴노스케의 표현에 의하면 "타고난 성품이 활달했으며 독서와 참선에 대해 논하는 것 이외에 달리 좋아하는 것이 없었던" 인물이었다. 괴짜끼리 의기투합했을 것이다. 이미 영어에 능통해 있던 긴노스케가 당시 제출한 작문 중 하나에 'My Friends in the School'(1889년 6월 15일)이 있다.『소세키전집』의 번역문에 요네야마 비슷한 인물에 대한 평이 수록돼 있다.

이 젊은이는 얼굴은 마치 어린아이처럼 순박했지만 마음만큼은 철학자처럼 성숙했다. 깊이 사색하는 성격을 가졌다. 학문 그 자체를 사랑했으며, 사물을 누구보다도 올바르고 폭넓게 생각했다. 시대적 편견에도 젖어 있지 않았다. 삶과 죽음의 근저에 있는 선망羨望, 명성, 세속적인 야심, 그 모든 것들과 거리가 멀었다. 벗에게 있어서 인생의 유일한 목적은 자연의 비밀을 발견하는 것이었다.

(『소세키전집』제26권)

'자연'을 해명하려는 목적도 포함하면 분명 요네야마를 가리키고 있을 것이다. 요네야마는 도쿄대 철학과를 졸업한 뒤 장래가 촉망됐으나 1897년 장티푸스로 요절했다. 긴노스케는 요네야마의 죽음을 애석해하며 "도쿄대 문과대학이 문을 연 순간부터 그 문을 닫을 때까지 두 번 다시아니 나올 엄청난 괴물"(사이토 아구齊藤阿具에게 보낸 편지)이라고 했다. 교사 시절의 그는 행여 낙제라도 할까 봐 안달하는 학생들에게 설령 낙제를 해도 분명 좋은 일이 생길 거라고 말했다는데, 아마도 요네야마와의 만남을 염두에 두고 한 발언이었을 것이다.

나쓰메 집안으로 호적을 옮김

메이지 20년대 초반은 긴노스케에게 전환기였다. 1887년(메이지 20년)에는 큰형인 다이스케大助와 둘째 형인 나오노리直則가 폐결핵으로 잇따라 사망했고, 1888년에 제일고등중학교(훗날 제일고등학교) 본과로 진학한 그는 호적을 나쓰메 가문으로 다시 옮겼다.

큰형 다이스케는 가이세이開成학교(도쿄대학교의 전신)를 중퇴하고 경시청 번역 담당이 됐는데, 31세라는 젊은 나이에 아깝게 세상을 떠났다. 그는 공부도 잘했지만 풍류도 즐길 줄 아는 인물이었던 것 같다. 긴노스케는 형에게 영어의 기초를 배우는 한편, 형을 따라 게이샤들이 있는 곳에도 가곤 했다. 임종 시 긴노스케에게 공부를 열심히 하라는 유언을 남겼다고 한다. 작은형인 나오노리는 나카노中野에 있는 전신기술학교를 나와 각지의 전신국에서 근무하다 오카야마岡山에서 재직 중이던 시절 결혼한 뒤 도쿄전신국으로 돌아왔다. 하지만 큰형이 죽은 후 얼마 되지 않아 세상을 떠났다. 그는 제법 노는 것을 좋아해서 한때는 아버지가 부모·자식의 인연을 끊어버리겠노라고 한 적도 있었던 모양이다. 얼마 지나지 않아 도쿠토미 로카德富蘆花의 『호토토기스不如歸』(1898~1899년)가 크게 히트를 쳤던 시절이다. 결핵은 불치병으로 맹위를 떨치고 있었다.

위로 연달아 두 형들이 죽자 아버지는 당연히 후계자 문제에 직면했다. 남은 것은 셋째 아들 나오타다(와사부로)였지만, 아버지는 이 평범하고 심약한 아들에게 나쓰메 가문을 맡길 수는 없다고 판단했다. 결국 시오바라 가문에 양자로 보냈던 긴노스케의 호적을 되찾아오려고 했다. 이미 긴노스케가 나쓰메 가문으로 돌아와 있던 상태였으므로 별문제 없을 거라고 생각했던 모양이다.

하지만 시오바라는 이에 저항했다. 표면상으로는 쌍방 모두 '가문'의 존속을 내세우며 다투는 모양새를 취했지만 결국은 돈 문제였다. 두 '아버지'의 교섭은 금전을 둘러싸고 난항을 거듭하다가 결국 해가 지나도 결판이 나지 않았다. 시오바라의 경우 동장에서 면직된 이후 줄곧 금전적 여유가 없었으며, 친아버지 역시 투자 실패로 보유한 돈이 조금씩 바닥이 나고 있었다. 두 딸의 결혼자금이나 네 아들의 학자금도 필요했을 것이다. 결국 7년간의 양육비로 240엔, 170엔은 일시불로, 남은 70엔은 무이자로 매달 3

엔씩 갚아가는 것으로 타결됐다. 나쓰메 집안 입장에서는 뼈아픈 지출이었을 것이다. 그래도 이것으로 일단 나쓰메 집안과 시오바라의 인연은 끊어졌다. 하지만 이때 긴노스케가 "저는 이번에 당신과 인연을 끊게 됐습니다. 친아버지에게서 교육료를 받아 돌려드리면서, 금후에도 서로 불성실하거나 인정에 어긋나지 않도록 노력하고 싶습니다" 라고 각서를 써준 것이 훗날 시오바라와 골치 아픈 관계를 만들어버린 원인이 됐다.

마사오카 시키와의 만남

 '가문'의 사정 때문에 본의 아니게 두 집안 사이에서 물건처럼 주고받는 경우를 당한 긴노스케는 그 무렵부터 자립에 대해 고민했던 것 같다. 질병(맹장염, 위장병, 트라코마)을 앓았을 때는 어쩔 수 없이 본가로 돌아왔지만, 하숙을 하거나 혼조本所(현재 스미다墨田구)에서 사설학원 강사 생활을 하며 학원 기숙사에서 지내기도 했다.

 그런 상태로 지내던 긴노스케 앞에 마사오카 시키가 등장했다. 제일고등중학교에서부터 안면은 있었지만 본격적인 교우관계가 시작된 것은 그다음 해인 1889년으로 제일고등중학교 본과에 진학하고 나서다. 그 직후인 5월 마사오카 시키는 객혈을 했고, 긴노스케는 요네야마를 비롯한 친구들과 함께 그가 살고 있는 마쓰야마松山번藩 출신들의 도쿄지역 기숙사, 혼고마사고本郷眞砂초에 있던 조반회常盤會로 문병을 갔다. 돌아오자마자 썼던 것이 현존하는 그의 첫 번째 편지다. 『소세키전집』에 수록된 서간문의 경우, 1부터 31까지가 모두 마사오카 시키에게 보낸 편지다. 시키에 대한 긴노스케의 각별한 마음을 짐작할 수 있다.

물론 '소세키漱石'라는 아호도 시키가 다수 가지고 있던 아호(마사오카 시키『붓 가는 대로筆まかせ』참조) 중 하나를 받은 것이었다. 혹시나 싶어 덧붙이자면 이것 역시 서진西晉의 손초孫楚가 운둔 생활을 지향하며 "돌을 베개 삼고 흐르는 물로 입을 헹군다"라고 말해야 할 것을 "흐르는 물을 베개 삼고 돌로 입을 헹군다"고 틀리게 적어 타박을 받자, 세속적인 이야기로 더러워진 귀를 씻기 위해 흐르는 물을 베개 삼겠다는 것이며, 돌로 입을 헹군다는 것은 입안을 청결하게 유지해 쓸데없는 말을 내뱉지 않기 위해서라고 답변했다는 고사에 의거한다. 지는 것을 싫어하는 성격인 데다 내심 은둔하고 싶다는 뜻을 줄곧 품었던 긴노스케에게는 제법 어울리는 아호였다. 이하의 기술에서는 긴노스케를 소세키로 바꾸겠다.

앞서 언급했던 마사오카 시키에게 보낸 편지에는 소세키가 지은 최초의 하이쿠 두 작품이 보인다.

돌아가더라도 울지 말고 웃거라 두견새여

歸ろふと泣かずに笑へ時鳥

들어보려고 아무도 기다리지 않는 두견새여

聞かふとて誰も待たぬに時鳥

두견새(호토토기스時鳥)는 죽음으로 인도하는 새로 알려져 있다. 앞서 언급한 도쿠토미 로카의 소설 제목처럼 '불여귀不如歸(돌아감만 못하리)'로 표기되는 경우도 있다. 하지만 마사오카 시키의 '시키子規'라는 한자도 일본어로 '두견새(호토토기스)'라고 읽을 수 있다. 두견새가 오는 계절이라는 점에서 착안해 친구 '시키'를 격려한 구라고 할 수 있다. 소세키는 이런 류의 기발한 발상을 하는 데 탁월했다. 그가 마사오카 시키와의 교류를 통해 다수의 하이쿠를 남기게 된 것도 당연한 일일 것이다.

이 해가 시작될 무렵, 소세키는 삿포로로 간 친구 하시모토 사고로에게 영문 편지(『소세키전집』 제26권, 초고 번역문)를 썼다. 신년을 맞이해 돌이켜보니 주위의 변화에 홀로 뒤처진 스스로를 발견한다는 것이었다. 신년의 각오를 새롭게 했다고도 적고 있다. 편지에서 소세키가 그린 자화상에 따르면 그는 "완고하며 쉽게 욱해버리고 낯선 사람 앞에 서면 부끄러움을 타는 성격이다. 새로운 벗 앞에서는 농담을 하거나 재치 있는 말장난을 해서 분위기를 띄우

마사오카 시키正岡子規(1867~1902년). 사진 제공 : 마쓰야마 시립 시키기념박물관

는 것을 좋아한다. 뭐든지 한번 도전해보려고 열심히 몰두했다가도 어느 순간 미련 없이 내던져버린 후 쓸데없는 공상에 잠겨버린다. 아울러 자부심이 강하고 주의력이 부족한" 인간이었다. 그러면서 "앞으로는 냉철한 마음을 가지고 충분히 주의를 기울여가며 면학에 힘쓰고자 한다"는 요지의 내용을 편지에 담아 보냈다. 이처럼 소세키는 자기 스스로에게 엄격했다. 스스로에 대해 이런 자각을 가진 상태에서 시키와의 만남이 시작됐다.

　소세키의 영문학이 세계를 상대로 한 막연한 것에 머물러 있던 것과 대조적으로, 자신의 병을 자각한 시키에게는

남아 있는 시간이 적다는 초조함이 있었다. 시키는 하이
쿠俳句의 혁신, 혹은 와카和歌의 혁신, 그런 엄청난 사업들
을 위해 자신의 몸을 돌보지 않고 고군분투했다. 그런 그
가 경탄한 것이 소세키의 식견이었다. 두 사람은 라쿠고
落語 공연을 화제에 올리다 서로 이야기가 잘 맞는다는 것
을 느끼고 순식간에 서로를 인정하게 됐다. 나이도 같았
고 두 사람 모두 자존심이 강했지만, 시키의 경우 마치 자
기가 형이나 되는 양 행동하는 스타일이었고, 도쿄 출신의
소세키는 그에 따르는 척하면서도 은연중에 시키를 가르
치려 들었던 것 같다.

두 사람의 대립점

　소세키에 의하면『보쿠세쓰로쿠』를 본 시키는 누가 시
키지도 않았는데 그 발문을 써왔다고 한다. 어쨌든 그것
은 칭찬하는 글이었다. 마사오카 시키의 한시문집『나나
쿠사슈』에 소세키가 적은 비평과 함께 본격적인 개전 전
상대방을 격려한 메시지라고 할 수 있다. 하지만 친한 벗
이 된 지 1년 만에 두 사람의 문학적 대립은 시작된다. 자

기중심적으로 구체적 문제를 따지고 드는 시키와는 대조적으로 소세키는 객관적, 논리적으로 비판하는 자세를 갖고 있었다.

그 첫 번째는 1889년 연말부터 그다음 해까지 걸쳐 가시화된 '문장'의 본질에 대한 대립이었다. 두 번째는 모리 오가이森鷗外의 초기 두 작품을 둘러싼 평가에 대해서였다. 세 번째는 시키가 추천한 『메이지 호걸 이야기明治豪傑物語』(1891년)의 '기개론'에 대한 소세키의 반박이었다.

'문장'의 문제

첫 번째는 소세키의 발언, 즉 "문장의 묘미란 가슴속에 품은 사상을 꾸밈없이" 직접 서술하는 데 있으며 사상도 없이 "그저 언어유희만 하는 무리"는 물론, "사상이 있다 해도 쓸데없이 표현에만 얽매이고 있으면" 결코 독자를 감동시킬 수 없다고 한 것에서 촉발됐다. "문자 표현의 아름다움"은 최후의 최후이며, 그 전에는 이데아Idea가 중심이 돼야 한다는 주장이다. 소세키는 시키에게 '자네'처럼 다작을 하면 이데아를 함양할 겨를도 없을 테니 가능하면

"생각나는 대로 쓰는 것"을 중단하고 독서에 힘쓰는 게 어떻겠느냐고 충고했다.

마사오카 시키는 레토릭Rhetoric이라는 단어를 가지고 이에 대해 공격했던 것 같다. 시키는 오히려 레토릭에 의해 아이디어가 표현된다고 생각했을 것이다. 소세키에게 다시금 장문의 편지를 쓴다. 레토릭이 필요한 것은 아이디어가 언어로 지면 위에 표현돼 독자들에게 그것을 정확하게 느끼게 해주는 순간이며, 자신이 말하는 이른바 '문장'이란 레토릭만을 가리키는 것은 아니라고 설명했다.

이런 과정은 그 무렵 거의 누구에게도 알려지지 않았지만, 후타바테이 시메이二葉亭四迷가 쓰보우치 쇼요坪內逍遙에게 들고 간 「소설총론小說總論」(쓰보우치 쇼요가 《추오가쿠주쓰잣시中央學術雜誌》에 발표했음)이란 짧은 글을 떠올리게 한다. 널리 알려진 바와 같이 그것은 '의意(아이디어)'와 '형形(폼)'의 관계를 논한 것으로 "실상을 빌려 허상을 그려내다"라는 정의로 알려져 있다. 요컨대 현재 세상에 있는 '형'을 빌려 진정한 목적인 '의'를 그려내는 것이 소설의 목적이며 "언어 표현, 각색의 형상에 의해" 현실 세계의 "우연한 형태 안에 명백하게 자연스러운 뜻을 그려내고자 하는 것"이 중요하다는 것이다. 당시 히토쓰바시에 있던 도쿄외국어 학교(현재의 도쿄외국어대학-역자 주)에서 러시아어를 배웠던 후타바테이 시메이는 벨린스키Belinskii의 평론을 통해 이 이론에 대해 알게 됐는데, 소세키의 경우 영문학을 통해 이 이론을 물론 알고 있었을 것이다.

　모리 오가이가 쓰보우치 쇼요의 '몰이상'에 대해 이데아 의 존재를 역설하는, 이른바 '몰이상 논쟁'을 본격화한 것 은 1891년 가을 무렵이다. 시키의 눈은 아직 아이디어(이 데아)의 존재를 중시하는 논리에까지는 이르지 못했을 것 이라고 생각된다. 그는 1895년 연말에 발표한 「몽둥이 삼 매경棒三昧」에서 '미의 기준'은 각자의 기준으로 절대적인 것은 아니라고 역설하는데, 거기에 '아이디어'가 표현돼 있는 것에 대해서는 언급하고 있지 않다. 이 해에 시키는 신문《닛폰日本》특파원으로 청일전쟁에 참전 중인 오가 이와 대면하는데, 하이쿠에 대해 어떤 설명을 했는지 정말 알고 싶은 대목이다. 어쨌든 프라이드를 지켜내기 위해 그가 소세키의 논리를 인정하려 들지 않았다는 느낌은 부 정할 수 없다.

모리 오가이의 단편소설에 관해

두 번째로 모리 오가이에 대한 평가 역시 시키와 소세키의 견해 차이를 드러내고 있다. '문장'에 대한 옥신각신으로 큰 홍역을 치른 소세키는 시키가 서양 학문을 지나치게 싫어한다는 사실에 할 말을 잃으면서 "내 취향의 저급함에 오로지 면구스러울 따름"이라고 일단은 겸손한 태도를 보인다. 하지만 모리 오가이의 작품이 잘 만들어졌다고 생각하는 이유에 대해 다시금 설명을 시도한다. 오가이의 두 작품이란 어느 것을 가리키는지 콕 집어 말할 수 없지만 「무희舞姬」, 「덧없는 기록(마리 이야기)うたかたの記」, 「편지 배달(아씨의 편지)文つかひ」 중 두 작품일 것이다. 그에 대해 "골격(구성)은 유럽에서 얻고 있으며 사상은 그 학문에서 얻고 있다. 문체는 한문을 모태로 하면서 일본에서 흔히 쓰는 표현을 섞어놓은 것"으로, "여러 요소들이 서로 어우러져" "일종의 침울함이나 각별하게 세련된 특색"이 있다며 그 종합적인 성격을 평가하고 있다. 아울러 사람들의 취향이란 자기가 받아왔던 교육의 내용에 따라 제각기 다르기 때문에 '공평한 비평'이라 생각해도 어딘가 편향돼 보이는 경우도 있을 것이며, 자신의 경우 "서양서에 심취

해 있다는 생각은 들지 않지만" 자네에게는 그렇게 보일 수 있을지도 모른다고 말하고 있다. 그러므로 앞으로는 "가능한 한 거시적으로 보도록 노력해 한쪽으로 치우치는 일이 없도록 각별히 조심"하면서 '국문학(일본문학-역자 주)' 연구를 해갈 생각이라고 온순하게 대응하고 있다. "날 때부터 변덕스럽게 태어났기에 무슨 일에든 손을 대면서 결국 아무것도 끝까지 해내지 못하는 점 원통하게는 생각하고 있으나 이 역시 우선은 세상의 추세가 그러하다고 체념하고 있네"라고도 하고 있다. 문학만 해도 유럽, 미국, 러시아 등 다양한 나라의 문학관이 권위를 가지고 유입되기 시작한 시대였다.

좌우를 살피지 않고 오로지 앞만 보고 똑바로 걸어가는 시키와, 폭넓게 다양한 가치관을 얻고자 했던 소세키, 그 어느 쪽만이 옳다는 차원의 문제는 아닐 것이다. 이질적인 두 사람이 솔직하게 자신의 생각을 펼쳐가며 더불어 성장해간다는, 참으로 부럽기 그지없는 우정이라고 할 수 있다. 그러나 일반적인 '표준'을 싫어하는 시키의 성향은 이후에도 변하지 않았다. 그는 「몽둥이 삼매경」(1895년)에서 '미의 표준'이라는 항목을 설정한 후, 그것은 각자의 감정에 따라 이질적이며, 각자의 표준이라는 것도 상대적인 것에 지나지 않는다고 서술하고 있다.

'기개'에 대해

세 번째의 대립은 시키가 『메이지 호걸 이야기』라는 서적을 '기개론'과 함께 보내온 바람에 시작됐다. 이번엔 소세키 쪽에서 시키의 사고방식에 반발하는 편지를 보냈다(1891년 11월). 소세키는 책을 다 읽은 후 "고상하다거나 우아하다고 표현할 만한 점은 도무지 발견하지 못했으며" 개중에는 "구토를 자아내는 대목도 있었다"고 가차 없이 깎아내렸다. 순간적인 임기응변이나 감정으로 어려움을 피하거나 성공하는 것을 과연 '기개'라고 부를 수 있을지 반문하고 있다. 오히려 본인은 "자네야말로 내 벗들 중에서 가장 식견을 갖춘 사람으로, 자신만의 확고한 생각을 갖고 인생의 항로를 개척하고 있다고 믿어왔는데", 어찌 이렇듯 "어린아이들이나 속여 넘길 법한 소책자가 기개의 본보기"란 말인지 이해하기 어렵다고 말했다. 여기에 드러난 것은 "추상적인 기개"일 뿐이며 "실체적인 것에 대해

서는 일언반구"도 언급되지 않았다고 통렬히 반박하기도
했다. 나아가 소학교(초등학교)에서는 상석에 자리 잡았던
상공업자의 자제가 졸업 후에는 사족士族의 자제들에게
밀린다는 설이나, 현명함보다는 선악이라는 척도로 인간
을 헤아리는 태도에도 반대의 뜻을 밝혔다. 그런 판단은
'정情'이나 '의意'의 영역으로, 충효忠孝처럼 '이理'에 따라 발
생되는 '기개'는 '지智'에 속한다고 생각한다는 것이 소세키
의 주장이다. 인간에게는 '일언반구'로는 판단할 수 없는
'기개'가 있으며, 어떤 인간이든 다소의 선, 혹은 다소의 악
을 갖고 있기 때문에 그런 자그마한 선이나 조금의 악만으
로 모든 것을 간파했다고 생각하는 것은 위험한 발상이라
고 주장하고 있는 것이다.

시키는 이것을 보고 다시금 자신의 지론을 거듭 확인하
며 기개가 드러나는 것은 행위를 통해서라고 적어 보낸 것
같다. 11월 10일에 보낸 소세키의 편지는 그에 대한 답변
으로 판단된다. "기개란 '그 자신의 식견을 관철시키는' 것
이라는 말을 할 작정이었네. 이것(식견)은 '지智'에 속하며,
'관철시키다', 즉 '행하다'는 '의意'에 속하네. 모름지기 행
하지 않으면 기개를 가진 지사라고는 나도 생각지 않네"

라는 설명을 덧붙여 타협을 시도했다. 서로에 대해 이해하려고 시작한 토론이 결과적으로는 서로가 얼마나 다른지 확인하는 것으로 끝나고 말았다. 하지만 그것 때문에 우정에 금이 가는 일은 없었다. 다카하시 히데오高橋英夫의 『램프의 쓸쓸한 그림자洋燈の孤影』(겐키쇼보幻戱書房)는 모리 오가이에 관한 두 사람의 토론에 대해 "타인이 비집고 들어옴으로써 생기는 오염을 엄격히 배척하는 두 사람만의 폐쇄적 우정"이 느껴지는데, 마사오카 시키의 입장에서 "오가이라는 인물은 이 경우, 두 사람의 우정 공간을 오염시키는 자, 파괴자인 것처럼 간주될 수 있었다"고 추측하고 있다.

덧붙여 말해두자면 이 두 번째 문제를 논한 편지의 전반부에는 형수의 죽음을 알리는 내용과 그 죽음을 애도하는 하이쿠가 있었다. 여기서 형수란 셋째 형 나쓰메 나오타다의 두 번째 아내 도세登世였다. 그녀는 소세키와 동갑으로 당시 25세였는데 입덧이 너무 심해 결국 세상을 떠났다. 그것을 애도하는 하이쿠로 "그대가 떠나고 이 헛된 세상에 꽃은 사라졌노라君逝きて浮世に花はなかりけり", "쓸쓸한 경대 주인은 어디 가고 먼지만 가득하노라鏡台の主の

行衛や塵埃" 등이 있다. 양쪽 모두 상실감으로 가득 찬 하이쿠 작품이다. 그녀는 현명하고 따뜻한 인품으로, 아직 학생 신분이었던 시동생에게 밝게 말을 걸어주거나 도시락을 싸주곤 했다고 한다. 식구들 중 소세키가 친근감을 느꼈던 유일한 인물이었을 것이다. 에토 준江藤淳의 『소세키와 그 시대漱石とその時代』 제1부에서는 "누군가에게 연정을 품고 있었다고 한다면, 그는 틀림없이 죽은 형수를 좋아하고 있었을 것"이라고 추측하고 있다. 그 이유로 시키에게 보낸 편지에 "그분은 아내로서 완전무결하다고 말할 수 있다는 의미에서 다시없는 분이시지만"이라는 표현이나 그녀에게 '영혼'이 있다면 "다음 생에서도 함께하기로 약속한 남편의 곁에 있을까, 혹은 평소 다정하게 지냈던 시동생에게 어렴풋하게라도 나타날까"라는 표현이 있다는 것을 들고 있다. 물론 그것이 '삼각관계의 자각'일 거라는 확증은 없다. 형수는 고립된 시동생을 동정했을 뿐이며, 시동생 역시 방탕한 형의 여자 문제로 맘고생을 하던 형수를 딱하게 여겼을 거라고 생각되기 때문이다. 시동생, 예를 들어 소세키가 쓴 소설에서 말하자면, 이 두 사람 사이가 'Pity's akin to love'(『산시로三四郎』에 나오는 요지로與

次郎의 '번역'에 의하면 '가엾다는 것은 반했다는 것일 뿐!')인지, 혹은 『행인行人』에 나오는 한 소절인 이치로一郎·지로二郎 형제와 이치로의 아내 오나오お直의 '삼각관계'처럼 이치로의 '망상'이 만들어낸 환상인지는 확실치 않다. 그 때문에 여기서는 소세키가 이렇게 자신의 내밀한 부분까지도 털어놓을 정도로 마사오카 시키를 신뢰하고 있었다는 것을 확인해보는 선에서 그치기로 하겠다.

홋카이도北海道로 호적을 옮기다

대립과 혼란이 거듭된 교류의 와중에, 어느덧 소세키와 시키는 도쿄제국대학 문과대학 영문학과와 국문학과로 각각 진학했다. 소세키는 문부성 학자금 대출 학생(반환 의무 있음)이 돼 연간 75엔을 사용할 수 있게 됐다. 월평균 6엔 정도에 불과했지만, 그는 가능한 한 본가에 의존하지 않고 와세다早稻田(당시엔 도쿄전문학교)에 출강해서 매달 5엔 정도를 얻으면서 결국 자립의 길을 택했다. 하지만 그의 행적 중 이해하기 어려운 것이 있다. 대학교 2학년 때 그가 호적을 홋카이도로 옮겼다는 사실이다.

본인 스스로 밝힌 바 있듯이(순요도春陽堂 편집자 혼다 쇼게쓰本多嘯月의 회상) 그는 평생토록 홋카이도에는 단 한 번도 가본 적이 없다. 홋카이도와의 인연이라면 삿포로농업학교로 전학 간 친구(하시모토 사고로)가 있을 뿐이다. 일반적으로는 군대에 가야 했기 때문이라고 추정되고 있다. 1889년의 징병제 개정으로 각 집안의 호주가 될 아들이나 홋카이도에 본적이 있는 자는 징병 면제, 문부대신이 인허해준 학교 학생은 만 28세까지 징병 유예가 가능했지만, 그 외의 대부분의 남자들은 국민개병제 원칙에 따라 군대에 가야 했다. 하지만 에토 준은 그가 당시 만 25세였기 때문에 아직은 여유가 있었을 거라고 지적하고 있다. 오히려 진짜 이유는 형인 나오타다의 세 번째 결혼 때문이라는 것이다. "도세에 대해 은밀한 사모의 정"을 품고 있던 소세키는 "교육도 안 받고 신분도 낮은 사람을 자신의 누나라고 부르기 싫다"던 『한눈팔기』의 겐조처럼, 이번엔 새 형수와 같은 호적에 나란히 있게 되기를 거부했을지도 모른다. 하지만 죽은 형수에 대한 사연을 잠깐 잊는다면 거기에는 또 다른 추정도 가능하다. 그가 나쓰메 가문에 완전히 넌더리가 나서 독립하고 싶다는 의사를 부친에게 전달했을 가능성이다. 피붙이들과의 반목이 심했고 고독했던 그는 호적상으로라도 '개인'으로 살아가고 싶었던 것은 아닐까. 그것도 완전히 다른 미지의 신천지, 바로 홋카이도에서다. 그것은 그가 서류상으로 만들어낸 자신만의 '가문'인 것이다. 소세키는 오랫동안 그곳을 본적으로 삼고 있었다. 그리고는 1914년 6월이 돼서야 영면할 때까지 살다 간 와세다미나미早稻田南초 7번지로 호적을 옮겼다. 그는 일관되게 군대를 싫어했기 때문에 징병 기피라는 동기도 있었을 것이다. 한편 본가의 호주가 된 나오타다는 부친의 사후(1897년 6월) 오래된 본가 건물을 팔아넘겼다.

대학생 시절의 평론

소세키가 대학에 진학한 것은 시키와의 논쟁이 이어지고 있던 1890년 9월이었고, 졸업은 1893년 7월이다(당시엔 9월 신학기, 7월 학년말). 이 사이에 그는 대학 강사 딕슨에게 의뢰를 받아 『호조키方丈記』를 영어로 번역하거나 무서명으로 번역서 『최면술催眠術』, 평론 『문단에서의 대표적 평등주의자 「월트 휘트먼Walt Whitman」文壇に於ける平等主義の

代表者「ウォルト、ホイットマン」』, 번역서 『시의 대가 「테니슨」 詩伯「テニソン」』 등을 《데쓰가쿠(카이)잣시哲學(會)雜誌》에 게재했다. 아울러 나쓰메 긴노스케라는 서명으로 『영국 시인의 천지산천에 대한 관념英國詩人の天地山川に対する觀念』도 같은 잡지에 게재했다.

『문단에서의 대표적 평등주의자 「월트 휘트먼Walt Whitman」』에서 그가 역설한 것은 바로 '평등주의'였다. 시간적으로는 과거나 미래 할 것 없이 평등해야 하며, 공간적으로는 사회에 따른 격차를 인정하지 않는다. "인간을 바라볼 때도 평등하게, 산과 들의 온갖 금수를 대할 때도 평등해야 한다", '표면상의 척도'를 폐하고, "결코 빼앗아서는 안 되는 타인의 신체, 곧 정신"에 따라 사고하는 사람이야말로 '친애하는'이라는 단어에 족하다고 말하고 있다. "돈이 없음을 한탄하지 말라 / 먹고 입는 것이 부족함을 탄식하지 말라 / 거대한 적을 보고 두려워하지 말라 / 나를 편드는 이가 적음을 위태로워하지 말라. '지智'를 연마하는 곳은 학교이며, 이것을 시험하고자 한다면 '대도大道'로 나아가라 / 무형의 '지'를 증명할 수 없을지라도 '지' 스스로 이를 증명하리라"라는 대목은 "휘트먼의 처세 방법"이라고 언급하고 있다. 한편으로는 소세키가 그 대변자로서 자신의 삶의 방식을 예견하고 있다는 느낌도 든다.

또 하나 주목해야 할 대목은 그가 휘트먼의 '영혼설'에 동조하고 있다는 점이다. 그는 만년에, 죽기 직전까지 그 존재를 믿으려 하고 있었다. 그에게 '죽음'이란 육체의 소멸일 뿐, '정신'은 그 후에도 계속 살아 있는 것이다.

영국 시인의 천지산천에 대한 관념

그가 여기서 논하는 '자연주의'는 제목 그대로 실재하는 자연에 관한 영국 문인들의 평론이다. 이로부터 머지않아 일본에서 유행하게 되는 다야마 가타이田山花袋 류의 사실주의와 전혀 별개인 것이다. 그의 표현을 빌려보자면 "인간의 자연과 산천의 자연", 즉 "허례허식을 버리고 천부적인 본성에 따르는" 삶의 방식, 혹은 "자신의 이익이나 명예만 추구하려는 생각을 버리고" 언덕이나 골짜기에서 은자의 마음을 즐기는 생활이 자연주의인 것이다.

그 선구자로 알렉산더 포프Alexander Pope, 조지프 애디슨Joseph Addison, 새뮤얼 존슨Samuel Johnson 등 다수의 인

로버트 번스Robert Burns. 영국의 시인. 일본에서는 인기 있는 창가인 「작별螢の光」의 원곡인 '올드 랭 사인Auld Lang Syne'의 작자로 널리 알려져 있다.

물들을 열거하고 있는데, 궁극의 도달점으로 제시된 것이 로버트 번스Robert Burns(1759~1796년)와 영국의 호반지역 출신인 윌리엄 워즈워스William Wordsworth(1770~1850년)였다.

우선 로버트 번스의 '자연'은 그에게 희로애락의 마음을 보여주는 존재였다. 자연은 인간처럼 상대방에게 상처를 입힐 우려도 없다. 번스는 마치 친구에게 다가가듯 자연 만물에게 말을 건다. 한편 후자인 워즈워스의 시에는 "그 내부에 뭐라 이름 붙일 수 없는 고상하고 순결한 영적 기운"이 충만해 있다. 번스는 자연 안의 '활기'를 인정했지만 그것이 "인간과 기氣를 함께한다"고는 생각하지 않았다. 거기에는 "외계의 사물死物을 제각각 활동하게 만드는" 자세가 존재하지만 워즈워스는 "모름지기 모든 사물死物과 활물活物을 관통하기 위해서는 형태가 없는 영적 기운을 활용한다"고 파악하고 있다. 워즈워스의 예로 인용되고 있는 "My heart leaps up when I behold a rainbow in the sky"로 시작되는 무지개의 시는 "하늘의 무지개를 볼 때마다 내 가슴 설레느니, 나 어린 시절 그러했고"라는 번역으로 널리 알려졌다.

대학 졸업

소세키가 이 글을 쓴 것은 1893년, 대학교 3학년 중엽부터 졸업을 목전에 두고 있던 시기였다. 마사오카 시키에게 보낸 편지 내용을 통해 알 수 있듯이, 입학했을 때 내면에 품고 있던 "마음이란 정체 모를 것이, 오 척 몸뚱이에 집요하게 칩거하고 있다"는 불쾌감은 적어도 표면적으로는 사라졌다. 비 온 뒤에 땅이 굳는다고 할 정도는 아니었지만, 갑갑한 학교제도나 나쓰메 집안의 생활로부터 해방

될 것이라는 기대감도 있었을 것이다. 그는 졸업하자마자 곧바로 대학원으로 진학했는데, 그곳은 자유롭게 연구하는 장소로 거의 아무런 제약도 없었다. 하지만 다급한 문제는 생활비였다. 그는 2학년 때부터 도쿄전문학교(훗날 와세다대)에 출강하고 있었고, 3학년 때는 대학에서 학자금 대납 혜택도 누리고 있었지만, 대학원에서는 스스로 생활비를 벌어야 했다.

영어교사 소세키

영문과를 1년 먼저 졸업한 다치바나 센자부로立花銑三郎가 자신이 근무하고 있던 가쿠슈인學習院의 자리를 제안해주었다. 소세키도 "이번에 단단히 결심을 굳혀 가쿠슈인 쪽으로 출강하고 싶다"고 희망했지만, 가큐슈인 쪽에서는 그보다 한발 앞서 미국 유학 생활이 긴 문학박사를 채용하겠다는 방침을 굳히고 있었다. 친구를 통해 도쿄고등사범학교에도 의뢰를 해봤지만 큰 기대는 하고 있지 않았다. 한편 가나자와金澤에 있던 제4고등중학교에서는 친구이자 당시 그곳 교수로 재직 중이던 가노 고키치로부터 꼭 오라는 말이 있었다. 하지만 너무 멀어서 선뜻 마음을 정하지 못하고 있었다. 그런데 거의 포기하고 있던 도쿄고등사범학교로부터 연락이 왔다. 결국 문과대학 학장 도야마 마사카즈外山正一의 제안을 받아들여 도쿄고등사범학교에 취직하게 됐다. 연봉은 450엔, 매달 월급은 37엔 50전이었다. 거기에서 7엔 50전을 대출받은 대학 학자금을 갚는데 쓰고 10엔을 아버지에게 보냈기 때문에, 결국 매달 20엔으로 생활해야 했다. 당시엔 취업난이 상당했기 때문에 도쿄에서 직장을 구한다는 것이 그렇게 간단한 일은 아니었다. 그의 영어 실력이나 인품 덕택이었겠지만, 어쨌든 혜택 받은 환경에 있었다고 생각해야 할 것이다.

도야마의 추천을 받아 도쿄고등사범학교 학장 가노 지고로嘉納治五郎를 만나보니 '교육 사업'이니 '교육자의 바람직한 모습'이니 하는 골치 아픈 이야기만 늘어놓았기 때문에 자기로서는 도저히 불가능하겠다고 대답했다. 그러자 오히려 가노 지고로는 그 대답이 마음에 든다며 일단 한 번 해보라고 했다. 소세키는 "내 성격 탓에 거절하지 못했다"는 태평한 소리를 하고 있다(「시기가 왔다時機が来てゐたんだ」). 이 이야기는 머지않아 『도련님坊ちゃん』의 소재가 되는데,

나중에 부임하게 되는 마쓰야마중학교와 마찬가지로 소세키는 도쿄고등사범학교와 그다지 궁합이 맞지 않았던 게 아닐까 싶다. 자신이 해야 할 의무에 대해서는 착실하고 세밀한 그였기에 난생처음 취직된 곳에서 너무 열심히 했던 것일지도 모른다. 가노 지고로의 의뢰로 집필한 심상중학교용 『교수법 방안敎授法方案』(오리지널 영문 'General Plan')이 지금도 남아 있는데, 교실 환경의 열악함이나 제일고등중학교와는 다른 학생들의 질적 수준에 불만을 가졌던 것 같다. 그는 훗날 후배나 제자를 도쿄고등사범학교에 다수 추천하는데 이곳에 관한 추억은 앞서 언급한 「시기가 왔다」 이외에서는 거의 발견되지 않는다.

제3장
마쓰야마와 구마모토

폐질환

그가 도쿄고등사범학교를 사임한 시기는 아마도 1895
년 3월일 것이다. 그 한 해 전인 1894년 2월, 그는 감기가
오래가더니 가래에 피가 섞여 나오면서 초기 결핵이라는
진단을 받았다. "일찍이 각오하고 있었기에 새삼 놀라지
는 않았으며, 죽음이라는 것에 대해서도 지극히 냉담한 생
각을 가지고 있었기에 객혈 따위에 마음이 상하지는 않았
지만, 그저 집안의 앞날에 대해 생각해보면 조금은 걱정
스럽습니다"라고 말하는 한편, "일단 이런 병에 걸린 이상,
공명심이나 정욕도 모두 사라지니 담담하고 욕심 없는 군
자"가 될 수 있지 않겠느냐며 희망을 가졌다고 한다. 그러
나 그 후 점점 건강을 회복해 "날 때부터 가지고 태어난 속
된 마음"이 여전히 고쳐지지 않는다고 언급하고 있다(기쿠
치 겐지로菊池謙二郎에게 보낸 편지). 죽지도 못하고 군자도 되지
못한 채 속된 냄새를 풍겨가며 살아가고 있다고 자조하는
그는, 아직 안주할 만한 심경에는 이르지 못하고 있었다.
시키에게도 거의 비슷한 취지의 편지를 보내고 있는 걸 보
면 한 치의 거짓이 없는 술회였을 것이다.

물론 병에 걸렸다는 사실에 대해서는 제법 신경을 쓰고

있었던 것 같다. 산책 따위는 집어치우고 활쏘기에 열중했던 것도 그다운 대목이다. 당시에는 활쏘기 자세가 폐에 좋다는 말이 있었다. "이번 학년은 보기 좋게 처음부터 끝까지 완전히 놀았지만", 모두 병 때문이라고 "스스로의 양심에 대해 변호"한다. 그러고 나서는 "핑계는 뭐든지 잘도 같다 붙이는 자"라고 반성하고 있는 점에도 그의 글다운 특색이 있다.

참선

  여름방학 중 그는 이카호伊香保온천에서 휴양을 하거나 몇 해에 걸쳐 "비등한 뇌장腦漿(뇌 안의 액체)"을 식히고 학업에 대한 마음을 북돋우고자 도호쿠東北 지방으로 여행을 떠났다. 마쓰시마松島의 즈이간사瑞嚴寺(임제종)에서는 유명한 승려인 난텐보南天棒의 설교를 들으려고 했으나 결국 뜻을 이루지 못했다. 귀경 후 쇼난湘南 해안에서는 악천후 속에서 바닷물로 뛰어들어가 "순간적으로 쾌재를 느꼈다"고 시키에게 보고하고 있다. 승려의 이야기를 듣고 깨우침을 얻든, 엉뚱한 돌발행동을 하든, 어쨌든 그는 현 상황

샤쿠소엔釋宗演(1860~1919년) : 엔카쿠사 관장, 사진 제공 : 엔카쿠사

을 타개할 방법으로 뭐라도 하지 않고는 견딜 수 없는 심경이었다. 대학 기숙사를 나와 고이시카와에서 살고 있던 스가 도라오를 느닷없이 방문했다가 그대로 거기서 일주일 정도 눌러앉아버렸던 것도 그 무렵의 일이었다.

소세키의 상태를 걱정한 스가 도라오는 일단 근처 비구니 사찰을 소개해줬다. 연말 휴가를 기다려 그는 스가 도라오의 소개장을 지참하고 가마쿠라鎌倉의 엔카쿠사圓覺寺로 가서 엔카쿠사 경내 암자인 기겐원歸源院에서 참선하게 된다. 참선을 어떻게 했는지에 대해서는 훗날 『문門』에 그대로 묘사돼 있는데 그가 그때 임제종 종단을 이끄는 관장 샤쿠소엔釋宗演에게 받았던 화두는 '부모미생이전본래면목父母未生以前本來面目'이란 무엇인지에 대해서였다. 『문』에는 소스케宗助가 겨우겨우 생각해낸 답을 샤쿠소엔에게 일축당해 맥없이 물러나는 장면이 있다. 시간적 여유가 없었기에 소세키 역시 소스케처럼 빈손으로 돌아왔지만, 이 화두는 훗날까지 내내 그의 내면 깊숙이 뿌리박혀 있었다. "그 정도는 학문에 대해 조금이라도 아는 사람이라면 누구든 말할 수 있는 것"이라고 쏘아붙였던 스승의 말은 학문 지식으로 사고하는 그의 안일한 '선입견'을 박살내버렸던 것이다. 그렇다면 어떻게 답하면 좋았을까. 정답은 알 수 없었다. 단 만년에 고베에서 기무라 겐조鬼村元成와 함께 상경해 나쓰메 집안에서 잠시 기거했던 선승 도미자와 게도富澤珪堂는 직접 상봉하기 전 편지를 통해 소세키가 "그저 범부에 불과하기 때문에 송구스럽습니다"(기무라 겐조에게 보낸 편지)라고 썼던 점에서 소세키 나름대로의 '선禪'을 인정하고 있다(『소세키 씨의 선漱石氏の禪』). 종당엔 소세키의 장례식 주관 승려라는 중책을 맡게 될 정도로 인연(나쓰메 집안은 정토진종)이 깊었던 샤쿠소엔은, 참선에서는 "자연과 융합하는 것을 목적"으로 하는데 소세키의 참선 생활의 경우 "지극히 평범한 보통의 참선"이었으나 만년에 주장했다고 전해들은 '거사즉천去私則天'은 "대승불교의 진정한 정신"이라고 회상하고 있다(「선의 경지禪の境地」,《신쇼세쓰新小說》「문호 나쓰메 소세키文豪夏目漱石」 발췌).

그가 도쿄고등사범학교를 그만둘 결심을 한 것은 참선에서 돌아온 직후라고 생각된다. 스가 도라오를 통해 요코하마의 영자신문《재팬 메일》의 기자가 되려고 결심한 후, 참선에 관한 영문을 제출했는데 그것에 대한 아무런 답변도 없이 원고가 반송됐다. 무례한 처사에 격노한 그는 그것을 갈기갈기 찢어버렸다고 한다. 에토 준은 이 사건에 관해 스가 도라오가 소세키의 앞날을 위해 신문사에 보내지 않았던 게 아닐까 추측하고 있다.

'궁극의 진리(제일의第一義)'를 찾아

스가 도라오의 권유로 그다음에 부임하게 된 곳이 에히메愛媛심상중학교(마쓰야마중학교, 현재의 마쓰야마히가시松山東고등학교)였다. 도쿄고등사범학교와는 비교도 안 될 만큼 당시로서는 불편하기 짝이 없는 시골이었다. 하지만 자립해야만 했던 소세키는 굳이 그 길을 선택했다. 지금으로 말하자면 대학교수가 고등학교 교사로 '격하'된 형국이었다. 도쿄라는 '진계塵界'를 벗어나 도무지 가라앉지 않고 끊임없이 흔들리는 마음을 근본적으로 다잡아보고자 결심했던 것이다. 1895년 3월 도쿄고등사범학교를 사직하고 4월 7일 도쿄를 떠났다. 그의 입장에서 세간에서 말하는 '궁극의 진리(제일의第一義)'란 "어찌 해도 도저히 생사를 벗어날 수 없는 번뇌의 가장 밑바닥에 있는 궁극의 진리(제일의)"였다. 「하이쿠 및 참선 이론俳味禪味の論」에서는 "이른바 생사의 현상이란 꿈같은 것이다. 현상계 깊숙이에 자신의 본체가 있어" 분노나 슬픔도 초월하는 '여유'가 있다는 입장이다. 자신은 이 '여유 있는 소설'을 즐긴다. (중략) 하지만 그에게는 여유를 동경하는 마음과 세속과 싸워낼 치열한 정신이 동거하고 있었다.

『우미인초虞美人草』 연재 종료 후에 한 발언이기 때문에, 그는 그 당시 이미 교사를 그만두고 소설가로 변신한 상태였다. 이 작품의 중심은 성패를 도외시하고 '궁극의 진리(제일의)'라는 삶의 방식을 추구하는 고노甲野, 무네치카宗近와 세속적 성공을 인생의 궁극의 진리(제일의)로 삼는 고노 후지오甲野藤尾, 오노小野 간의 대립이 중심이라 할 수 있다. 그런 의미에서는 같은 해 발표된 소설『태풍野分』에서 '도道'에 대해 설명하는 시라이 도야白井道也도 가난을 감수하며 세속과 싸워갈 '여유'가 있는 인물이라고 할 수 있을 것이다. 이런 논조들이나 작품들의 저변에 일관되게 존재하는 '도의'를 지키기 위해서라도 그는 도쿄를 벗어날 필요가 있었다.

마쓰야마와의 궁합

마쓰야마중학교는 외국인 교사가 그만둔 자리를 메우기 위해 영문과 출신의 문학사 나쓰메 소세키를 채용했다. 월급은 전임자인 미국인 카메론 존슨과 동일한 80엔이었다. 하지만 그는 마쓰야마까지 갈 여비가 없었기 때문에 야마구치고등중학교에 근무하고 있던 친구 기쿠치 겐지로菊池謙二郎에게 50엔의 돈을 빌려달라고 청했다. 부임 후 3개월 안에 변제하겠노라는 약속도 했다. 당시 마쓰야마로 가기 위해서는 고베까지 기차로, 고베부터는 배를 타고 가는 것이 보통이었다. 일단 일본식 료칸에 머물다가, 첫 번째의 하숙집을 2개월 만에 나온 뒤 우에노上野

집안의 별채(2층, 방 4개)로 옮겼다. 거기에는 부모가 전근을 가는 바람에 외가인 우에노 집안에 맡겨진 요리에賴江라는 12세 소녀가 있었다. 할머니, 이모와 지내고 있던 이 아이를 소세키는 귀여워했다.

하지만 마쓰야마라는 지역의 분위기는 그의 기질과 맞지 않았다. 학교에 출근한 지 일주일 만에 이미 '지방 중학교의 행태'에 위화감을 느끼며, '담박淡泊'하지 않은 경향에 대해 간다 나이브神田乃武(영문학자, 대학원 시절의 지도교수)에게 보고하고 있다. 간다 교수는 작별 인사를 하러 온 소세키에게 외국에 갈 경비를 저축해놓으라고 훈계한 모양이다. 그는 "쓸데없는 일에 시간을 뺏겨 공부도 실컷 할 수 없고", 외국에 갈 수 있는 돈도 저축하지 못할 것 같다고 불평하고 있다.

가노 고키치에게 보낸 편지는 좀 더 격했다. 교원들이나 학생들과는 마음을 맞춰가고 있지만 너무 잡다하고 번거로운 일들이 많아 질려버렸다는 것이다. 도쿄에서 "너무 영악한 자들(타산적이고 기회를 엿보는 데 민첩한 인종)에게 바보 취급을 당해 애당초 태어날 때부터 바보가 더 바보가 됐지만" 그냥 이렇게 계속 살 작정이라고 밝히고 있다.

"이곳에서도 뒤에서 고의적으로 신경을 건드리는 영악한 자들이 있다면 한 자루의 권총을 품고 귀경할 결심"을 하고 있다며 서슬이 퍼렇다. 마지막 부분에서는 딱히 산책할 만한 곳도 없으며, "이 지역 일반인들은 행동거지가 느린 주제에 교활하다"고 마무리하고 있다. 도고道後온천은 마음에 들어 했지만 그가 마쓰야마 사람들의 기질에 친숙해지지 못했다는 사실은 분명했다. 중학교 동료였던 무라이 도시아키村井俊明는 교직원실에서 접할 때나 하숙집을 방문했을 때나 항상 조용하고 말수가 적은 사람이었다고 회상하고 있다(「교직원실에서의 소세키 군教員室に於ける夏目君」).

마사오카 시키와의 재회

물론 마쓰야마는 마사오카 시키의 고향이었다. 하지만 시키는 그 무렵 일본에 없었다. 청일전쟁이 종반으로 치닫고 있었는데, 시키는 전쟁이 일어나고 있는 현장에 직접 가보기 위해 일본신문사가 발행하는 신문《닛폰》의 종군 특파원으로 가 있었기 때문이다. 《닛폰》은 서구화주의를 날카롭게 비판하며 일본 민족의 전통이나 문화를 지키고자 했던 구가 가쓰난陸羯南이 창간한 신문이었다. 마사오카 시키는 자작소설『달의 도읍月の都』에 대한 고다 로한의 평가를 접한 후, 소설가가 될 꿈을 접고 하이쿠 혁신을 위해 매진하고 있었다.『닷사이쇼오쿠하이와獺祭書屋俳話』(1892년《닛폰》연재) 등의 평론이나 하이쿠 관련 저술에서 그 열정이 결실을 맺고 있다. 그의 재능을 인정한 구가 가쓰난은《닛폰》신문에 그를 입사시켜 실력을 맘껏 발휘하도록 지원했다. 마사오카 시키가 종군기자를 지망했을 때 주위에서는 그의 몸 상태를 고려해 극구 말렸으나, 그는 그런 충고들에 전혀 귀를 기울이지 않았다.

마사오카 시키가 우지나宇品 지역에서 출발한 것은 3월 10일이었지만, 그가 진조우金州나 뤼순旅順 등에 도착했을 때 전쟁은 거의 종식 상태에 가까웠다. 그가 전쟁터에서 모리 오가이를 방문한 것은 그날 강화조약이 성립했기 때문이다.

그가 다롄大連에서 귀국길에 올라 일본에 도착한 5월 14일, 고베를 눈앞에 두고 갑판에서 상어 떼를 보다가 갑자기 엄청난 객혈을 일으켰다. 하선은 병사가 우선이었기 때문에 그는 검역소에 한동안 잡혀 있다가 가까스로 고베

마사오카 시키. 청일전쟁 종군기자로서 일본을 떠나기 전. 사진 제공 : 마쓰야마 시립 시키기념박물관

에 상륙한 후 23일이 돼서야 입원할 수 있었다. 한때는 상태가 매우 위독했지만 한 달 후 기적적으로 회복하고 다시 한 달 동안 스마須磨에 있는 요양소에 들어가 있었다. 귀향한 후 그를 이전부터 보호·지원하고 있던 오하라 쓰네노리大原恒德(마사오카 시키의 어머니 쪽 친척)에게 간 것은 8월 25일이었다.

구다부쓰암愚陀佛庵

아무런 기별도 없이 시키가 소세키의 하숙집으로 찾아

온 것은 그 이틀 후의 일이다. 물론 이 방문은 소세키가 그날 아침 사무카와 소코쓰寒川鼠骨로부터 시키가 자신을 만나고 싶다고 한다는 이야기를 듣고 올 수 있으면 당장 왔으면 좋겠다고 편지를 보냈기 때문이다. 마사오카 시키가 그의 초대에 즉시 응해준 것이었다. 짐 정리 같은 것은 나중에 해도 된다고 하고 있으니 소세키도 시키와의 재회를 몹시 기다리고 있었던 것으로 추측된다. 하숙집이었던 우에노 집안에서는 결핵은 전염되니까 함께 살지는 말라고 충고했다. 그러나 소세키는 뜻을 굽히지 않았다. 결국 별채 1층에서 시키가 머물 수 있도록 해주었는데, 그곳이 설마 마쓰야마에 사는 하이쿠 가인들이 노상 들락거리는 곳이 될 거라고는 미처 생각해보지 못했을 것이다. 학교는 오후 2시면 끝났지만 돌아와서 공부가 될 리 없었다. 소세키도 2층에서 내려와 현지에 살고 있던 야나기하라 교쿠도柳原極堂 등 '쇼후카이松風會' 하이쿠 가인들과 함께 하이쿠를 만들었다. 소세키의 하이쿠 필명이 구다부쓰愚陀佛였기 때문에 이 별채를 구다부쓰암愚陀佛庵이라고 칭하고 있었다.

시키의 귀경

시키는 여름 내내 건강했지만 9월 말 다시 객혈을 시작했다. 그는 연일 늦은 밤까지 하이쿠 모임을 계속해서 피가 솟았다고(흥분했다고) 우겨댔지만, 10월이 되자 결국 귀경하기로 했다. 소세키는 이별할 때 10엔을 건넸는데, 시키는 그것을 오사카에서 다 써버렸다. 소세키도 기쿠치 겐지로에게 갚을 빚을 다 갚아 조금은 여유가 생겼을 것이다. 시키는 19일에 출발해 히로시마(청일전쟁 취재차 도항했을 때 잠시 머물렀던 사단본부가 있었음)에서 스마(입원했던 지역), 그리고 오사카와 나라를 돌아 귀경한다. 이 전반부의 여정은 그가 종군기자로 일본을 떠났을 때의 시작과 끝을 확인한 것처럼 느껴진다. 스마에서는 요통이 생겼다. 병마와 몹시도 인연이 질긴 땅이었다. 오사카에서 10엔을 쓴 것도 치료 때문이었을지 모른다. 나라에서는 널리 알려진 "감을 먹고 있자니 호류사의 종이 울리네柿食へば鐘が鳴るなり法隆寺"라는 하이쿠를 지었다. 도쿄로 올라온 것은 그달 말경이었다.

고독한 소세키

시키가 떠나자 "에히메현에 다소 정이 떨어진" 소세키는 다시 고독해졌다. 마음 편히 이야기를 나눌 수 있는 상대가 없던 그는 결혼을 하라는 주위의 권유를 뿌리치지 못한 채 맞선 자리에도 나가봤지만 마음에 드는 상대가 없었다. 하지만 그 반동으로 자연스럽게 결혼에 대해 마음을 먹을 수 있게 됐다. "결혼에 대해 마침내 결판이 남"(기쿠치 겐지로에게 보낸 편지)이라고 알린 것은 시키가 떠난 직후인 10월 8일의 일이었다. 한편 11월 13일 날짜로 시키에게 보낸 편지에는 "신전 앞에서의 혼례는 치르지 않을지도 모른다"고 돼 있다. 이것이 만약 교코와의 혼담을 말한다면 혼담은 시키가 와 있었을 때부터 오고 갔다는 말이 된다. 받는 사람의 이름은 '류마치사마兩待樣'였다. 류머티즘을 한자음으로 쓴 것이다. 시키는 자신이 겪는 신체의 통증이 류머티즘이라고 짐작하고 있었기 때문이다. 그러나 억측해보자면 이것은 '양쪽 모두 대면을 기다리고 있는 사람'이라는 의미를 담은 철자일지도 모른다. 소세키는 시키만이 아니라 가까운 사람에게 때때로 이런 말장난을 했다. 그는 정치적 사건에 대해서는 별다른 관심을 보이지 않았지만, 이 편지에는 일본 세력보다 러시아나 청나라를 의지해서 청일전쟁의 계기가 된 명성황후 암살사건과, 도쿄시의 수도 철관 납입으로 부정을 저지른 하마노 시게루浜野茂 등의 강제 연행에 쾌재를 부르고 있다. 양쪽 모두 당시의 신문 보도를 보고 썼을 것이므로 일반적인 관심이라는 정도에 머물고 있다.

간단한 중매

이 해가 저물 무렵에 소세키는 도쿄로 돌아가기 전 마사오카 시키에게 편지를 보낸다. 소원하게 지냈던 형 나쓰메 나오타다와 자신과의 관계를 어떻게든 다시 회복시키려고 노력해준 사실에 감사를 표하기도 했다. 좀 더 구체적으로는 형이 꺼낸 소세키의 혼담 건으로 시키가 나쓰메 집안을 방문해서 소세키의 의향을 전달한 듯하다. 이미 서로 사진 교환까지 마친 상태였다. 상대는 귀족원 서기관장인 나카네 시게카즈中根重一의 맏딸 교코로 당시 19세였다. 나카네는 후쿠야마번의 하급무사 집안에서 태어나 고학 끝에 대학남교大學南校(도쿄대의 전신)를 나왔다. 그 당시가 그에게는 인생의 최전성기였다. 교코의 회상에 의하면 할아버지의 바둑 친구가 우체국에서 근무했는데 그가 소세키의 형과 동료였다는 인연으로 혼담이 오간 듯하다. 시키에게 보낸 편지에 의하면 소세키는 "나카네 건에 대해서는 사진만 주고받았기 때문에 당사자를 만나 만약 다른 사람이라면 혼담을 파기하면 된다고 미리 마음을 먹었다"(12월 18일)고 한다. 그러나 물론 사진사가 제멋대로 수정한 것일 테지만, 소세키가 보낸 사진에도 얼굴에 천연두 흉터가 없었다. 나오타다가 중매인에게 사진을 가지고 갔을 때 "천연두 흉터는 없습니다"라고 일부러 양해를 구했다고 한다. 교코 쪽에서 보내준 사진은 유명한 마루키丸木 사진관에서 찍었기 때문에 당연히 예쁘게 수정돼 있었을 것이다. 키츠John Keats의 『엔디미온Endymion』처럼 이상적인 미인을 기다리고 있던 것은 아니었으므로, 소세키는 딱한 번 만나본 후 결혼하기로 마음을 굳혔다.

결혼을 바라고 있던 그의 심경은 키츠를 소개하며 자신의 반생을 되돌아보는 히라타 도쿠보쿠平田禿木의 문장과 매우 흡사하다. "아득한 어른 시절부터 나의 생은 일찌감치 고독에 가까웠다. 아름다운 공상에 기만당하고 미심

중매 사진. 교코(왼쪽)는 귀족원 서기관장 나카네 시게카즈의 맏딸로 당시 19세, 소세키는 29세였다. 약혼한 다음 해인 1896년에 부임지였던 구마모토에서 혼례를 치렀다. 『소세키 사진첩』발췌

쩍은 꿈에 속아 넘어가며 위태롭게 미로를 가까스로 더듬어왔건만 결국 인간 마음의 냉혹함과 세상 인정의 박정함에 놀란다. 부모라는 이름도 빈껍데기일 뿐, 혈육이며 벗이며 다 부질없는 이름뿐이다"(히라타 도쿠보쿠「박명기薄命記」, 《문학계文學界》 1894년 3월).

연말에 귀경한 소세키는 28일, 관저에 살고 있던 나카네의 집에 가서 맞선을 보고 쌍방 모두 좋은 감정을 가져 약혼했다.

앞서 언급했던 시키에게 보낸 편지에는 "원하는 여자가 따로 있는데 얻을 수 없기 때문에 이런다고 오해를 받으면

매우 곤란하다"고 돼 있다. 되풀이해서 말하면 우체국이나 안과에서 발견한 "당시 유행하던 올림머리(정확하게는 이초가에시銀杏返し, 정수리에서 모은 머리를 좌우로 갈라 반달 모양으로 틀어 맨 것-역자 주)에 끈 장식을 한" 미소녀나 형수(도세)가 그의 마음을 흔들어놓았다 해도 그런 '연심'은 그가 신경쇠약 중 만들어낸 일방적인 환상이지 않았을까.

그는 가노 고기치가 정월 3일에 만나고 싶다고 하자 "오랜만에 친구 집에서 하이쿠 모임을 열자는 약속이 있어서"라며 거절한 후, 나카네 집안에서의 가루타(일본의 카드 게임-역자 주) 모임에 참석했다. 신중한 성격의 그는 마사오카 시키 이외에는 결혼할 때까지 이 일에 대해 함구했던 것이다.

'교육'에 대한 비판

상경하기 전 소세키는 의뢰를 받아 마쓰야마중학교 교우회 잡지인 《호케이카이잣시保惠會雜誌》(1895년 11월)에 「우견수칙愚見數則」이라는 격문을 실었다. 오늘날의 사제 관계란 그저 손님의 기분만 살피는 숙박업소 주인과 돈을 지불하고 잠깐 머물다 가는 투숙객과 다를 바 없다는 사실을 통렬히 비판하며 교육의 질적 향상을 외치고 있다. 물론 자기비판도 잊지 않았다. 자신이 "입에 풀칠이나 하기 위해" 교직에 종사하는 '가짜 교육자'라는 점을 인정하며 "나는 교육자로 적합하지 못하다", "내가 교육 현장 속에서 축출될 때는 일본의 교육 현장이 바로 섰을 때"일 거라고 거침없이 말하고 있다.

이하 월급의 고하로 교사의 가치를 판단해서는 안 된다는 점, 교사가 꼭 학생보다 더 훌륭하라는 법은 없을 거라는 점, 한번 결심하면 주저 없이 앞으로 나아가야 한다는 점, 다수라는 사실만 믿고 소수의 사람을 업신여겨서는 안 된다는 점, 다른 사람을 숭배할지언정 경멸해서는 안 된다는 점, 타인의 비방이나 칭찬에 지나치게 휘둘리면 안 된다는 점, 사람의 가치는 성공이나 실패로 결정되는 것이 아니라는 점 등등, 그가 수년간 마음속에 쌓아두었던 울분을 한꺼번에 분출시켜버렸다는 인상을 준다. 『도련님』의 '내'가 달변가였다면 직원회의에서 분명 이와 비슷한 발언들을 쏟아놓았을 것이다.

구마모토 제5고등학교로의 전근과 결혼

이런 격문만을 남긴 채 소세키는 1896년 4월 홀연히 마쓰야마를 떠나 구마모토에 있는 제5고등학교로 전근을 갔다. 이 해 초부터 제5고등학교에서 근무하고 있던 스가 도라오가 도움을 주었다. 미야지마宮島를 구경하고 갈 생각이었기에 마쓰야마에서 미야지마까지 상경하는 다카하마 교시高浜虚子와 같은 배를 탔다.

다카하마 교시는 교토의 제3고등학교에서 센다이에 있는 제2고등학교로 옮겼는데, 아무런 상의도 없이 덜컥 학교를 그만둔 탓에 시키의 노여움을 사고 있었다. 제3고등학교에서 제2고등학교로, 그리고 그곳을 퇴학하는 코스는 동급생인 가와히가시 헤키고토河東碧梧桐와 마찬가지였다. 두 사람 모두 학업보다 하이쿠에 좀 더 몰입하고 싶다고 생각하고 있었다. 시키는 고베에서 입원 중일 때부터 다카하마 교시를 자신의 후계자로 지명하겠다는 뜻을 종종 전하고 있었는데, 교시 입장에서는 그것에 중압감을 느껴 계속 고사하고 있던 상태였다. 그는 도쿄전문학교에 적을 두고 있었다. 소세키는 시키와 교시 사이를 걱정하며 조속한 관계 회복을 바라고 있었다.

다카하마 교시高濱虛子(1874~1959년). 사진 제공 : 교시기념문학관虛子記念文學館

　구마모토에 부임한 소세키는 우선 스가 도라오의 집에
기거하며 살 집을 구했다. 구마모토 시절에 그는 무려 일
곱 번이나 이사를 했다. "환경이 사람의 기상을 바꾼다(『맹
자』진심 상 36장의 '거이기居移氣'의 문구-역자 주)"고 하는데, 5년간
일곱 번이나 이사했다는 것은 그의 마음이 안정을 찾지 못
했다는 사실을 나타내는 듯하다. 월급은 100엔이었는데
당시에는 군함 제조를 위해 10%가 원천 징수되는 구조였
고, 기존의 채무를 변제하거나 부친에게 송금하는 돈 등을
빼고 나면 생활비는 결국 책값을 포함해 70엔 남짓이었
다. 이사를 자주 다닌 이유 중 하나는 교코의 몸 상태가 좋
지 않았기 때문일 것이다.

기묘한 결혼식

교코는 아버지와 함께 6월 8일 구마모토에 도착했다. 교코에 의하면 소세키가 두 번째로 빌린 집이었는데 시내의 고린사光琳寺에 있었다. 다다미 열 장짜리 방과 여섯 장짜리 방, 그리고 세로로 긴 다다미 네 장짜리 방에 욕실과 광도 있었다. 별채에는 다다미 여섯 장짜리 방과 두 장짜리 방이 있었다. 결혼식은 신접살림을 차렸던 이 집 별채에서 거행됐다. 신랑·신부와 친정아버지 외에 손님은 아무도 부르지 않았고, 복장도 소세키만 단벌옷인 프록코트를 입었을 뿐이다. 교코는 지참해간 기모노 정장(후리소데)을 입었고, 친정아버지는 입고 갔던 양복 차림 그대로 혼례를 올렸다고 한다. 옆에서 일을 도와주던 할멈이나 인력거 인부가 각자 자기 일을 하면서 간간이 손님 대리를 맡아주었다는 것이다. 일본에서 치러지는 결혼식 의례로 세 개의 잔으로 세 번씩 모두 아홉 잔의 술을 마시고 부부의 서약을 하는 이른바 삼삼구배三三九度가 있는데 마침 잔이 하나 모자랐다. 결혼 후 상당한 시간이 지난 후 교코가 소세키에게 그 이야기를 꺼내자, 어쩐지 부부 싸움이 끊이지 않는다며 웃었다고 한다.

우거진 잎사귀 어린 복숭아 잎 같은 아내를 맞이하네

蓁々たる桃の若葉や君娶る

결혼을 축하하며 시키가 읊었던 하이쿠다.

소세키는 신혼 초기에 아내 교코에게 다음과 같이 공식 선언했다고 한다. "나는 학자라서 공부해야 하니 당신한테 신경 쓸 겨를이 없네. 그런 사실을 잘 알고 있었으면 좋겠네." 옆에서 누가 훈수를 두었는지는 모르겠으나, 모름지기 결혼 생활이란 초장에 분위기를 잡아야 한다고 생각했기 때문일 것이다.

생활 리듬의 차이

분명 교코는 순순히 그 방침에 따랐다. 하지만 저혈압 때문인지 아침 일찍 일어나는 것을 힘겨워했다. 남편은 아침 일찍 보강을 했기 때문에 수업이 있으면 아침 7시 전에 집을 나서야만 했다. 교코의 증언에 의하면 아침 식사를 거르고 출근한 적도 몇 번 있다고 한다. 머지않아 런던으로 유학 가게 되는 소세키는 편지를 보내 자기가 없는 동안 늦잠 자는 나쁜 버릇을 고치라고, 당신처럼 늦잠을 자는 것은 여염집 부인이 아니라 첩 정도일 거라고 질타했지만, 늦게 자고 늦게 일어나는 습관은 도저히 고쳐지지 않았다. 그는 훗날 일기에서 아내의 흉을 잔뜩 보고 있다. 평소엔 그렇게 늦잠을 자면서 정말로 자기가 꼭 가야 할 곳이 생기면 반드시 일찍 일어난다고도 쓰고 있다. 서로 간섭하지 않으면서, 혹은 걸핏하면 역정을 내는 남편의 기분을 해치지 않으면서, 아내는 아내대로 자기가 하고 싶은 일은 꼭 실행에 옮기는, 그런 부부관계가 시작된 것이다. 무더위를 피해 가을에 신혼여행을 떠났다. 하카타博多, 다자이후大宰府 방면을 일주일 정도 돌고 오아마小天온천에도 들렀다. 하지만 교코는 숙소가 불결해서 기분이 상했다고 한다. 이후 규슈 여행에는 더 이상 동행하지 않았다고 하니 그녀도 제법 직선적인 여성이었다.

여행에서 돌아온 후 얼마 지나지 않아 새로운 집을 빌려 이사를 갔다. 소세키는 자신이 직접 구한 집이어서 괜찮았을지 모르지만, 바로 앞에 묘지가 있었기 때문에 교코는 꺼림칙했던 것 같다. 새로운 집은 방의 개수가 여덟 개나 됐고, 집세는 무려 13엔이었다. "밝은 달이여 13엔이나

되는 집에 살고 있노라名月や十三円の家に住む." 시키에게 보낸 편지에서 소세키는 "이런 곳에 와서 13엔이나 되는 집세를 내리라고는 꿈에도 생각하지 못했다"고 투덜대고 있다. 게다가 제5고등학교 동료인 하세가와 데이치로長谷川貞一郎(역사학)가 이 집에서 같이 살게 됐고, 심지어 영문학을 하는 야마카와 신지로山川信次郎도 부임 후 함께 살게 됐다. 사교적인 야마카와에게는 학생 손님들도 끊이지 않아, 여기서 맞이한 신년 행사에서는 후식이 동이 나 교코는 1월 1일 한밤중까지 후식을 만드느라 혼이 났다고 한다. 그 옛날 그 시절의 고등학교 사제 관계를 연상시키는 에피소드다.

데라다 도라히코寺田寅彦

제5고등학교 최초의 제자는 데라다 도라히코였다. 그는 소세키에게 하이쿠를 배우고 있으면서도 행동거지를 삼가며 좀처럼 집에까지는 찾아오지 않았다. 그가 맨 처음 소세키를 방문했을 때는 "시라카와白川 강변 후지사키藤崎 신사 근처의 한적한 마을"로 찾아왔다고 하니(『소세키전집』

데라다 도라히코
구마모토 제5고등학교 시절 사진. 사진 제공 : 일본근대문학관

별권「나쓰메 소세키 선생님의 추억夏目漱石先生の追憶」), 다섯 번째로
이사 갔던 이가와부치井川淵마치에 있던 집일 것이다. 용
건은 낙제 점수를 받은 학생을 구제해달라는 탄원이었다.
점수를 받기 위한 '운동위원'이라는 직책이 있었는데 데라
다도 그 일원으로 뽑혔던 것이다. 소세키는 "읍소하는 진
술 내용을 묵묵히 들어주었지만" 가부에 대해서는 이렇다
저렇다 확답하지 않았다. 하지만 그 학생은 최종적으로
진학을 했다고 한다.

데라다는 그 무렵부터 하이쿠에 대한 흥미를 느끼기 시작했기 때문에 성적 이외의 이야기로 화제가 바뀌어 "하이쿠란 대체 뭔가요?"라고 질문했다. 그러자 소세키는 "하이쿠는 레토릭이 응축된 것이다", "부채의 사북처럼 핵심을 지적해 묘사하고, 거기로부터 사방으로 펼쳐지는 연상의 세계를 암시하는 것이다"라고 대답했다고 했다. 매우 적확한 설명이었다. 데라다가 하이쿠를 짓기 시작했던 것은 그 무렵부터였다. 일주일에 두 번이고 세 번이고 우치쓰보이內坪井에 있는 소세키의 자택을 방문했다고 한다. 두 사람은 소세키가 도쿄로 돌아온 이후에도 계속 친밀한 관계를 유지하게 된다.

아버지의 죽음으로 상경

소세키의 아버지가 타계한 것은 결혼 후 첫해인 6월의 일이었다. 교코는 임신 중이었지만 학년말 시험이 끝난 후 둘이 함께 상경했는데, 긴 여행 탓에 여독이 심했는지 교코는 결국 유산하고 말았다. 나카네 집안의 경우, 여름에는 가마쿠라 자이모쿠자材木座 해변에 있는 오키 다카토大木喬任 백작의 별장에서 지내는 것이 관례였다. 이 때문에 교코는 가마쿠라에서 요양을 시작했고, 소세키는 몇 번인가 아내의 문병을 다녀온 후 홀로 구마모토로 돌아왔다. 10월 말이 되자 교코는 구마모토의 집으로 돌아왔지만, 집은 또 바뀌어 오치아이 도카쿠落合東郭(한학자, 도쿄대 선과選科 수료 후 황실 업무를 담당하는 궁내성宮內省에 들어가 황태자 시절의 다이쇼大正 천황의 교육을 담당)가 비워둔 집으로 이사를 마친 상태였다. 집세는 7엔 50전이었다. 책값을 매달 20엔이나 쓰는 소세키는 집세를 줄이고 싶었을 것이다. 그는 집안 살림에 일일이 간섭하지는 않았지만 나중에는 교코가 살림을 못한다며 자기가 직접 가계부를 쓴 적도 있다. 교코가 집에 돌아와보니 집에는 제5고등학교 학생인 마타노 요시로俣野義郎가 서생으로 기거하고 있었다. 그는 엄청난 대식가에다 식사를 하면서 밥알을 흘렸고 술고래였기 때문에 종종 밤늦게 돌아오는 경우도 있었다. 그러나 '웃음거리'를 마구 남발했기 때문에 도저히 미워할 수 없는 청년이었다. 훗날 만주 여행을 할 때 소세키는 다롄에서 그의 안내를 받게 된다. 서생이 또 한 사람 있었는데 쓰치야 주지土屋忠治라는 이름의 착실한 제5고등학교 학생

낮잠을 자는 소세키. 1899년경, 야마카와 신지로山川信次郞 촬영.『소세키 사진첩』발췌

(도쿄대 법대를 나와 변호사가 됨)이었다. 그에 대해서는 교코도 마음에 쏙 들었던 모양이다. 그는 대학 시절에 나카네 집안의 서생이 되기도 했다. 나쓰메 소세키 부부는 한때 그 별채에서 지냈다.

수업과 교무

제5고등학교에서의 영어 수업은 마쓰야마중학교와는 완전히 딴판이었다. "글자 하나하나에 대한 충실한 해석"이 아니라 "자신의 생각을 분명히 드러내는 방식"으로 바뀌었다.『어느 영국인 아편 중독자의 고백Confessions of an

English Opium Eater』나 『사일러스 마너Silas Marner』 등을 술술 음독하며 "어떤가, 이해하겠는가?"라는 식이었다(데라다 도라히코 발언).

교무 쪽은 후쿠오카福岡현이나 사가佐賀현의 심상중학교 영어 수업을 시찰하고 보고서를 제출하기도 했다. 인사와 관련해서는 제4고등학교(가나자와)를 퇴직한 후 도쿄로 돌아와 있던 가노 고키치를 교감으로 초빙하는 데 성공했다. 야마카와 신지로도 그렇지만, 도쿄대 출신의 절친한 벗이 세 사람 모두 모였다는 이야기다. 스가 도라오는 객혈을 한 뒤 퇴직한 상태였다.

1897년 연말부터 신년에 걸쳐 야마카와 신지로와 함께 구마모토현에 있는 오아마온천에 들르거나 집안 대대로 자산가인 마에다 가가시前田案山子의 별장에서 기거하며 그 딸인 쓰나코卓子와 아는 사이가 되기도 했다. 훗날『풀베개』의 무대, 나코이那古井로 등장하는 온천이다. 이 여행은 제5고등학교 학생들로부터의 '습격'을 피한 것이었으며, 학교를 벗어나 풍류를 즐기는 여행이기도 했다. 교사업무는 싫어했지만 그는 직무에 열정을 쏟는 교사였다.

교코의 발작

도쿄에서 유산을 경험한 교코는 히스테리 증상을 일으킨 듯했다. 소세키가 홀로 구마모토로 돌아온 것도 그것이 원인으로 추측된다. 하지만 1898년 3월 이가와부치마치로 이사한 후, 발작 증세가 다시 교코를 덮쳤다. 널리 알려진 바와 같이 히스테리 발작은 심리적 갈등에서 벗어나고 싶다는 마음이 강해졌을 때 나타나는 무의식적인 육체적 증상이다. 타인이 없는 곳에서는 증상이 나타나지 않는다고도 한다. 전년도에 아이를 유산했을 때 최초의 증상이 보였다고 한다. 이 해 여름 교코는 가까운 시라카와로 가서 투신자살을 시도했다. 다행히 큰일로 번지지는 않았다. 이 사건의 심적 원인은 과연 무엇이었을까.

그토록 고대하던 가노 고키치의 부임 이후, 야마카와 신지로까지 가세해 소세키가 그들하고만 어울려 지내면서 아내를 보살피지 않았기 때문이었을까. 혹은 무슨 이유로 남편한테 타박을 받았기 때문이었을까. 그 어느 쪽이든 아는 사람 한 명 없는 구마모토에서, 의지할 사람이라곤 하녀밖에 없는 상태였다. 곱게 자란 교코도 분명 외로웠을 것이다. 이가와부치의 집은 오에무라大江村의 집주인이던 오치아이가 귀향했기 때문에 급히 옮긴 작은 집으로, 두 명의 서생들이 응접실에서 자야 할 지경에 이르렀다.

가을에 교코는 다시 임신을 했는데 입덧은 9월부터 11월까지 계속됐다. "음식이나 약은커녕 물조차 마시지 못했던" 아내를 소세키는 열심히 돌봐주었다.

아픈 아내의 규방 불빛 밝히며 지내는 가을
病妻の閨に灯ともし暮るゝ秋

보통 때는 아내의 기분 따위는 전혀 개의치 않았던 그였지만, 아픈 아내를 걱정스러운 얼굴로 지켜보고 있을 모습이 눈에 선하다. 이 집은 가노 고키치가 빌렸던 집으로 우치쓰보이内坪井마치 78번지에 있었다. 불길한 집이었기 때문에 당장이라도 떠나고 싶었을 것이다. 가노가 호의적으로 다른 곳으로 옮겨 그에게 양보했던 것으로 보인다. 교코는 다음 해인 1899년 5월, 맏딸 후데코筆子를 출산했다. 교코에 의하면 무척이나 귀여운 아기였다고 한다. 글씨를 잘 쓰라는 소망을 담아 후데코라는 이름을 지어줬다고 한다. 소세키는 자주 이 아이를 자신의 무릎 위에 앉히

교코와 맏딸 후데코. 사진 제공 : 현립가나가와근대문학관縣立神奈川近代文學館

고, "앞으로 17년이 지나면 요 녀석이 열여덟 살이 되고, 나는 오십 살이 되겠지"라고 혼잣말을 했다고 한다. 설마 자신이 50세란 나이로 세상을 떠나리라고는 꿈에도 생각하지 못했을 것이다.

너무도 쉽사리 해삼 같은 아이가 태어났노라

安々と海鼠の如き子を生めり

출산 전의 불안과 출산 후의 안도가 뒤섞여 있는 소세키의 하이쿠다. 교코는 남편의 영국 유학 중 둘째 딸 쓰네코恒子, 귀국 후 셋째 딸 에이코榮子, 넷째 딸 아이코愛子, 장남 준이치純一, 차남 신로쿠伸六, 다섯째 딸 히나코雛子 등 모두 일곱 명의 자녀를 낳았다. 시대가 시대인 만큼 그 당시로서는 결코 이례적이라 할 수 없지만, 그래도 자녀가 많은 축에 속할 것이다.

절친한 벗들의 귀경

후데코가 태어날 즈음, 가노 고키치와 야마카와 신지로는 도쿄로 돌아갔다. 가노 고키치는 제일고등학교의 교장이 됐고, 야마카와 신지로는 같은 학교 교수로 취임했다. 쓸쓸함을 달래듯 소세키는 주변 사람들의 권유에 따라 요쿄쿠謠曲를 배웠다. 너무나 웃겨서 도저히 들어줄 수가 없었다고 한다. 데라다를 필두로 제5고등학교의 여러 학생들과 교류하며 그들이 만든 하이쿠 단체 '시메이긴샤紫溟吟社' 조직에도 참가했다. 훗날 도쿄아사히신문사에서 동료가 되는 시부카와 겐지澁川玄耳(필명, 야부노 무쿠주藪野椋十)

와 알게 된 것도 거기에서였다. 그는 사가현 출신으로 당시에는 구마모토 제6사단 법관부에서 근무하고 있었다.

소세키는 동료들과 함께 신년을 맞이해 우사하치만宇佐八幡이나 야바케이耶馬溪, 히타日田 지방으로 놀러 갔으며, 여름에는 야마카와 신지로와 아소산阿蘇山에 올라 작별을 아쉬워했다. 그와 관련된 다수의 하이쿠를 마사오카 시키에게 보냈는데, 그중에는 "니켈 시계마저 멈춘 추운 한밤중ニッケルの時計とまりぬ寒き夜半"이라는 하이쿠가 있었다. 여행지였는지 자택이었는지는 확실치 않지만, 한밤중에 문득 잠에서 깨어나 머리맡에 둔 시계를 보자 아끼던 니켈 시계가 멈춰 있었다. '추위'는 살갗으로 느낀 추위만이 아닐 것이다. 아마도 그에게는 시간이 이대로 멈추며 아무런 '목적'도 달성하지 못한 채 살아가야 할지도 모른다는 불안감이 엄습했을 것이다.

불온한 중국 정세

메이지 33년은 서력으로 1900년이다. 새로운 세기인 20세기가 바로 코앞에 닥치고 있었던 것이다. 중국에서는 그 전해에 의화단이 봉기해 열강의 중국 침략에 항거했다. 일본군은 열강의 일원으로 그 봉기를 진압하는 데 최선을 다했는데, 러시아군은 난이 진정된 이후에도 만주에 주둔했고 일본군 역시 그에 대항해 군대를 남겨두었다. 결론적으로 말하면 소세키는 이런 세계정세에 큰 관심을 가지고 있었다. 런던 도착 후 마사오카 시키와 다카하마 교시에게 보낸 최초의 편지(「런던소식倫敦消息」)에 "나는 우선 중국과 관련된 사건부터 읽는다. 오늘 것에는 러시아 신문에 나온 일본에 대한 평론이 있다. 만약 전쟁을 할 수밖에 없게 된다면 일본으로 직접 공격해가는 것은 결코 득책이 아닐 것이기 때문에서 조선 땅에서 자웅을 겨루는 게 좋을 거라는 것이 주된 내용이었다. 조선 입장에서는 엄청난 민폐일 거라고 생각했다" 등의 내용이 나와 있다. 러시아의 자기중심적 사고방식에 비판적인 자세가 분명해 보인다. 그는 끝까지 무력에 의한 다툼은 어리석다며 반대하는 입장이었다. 하지만 『만한滿韓 이곳저곳』(1909)에서 볼 수 있듯이 일본의 만주 지배에 대해서는 반대하고 있지 않다. 이 점에 대해서는 나중에 다시 언급하기로 하고, 구마모토의 소세키에 대한 이야기로 일단 돌아가고 싶다.

갑작스러운 유학 명령

그는 바로 이 1900년 봄, 다시 이사를 했다. 시내라고 할 수 있는 기타센단바타北千反畑마치에 있던 이층집이다. 이유는 확실치 않다. 한곳에서 진득하게 있지 못하는 성격은 여전했다. 그에게는 일찍이 제일고등중학교 본과 시절 한문으로 지은 「거이기설居移氣說」이 있다. 그는 여기에다 자신은 여태까지 세 번 '거居'를 옮겼는데 자신의 성정역시 그때마다 변했으며, 앞으로 40세, 50세가 될 때까지 몇 번이나 '거居'를 옮기고 그때마다 마음이 또 어떻게 바뀔지 모르겠다고 적고 있다. 자기 자신에 대해 아주 잘 자각하고 있다고 말할 수 있을 것이다. 그는 그렇듯 변하기쉬운 마음을 적확하게 포착해두고 싶었던 것이다.

하지만 그것을 불가능하게 만드는 지령이 문부성으로부터 내려왔다. "영어 연구를 위해 만 2년간 영국에서 유학할 것을 명한다"라는 임명장이었다. 유학 중의 학비는 연간 1,800엔, 유학 수당은 연간 300엔이었다. 여전히 군함제조를 위해 일부가 원천 징수돼 교교가 손에 쥔 생활비는매달 22엔 50전이었다. 가족들은 아내의 친정집으로 들어가 그 별채에서 지내게 됐다. 일가는 학년말이 지난 7월 중순 구마모토를 출발해 친정인 나카네의 집에 도착했다.

생과 사의 인연은 끝이 없으며

生死因緣 了期無く

눈에 보이는 현실 세계는 광기와 무지로 가득

色相世界 狂痴を現ず

족쇄를 찬 채 머뭇거리며 속세에 머물러 있노라

迤遭 校を屢けて 塵中に滯り

이제 의관을 정제하고 먼 땅으로 가고자 한다

迢遞 冠を正して 天外に之く

성공할지를 잊는 것이야말로 부처님의 가르침

得失に懷いを忘るるは 當に是れ仏なるべく

앞으로 만나는 모든 이가 나의 스승이노라

江山の目に滿つる 悉く吾が師

앞에 놓인 길은 한없이 머나먼 길

前程 浩蕩 八千里

어렵기 그지없는 글을 배우고자 하노라

學ばんと欲す 葛藤文字の技

영국으로 떠나기 전에 읊었던 한시 3수의 두 번째다. 『소세키전집』의 주해를 따라 대략적인 뜻을 제시하면 이렇다.

— 생과 사는 끊임없이 이어지고 있으며 눈에 보이는 현실 세계는 광기와 무지로 가득 찬 어리석은 모습을 드러낸다. 자신은 머뭇거리며 나아가지 못하고 족쇄를 찬 채 속세에 머물고 있으나, 이번에 몸을 가다듬고 아득히 먼 신천지로 향한다. 성공할지 실패할지에 대해서는 마음을 쓰지 않는다. 그것이 바로 부처님의 깨달음일 것이다. 이제부터 출발하는 여행에서 시야에 들어오는 모든 사물이 나의 스승이다. 내 앞에 놓인 길은 무한히 펼쳐진 파도, 골치 아픈 영어영문학을 배우러 간다.

한편 요시카와 고지로吉川幸次郎의 『소세키 한시주석漱石詩注』(이와나미신서岩波新書)은 제3구의 원문 "교구校屨(족쇄를 찬 채)"를 "신발 수를 세며屨を校える"로 읽고 다른 뜻으로 설명하고 있다.

소세키는 시키에게 잠시 이별을 고한 후, 9월 8일 독일

98

선박 프로이센호를 타고 요코하마를 출항했다. 학창 시절 그는 친구들과 함께 점쟁이에게 손금을 본 적이 있었는데, 그때 점쟁이는 "당신은 서쪽으로 향할 것이다"라고 말했다고 한다. 도쿄에서 마쓰야마로, 거기에서 더 서쪽인 구마모토로, 이번에는 아득히 먼 서쪽인 영국이었다. 아무래도 점괘가 딱 맞은 듯했다. 훗날 그의 작품 『춘분 지나고까지彼岸過迄』(1912)에는 '엽전 점'을 치는 노파의 점괘에 동요하는 게타로敬太郎의 모습이 그려지게 된다.

마사오카 시키로부터 다음과 같은 송별의 하이쿠를 받았다.

싸리 참억새 내년에 만나고 싶구나 그러하지만

萩すすき來年あはむさりながら

제4장
런던에서의 고독

침묵의 뱃길

　프로이센호에는 소세키 외에도 문부성으로부터 선발된 유학 목적의 일본인 교수 하가 야이치(도쿄대 국문과 졸업), 후지시로 데이스케藤代禎輔, 이나가키 오토헤稲垣乙丙(도쿄대 농학과 졸업) 등 세 사람과 군의관 도쓰카 미치토모戸塚機知 등 일행 다섯 사람이 승선했다. 당시 제2고등학교를 그만둔 후 잡지《태양》에 평론을 집필하며 도쿄대 강사도 역임하고 있던 다카야마 조규高山樗牛(도쿄대 철학과 졸업)도 유학생으로 뽑혔지만 폐결핵이 악화돼 사퇴했다. 소세키는 조규처럼 니체의 권위를 내세우는 인물을 싫어했기 때문에, 소세키 입장에서는 오히려 다행이었을지도 모른다. 배는 고베, 나가사키에 잠깐 들렀다가 태평양으로 나아갈 예정이었다. 그런데 도쿄를 출발하자마자 소세키의 뱃멀미가 시작됐다. 나가사키에서는 "침대에 누워 당장이라도 숨이 넘어갈 지경"이었다. 상하이上海에서는 태풍이 몰려와 속이 더 울렁거렸고 설사도 멈추지 않았다. 콜롬보 부근에서야 가까스로 컨디션을 회복할 수 있었다(일기 1). 후지시로 데이스케의 회상「나쓰메 군의 편린夏目君の片鱗」에 의하면 소세키는 거의 말을 하지 않았고 "오로지 영문 소설을 탐독할 뿐"이었다고 한다. 이탈리아에 도착하기 전 나폴리를 구경한 후, 더 남쪽에 있는 파에스툼Paestum(그리스 신전의 유적이 있으며, 모리 오가이가 번역한『즉흥시인』에 상세한 설명이 있음)에서 로마로 갈지, 때마침 개최되고 있는 '파리 만국박람회'를 구경할지에 대해 의견이 갈렸다. 결국 다수결에 의해 파리로 가기로 결정됐다. 물론 소세키는 어느 쪽이든 상관없었을지도 모른다. 일행은 제노바에서 하선(10월 19일)한 후 야간열차로 몽세니 터널을 통과했기 때문에 알프스의 위용도 가까이에서는 볼 수 없었을 것이다.

배 안에서의 불안

소세키는 영국으로 출발하기 전에 "가을바람이여 한 사람에게만 부는가 바다 위에서秋風の一人をふくや海の上"라는 하이쿠를 데라다 도라히코에게 보냈다. 그러나 막상 배를 타고 보니 폭풍우와 컨디션 난조, 무더위 때문에 그런 상쾌한 기분의 여행이 아니었다. 오히려 그가『꿈 열흘 밤夢十夜』일곱째 밤에서 묘사한 배 여행과 비슷한 성질의 불안감 혹은 쓸쓸함이 있었다. 소세키는 자기가 원해서 유

학을 떠난 것이 아니었다. 그는 제5고등학교 재직 중 일단 고사의 뜻을 전달했지만 결국 설득당해서 마지못해 승낙했던 것이다. "나는 딱히 서양에 가야겠다는 마음이 없다고 말했다. 그러나 애당초 달리 고사할 만한 이유도 없었기에 결국 승낙하겠노라고 말하며 자리에서 물러났다"(『문학론文學論』서문). 그가 내면에 품고 있던 머뭇거림은 "영문학에 기만당하고 있는 것 같은 불안감"(『문학론』서문)에 기인했다. 그는 그런 불안감을 해소하지 못한 채 마쓰야마나 구마모토로 갔으며 런던에 도착했다고 적고 있다. 그것이 『꿈 열흘 밤』에서 "서쪽으로 향하는" 배 안에서 "매우 불안해져서" "죽기로 결심한" 꿈으로 작품화됐을 것이다. 데라다 도라히코에게 보낸 하이쿠는 형태가 갖춰진 빳빳한 종이에 적혀 소세키가 집을 비운 사이에 계속 집 안에 걸려 있었다. 교코는 그것을 자신에게 보낸 석별의 하이쿠라고 생각하고 밤이나 낮이나 계속 바라보고 있었을 것이다. 하지만 훗날 영국에서 돌아온 소세키는 집에 들어오자마자 그것을 발견하고 그 자리에서 갈기갈기 찢어버렸다고 한다.

소세키 일행은 10월 21일 파리에 도착해 파리 만국박람

회와 루브르 박물관 등을 구경했다. 소세키는 진작에 약속을 해두었기 때문에 화가 아사이 추淺井忠를 만난 후, 28일 아침 홀로 런던으로 향했다. 다른 네 사람은 모두 독일로 유학을 가는 그룹이었다. 런던에 도착한 시간은 오후 7시가 넘어서였다. 일단 오쓰카 야스지大塚保治가 소개해준 '고워 스트리트Gower Street' 76번지에 있는 숙소에서 묵었다. 독일을 중심으로 오랫동안 유럽에 체재한 경험이 있는 오쓰카는 소세키가 출국하기 전 이미 귀국해 있던 상태였다. 소세키는 영어 회화에 능숙했지만 런던식 억양은 알아듣기 어려웠다. 낯선 타지에서 홀로 목적지를 찾아가야 한다는 것은 자신의 의사와는 무관하게 긴장할 수밖에 없는 시간이었을 것이다.

오늘날과는 교통수단도 교통 사정도 판이했을 것이다. 따라서 소세키가 파리의 어느 역에서 출발했고 런던의 어느 역에 도착했는지는 정확히 알 수 없다. 데구치 야스오 出口保夫『런던에서의 나쓰메 소세키ロンドンの夏目漱石』(가와데쇼보신샤河出書房新社)에 의하면, 파리의 생라자르Saint-Lazare역을 나와 디에프Dieppe에 도착한 후, 연락선을 타고 폭풍우가 내리치는 가운데 도버해협을 건너 3시간 남짓

걸려 영국령 뉴헤이번Newhaven에 도착하고, 거기서 기차
로 런던까지 간 다음 마차로 하숙집을 찾아간 듯하다는 것
이다. 이하 런던과 스코틀랜드의 지리 안내는 데구치 야
스오의 저서와 이나가키 미즈호稻垣瑞穂의『소세키와 영국
여행漱石とイギリスの旅』(아즈마쇼보吾妻書房)에 따른다.

시내 구경

   소세키는 도착 다음 날부터 시내 이곳저곳을 찾아다니
며 열심히 지리를 익히고자 노력했다. 파리에서는 문부
성 서기관이 있어서 모든 곳을 안내해줬지만 런던에서는
상황이 달랐다. "오늘 나가보았는데 도무지 가늠할 수 없
어서 스무 번 정도 길을 묻고 또 물어 간신히 집으로 돌아
왔다"는 글이 교코에게 보낸 첫 번째 편지에 씌어 있다.
그의 첫 번째 숙소는 대영박물관이나 유니버시티 칼리지
University College에서 가까운 곳에 있었다. 편리하긴 하지
만 숙박비가 식비를 포함해 하루에 무려 6엔 정도였다. 유
학비용을 전부 써도 모자랄 지경이어서 가능한 한 빨리 나
올 작정이라고 적고 있다. 밤에는 마침 같은 숙소에서 알

게 된 미노베 슌키치美濃部俊吉(미노베 다쓰키치美濃部達吉의 형)의 안내로 복잡하게 붐비는 시내를 산책했다. 다음 날 공사관에 가서 구마모토에서 알게 된 기독교 선교사 노트 부인이 마련해준 서신을 받았다. 그녀는 우연히 소세키 일행과 같은 배를 타고 있었는데 케임브리지대학의 지인에게서 소개장을 준비해주었던 것이다.

그는 11월 1일 기차로 케임브리지에 가서 대학과 거리 풍경을 살핀 후 유학지를 정해야겠다고 생각했다. 여기에는 유학생인 다지마 단田島担(훗날 하마구치 단浜口担)이 있어서 그의 안내를 받으며 학내에 있는 펨브로크대학Pembroke College의 평의원이자 전도교회 사제장이기도 한 앤드루스Andrews를 만났다. 노트 부인의 차남인 퍼시의 지인이었다. 기독교를 경원시했던 소세키로서는 불편하기 짝이 없는 시간이었겠지만, 시가지를 활보하는 유학생들의 모습을 보고 여기서 공부를 하는 동안 교제비가 상당히 들 거라는 생각을 하게 된다. "교제도 하지 않고 책도 사 보지 않은 채 하숙집에 틀어박혀 있을 거라면 굳이 '케임브리지'에 꼭 와야만 할까"라고 생각하며 유학을 단념했다. 가노 고키치, 오쓰카 야스지, 스가 도라오, 야마카와 신지로 등 절친한 친구들에게 보낸 편지이므로 그의 본심일 것이다.

케임브리지에서 딱 하룻밤만 자고 그는 런던으로 돌아와 대영박물관, 런던탑, 웨스트민스터사원 등 시내 견학을 계속하는 한편, 런던대학 유니버시티 칼리지의 케어 교수에게 청강하고 싶다는 편지를 보내 허락을 받는다. 케어 교수는 중세 영문학의 권위자였다. 거기서 청강을 계속하면서 같은 교수의 소개로 셰익스피어를 연구하는 학자인 크레이그Craig의 개인지도를 받게 됐다. "1시간당 5실링으로 계약함. 흥미로운 노인임"이라고 쓰고 있다. 괴짜끼리 마음이 통했을 것이다.

괴짜 크레이그Craig 선생님

일본에 있을 때 소세키는 영어 발음이 좋다는 평가를 받았다. 하지만 런던에서는 상대방의 발음도 이른바 '코크니Cockney'라 불리는 런던 사투리여서 알아듣기 어려웠고, 소세키의 영어도 상대방에게 잘 전달되지 않았다. 런던으로 오는 배 안에서 노트 부인은 오후에 자기 방으로 와서 영어 발음을 배우라고 제안해주었는데 이것 역시 그녀의 '친절한' 마음 때문이었을 것이다. 기독교의 '신'이든 영어 발음 훈련이든, 소세키 입장에서는 다소 기피하는 마음이 있었던 것 같다. 그가 생각하는 신의 근원에는 이 무렵부터 이미 노자적 '무無'가 자리하고 있었고, 그것은 "절대적인 존재이기 때문에 상대적인 의미를 내포하는 명사에 의해 표현할 만한 것이 아닌", 그것은 "그리스도이자 성령이자 동시에 그 모든 일체와도 같은 것이다"(『소세키전집』 수록 단편 4A의 영문 주해에 의함).

하지만 크레이그 선생님 앞에서는 그렇게 조심하거나 배려할 필요가 없었다. 선생님이 일방적으로 발언했기 때문이다. 소세키는 귀국 후 영국 문예지를 통해 뒤늦게 크레이그 선생님의 타계 소식을 알게 된다. "선생님은 아일랜드 사람이셨는데 하시는 말씀을 통 알아들을 수 없었다". 소세키는 이 '괴짜'에 대해 그렇게 회상하고 있었다(「크레이그 선생님クレイグ先生」).

크레이그 선생님은 아일랜드의 런던데리Londonderry에서 태어났다. 수재였던 터라 더블린대학을 졸업한 후 웨일즈에서 대학교수가 되기도 했지만, 결국 그 직책을 던져

버리고 런던에서 개인교수를 하며 셰익스피어 연구에 몰두했다. 소세키가 그에게 개인교습을 받으러 다니던 시절에는 베이커가Baker Street 모퉁이의 이층 뒤편에서 하녀와 살고 있었다고 한다. 일본식으로 말하자면 건물 뒤편으로 나 있는 3층을 말하는 것일지도 모르겠다. 층수의 경우 「크레이그 선생님」에서는 4층이라고 돼 있다. 어느 쪽이 정확한지는 모르겠지만 "허벅지가 아플 정도로 계단을 올라갔다"는 표현이 보이므로 여기서는 일단 4층이라고 생각해두고 싶다. 1년 가까이 이 계단을 매주 올라가기 위해서는 상당한 노력이 필요했을 것이다.

하지만 그런 것도 개의치 않았던 것은 그가 영국인들 중에서 유일하게 호감이 가고 공감할 수 있는 인물이었기 때문이었다. 크레이그는 주로 키츠나 워즈워스 등의 시에 대해 비평해주었는데 이야기는 항상 탈선해서 어디로 튈지 몰랐다. 하지만 소세키는 셰익스피어 작품에 대한 엄밀한 문헌학적 연구로 유명한 이 노학자에게서 미래의 자신의 모습을 중첩시켜보았을지도 모른다.

두 번째 하숙

크레이그 선생님에게 개인교습을 받기 시작한 것은 소세키가 두 번째 숙소인 웨스트 햄스테드West Hampstead로 옮기고 나서였다. 첫 번째 숙소는 가격이 비쌌다. 그래서 케임브리지에서 돌아와 싼 하숙집을 찾으러 돌아다녔는데 적당한 숙소가 발견되지 않아 신문 광고에서 겨우 찾아낸 집이었다. 런던 북서쪽의 고지대에 있었는데, 훗날 발표된 소품 「하숙下宿」과 「과거의 냄새過去の臭ひ」(『긴 봄날의 소품永日小品』 수록)에 이 숙소에 대한 묘사가 보인다. 거리 이름을 따서 프라이어리 로드Priory Road의 집이라고 불렀다. 가족은 나이 든 양복점 주인과 노처녀, 40대로 보이는 사내와 하녀 등이다. "붉은 벽돌로 된 아담한 이층 건물이 마음에 들어서" 일주일에 2파운드로 가격이 상대적으로 비쌌지만 빌리기로 했다는 것이다. 가족관계는 복잡했다. 나이 든 주인과 노처녀인 딸 사이에 직접적인 혈연관계는 없었다. 딸인 미스 마일드Miss Milde의 어머니가 남편이 사망한 후 프레드릭 마일드와 재혼했던 것이다. 사진으로 보면 표면적으로는 분명 산뜻해 보이지만, 소세키가 빌린 건물 뒤편 사진을 보면 결코 깨끗한 집이라고는 할 수 없었다.

　일본인인 나가오 한페이長尾半平가 이 건물 앞쪽에 있는
방 하나를 빌려 살고 있었다. 그는 대만 총독인 고토 신페
이後藤新平가 파견한 관리였다. 풍부한 자금으로 유럽 각
국을 시찰하며 돌아다니고 있었다. 그 당사자가 "나쓰메
씨에 비하면 매우 호사스러운 생활을 하고 있었다"고 회
상하고 있다. 어느 날 소세키는 그에게 20파운드 정도를
빌려주겠느냐고 물어본다. 그가 돌려줄 거냐고 되물었고,
소세키가 그렇다고 대답해서 결국 돈을 빌려주었다. 두
사람이 일본으로 돌아온 후 우연히 재회했을 때 소세키가
돈을 돌려줘야 했는데 그러지 못했다는 사실을 떠올리고,
그다음 날 바로 돈을 가져다줬다는 에피소드가 있다. 소
세키는 꼼꼼해서 약속은 반드시 지키는 성격이었다.

　이 하숙집은 나가오가 없을 때에는 견딜 수 없이 침울한
분위기로 가득 차 있었다. 아버지가 딸(주부인 노처녀)을 대
할 때의 말투가 "온화함이 전혀 없었고", "딸 역시 아버지
를 대할 때면 평소에도 험악한 얼굴이 더더욱 험악한 표정
이 됐다". '일가의 사정'에 대해서는 딸이 직접 자기 입으
로 설명해주었다.

— 내 어머니는 프랑스인과 결혼해서 나를 낳았는데 남편이 죽어버렸다. 그래서 어머니는 나를 데리고 독일인과 재혼했다. 그 사람이 지금의 아버지다. 아버지는 양복점을 내서 그곳으로 매일 출근한다. 밤늦게 돌아오는 사내는 아버지 전처의 아들이다. 같은 가게에서 일하고 있는데도 아버지와 거의 이야기를 나누지 않는다. 그의 어머니는 한참 전에 세상을 떠났는데 그녀의 재산을 몽땅 지금의 아버지에게 빼앗겨버렸다. 하녀로 일하고 있는 "아그네스는…"이라고 말하려다가 그녀는 입을 다물었다. 내 눈에 아그네스는 아침에 만났던 아들의 얼굴과 어딘가 닮았다고 느껴졌다. 추측해본다면 12~13세의 아그네스는 40대라고 생각되는 아들의 자녀일지도 모른다. 아버지가 아그네스의 생모와의 결혼을 허락하지 않았거나 그 여성이 아이를 이쪽에 떠넘기고 어딘가로 사라져버렸을 것이다.

글 속에 보이는 '나'는 N씨라고 불리고 있다. 나쓰메의 이니셜임은 분명하지만 나가오 한페이가 K라고 기록되고 있는 것은 두 사람의 혼동을 피하는 동시에 어울리지 않는

호사를 누리며 각지를 돌아다니는 관료라는 신분상 실제 이니셜을 변경했을 것이다. 「과거의 냄새」라는 제목에는 양자로 갔던 집안에도, 자신의 본가에도 소속되지 못하고 친아버지로부터 "하나의 작은 장애물"로 취급됐다고 쓰고 있는 『한눈팔기』의 겐조의 기억이 아그네스와 함께 머릿속에 되살아났기 때문일지도 모른다.

세 번째 하숙

불쾌감을 견디지 못한 소세키는 약 40일 만에 이 하숙집을 떠나 템스강 동남쪽에 있는 플로든 로드Flodden Road의 집으로 하숙을 옮겼다. 그것은 캠버웰 뉴 로드Camberwell New Road에서 한참 남쪽으로 내려왔다가 오른쪽으로 꺾어진 지점에 있었다. 교코에게 보낸 편지(1900년 12월 26일)에 소세키는 "그 후 사정이 있어 Flodden Road, Camberwell New Road, S. E.라는 곳으로 이사를 왔음. 이전 거처는 도쿄의 고이시카와 같은 곳에 있었음. 이번 거처는 후카가와深川라고 할 정도로 완전히 변두리에 있음"이라고 쓰고 있다. 이곳은 얼마 전까지만 해도 여학교였지만 전염병 때문에 폐교된 뒤 '부채 반환 수단'으로 하숙을 개업하게 됐다. 주인 부부와 아내의 여동생이 경영하고 있었는데 일본인들은 온순하고 돈에 대해 뭐라 말하지 않기 때문에 일본인을 손님으로 받고 싶다고 말했다. 실은 소세키가 이곳에 오기 전, 국문학자인 이케베 요시카타池邊義象나 화가 고야마 쇼타로小山正太郎 등도 살았던 모양이다. 그러나 소세키가 이곳에 왔을 때는 요코하마의 상사 직원 다나카 고타로田中孝太郎가 있었을 뿐이다. 그 외에는 여학교 선생님인 여주인의 제자 한 명이 더 있는 정도여서 경영 상태가 좋지 않았다. 다나카와는 자주 연극을 보러 가거나 산책을 하곤 했다. 그러나 다나카는 4월 초순 셰익스피어의 발자취를 따라 그의 고향인 스트랫퍼드어폰에이번Stratford-upon-Avon에 다녀오더니 이내 다른 곳으로 이사를 가버렸다.

검붉은 태양

소세키가 이 숙소로 옮겼던 것은 19세기의 마지막인 1900년 12월의 일이다. 20세기가 시작되는 다음 해 1월 3

일에는 일기에 다음과 같이 적고 있다.

런던 거리에 안개가 자욱한 날 태양을 쳐다보라. 검붉은 빛깔은 마치 피와 같다. 다갈색 흙을 완전히 피로 물들이는 태양은 이 땅에서밖에는 볼 수 없을 것이다.

아울러 4일에 쓴 일기에는 다음과 같은 부분이 있다

런던 거리를 산책하며 시험 삼아 가래를 한번 뱉어보라. 새카만 덩어리가 나오는 것을 보고 깜짝 놀랄 것이다. 몇백만 명이나 되는 시민들이 이런 매연과 이런 먼지 덩어리들을 들이마시며 매일같이 그들의 폐를 적시고 있는 것이다.

현대의 도쿄나 중국의 베이징이 그런 것처럼, 공장 굴뚝이나 가정에서 사용하는 난방은 공기를 계속 오염시키고 있었다. 하지만 그와 동시에 런던에 온 지 3개월이 지나자 그의 신경까지도 오염되고 있었던 것은 아닐까. 그는 본인이 과연 무엇을 해야 할지, 그 목적을 끝내 발견하지 못한 채 초조해했다. 런던에서도 "배운다는 핑계로 서양 여기저기를 놀러 다니는 학생들"에게 분노를 표출하고 있었다. "그들 가운데는 쓸데없이 떠벌리며 목적 없이 서양을 돌아다니는 무리들이 많았다"(일기, 1901년). 하지만 "길가 저쪽에서 작은 키에 이상하게 더러운 녀석이 걸어온다고 생각하고 있었는데 알고 보니 거울에 비친 내 모습이었다"(일기). 자기 스스로도 '그런 무리들'과 별반 다르지 않다고 생각하는 것만큼 그를 초조하게 만드는 것은 없었다. 그렇다면 나는 여기서 무엇을 하고 있는 것일까. 영문학자로서 무엇을 하면 좋단 말인가. 그에게는 아직 그것이 보이지 않았던 것이다.

크레이그는 분명 깊은 학문적 소양을 갖춘 일류 학자였다. 하지만 그는 일본인이 어떻게 영문학과 마주해야 할지에 대해 가르침을 주지 않았다. 소세키의 고뇌는 자잘한 문구에 대한 이해나 사용법보다는 일본인인 스스로가 낯선 이국 문학에 어떻게 임해야 하는가에 있었다. 이 해 10월에 그는 크레이그한테 배우는 것을 그만두기로 결정했다. 금전적인 사정도 있었지만 이런 어려운 문제에 대해 정면으로 고민해보고자 했던 것이다. 직접 그간의 고

마음을 전하고자 다락방을 방문했을 때 크레이그는 부재
중이었다. 그는 자신의 사정과 감사하는 마음을 편지로
보냈다.

그가 세 번째 하숙인 브렛 부부의 집에 대해 불쾌감을
느끼기 시작했다는 것은 1월 12일의 일기에서 이미 보인
다. '하숙집 영감'과 로빈슨 크루소 연극을 보러 갔는데,
영감이 그것이 실화인지 그냥 소설인지 물어서 18세기에
만들어진 유명한 소설이라고 답하자 "그런가요? 하고는
즉시 화제를 돌려버렸다"고 한다. 가노 고키치 등 절친한
친구들에게 보낸 편지에는 "주인장도 좋은 사람이긴 하지
만 엄청나게 무식해서 책 같은 건 읽어본 적도 없을 것"이
라며 로빈스 크루소 건에 대한 이야기가 여러 차례 나오
고 있다. 하지만 이 영감은 무척이나 호인이었다. 얼마 후
하이드파크에서 빅토리아 여왕의 장례식이 거행되자 수
많은 군중들 사이에서 소세키를 자신의 어깨 위에 태우고
장례식 광경을 보여주었다. 불쾌했던 것은 오히려 여학
교 선생님이던 아내 쪽이었다. 문학에 대해 잘 알지도 못
하면서 "건방지게 뭐든지 아는 체하며", "쓸데없는 단어를
대화 중간에 끼워넣고는 이런 단어를 아느냐"고 묻기도

한다. 「런던소식」에 의하면 tunnel이나 straw 정도의 단어다. "굳이 일일이 화를 낼 마음도 들지 않는다"고 소세키는 쓰고 있다.

교외로

이 하숙집은 위치적으로는 상당히 양호했다. 중심부인 시내로 나가기에 교통이 편리했고, 미술관이나 극장도 있었으며, 산책하기 좋은 장소로 덴마크힐이 있었다. 무엇보다도 가격이 저렴한 것이 매력이었다. 그러나 창문 틈새로 바람이 너무 많이 들어왔다. 그는 다시금 집을 옮겨 볼 생각을 했지만 실행에 옮기지 못한 채 질질 끌다가 봄을 맞이했다. 그런데 그 와중에 이 하숙집은 경영이 어려워져 문을 닫게 됐다. 일가는 남부 교외의 투팅Tooting으로 옮겨 다시 하숙을 시작하기로 했다. 지금은 유명한 더 비경마장 방향이다. 주변에는 아직 아무것도 없었다. 소세키는 이 기회에 이사를 갈 생각이었지만, 신문 광고에서 조회한 셋방은 일주일에 36엔으로 너무 비쌌다. 결국 브렛 부부 일가가 강권하는 대로 함께 이사를 가기로 했다.

엄청난 런던 사투리로 그에게 온갖 정보를 가르쳐준 사랑
스러운 하녀 펜은 이때 해고당했다. 일가는 그야말로 야
반도주나 다름없는 형국으로 으스름한 새벽녘에 이삿짐
을 날랐고, 소세키는 4월 25일 이사를 갔다. 같은 날 일기
를 보면 "전해 들은 이야기로 짐작했던 것보다 훨씬 이상
한 곳이며 이상한 집임. 길게 머무를 마음이 없음"이라고
돼 있다. 그는 이 집에서 3개월가량 살았다. 나오고 싶었
지만 나올 수 없었던 것은 독일에서 유학하고 있던 선배
이케다 기쿠나에池田菊苗(화학자)가 왕립연구소인 데비패러
데이연구소Davy Faraday Research Laboratory에 다니기 위해
런던에 있는 숙소를 알아봐달라고 의뢰했기 때문이다. 이
렇다 할 좋은 집을 알지 못하던 소세키는 자신이 살고 있
던 하숙집 방 하나를 준비해주었다.

이케다 기쿠나에와의 진술한 대화

  이케다는 5월 5일 도착했다. 소세키는 그 전날 장미꽃
두 송이와 흰 백합꽃 세 송이를 사서 기다리고 있었다. 그
는 의뢰를 받아 3월에 글래스고대학교의 일본인 대상 입

학시험 문제를 출제했는데, 5월 2일 그에 대한 사례금으로 수표가 배달됐기 때문에 배짱이 두둑해져 있었을 것이다. 문부성으로부터 받는 체재비 외에 유일한 임시 수입이었다.

이케다가 왜 소세키에게 하숙집을 알아봐달라고 했는지는 명확하지 않다. 독일에 있는 후지시로藤代나 오사카 유키치大幸勇吉가 나쓰메의 이름을 댔기 때문일지도 모른다. 이케다는 소세키의 3년 선배로 교토에서 태어나 도쿄대 이과를 졸업한 인물이었다. 하지만 철학에도 소양이 깊어 매일같이 영문학뿐만 아니라 세계관, 불교의 선종 관련 학문, 교육, '이상적 미인' 등에 관해 대화를 나눴다. 런던에서는 이런 종류의 대화에 굶주려 있었다. 소세키 입장에서는 다시없이 즐거운 시간이었다. '이상적 미인'에 관해서는 서로의 아내가 '이상적'이 아니라는 사실에 서로 박장대소를 금치 못했다.

이케다는 6월 26일까지 소세키와 함께 지내다 켄싱턴 Kensington에 머물기 위해 하숙집을 떠났고, 8월 30일 정신의학의 구레 슈조吳秀三 등과 귀국길에 오른다. 런던에 거주하는 동안에는 종종 소세키와 만나 즐겁게 담소를 나

이케다 기쿠나에池田菊苗(1864~1936년). 소세키와는 런던 유학 시절 친교를 맺는다. 도쿄제국대학 화학과 교수. 글루탐산glutamic acid을 발견해 'Ajinomoto味の素'를 제품화한 것으로 널리 알려져 있다. 사진 제공 : Ajinomoto味の素

넜다. 귀국 후 도쿄대 교수가 됐고 'Ajinomoto味の素(우리 나라의 '미원'에 해당하는 전설적인 조미료-역자 주)'를 발명한 인물 이라는 사실은 굳이 덧붙이지 않아도 될 정도로 널리 알려져 있다. 소세키는 "런던에서 이케다 선배를 만난 것은 내게는 매우 득이 됐다. 덕분에 유령 같은 문학을 접고 좀 더 조직적이고 진중한 연구를 해보겠다는 생각이 들기 시작했다"(「시기가 왔다-처녀작 회고담時機が來てゐたんだ-處女作追懷談」)고 훗날 적고 있다. 소세키의 『문학론』 서문에 대한 구상을 메모해놓은 것에도 '(6)이케다 씨 토론'이라고 돼 있기 때

문에 이 역시 그 사실을 뒷받침해준다.

둘째 딸인 쓰네코가 태어났다는 소식(1월 26일)을 빼고, 이케다가 오기 전까지 좋은 일이 없었다. 교코에게 쓸쓸함을 호소하며 "나처럼 인정에 얽매이지 않는 인간도 의지하고 싶은 마음에 당신이 그렇게 느껴지오"라고 난생처음으로 러브콜을 보낸(1901년 2월) 적도 있었다. 구마모토에서 후데코와 함께 찍었던 사진을 보내달라고 부탁한 것은 1월이었고, "요즘 조금 속이 안 좋아서"라고 알려온 것도 같은 편지에서였다. 젊었을 때부터 지병이던 위장병이 다시 그 징후를 보이기 시작한 것이다. 그는 만일의 사태에 대비해 2월과 3월에 카를로비바리를 샀다. 체코의 카를로비바리 광천수로 만든 위장약이었다. 3월 말에도 산 것으로 보아 증상은 봄 내내 이어지고 있었을 것이다.

독일에서 유학 중이던 오랜 친구 다치바나 센자부로가 폐병을 앓고 있다는 소식이 귀국 중이던 히타치마루常陸丸를 통해 소세키에게 전달됐다. 소세키는 즉시 앨버트 독 Albert Dock 항구로 가서 입항 중이던 히타치마루에 승선해 그를 병문안했다. 아무래도 병이 깊어 보였다. 다치바나는 그 후 홍콩을 지난 지 얼마 되지 않아 배 안에서 세상을 떠났다. 독일에서 다치바나와 가까웠던 후지시로 소진 藤代素人(후지시로 데이스케)의 회상 기록 「나쓰메 군의 편린」에는 다치바나가 남긴 글과 관련해 진위 여부가 불분명한 이야기가 남아 있다. 아마도 소세키가 다치바나를 병문안 했을 때 한 발언 같다. 다치바나는 독일 유학 동료인 하가 야이치에게 "전쟁에서 일본이 지라고 나쓰메가 말했다"는 글을 남겼다. 하가로부터 그 사실을 전해들은 후지시로는 런던 근방을 얼씬거리며 "제 재주만 믿고 경박하게 구는 별 볼 일 없는 자들의 언동에 구토를 느끼고 있던" 소세키 의 발언으로 해석하고 있다. 그렇다고 해도 그 무렵에 느 끼고 있던 소세키의 울분을 순식간에 토해버린 듯한 과격 한 발언이었다. 소세키의 일기에는 3월 27일 다치바나를 병문안했는데 "가엾기 그지 없었다"라고만 돼 있다.

일본과 영국의 비교

이 시기에 소세키는 일본과 영국의 장점과 단점을 몇 번 이나 일기에 쓰고 있다. 주요 부분을 요약하면 다음과 같 은 항목들에 대해서다.

(1) 영국인들은 자신의 권리를 강하게 주장한다. 일본인들처럼 귀찮아하지 않는다.

(2) 영국인이라고 꼭 문학적 지식이 우위에 있는 것은 아니다. 교수들은 박학하지만 얼마든지 곤란하게 만들 수 있다. 지인 중 어떤 숙녀는 문학 따위에 대해 전혀 모른다.

(3) 회화는 유화보다 수채화가 낫다. 일본의 수채화는 전혀 이에 미치지 못한다.

(4) 서양의 에티켓(매너)은 매우 까다로운데 일본에는 예의가 전혀 없다. 서양은 그것으로 개개인이 제멋대로 구는 것을 방지하려 하는데, 일본의 경우 진정한 예의는 없으면서 인공적이며 인위적인 틀과 무례함에 동반되는 천박함이 존재한다. (중략)

이제 막 유행하기 시작한 수채화는 그렇다 해도, 나머지 세 항목은 일본의 영문학자로서 살아가고 있는 그의 근본적인 문제였다. 훗날 아사히신문사에 입사할 때 그가 내건 입사 조건은 그 세부에 걸친 권리의 주장과 의무 설정으로 세인을 놀라게 했는데 이것은 런던 유학 시절에 얻었던 견문의 영향일지도 모른다. 하긴 에드힐 부인Mrs.

Edghill한테서 티타임 초대를 받았을 때는 기독교를 지나치게 강요했기 때문에 가기 전부터 "가기 싫다"는 말을 적고 있었다(2월 16일).

　두 번째로 나온 '문학적 지식'은 그 얼마 후 그가 초고 집필을 시작하는 『문학론』(1906)의 문제로 이어진다는 느낌이 든다. 그는 그 서문에서 "소년 시절부터 읽었던 좌국사한左國史漢(『춘추좌씨전春秋左氏傳』, 『국어國語』, 『사기史記』, 『한서漢書』)과 영문학은 마찬가지"라고 생각하면서도 전공인 "영문학에 기만당하고 있는 듯한 불안한 심정"이 있었다고 적고 있다. 영어 학력은 한문과 비슷한 정도인데 어째서 지식 이외에 "영문을 음미할 수 있는 힘"이 길러지지 않는 것일까. 런던에서도 그런 불안감을 떨쳐내지 못하고 있던 그는 "한학에서 말하는 문학과 영어에서 말하는 문학이 동일한 정의하에 일괄적으로 다룰 수 없는 이질적인 것이어서는 안 된다"는 사실을 알아차리게 된다. 여태까지 독서와 산책과 연극 관람에만 빠져 있던 그는 '문학이란 무엇인가'라는 어려운 문제에 정면으로 맞서고자 했던 것이다. 이케다가 남기고 간 화학의 세계는 어디에서든 상호 이해되고 공유될 수 있다. 하지만 한문학이나 영문학은 어떤가. 그는 이케다와 헤어져 혼자 지내게 될 나머지 1년을 그런 연구에 쏟아 "문학이란 어떤 필요성에 의해 이 세상에 태어났고 발달했다가 결국 쇠락해가는지 철저히 파고들어보겠다"고 결심한다.

다섯 번째 하숙에서

　그는 이케다와 헤어져 홀로 지내게 된 이틀 후인 6월 28일, "브렛 부인에게 하숙집을 바꾸겠다는 의향을 전달함"이라고 적었다. 단호한 말투다. 하지만 환경이 좋은 집은 좀처럼 찾을 수 없었다. 초조함이 더해지며 "신경질환이 아닐까 의심되는" 일도 있었다. 신문 광고를 내서 가까스로 클래펌 커먼Clapham Common역에서 약 20분 정도 가면 나오는 미스 릴Miss Leale의 집 3층으로 결정했다. 데구치 야스오에 의하면 신문 광고에는 "일본인이며 하숙집을 구하고 있음. 단 문학적 취미를 가지고 있는 영국인 가정에 국한됨"이라는 글귀가 적혀 있었다고 한다. 그렇다면 고급은 아니더라도 자기 뜻에 적합한 집이었을 것이다. 세 끼 식사를 주며 일주일에 35실링, 근처에는 '더 체이스' 거리(수렵장이란 뜻)가 있었지만 주택가 근처로 매우 한적했다. 여주인인 미스 릴(50세 전후)이 여동생과 함께 하숙집을 운영하고 있었다. 퇴역한 육군 대령 출신의 노인과 프랑스인 어린이 두 명, 일본인으로는 사업가인 와타나베 가즈타로渡邊和太郎(호 다로太良)가 있었다. 그는 요코하마 재력가 집안의 아들로 은행원이었다. 그와는 여기서 알게 돼 귀국 후에도 교제가 계속됐다.

미스 릴은 그가 희망했던 것처럼 문학적 소양이 있는 여성이었다. "이 할머니가 『밀튼』이나 『셰익스피어』를 읽고 있으며 프랑스어를 유창하게 하기 때문에 조금 위축되며 대단하게 여겨진다"라고 그는 시키에게 보고하고 있다. 여기로 옮기기 전, 그는 서적을 넣을 커다란 가죽 가방을 두 개 샀다. 여태까지 그는 많을 때는 한 달에 60엔 정도를 서적(주로 헌책)을 사는 데 썼는데, 이사할 때 기존에 하던 식으로 책을 따로 포장하지 않고 그대로 옮기는 것이 볼품없다고 생각했던 것이다. 하지만 이 가방은 너무 커서 문 안에 들어가지 못했다. 하는 수 없이 문 앞에서 서적을 꺼내 3층으로 옮겼다. "매우 귀찮음. 무더위가 극심함. 땀이 한 말은 났음. 실내가 전혀 정리되지 않아 발조차 디딜 수 없음"이라고 표현되는 형국이었다.

　이사하고 나서 바로 '유학 신고서'를 제출해야 할 기한
이 도래했다. 관비유학생 신분이었기 때문에 문부대신에
게 경과를 보고할 의무가 있었다. 그 사본에는 '수업장소,
교사, 학과목' 등은 "크레이그 씨W.J.Craig 지도하에 근세
영문학을 연구함"이라고 적었고, '입학금과 수업료'는 "1
회당 5실링을 지불함(일주일에 2회)"이라고 적었다. '날짜'
는 "1901년 7월 22일"이었다. 두 번째는 1902년 8월부터
1902년 12월까지의 '신보申報'인데 사본이 실물 그대로라
면 소세키는 기간을 '1903년 12월'로 잘못 적고 있다. 만약
그렇다면 문부성 당국이 그의 정신 상태가 이상하다고 의
심한 하나의 원인이 됐을 것이다.

칼라일Carlyle의 집 - 최상층으로부터의 조망

　1901년 8월 3일 소세키는 이케다 기쿠나에를 방문해 점
심 식사를 한 후 그와 함께 토머스 칼라일의 집을 구경했
다. 그는 이후에도 세 번이나 이곳을 방문한다. 앞서 언급
한 것처럼 칼라일은 젊은 시절부터 그가 즐겨 읽던 책의

과거 칼라일이 살던 집을 몇 번이나 방문했던 소세키는 훗날 「칼라일 박물
관」이라는 단편을 쓴다. 「칼라일 박물관」 중간 표지 컷. 1906년 5월 간행.
『요쿄슈漾虛集』 수록. 하시구치 고요橋口五葉 그림

저자였다. 제일고등중학교 재학 시절 작성한 영작문에 의
하면, 꿈에 칼라일이 나타나 자기 문장을 흉내 내지 말라
고 경고했다고 한다. 훗날『나는 고양이로소이다』에서는
구샤미苦沙弥 선생님이 "그 유명한 칼라일도 위가 좋지 않
았다네"라고 말하며 "자신의 위가 좋지 않은 것도 명예라
는 듯한" 발언을 하며 자기변호를 하고 있다.

바로 그 칼라일의 집을 방문해 3, 4층까지 올라간 순간
소세키를 감동시켰던 것은 4층에 있던 다락방, 바로 칼라
일이 직접 만든 네모난 집의 최상층이었다. 칼라일은 "하
늘에 가까운 이 방"을 서재로 삼아 사색과 저술 작업에 몰

두했다. 여름에 창문을 열어젖히면 길거리나 근처에서 들리는 소음들이 시끄러웠기 때문에 그는 약 200파운드(당시 2,000엔)라는 거금을 들여 이 서재를 만들고 창문 너머 하늘을 올려다보거나 길거리를 내려다보았다고 한다(「칼라일 박물관ヵーライル博物館」).

시내 한복판이든 전원 속에서든 소세키는 풍경을 한 번에 조망할 수 있도록 시야 안으로 모아놓은 후, 그것을 멀리서 바라보는 것을 좋아했다. 태어난 생가는 이층집이었지만 귀국 후 도쿄에서는 이층집이라고는 집세를 너무 올리는 바람에 화가 나서 이사한 혼고니시카타本郷西片마치 뿐이었다. 이층집은 많았지만 당시의 가옥 상황에서 3층, 4층까지는 바라기 어려운 상황이었다. 다카하마 교시가 "이층집을 짓는다"는 이야기를 전해들은 그는 선망인지 비꼰 건지는 모르겠으나 "1915년에는 3층을, 1925년에는 4층을" 지으라는 편지를 보내고 있다(1905년 12월).

두문불출

유학 기간은 1년밖에 남지 않았다. 그는 마치 두문불출하는 것처럼 하숙집에 틀어박혀 저술 노트를 작성하기 시작했다. 의무감은 초조감을, 초조감은 조바심을 불러일으켰다. 그것은 마음뿐 아니라 육체에도 상처를 남겼다. "최근 위가 조금 약해진 기분이 든다오"라고 교코에게 편지를 보낸 것은 9월 22일이었다. 같은 편지에는 최근 문학서가 싫어져서 "과학 관련 서적을 읽고" 있으며 "귀국 후 저서 한 권을 저술할 작정"인데 확실히 기대할 수는 없다고 쓰고 있다. 지금 책을 읽고 있노라면 "내가 생각한 것은 모조리 이미 누군가가 써버려서 불길하오"라고도 돼 있다. 스가 도라오에게는 "마침내 유학 기간도 끝나가는데 학문도 뿌리를 내리지 못해 무척 침체기"(1902년 2월 16일)라며, 거의 반년에 걸친 집중적인 공부가 결실을 맺지 못하는 고통을 호소했다.

그는 누군가가 권유하면 공연 관람이나 명소 구경을 하러 갔으며, 이전처럼 산책을 하러 외출하기도 했다. 하지만 신경쇠약이 점점 심각해지고 있었던 것도 사실일 것이다. 교코로부터 편지가 거의 오지 않았던 것도 조바심을 증폭시켰다.

망국의 지사

이 하숙집에 들어오기 직전, 그는 "사람들은 일본에 대해 미련을 보이지 않는 국민이라고 한다"고 썼다(『소세키전집』수록 단편 8). "눈앞의 새로운 구경거리에 현혹되고 일시적인 호기심에 자극받아 백 년의 습관을 버린다. 이것은 나쁜 의미에서 미련을 보이지 않는 것이다". "중국의 것을 받아들이되 일본적인 것을 잘 융합시켰던 과거의 사례와 전혀 다른 현재의 일본인들"은 이제는 '서양'을 '혼융渾融'하고자 악전고투하고 있다. "미술과 문학과 도덕, 혹은 공업이나 상업에 동서의 요소들이 뒤엉켜 합쳐지려고 하나 도저히 합쳐지지 않는" 형국이라고 그는 현 상황을 인식한다. 일찍이 기타무라 도코쿠北村透谷는 긴자銀座에서 고비키木挽초까지 걸으며 서양적인 것과 일본적인 것이 뒤엉켜진 광경을 보고 친구인 시마자키 도손島崎藤村에게 이렇게 말했다.

지금의 시대는 물질적인 혁명에 의해 그 정신이 빼앗기고 있다. 그 혁명은 내부에서 서로 함께할 수 없는 분자들이 서로 충돌하며 발생하는 것이 아니다. 외부의 자극 때문에 발생된 것이다. 혁명이 아니라 이동이다.

(「문명비평漫罵」 1893년)

소세키가 말하는 '발작적 이동' 역시 마찬가지다. 하지
만 그는 영어영문학을 배우라고 국가로부터 기대를 한 몸
에 받고 런던에 유학 온 신분이었다. 다음과 같이 언뜻 보
기에 이해하기 어려운 대화체 문장이 이어진다(『소세키전
집』수록 단편 9).

  연못이 있느냐?
  아, 있어, 물고기가 있는지 없는지는 보증할 수 없지만
연못은 분명히 있어.

에토 준은 이 기묘한 자문자답에서 그의 내면의 공허함
을 인정하며 거기에서 비애나 '이유 없는 죄책감과 회한'
의 분출을 발견하고 있다. 하지만 『소세키전집』의 정리 순
서가 잘못돼 있지 않다면, 이것은 그가 이케다와 따로 살
기 시작하며 서로 공부를 열심히 하자고 언약한 직후였
다. 앞서 언급했던 외국 문화 수용에 대한 격렬한 비판을

살펴봐도 얼마나 격앙돼 있는지는 분명했다. 그런 의미에서 이 '연못池'은 그가 생각하고 있는 '문학'의 세계이며, '물고기'는 그 획득물 내지 수확물의 은유이지 않을까.

서둘러 결론에 대해 생각해보자면 뒷날 『한눈팔기』에서는 겐조가 어린아이였을 무렵 돌계단이 많은 불당의 연못에서 낚시질을 하다가 걸려든 물고기가 너무나 강하게 잡아당기는 데 놀라 낚싯대를 내던졌던 일을 회상하는 대목이 있다. 이것은 『문학론』 집필에 고뇌하던 소세키의 심경과 일맥상통하는 면이 있다.

이 마지막 대목에 "이래 봬도 망국의 지사란 말씀이지, 뭐야? 망국의 지사란 것은? 나라를 지키는 무사를 말하지"라고 돼 있는 것도 그가 유년 시절부터 열중했던 '한학'적 정신의 계승으로 해석해보면 앞뒤가 맞아떨어진다. 요컨대 유행하고 있는 영문학 때문에 국가에 의해 등 떠밀리듯 유학을 와서 방황하고 있지만, 그것도 나라를 지키기 위함이라는 의미로 받아들일 수 있을 것이다.

소세키는 자신의 결의를 단도직입적으로 표현하지 않는 경우가 많다. 거꾸로 말하면 이런 일상회화적인 글에서 그가 계속 고쳐 쓰고 있는 『문학론』에 대한 의욕이 얼마나 강한지 표현되고 있다고 말해야 할 것이다. "이런 일념을 간직하게 되고 6, 7개월은 내 생애 중 가장 날카롭고 가장 성실히 연구를 지속했던 시기다. 심지어 보고서가 불충분하다는 이유로 문부성으로부터 견책을 받은 것도 이 시기다"(『문학론』 서문).

그가 8월 6일에 크레이그에게 보여주었다는 자작 영시 'Life's Dialogue'(「인생의 대화人生の對話」)는 인간의 삶과 죽음, 희망과 절망에 대해 '첫 번째 영혼'과 '두 번째 영혼'이 교대로 읊은 것이다. 그 마지막 절은 "광대한 세계, 그대 자신의 것이라 부르리라 / 정신도 결코 이에 뒤지지 않게 광대한 것. / 스스로를 다스리는 기술을 익히라 / 그대 한 사람이 그대 자신의 주인인 것이다. / 세계란 바로 그대 안에 깃들어 있는 것이지 / 그대가 세계 안에 깃들어 있는 것이 아니다. / 그렇기에 새끼줄을 꼬고 천을 짓고 존재하고 / 잠들고 잊고 용서하는 것이다"라고 매듭짓고 있다(『소세키전집』 13권, 야마노우치 히사아키山內久明 번역에 의함). 다른 12편은 연애를 읊은 것이라 생각되지만 맨 앞에 인용한 시는 이 해 가을 무렵의 결의를 표현하며 자기 스스로를 격려한 것으로 생각된다. 하지만 이런 각오를 마음먹게 한 "다른

도이 반스이土井晩翠(1871~1952년). 영문학자, 시인. '황성의 달荒城の月'의 가사를 지은 시인으로 널리 알려져 있다. 사진 제공 : 도호쿠대학사료관東北大學史料館

사람을 위해서나 나라를 위해서"인 집필이 그의 심신을 극도로 피폐하게 만들고 있었다.

영국으로 온 도이 반스이

도쿄대 영문학과에서 소세키의 후배였던 도이 반스이土井晩翠가 사비유학생으로 파리로부터 런던에 도착한 것은 1901년 8월 15일의 일이었다. 그는 시집『천지유정天地有情』으로 명성을 얻어 외유를 결심했던 것이다. 아직 투팅의 하숙집에 있던 소세키는 사뮈엘상회의 다나카 고타로

에게 와타나베 가즈타로의 소재를 물었다. 다행히 와타나베는 마음 내키는 대로 각지를 여행하다가 클래펌 커먼의 하숙집으로 돌아와 있어서 도이를 위해 하숙집을 확보해주었다. 소세키가 먼저 그 하숙으로 옮긴 이유는 도이로부터도 편지가 왔고, 옛날부터 장래를 기대하고 있던 도이와 같은 하숙집에서 지내고 싶었기 때문일 것이다. 일본 사정도 듣고 싶었을 것이다. 그는 도이를 맞이하기 위해 빅토리아역까지 나갔다. 하지만 도이는 1개월 남짓해 그곳을 떠나 각지를 전전했다. 소세키의 일기에는 10월 13일 켄싱턴 박물관에 동행했다는 것을 마지막으로 도이의 이름은 더 이상 나오지 않는다. 단 와타나베 슌케이渡邊春溪의 회상에 따르면 소세키를 중심으로 하이쿠 모임을 3회 개최했는데, 그 세 번째(1902년 1월 1일)에는 도이도 출석한 듯하다. 그다음 그가 소세키와 만났던 같은 해 9월 상순 무렵, 소세키는 극심한 신경쇠약에 빠져 있었다. 도이의 「소세키 씨의 런던에서의 에피소드漱石さんのロンドンにおけるエピソード」(《주오코론中央公論》1928년 2월)는 당시의 소세키의 상황을 잘 보여주면서, 동시에 《가이조改造》(1928년 1월)에 교코가 적은 '누명'에 대해 정면으로 항의한 것이었

다. 소세키의 병적 상태를 문부성에 타전했던 것은 절대로 자신이 아니라는 이야기였다.

"나쓰메 소세키가 미쳤다"

교코에게 보내는 공개적 항의문 형식을 취하고 있는 도이의 글에 의하면, 1902년 9월 오랜만에 방문했을 때 소세키의 상태는 분명히 심각했다. 하지만 그런 사실을 문부성에 급히 연락한 사람은 결코 자기가 아니라는 것이다. 그것은 도이 반스이 입장에서 결코 그냥 넘어갈 수 없는 '오명'이었다. 그는 교코의 글을 읽고 즉시 반론하며 사비로 유학을 간 본인은 문부성과는 무관한 '사비유학생'이라고 쓴 후, 그 무렵의 일정을 분명히 밝히고 있다. 그는 이틀간은 낮에만 찾아가는 형식으로 소세키의 집을 방문했으며, 9월 9일부터 18일까지 소세키와 함께 기거하다가 10월 11일에 프랑스로 건너갔다고 주장했다.

한편 도이에게는 독일로 유학을 떠났던 하가 야이치가 귀국 도중 런던에 들러 "술도 거의 마시지 않는다는데 너무 공부에 몰두한 나머지 우울해져서 그렇게 된 거겠지.… 문부성 당국에 말할까"라고 말했던 기억이 어렴풋이 남아 있었다. "아마도 하가 선생님이 문부성 당국과 의논한 게 아닐까" 하고 추측하고 있다. 하가 야이치가 런던에서 귀국길에 올랐던 것은 7월 4일이었고, 문부성으로부터 오카쿠라 요시사부로岡倉由三郎에게 "나쓰메, 정신적으로 이상 징후 있음. 후지시로에게 동행하게 해서 귀국시켜야 함"이라는 전보가 온 것은 그로부터 3, 4개월 정도 나중의 일이라고 한다. 그러므로 문부성에 직접 자신의 유학에 관한 보고를 했던 하가 야이치가 나쓰메 소세키에 관해서도 언급했을 가능성은 충분히 있다.

그러나 하가 야이치가 런던에서 소세키를 만났던 것은 7월 초였다. 이 때문에 오카쿠라 요시사부로가 "나쓰메 소세키에게 지극히 접근해 있던 모씨"가 "이것은 대단히 큰일이라고", "대륙의 여행지로부터" 하가 야이치에게 "자신의 생각을 전했다"고 말하는 모씨가 누구를 가리키는지 명확치 않다. 그 무렵 소세키와 가깝게 지내던 사람은 이케다 기쿠나에밖에 없기 때문이다. 문부성에서 온 전보에 대해 오카쿠라는 "걱정할 필요 없음"이라고 보고했다. 에토 준은 "나쓰메가 미쳤다"고 전보를 보낸 이는 오카쿠라라고 단정하고 있는데, 고미야 도요타카小宮豊隆의 설에 따르면 소세키로부터 직접 들었다고 돼 있는 것이 근거인 듯하다. 하지만 오카쿠라가 타전했던 것은 "걱정할 필요 없음"이라는 전보 문구였다. 소세키 본인은 그렇게 생각하고 있었겠지만, 결국은 고미야의 말처럼 명확하지 않다고 해두는 것이 온당했을지도 모른다. 유학생 집단은 복잡하다.

자전거를 타다

여주인인 미스 릴의 권유로 소세키는 자전거 타는 연습을 하게 됐다. 애당초 '미친' 것이 아니라 신경강박증이라고 부를 만한 병이었기 때문에 집 밖으로 나가 운동하는 것은 건강 회복에 도움이 됐다. 좀 더 정확하게 표현하자면, 자전거를 타야겠다는 마음이 들었다는 것 자체가 회복의 기미가 보이기 시작했다는 것을 의미했다. 그 자세한 경위는 귀국 후 「자전거 일기自轉車日記」(《호토토기스ホトトギス》1903년 6월)에 발표됐다. 자전거 타는 법을 가르쳐준 교사 역할은 같은 숙소에 있던 이누즈카 다케오犬塚武夫(고미

야 도요타카의 숙부)였다. 그는 케임브리지대학교에 유학하고 있던 오가사하라 나가요시 小笠原長幹 백작을 보필하는 역할로 체재 중이었다.

"서력으로 1902년 가을 어느 날, 백기를 침실 창문에 펄럭이며 하숙집 할멈에게 항복하자마자 할멈은 무려 75kg의 체구를 3층 꼭대기까지 나른다". 이 할멈 즉 미스 릴의 명령에 의한 '자전거 사건'이 과장되고 화려한 문체로 재미있게 그려지고 있다. 이누즈카는 일단 여성용 자전거를 권했지만 '나'는 "코밑으로 적지 않은 수염을 늘어뜨리고 있는 사내"가 어찌 그런 여자 자전거로 연습할 수 있겠느냐며 "관절이 이완돼 기름기도 없어진 늙어빠진 자전거"를 타게 됐다.

차마 눈뜨고 보지 못할 모습 때문에 여학생들의 웃음거리가 되거나, 순경에게 장소를 택해서 타라는 주의를 받거나, 모퉁이 길에서 뒤에서 오던 자전거를 넘어뜨리거나, 철도마차와 짐차 사이를 빠져나가려고 하다가 본인이 자전거에서 떨어지기도 했다. "크게 넘어진 것이 다섯 번, 소소하게 넘어진 것은 너무 많아 그 수를 미처 다 셀 수 없을" 지경이었다. 하지만 실제로 소세키는 자전거로 오카쿠라를 방문할 정도까지 능숙해져 있었다. 『나는 고양이로소이다』의 구샤미 선생님이 자전거 타는 연습을 했다면 이런 문장을 썼을지도 모른다.

스코틀랜드 여행

그가 스코틀랜드로 여행을 간 것은 열심히 자전거 타기 연습을 한 후인 10월 중순 무렵이라고 생각된다. 그는 런던 생활에 염증을 느끼고 있었다. 아름다운 자연이 너무도 보고 싶었다. 그를 초대한 영국인은 히라카와 스케히로平川祐弘의 「소세키를 초대해준 영국인漱石を招いてくれた英國人」(반초쇼보番町書房 『작가의 세계 나쓰메 소세키作家の世界 夏目漱石』 수록)이나 가도노 기로쿠角野嘉六의 『소세키의 런던漱石のロンドン』(아라타케슛판荒竹出版), 이나가키 미즈호의 『소세키와 영국 여행』(아즈마쇼보) 등에 의해 밝혀졌다. 이런 책에 의하면 소세키가 함께 여행을 떠난 사람은 이 지역의 명사이자 변호사인 존 헨리 딕슨J. H. Dixon이라는 친일 인사였다. 그는 잉글랜드 출신이지만 스코틀랜드를 사랑해서 다양한 자선사업을 하며 보이스카우트 등의 임원을 역임하

고 있었다. 그는 피틀로크리Pitlochry의 풍물을 사랑해서 1902년부터 피틀로크리에 있는 'Dundarach(떡갈나무 요새라는 뜻)'의 저택에서 살며 일본식 정원으로 대대적으로 개조했다. 그는 최초의 세계여행(1899~1902년)에서 일본에 장기간 머물며 일본식 정원이나 회화에 깊이 매료됐다고 한다. 소세키가 초대됐던 것은 딕슨의 지시로 현지인들에 의해 일본식 정원이 완성돼갈 무렵이었다.

런던에서 '일본협회'가 결성된 것은 1892년 1월이었으며, 1894년에는 명예회원이나 통신회원을 포함해 회원이 462명에 달했다고 한다(《지지신포時事新報》1894년 2월 16일). 자신이 직접 일본식 정원을 구상하고 조성한 딕슨도 물론 회원 중 한 사람이었다. 그는 "일본의 유력한 미술가 몇 명과도 친교가 있었다"고 한다. 그 중 한 사람은 오카쿠라의 형인 오카쿠라 덴신岡倉天心으로 그가 동생에게 딕슨 이야기를 전했다고도 생각할 수 있다. 혹은 『긴 봄날의 소품』의 「과거의 냄새」에서 K(나가오 한페이, 앞에 나옴)가 "스코틀랜드에서 돌아왔다"고 하는 도입부가 사실이라면, 스코틀랜드가 얼마나 좋은지 나가오 한페이가 소세키에게 들려줬다고도 할 수 있다. 그 두 가지 요소가 중첩돼 일본의 언어, 문학, 역사, 민간에서 유포되고 있는 역사 이야기나 미술, 공예 및 고금의 풍속을 연구하는 일본협회가 해당 조건에 부합하는 소세키를 피틀로크리의 딕슨에게 보낸 것은 아닐까. 물론 이것은 아직 하나의 억측에 불과하다.

소세키가 피틀로크리에 머물렀던 것은 10월 하순부터 일주일 정도라고 생각되는데 런던의 매연과 번잡스러운 인파로부터 벗어나 스코틀랜드의 자연을 접했을 때의 청량함은 귀국 후에 쓴 소품 「옛날昔」(『긴 봄날의 소품』 수록)에 가득 차 있다. 그가 주변보다 다소 높은 언덕 위에 있던 딕슨의 저택에서 사방을 내려다봤을 때, 장미꽃 한 송이가 장미 덩굴 사이에서 홀로 시들지 않고 있었다. 그는 저택 바깥으로 나가 주인과 함께 계곡까지 내려가 구경했지만 "언덕 뒤로 갔더니 발 아래로 아름다운 장미꽃이 흩날리고 있었다." 교코는 집으로 돌아온 소세키의 짐 속에서 꽃송이 몇 개가 섞여 있었던 것을 기억하고 있다. 아마도 그것은 이런 절경과 탁 트인 마음을 기념하고자 그가 그 순간 간직해두었던 장미꽃임에 틀림없을 것이다.

오카쿠라가 독일에 있던 후지시로에게 보낸 편지에, 소세키가 오카쿠라에게 보냈던 편지의 일부가 남아 있다.

"목하 병을 핑계 삼아 과거의 일 따위는 훌훌 떨쳐버리고 한가롭게 지내고 있습니다. 소생은 11월 7일 배 편으로 귀국할 예정인지라 이 집주인이 2, 3주 머물라고 친절하게 제안해주셨지만 그렇게 하기는 어렵습니다". 그는 후지시로와 의논해 7일 날짜의 배로 귀국하기로 돼 있었다.

하지만 그럴 예정으로 베를린에서 런던으로 왔던 후지시로는 일본우선日本郵船(1885년 창립된 선박회사로 미쓰비시三菱 재벌의 중핵 기업이자 일본 3대 해운회사 중 하나-역자 주)의 한 지점에서 소세키가 일단 승선을 신청한 후 취소했다는 사실을 알게 됐다. 놀라서 연락해보니 그는 스코틀랜드 체재가 예정보다 연장됐기 때문에 이삿짐 처리가 불가능하다며 응하지 않았다.

소세키의 방은 발 디딜 곳이 없을 정도가 아니라 의자 대신 책을 사용할 정도로 책으로 넘쳐나고 있었다. 소세키는 후지시로에게 대영박물관이나 켄싱턴박물관을 구경시켜준 뒤 도서관 그릴에서 에일ale을 마시고 고기를 먹은 후 헤어졌다. 소세키는 "배까지는 배웅하러 안 갈 거야"라고 말했다고 한다. 후지시로는 이틀 동안의 소세키의 언동을 통해 혼자서도 잘할 수 있을 거라고 생각해 그가 하

고 싶은 대로 하도록 내버려두고 자신은 예정대로 7일에
출발했다.

마사오카 시키의 죽음

　스코틀랜드에서 돌아오자마자 소세키는 귀국 직전의
런던에서 마사오카 시키의 타계 소식을 듣게 됐다. 다카
하마 교시가 그 마지막 모습을 상세히 알려주었다. 그에
대해 고마워하며 보낸 답장은 12월 1일자 편지였다. "여
기로 떠나올 때부터 살아서 다시 만나기란 불가능하다는
것을 알고 있었다네. 둘 다 같은 마음으로 헤어졌기에 지
금 와서 새삼 놀랄 일은 아니지만, (중략) 그저 병마에 시
달리기보다 일찍 왕생하는 편이 오히려 행복이 아닐까 하
네"라고 담담한 심정을 적고 있다. 하지만 마음 깊숙이에
서는 그저 침묵하고 그의 죽음을 애도하고 싶은 기분이지
않았을까.

　　통소매여 가을날 속 널에 들어가 있겠지

　　筒袖や秋の柩にしたがはず

안개가 노란 시내에 움직여라 영법사

霧黄なる市に動くや影法師

　교시에게 보낸 편지에 있는 추도의 하이쿠 다섯 수 중 일부다. 통소매는 양복, "안개가 노란 시내"는 한낮에도 짙은 어둠이 깔려 햇빛과 겹쳐져 노랗게 보이는 런던을 가리킨다. 이 편지에서 그는 12월 5일에 런던을 출발한다는 이야기를 고하고 있다. 그는 '일본우선주식회사'의 하카타마루호로 귀로에 올랐다. 그는 배 안에서도 자기 숙소에만 틀어박혀 다른 사람들과 거의 교류하지 않았던 것 같다.

일본에 두고 온 교코의 상황

　런던에 체재 중이던 시절, 그는 종종 교코에게 편지를 보낸 후 그 답장을 기다렸다. 하지만 교코는 부지런히 편지를 쓰는 사람이 아니어서 좀처럼 답장을 보내지 않았고, 이 때문에 소세키는 매우 예민해져 있었다. 머리는 묶으면 머리카락이 빠질 수 있으니 머리를 감은 후에는 그냥 놔두라거나 틀니를 해보라는 등 겉모습에 대한 조언, 혹은 너무 늦게 일어나지 말라는 일상생활 면에서의 충고, 후데코에 대한 가정교육, 임신했을 때의 주의사항 등 매우 자잘한 것들을 적어 보내고 있다. 생활비가 부족할 테니 자기 옷을 고쳐 입으라는 배려도 있는 것을 보면 그의 다정한 일면이 표출된 경우도 있었다. 하지만 교코가 좀처럼 편지를 보내지 않자 그의 편지는 신경질에 가까운 반응을 보이기 시작한다.

1901년 2월 20일 편지에는 "당신의 편지는 달랑 두 통만 왔을 뿐이오"로 시작된다. 3월 8일에는 "당신은 몸을 풀었소? 아이는 사내아이요, 여자아이요? 둘 다 건강하오?"라고 거듭 묻고 있다. 2월에 보낸 편지에 대한 답장이 도착한 것은 5월 2일, "저도 당신을 계속 그리워하고 있는 점에 대해서는 결코 지지 않을 거라 생각해요", "하지만 다시 돌아오셔서 함께 지내면 다시 싸우게 될 거라고 생각해요"라고 돼 있다(나카지마 구니히코中島國彦 「1901년 봄, 이국에 있는 남편에게一九〇一年春、異國の夫へ」,《도쇼圖書》1987년 4월). 소세키는 안도하면서도 동시에 쓴웃음을 지었을 것이다. 마침 그때는 이케다 기쿠나에와 같이 지내기 직전의 시기라 두 사람이 '이상적 미인'과 현실의 차이에 대해 이야기를 나

눈 후 박장대소를 했던 것도 그 때문일지도 모른다.

하지만 교코로부터 그다음 편지가 온 것은 8월 15일이
었다. 장인인 나카네나 교코의 여동생 우메코梅子가 보낸
것과 동시에 왔다. 교코는 몸이 아픈 데다 두 아이들을 돌
보느라 정신이 없어서 편지를 쓸 수 없었다고 해명하고 있
다. 소세키는 자기가 모르는 사람들에게도 답장만큼은 가
능한 한 보내야 한다는 주의였기 때문에 아내에게는 더더
욱 화가 났을 것이다. 장인이나 처제가 편지를 보낸 것은
교코에게 부탁을 받았거나 혹은 자기들이 보기에도 교코
가 너무 바쁜 것 같아 딱해 보였기 때문일지도 모른다. 어
쨌든 대신 일본 사정을 알려주거나 소세키의 화를 누그러
뜨리려는 의도도 있었던 것으로 보인다. 평소와 달리 교
코의 편지가 8월에 이어 도착한 것은 9월 하순이었다. 8
월 말에 보낸 것 같다. 소세키는 "하녀가 휴가를 얻었다니
오죽이나 다망하겠소. 안타깝구려. 돈이 부족해서 어렵게
지내는 것도 충분히 짐작이 되오. 하지만 불운이라 체념
하고 잘 견디시오. 인간은 고생하며 살아가기 위해 태어
난 동물일지도 모르겠소"(9월 26일)라며 다정하게 말을 건
네고 있다. 하지만 그 4일 전에 그는 "엽서라도 좋으니 2

주일에 한 번 정도는 서신을 보내지 않으면 안 되오?"라고 적고 있었다. 초조해하는 소세키와 태평스러운 아내는 언제나 조금씩 어긋났다.

그러고 나서 한동안 교코의 편지는 끊긴다. 새해가 밝아 1902년 1월 말에 "이러니저러니" 하며 소식을 깜빡하고 못 보냈다는 변명이 담긴 편지가 도착했다. 교코는 12월 13일에 그 편지를 보낸 듯하다. 소세키는 여태까지 보낸 편지들의 발신일과 수신일에 대해 깨알같이 적어 2주일에 한 번 짧은 엽서라도 보내는 것이 그렇게 어렵냐고 따진다. 아울러 '당신'은 자신이 9월 22일에 보냈던 "2주일에 한 번 정도씩이라도 안부를 전해달라"고 했던 엽서를 읽었는지 읽지 않았는지, "앞으로 신경을 좀 쓰는 게 좋겠소"라고 질책하고 있다.

교코는 이후 한 달에 한 번 정도의 비율로 편지를 보내려고 노력하는 듯했다. 하지만 2월 14일에 보낸(도착 3월 18일) 편지에는 남편도 편지를 안 보낸다는 불평을 적고 있다. 소세키는 즉각 답장을 쓰면서 '나'는 여태껏 답장을 안 쓴 적은 한 번도 없었으며, 또한 바빠서 자주는 쓸 수 없을 거라고 애초에 말해두었다고 적고 있다. "마음을 가라앉히고 편지를 잘 읽어보시오. 여자의 머릿속은 애당초 사리 판단을 제대로 할 수 없게 만들어져 있다면 어쩔 수 없는 일"이라고 적고 있다. "날 두고 세간에서 이러쿵저러쿵 말들이 많다는데", "세간에서 무슨 말을 하든 하고 싶은 대로 하라고 그냥 내버려두시오"라고도 쓰고 있다. 자신의 생각만 고집하며 '여자'나 '세간'을 멸시하는 태도가 역력하다. 그는 교코 이외의 사람들에게는 이런 태도를 보이지 않았기 때문에 이 시기에 이미 신경병 증세가 시작되고 있었을지도 모른다. 고압적인 태도로 아내나 세간을 대하는 것은 반대로 그가 자신의 불안감에 대해 남들에게 들키고 싶어 하지 않았기 때문이며, 적어도 아내만큼은 그것을 이해해줬으면 좋겠다는 호소이기도 했다. 그가 교코에게 "최근에는 신경쇠약으로 기분이 영 좋지 않아 매우 곤란해하고 있다오. 하지만 대단한 일은 아니니 안심하길 바라오"라고 적어 보낸 것은 런던에서 아내에게 보낸 마지막 편지인 9월 12일자 편지에서였다. 매우 곤란해하면서도 대단치는 않다고 말하며, 최근 어쩐지 기분이 울적해서 독서도 제대로 할 수 없을지 모른다고 걱정하고 있지만 그러면서도 "나에 대해서는 걱정할 필요 없소"라고 거듭 말하고 있다. 이는 그의 정신 상태가 때론 강해지거나 다시 약해지거나 하는 것을 그가 자각하고 있다는 사실을 의미한다.

그것은 장인의 편지에 대해 보낸 답장과는 분위기가 사뭇 다르다. 소세키는 영일동맹으로 들떠 있는 일본인들의 태도는 마치 "가난한 사람이 부자와 결혼한 기쁨에 북과 장구를 치며 마을을 뱅뱅 도는 것이나 진배없다"고 냉정히 비판하며 장인이 말한 "재정 정리와 외국 무역이 지금으로선 가장 급선무"일 것임에 틀림없지만 "국운의 진보는 이 재원을 어떻게 사용하느냐에 귀착"된다고 예리하게 지적하고 있다(1902년 3월). 도저히 '미친 사람'이 할 수 있는 발언이 아니다. "서양인이 이미 다 밝혀내서 더 이상 새로운 것이 없는 상태로는 성에 차지 않는다. 다른 사람들에게 보여줘도 부끄럽지 않을 것"을 쓰려고 노력하려 한다는 연구상의 동기도 정확하다. 결코 억지로 괜찮은 척 허세를 부리고 있는 것은 아니다. 아무래도 당시의 그는 교코 이외의 사람들에게는 스스로의 마음의 또 다른 일면을 보여줄 수 없었던 것 같다.

사진

교코는 그의 요구에 따라 자신과 딸의 사진을 세 번 보냈다. 맨 처음에는 1901년 5월 2일에 도착했다. "두 분의 사진을 스토브 위에 장식해두었더니" 하숙집 여주인과 여동생(스텔라 로드Stella Road 하숙집, 투팅)이 보고는 "너무 귀엽다"며 아부를 했기 때문에 "일본에서 이 정도는 그저 복스러워 보이는 부류"이며 아름다운 사람들은 훨씬 많다고 "애국적인 기염을 토해주었다." 기분이 엄청 좋아진 것이다. 고독한 외국에서 처자식의 사진을 본다는 것은 큰 위로가 됐다. 두 번째 사진(앞서 나온 1902년 3월 18일)에는 "당신 얼굴에 살이 너무 쪄 놀랐소. 쓰네의 큰 눈동자에도 놀랐소. 후데의 얼굴이 많이 변한 것에도 놀랐소"라고 썼다. 세 번째(1902년 7월 2일)에는 "사진 한 묶음" 외에 다른 것들을 "손에 넣었음"이라고만 돼 있고 별다른 코멘트가 없다. 당시의 나카네 집안에는 사진기가 없었다고 생각되므로 교코는 많지 않는 급여를 어떻게든 모아서 사진관에서 찍어 보냈을 것이다. 하지만 정작 소세키 본인은 런던에서 사진을 찍으면 10엔 정도나 되기 때문에 보낼 수 없다고 편지에 썼다. 이 때문에 런던 시절의 사진은 한 장도 전해지지 않았다.

덧붙여두면 소세키는 런던에서 딱 한 번 사진을 찍었다. 파리에서 런던을 경유해서 귀국하는 아사이 추가 클래펌 커먼의 하숙집에서 묵었을 때 아사이가 지참하고 있던 카메라로 찍은 사진이다. 하지만 잘 찍히지 않았는지 결국 보내주지 않았다고 한다. 스코틀랜드 여행에서 소세키일지 모른다고 생각되는 인물의 사진이 두 장(이나가키 미즈호『소세키와 영국 여행』) 있는데, 비슷하긴 하지만 확정할 수는 없다.

제5장
작가로의 길

제일고등학교로의 복귀와 습작

자신을 마중하러 나온 교코와 함께 잠시 신세를 지고자 처가로 돌아온 것은 1903년 1월 24일의 일이었다. 친정아버지의 원조 없이 두 아이를 키우느라 애쓰고 있던 교코는 여동생의 남편인 스즈키 데이지鈴木禎次(건축가)한테 돈을 빌려 간신히 옷가지와 이부자리만을 새로 마련해 남편의 귀환을 준비하고 있었다. 앞서 언급한 바와 같이 소세키는 돌아오자마자 "가을바람이여 한 사람에게만 부는가 바다 위에서秋風の一人をふくや海の上"라는 하이쿠가 적힌 종이를 갈기갈기 찢어버렸다. 영국으로 가기 전 남기고 간 하이쿠였다. 일이 뜻대로 되지 않아 그럴듯한 성과를 얻을 수 없었던 스스로에게 화가 났을 것이다. 그는 어쨌든 집을 빌리기 위해 동분서주했고, 스가 도라오의 도움도 받았다. 결국 친구인 사이토 아구가 제2고등학교에 부임 중이라 잠시 비워둔 혼고本郷구 고마고메센다기駒込千駄木초 57번지의 집을 빌리게 됐다. 독일 유학 전의 모리 오가이도 잠시 살았던 집이었다. 현재는 메이지明治무라村에 보존돼 있다.

런던에서 체재한 후 반 년도 지나지 않았을 무렵부터

소세키는 이미 구마모토로 돌아갈 마음이 없어진 상태였다. 가노 고키치나 오쓰카 야스지 등에게 "이제 구마모토로 돌아가는 것은 사양하고 싶네"라며 귀국 후 제일고등학교에서 근무하고 싶다는 희망을 언급하고 있었다. 하지만 제5고등학교 재직 중 유학길에 떠났던 자가 귀국 후 느닷없이 제일고등학교로 취임한다는 것은 애당초 상당히 무리한 이야기였다. 누가 훈수해줬는지는 모르겠으나, 소세키가 문부대신에게 보낸 '영국유학 시말서'(사본)에는 "1903년 1월 20일 나가사키항에 도착해 같은 해 21일 구마모토에 도착"이라고 적혀 있었다. 하지만 그가 구마모토에 들렀다고는 생각되지 않는다. 아마도 그는 고베에서 내려 기차로 신바시역에 도착했을 것이다. 그가 집에 곧 도착할 거라고 아내에게 연락했던 곳도 고베였다. 교코에 의하면 그는 같은 배를 타고 온 분이라며 아오야마靑山 뇌병원 원장인 사이토 기이치齊藤紀一를 소개했다. 훗날 사이토 모키치齊藤茂吉의 장인이 되는 이 인물과 소세키는 배 안에서 자신의 병에 대해 이야기를 나눈 적이 있었을지도 모른다. 소세키는 런던에서 만든 "엄청나게 위로 솟은 더블칼라 형태의 딱 맞는 옷"을 입고 있었다. 교코에게는 그것이 무척 신기하게 보였다.

가노 고키치 「소세키와 나漱石と自分」에는 소세키의 부탁을 받고 제일고등학교 교장이라는 입장에서 상황을 정리했는데, 요컨대 유학을 마치고 곧바로 제일고등학교로 돌아오는 것은 여의치 않기 때문에 "대학 쪽에서도 오길 바란다는 것도 이유가 돼" 결국 그리 정해진 것이라고 한다. 그러나 소세키는 장문의 편지를 보내 난색을 표했다. 이 편지는 가노가 자기 선에서 처리해버렸기 때문에 일반에게는 공개되지 않고 있다. 아마도 소세키는 고등학교라면 경험도 있어 딱히 별다른 준비를 하지 않아도 되지만, 대학 강의라면 강의노트를 만드는 데 너무 많은 시간을 빼앗겨 『문학론』을 완성할 시간이 없어지므로 곤란하다는 불평을 상당히 융통성 없이 언급했을 것이다. 세속적인 표현으로 말하자면 거의 억지를 썼던 것이다.

하지만 막상 귀국해서 본인의 집이 어떤 지경에 빠졌는지 직접 눈으로 보니, 일을 해서 돈을 벌어야만 한다는 결의를 하지 않을 수 없었다. 심지어 근무는 4월부터였기 때문에 그동안의 자금, 생활비, 이사 비용, 세간살이 비용 등은 구마모토의 퇴직금을 빙자해 교코가 제부인 스즈키 데이지에게 빌렸던 100엔, 오쓰카 야스지한테 빌린 100엔으로 어찌어찌 충당했다. 이사를 한 것은 3월 3일인데 4월이 돼 우연히 만난 나가오 한페이에게도 런던에서 빌렸던 20파운드(200엔)을 갚아야 했기 때문에 퇴직금은 완전히 소진된다는 계산이다. 그는 3월 31일자로 제5고등학교를 퇴직했는데 퇴직금 300엔이 지불된 것은 4월 말이었다. 물론『한눈팔기』의 기술이 사실이라면 나가오에게 줘야 할 돈에 대해서는 친구(아마도 스가 도라오)에게 빌려 매월 10엔씩 갚았다는 얘기가 될 것이다.

그는 이제 막 돌아온 신참이었기 때문에 제일고등학교는 연봉 700엔의 강사, 대학도 연봉 800엔의 강사 신분이었다. 월 120엔 조금 넘는 돈으로 도쿄에서 생활하기란 상당히 어려웠다. 그는 그런 와중에도 읽고 싶은 책이 있으면 주저하지 않고 샀다. 교코도 살림을 제법 잘 꾸려나간다고는 할 수 없어서, 다음 해 가을 학기부터 그는 메이지 대학 고등예과 강사도 겸해야만 했다. 월급은 주당 4시간으로 30엔이었다.

귀국 후의 강의

그는 대학에서 주당 6시간, 제일고등학교에서 30시간을 담당했다. 대학에서는 『사일러스 마너Silas Marner』 강독'과 '영문학 개설' 강의가 진행됐는데, 양쪽 강의 모두를 수강한 가네코 겐지金子健二(훗날 쇼와昭和여자대학 학장)는 일기(「도쿄제국대학 어느 수강생의 일기東京帝大一聽講生の日記」)에 "오늘(1903년 4월 20일)부터 나쓰메 씨의 수업이 있었음. 고이즈미 씨와 나쓰메 씨를 비교하려 하는 것은 무리임. 나쓰메 씨가 아무리 천재라 해도 취미 혹은 사상이라는 측면에서 전혀 고이즈미 씨의 상대가 되지 않음. 고이즈미 선생님을 버리고 로이드, 나쓰메, 우에다 등 세 사람을 불러온 이노우에井上(데쓰지로哲次郎) 학장의 어리석음을 오히려 동정해야 함"이라고 적었다. 고이즈미란 패트릭 래프카디오 헌 Patrick Lafcadio Hearn(일본으로 귀화한 고이즈미 야쿠모小泉八雲)을 말한다. 그는 1896년 9월부터 1903년 3월까지 영문과 강사를 역임했다. 대학 당국은 '특별 초빙 외국인' 수준의 높은 연봉을 지불해왔던 그의 담당 시간을 줄여 소세키와 비슷한 수준으로 하고 싶다고 생각했지만, 고이즈미 야쿠모는 이를 거부해 결국 사임하기에 이르렀다. 이 과정에 대한 자세한 경위에 대해서는 에토 준의 『나쓰메 소세키』에 자세히 언급돼 있으므로 참조해주길 바란다.

가네코의 일기는 '래프카디오 헌 유임 운동'이 벌어지고 있던 상황에서 학생들이 어떤 감정을 가지고 있었는지를 가감 없이 드러내고 있다. 『사일러스 마너』 강독'에서는 "통독을 함에 있어 악센트를 교정하고 어려운 문구를 해석하는 데 지나지 않음. 변변치 않은 수업임"이라고 적혀 있으며 '영문학 개설' 쪽은 "실로 모호ambiguous(애매)해서 필기조차 하기 어려움"이라고 돼 있다. 이해하기 쉽고 시적인 래프카디오 헌의 강의 진행과 비교하면 한 글자 한 글자를 정확히 고찰해가는 독해 방식은 그들 입장에서는 '저급'한 것이라는 느낌이 들었고, '영문학 개설' 쪽은 처음 들어보는 내용이라 이해가 잘되지 않았던 것으로 추정된다. 가네코의 붓끝이 점차 무뎌진 것은 9월 신학기에 『맥베스』를 다루기 시작하면서부터였다. 20번 대강당은 청강생으로 가득 찼다. 가네코도 이 강의가 유익하다고 생각하기 시작했다.

제일고등학교 학생 후지무라 미사오藤村操의 죽음

사임한 래프카디오 헌의 빈자리를 채웠던 것은 소세키
뿐만이 아니었다. 영국인 선교사로 이전에 일본 체재 경
험도 있는 아서 로이드Arthur Lloyd와 소세키보다 7세 아래
의 '수재' 우에다 빙上田敏도 있었다. 소세키는 느닷없이 영
문과를 이끌어가야 할 입장에 놓이게 됐다.

제일고등학교 학생들 중에는 후지무라 미사오라는 최
연소 학생이 있었다. 그는 몇 번이고 지명을 해도 "준비
해오지 않았습니다"라는 말만 반복했다. 결국 화가 난 소
세키는 예습을 해오지 않을 거라면 수업에 들어오지 말라
고 질책했다. 후지무라는 도쿄에서 태어났으나 부친의 사
업 때문에 삿포로에서 성장했다. 하지만 부친인 유타카胖
는 은행사업에 실패해 자살했고, 어머니와 함께 상경한 후
지무라 미사오는 백모의 집에 살면서 제일고등학교에 다
녔으나 공부에는 전혀 신경을 쓰지 않았다. 그는 무단으
로 가출해 닛코日光에서 "세상에 쓸모없는 몸, 살아갈 가치
가 없음을 느낀다"는 내용의 편지를 백부와 백모 앞으로
보낸 후, 5월 22일 게곤華嚴폭포라는 폭포에서 투신자살했
다. 세상을 떠나며 옆에 있던 나무에 "삼라만상의 진실을

오로지 한마디로 말하면 '불가해不可解'"라는 말을 남겼다는 것은 널리 알려진 바와 같다.

소세키가 그런 사실을 신문을 통해 알게 된 날, 그날 아침 만났던 학생에게 후지무라는 어떻게 된 건지 물었다고 한다. 그는 자신이 화낸 것이 원인일지도 모른다며 마음을 쓰고 있었을지도 모른다. 하지만 유서 '암두지감巖頭之感'이 널리 알려지게 되면서 자신의 책임이 아니라 삶에 대한 번뇌 때문에 죽음을 선택했다는 것을 알게 됐다. 그는 다소의 안도감을 느끼면서도 새삼 스스로의 삶의 고통을 심화시켰을 것이다. 특히 "커다란 비관은 거대한 낙관과 일치한다"는 후반부는 그의 생각과도 일치했다. 후술하는 것처럼 그는 훗날 신체시新体詩「물 밑의 느낌水底の感」을 '후지무라 미사오조시藤村操女子'라는 필명으로 지었다.

부부 별거

소세키의 정신 상태는 6월의 장마철을 맞아 악화됐다. 한밤중이 되면 불같이 화를 내며 베개고 뭐고 닥치는 대로 내던졌다. 아이가 운다며 역정을 내기도 했다. 교코는 또 임신을 해서 입덧으로 한참 고생하고 있었으며, 늑막염 때문인지 열도 조금 나고 있었다.

그는 하녀도 마음에 들지 않는다며 내쫓아버리고 교코한 사람을 집중 공격했다. 친정으로 돌아가라는 말만 거듭 반복했기 때문에 하는 수 없이 교코는 일단 아이들을 데리고 친정으로 가기로 했다. 런던에서는 다른 사람들의 눈을 꺼려하며 집 안에만 틀어박혀 있었지만, 집에서는 가장 가까운 사람에게 감정을 온통 쏟아내는 것이 그가 앓던 병의 특징이었다. 자신이 한 강의에 대한 평판이 좋지 않거나 학기말 시험의 채점, 면접에 참가하는 것도 그로서는 어처구니없는 노릇이었다. 어쩔 수 없이 해야 할 일들이 계속되자 분노의 덩어리는 점점 커져갔을 것이다.

하지만 처자식이 없는 집에서 부지런히 일에만 전념했던 것도 아니다. 교코가 집을 비운 것은 거의 여름방학 기간 중이라고 생각되는데, 그동안 그는 영시를 두 작품이나 완성시켰다. 연말에는 누가 봐도 연애시라고 생각할 수밖에 없는 것도 썼는데, 그것이 과연 본인의 경험이었는지는 알 수 없다. 『소세키전집』의 주해에 따라 읽으면 'Silence(정적)'의 대강의 뜻은 과거 존재했던 '정적'의 생활을 떠올리며 그것을 잃어버린 '나의 삶'을 한탄하는 시다. 그 시에서 '나'는 태양도 달도 없고, 남자도 여자도 신마저도 없는 "정적 한가운데서 살고 있다"며 호소한다. "내게는 어머니가 있어서" "기쁨과 희망과 찬란한 모든 것을 주었지만", 바야흐로 그런 어머니는 세상을 떠났다. 젊은 시절 나는 태양이 모든 대지를 호박 빛깔로 물들이는 것을 보았다. 하지만 지금은 내면에서 정적을 원하면 목소리가 들리고, 바깥에서 찾으면 싸움 소리만 들릴 뿐이다. 정적은 "신성하다는 사랑보다 감미롭고" "명성, 권력, 부보다 매력적"이다. 나는 더 이상 존재하지 않는 것을 위해 눈물을 흘린다. 과거와 미래를 응시해보면 나는 영원히 허공에 매달려 전율하는 이 별(지구) 위에서 까치발을 하고 아슬아슬하게 서 있다. 잃어버린 정적에 한숨짓고, 앞으로 도래할 정적(죽음)에 눈물을 흘린다. 아아, 나의 삶 - 어머니 안에 있던 태아의 행복이, 더 이상 존재하지 않는다는 슬픔이다.

에토 준의 표현처럼, 그가 "그 존재를 불안하게 노출당한다고 느꼈던" 것은 확실할 것이다. 어머니의 뱃속에서 밖으로 나왔을 때 고통은 시작됐다. 벼락이 두 사람을 깨우고, 이후 갈라져버린 두 사람은 서로 대면할 수 없다. 슬프도다, 하늘과 마주하기에 땅은 이처럼 죄 많은 몸.

─여기에서 표현되고 있는 것은, 천지의 혼돈으로 하늘과 땅이 서로 분리돼 갈라졌다는 생각이다. 에토 준의 설에 의하면 이것은 형의 아내였던 도세와의 비련을 읊은 거라는 말이 되는데, 이 하늘과 땅은 앞서 나온 시와의 연관성에 따라 문자 그대로 '하늘의 신'과 '대지의 인간'이라고 생각해야 하지 않을까. 에토 준은 영시에서 "'하늘'이 여성이고 '대지'가 남성이라는 것은 생각할 수 있는 한에서 가장 불가사의한 시적 도착"이라고 말하고 있는데, 일본 신화의 경우 '아마테라스'는 여성이며 태양신이다. 하늘의 세계에서 행패를 부린 신인 '스사노오'는 천상으로부터 추방당해 이즈모出雲(현재의 시마네島根현 근처의 옛 지명-역자 주)에서 살았다. 아메와카히코天稚彦는 '나카쓰쿠니中つ國(일본 신화에서 지상 세계, 하늘의 세계와 황천의 땅 사이, 즉 일본 영토-역자 주)'를 평정하라는 명을 받고 지상을 다스렸지만 복명을 하지 않고 있었다. 또한 그것을 문책하러 온 사자使者인 꿩을 아메노사구메天探女의 말만 듣고 사살해버린다. 그리고는 반대로 자신도 천상에 도달한 그 화살에 의해 사살된

다. 이런 예들에서는 남녀 간의 사랑은 발견할 수 없지만, 천상과 지상의 구별, 그리고 '죄'는 존재한다. 국가에 의해 파견된 소세키는 복명할 만한 그 무엇도 확보하지 못한 채 돌아온 스스로를 자책하고 있었다.

그런 의미에서 여기서의 '사랑'이란 신화적인, 일종의 꿈과 유사하다. 『꿈 열흘 밤』의 다섯째 밤에서 '자신'이 "신화시대에 가까운 옛날"에 전쟁터에서 패배해 포로가 됐을 때, 죽기 전에 사랑하는 여인을 마지막으로 한번 만나보고 싶다고 하자, 자신을 만나기 위해 그녀는 말을 타고 달려온다. 하지만 결국 여자는 닭이 우는 흉내를 낸 '아마노자쿠天探女'의 악의에 의해 절벽 아래로 떨어지고 만다.

교코의 귀가

교코가 집으로 돌아온 것은 여름방학도 끝나갈 무렵인 9월 초순이었다. 친정어머니가 형식상 빌려 가자 소세키는 단박에 그것을 수용했다. 교코는 평소 다니던 의원을 통해 소개받은 도쿄대 구레 슈조吳秀三에게 "그런 병은 평생이 가도 완치되지 않는다"는 진단을 받았다고 한다. 나았다고 생각되는 것은 일시적으로 진정된 것일 뿐, 반드시 재발한다는 것이다. 소세키는 구마모토의 직장을 그만둘 때, 런던에서 한번 만난 적이 있던 구레 슈조에게 "신경쇠약이라는 진단서를 써달라고 의뢰해줬으면 좋겠다"고 스가에게 편지로 부탁하고 있기 때문에, 그게 실현됐다면 두 번째로 받은 진단일 것이다.

교코는 그의 병이 어떤 성질의 것인지를 알게 되자, 학대를 당하더라도 결코 헤어지지 않을 각오로 소세키의 곁으로 돌아왔다. 소세키는 한동안은 진정됐지만 가을이 깊어질 무렵부터 다시 고함을 지르고 물건들을 내던지기 시작했다. 교코에게는 친정으로 돌아가라고 들볶았다. 그러더니 종당에 가서는 장인에게 연을 끊자는 편지까지 보냈다. 그의 내면은 환각과 환청에 의해 지배되고 있었는데, 그 모든 원인이 교코에게 있다고 생각된 모양이다. 이런 '미친 상태'에 관해서는 교코의 회상에 자세히 나와 있다. 그런 증상이 막 시작될 즈음인 11월 초순, 교코는 셋째 딸인 에이코를 출산했고, 소세키는 수채화를 그리기 시작했다.

수채화라는 위로

소세키는 어린 시절부터 그림을 좋아했다. 런던에서나 일본에서나 종종 미술관으로 발걸음을 옮겼다. 수채화 그리기의 단짝은 제5고등학교 시절의 제자인 하시구치 미쓰구橋口貢였다. 그는 도쿄대 법학과를 나온 외교관이었지만 동생인 하시구치 기요시橋口淸(하시구치 고요橋口五葉)가 서양화가였고, 본인도 그림 실력이 탁월해서 무척이나 멋진 그림엽서 작품을 남겼다. 이 형제와는 그림엽서도 주고받고 있다.

영국 체재 당시에는 마사오카 시키나 독일에 있던 다치바나, 후지시로에게 외국의 그림엽서를 보내곤 했다. 11월 3일에 후지시로, 하가 등 아홉 명의 이름을 쭉 써서 중국 난징에 있던 스가 도라오에게 보낸 것이 귀국 후 최초의 그림엽서였다고 추정된다. 그는 다음 해인 1904년 1월 3일, 가와히가시 헤키고토河東碧梧桐와 하시구치 미쓰구에게 각각 자필 그림엽서를 보냈다. 후자는 엽서 후면 전체에 산에서 끌어온 물이 대나무 홈통을 따라 연못으로 떨어지는 모습을 표현한 것이었다. 그 위에 "인간의 봄을 그려 내려 하느냐 어차피 다 거짓말人の上の春を寫すや繪そら言"이

소세키 자필의 그림엽서. 데라다 도라히코에게 보낸 것. 고치현립문학관高
知縣立文學館 소장

라는 구가 붓글씨로 적혀 있다. 가와히가시 헤키고토에게
보낸 구는 "추위를 견디는 매화꽃 그리는 사람이라 하노
라ともし寒く梅花書屋と題しけり"였다. 인생의 추위를 견디며
꽃을 피우고 싶다는 마음과, 반대로 '봄'을 그리고 있으면
서도 과장된 거짓을 말한다는 마음이 뒤섞여 있는 신년임
을 보여준다.

  소세키의 그림엽서 보내기는 1904년에 그치지 않고

1905년에도 계속되며 보내는 사람도 다양해지는데, 무슨 이유에서인지 1905년에 일단 중단된다. 대학 강의와 집필 작업으로 경황이 없어서 그림을 그릴 마음이 들지 않았던 것일지도 모른다.

아울러 사제私製 그림엽서는 1900년 10월부터 법적으로 허용됐지만, 관제 그림엽서의 발행은 1902년 6월의 일이었다. 당시에는 겉면에 보내는 사람과 받는 사람의 주소, 성명 이외에 다른 문장을 쓰는 것이 금지되고 있었다. 소세키의 그림엽서가 그림 위에 문자를 겹쳐 쓰고 있는 것은 그 때문이다. 그가 그림엽서를 더 이상 그리지 않게 될 무렵에는 그런 스타일이 한참 유행하고 있었다. 미야케 가쓰미三宅克己나 마루야마 반카丸山晩霞 등 수채화가도 속출하고 있었다. 시마자키 도손에게는 「수채화가水彩畵家」(1904년 1월)라는 제목의 중편소설도 있다. 소세키도 머지않아 『산시로』의 노노미야 요시코野々宮よし子에게 수채화를 그리게 하고 있다. 그 의미가 알쏭달쏭한 그림엽서를 보내는 사토미 미네코里見美禰子도 등장시킨다. 수채화는 비전문가도 시도하기가 용이한 그림이었기 때문에 자필 그림엽서도 그릴 수 있었을 것이다. 현재 이와나미서점이 소장하고 있는 소세키에게 보낸 그림엽서에는 지방의 명소를 담은 그림엽서도 다수 존재하는데, 이런 것들은 교통 기관이 정비됨에 따라 명소로 직접 가보는 여행을 꿈꾸게 하는 결과를 낳았다.

최악의 정신 상태

앞서 언급했던 것처럼 소세키가 그림엽서에 열중해 있을 무렵 그의 정신 상태는 더더욱 악화됐다. '후지무라 미사오조시'의 이름으로 「물 밑의 느낌」이 신체시로 만들어진 것은 이 무렵(1904년 2월)으로 파악되고 있다.

물 밑, 물 밑. 아무도 살지 않는 물 밑. 깊은 인연, 깊숙이 가라앉아, 오랫동안 살고 싶어라,

그대와 나.

길게 헝클어진, 검은 머리칼. 해초들도 함께, 천천히 떠다니네. 꿈 아닌 꿈같은 목숨인가.

어둡지 않은 어둠의 근처.

기뻐라 물 밑. 맑디맑은 우리에게, 비난은 멀고 근심은

다가오지 못한다. 모호한 마음 흔들려,

　사랑의 그림자 언뜻 스친다.

　소세키는 후지무라가 자살한 원인 중 하나로 '그의 연인의 존재'가 있었음을 알고 있었던 것 같다. 그렇다면 '후지무라 미사오조시'란 그 연인의 마음에 본인 스스로를 가탁한 필명일 것이다. 소세키는 앞서 언급했던 것처럼 예습을 해오지 않은 후지무라를 심하게 꾸짖은 적이 있어서 혹여 그가 자신 때문에 자살하게 된 것일까 걱정했다. 하지만 동급생(후지무라가 이미 한 통의 유서를 남겼던 후지와라 다다시藤原正일까)에게 후지무라의 연애에 관해 전해 듣고 이 시를 쓰고자 마음을 먹었던 것으로 추정된다. 여기에는 죽음으로의 감미로운 권유에 도취된 그의 강렬한 마음이 담겨 있기 때문이다. 연인이 물 밑에서 부르는 것은 물론 가상 구조다.

　『나는 고양이로소이다』의 간게쓰寒月는 스미다가와隅田川강 밑바닥에서 '○○코子'라는 여자가 자신을 불러 물에 뛰어들었는데, 자신의 생각과는 달리 다리 위에 떨어지고 말았다. 『꿈 열흘 밤』의 일곱 번째 밤, 서쪽으로 가는 배 안에서도 그는 배에서 뛰어내리는 꿈에 대해 묘사하고 있지만, 스스로 바닷속으로 뛰어들자마자 곧바로 자신의 행동을 후회하고 있다. 1908년에 발표된 작품이기 때문에 그의 건강 상태는 거의 회복돼 있었다. 그의 내면에서는 항상 비정상적인 것과 정상적인 것이 아슬아슬한 상태로 줄다리기를 계속하고 있지만, 그것을 막상 문자화할 때는 비정상적이라는 느낌을 받을 수 없도록 표현될 수 있었다. 스가 도라오나 가노 고키치 등 절친한 친구들이라면 간혹 그의 병든 마음을 느끼는 순간이 있었을지도 모른다. 그러나 그가 그것을 노골적으로 드러내 보였던 것은 교코나 후데코 등 처자식을 대할 때로 국한됐다.

러일전쟁과 소세키

그가 「물 밑의 느낌」을 데라다 도라히코에게 적어 보내고 나서 이틀이 흐른 1904년 2월 10일, 러일전쟁이 발발했다. 러시아에 대해 강경파였던 후타바테이 시메이二葉亭四迷는 흥분한 상태로 매일같이 회사에 와서 해당 정보에 대해 알고 싶어 했지만, 소세키는 적어도 표면상으로는 그

것을 기뻐한 흔적이 없다. 그는 애당초 무력에 의한 전쟁 그 자체를 싫어했다. 도의적이지 않기 때문이다. 그는 항상 전쟁이란 자신의 이익만을 위해 무력에 호소하는 어리석은 짓이라 생각하고 있었다. "러일전쟁 시 쌍방이 도의적인 문제로 전쟁을 시작했다면 작은 총 하나 발사하는 것조차 어려울 터이다"(「《타이요》잡지 모금에 대한 명망인 투표에 대해太陽雜誌募集名家投票に就て」). 다소 표현이 과하지만 "닭들이 서로 싸우는 투계보다 일본과 러시아가 서로 다투는 쪽이 훨씬 재밌다" 같은 발언도 있다(강연 「런던의 즐거움倫敦のアミューーズメント」, 1905년 3월 11일, 메이지대학). 도고 헤이하치로東鄕平八郎 대장의 개선을 맞이하며 1905년 10월 23일 러일전쟁 승리를 축하하기 위해 천황이 친히 선박들을 관람하는 의식이 거행됐는데, 소세키는 기차가 붐빌 거라는 핑계를 대며 요코하마에 사는 와타나베 가즈타로의 초대를 거절하고 있다. 『나는 고양이로소이다』에 나오는 구샤미 선생님은 러일전쟁 출정 병사의 '일대 개선 축하회'에 의연금을 내라는 귀족의 '활자 인쇄 편지'를 한번 훑어보기만 하고 끝이었다. 이는 러일전쟁 승리에 대한 소세키 본인의 태도와 흡사했다.

그가 전쟁에 무관심했던 것은 아니다. 그 승리로 일본이 일등국으로 진입하게 됐다느니, 세계적인 국가가 됐다느니 하고 뻐기는, 바로 그 우스꽝스러운 소동을 싫어했을 뿐이다.

그의 초기 단편 「취미의 유전趣味の遺傳」(1906년 1월)은 전쟁이란 "날씨 탓에" 신마저 "미쳐버린" 결과라는 표현으로 시작된다. 러일전쟁을 배경으로 한 남녀의 우연과 필연을 그린 사랑 이야기다. 두 사람이 우체국에서 처음 만난 것은 우연이었다. 하지만 두 사람의 사랑은 이미 과거의 인연에 의한 것이었다. 약속이 있어 신바시역 대합실에 온 내레이터 '나'는 우연히 개선 군대를 환영하는 인파에 휩쓸려버렸다. 그는 마르고 검은 피부의 장군(아마도 노기 마레스케乃木希典)을 보고 군중들과 함께 만세를 외쳐보려고 하지만 도저히 목소리가 나오지 않는다. 그저 두 눈에서 눈물이 흐를 뿐이었다. 그의 절친한 친구 고우浩가 격전지였던 뤼순에서 전사했던 것이다. 고우의 모친으로부터 유품인 일기를 빌렸던 그는 고우에게 연인이 있었다는 사실을 알게 되자 본업인 학문을 접고 그 여성을 찾아 나선다. ─ 그러던 그는 고우가 잠들어 있는 고마고메駒込의 잣코원寂

光院에 참배하러 갔을 때 자신보다 먼저 와 참배하고 있던 한 젊은 여성의 모습을 우연히 발견하게 되는 것이다. 이름조차 알지 못하는 이 여성을 주목하며 그는 마침내 목적을 달성하게 된다.

고우와 여성이 우체국에서 처음 만난다는 설정은 앞서 언급했던 "당시 유행하던 올림머리"를 한 소녀의 기억을 빌린 것이었을까.

목요회木曜會의 시작

소세키가 도쿄아사히신문사에 입사한 것은 1907년 4월 이었다. 그는 그때까지 『나는 고양이로소이다』의 연재를 포함해 『도련님』, 『풀베개草枕』를 포함한 다수의 작품을 발표하고 있었다. 때때로 위에 격한 통증을 느꼈지만 '귀찮은' 강의 일정도 무난히 소화해가며 집필 의욕도 왕성해졌다. 『나는 고양이로소이다』로 명성이 순식간에 높아지자 담화 의뢰나 강연도 급증했으며, 문학 지망생 제자들과의 교류도 왕성해졌다. 다망해진 그는 1906년 9월부터 면회일을 목요일 오후 3시부터로 정했다. 단골손님은 데라다 도라히코, 노무라 덴시野村傳四, 노마 마사쓰나野間眞綱, 모리타 소헤이森田草平 등이었다. 물론 데라다와는 함께 외출하기도 했으며 다카하마 교시와도 각별한 사이였지만 다키타 조인滝田樗陰은 낮부터 와서 소세키에게 몇 장이고 글을 쓰게 했다.

목요회는 소세키 입장에서 세속의 유행이나 희한한 사건을 받아들이는 시간이기도 했지만, 마음 터놓고 얘기할 수 있는 패거리들과 허심탄회하게 보낼 수 있는 시간이기도 했다. 만년에 이를수록 그는 역정을 내지 않게 됐으며, 아쿠타가와 류노스케芥川龍之介나 구메 마사오久米正雄 등에게는 특히 다정했던 것 같다.

강의 쪽은 『오셀로』, 『맥베스』, 『리어왕』 등의 텍스트를 어떤 방식으로 이해했는지 설명해 큰 호평을 얻었다. 강의 중 종종 삽입한 유머나 비유도 학생들을 기쁘게 했다. 첫해의 딱딱한 강의 스타일을 탈피한 그는 종횡무진 흥미로운 이야기를 펼쳐가서 학생들의 마음을 사로잡았다. 아울러 이 시기에 그는 문학의 다양한 장르를 모색하고 있었다. 『나는 고양이로소이다』 제1회가 나온 것은 바로 그런 시기였다.

『나는 고양이로소이다』

이 소설은 잡지 《호토토기스》에 소설의 도입부가 게재됐다가(1905년), 호평을 받아 제11편(1906년 8월)까지 이어졌다. 다카하마 교시에게 제1편을 보여줬더니 그가 소리 내어 읽어본 뒤 그 자리에서 게재가 결정됐다. 제목으로 「고양이전猫傳」과 첫 머리글 문장인 「나는 고양이로소이다」 중 어느 쪽이 낫겠느냐고 물어보자, 다카하마 교시는 후자에 찬성해주었다. 이 원고에는 곳곳에 다른 필체로 내용을 고친 부분이 있는데, 다카하마 교시가 소세키의 부탁을 받고 직접 첨삭을 해준 것이라고 한다(『소세키 씨와 나漱石氏と私』). 다카하마 교시의 회상에 의하면 그 무렵 잡지 《호토토기스》는 판매가 부진한 상황이었는데, 『나는 고양이로소이다』의 평판 덕분에 다시 판매에 호조를 보여 한층 더 잘 팔리게 됐다고 한다.

나쓰메 집안에 검은 고양이가 살기 시작한 것은 센다기 초로 이사 온 이후부터다. 어디선지 새끼 고양이 한 마리가 집 안으로 들어왔는데 몇 번이고 내보내도 다시 들어왔다. 그 사실을 알게 된 소세키가 정 그렇다면 그냥 여기서 살게 하라고 허락했다고 한다(교코의 회상). 집에 자주 출입

『나는 고양이로소이다』상
편 표지 컷. 1905년 10월
간행. 하시구치 고요 그림

하던 할머니 안마사가 이 고양이를 보고, "복을 부르는 보기 드문 고양이"이므로 키우면 이 댁이 번창할 거라고 말했다고 한다. 예언이 잘 들어맞았는지, 그 후 문운과 금전운이 상승하게 됐다. 소설의 첫 구절과 마찬가지로 특별한 이름 없이 그냥 '고양이'라고 불렸다.

소설에 등장하는 다른 고양이들의 이름도 '시로白', '구로黑', '미케三毛'처럼 단순했다.

주지하는 바와 같이 『나는 고양이로소이다』는 이 고양이를 모델로 하고 있다. 주인공 고양이는 인간들을 관찰하는 데 열을 올리며 그 기이한 생태에 대해 이야기하고 있다. "그들을 관찰하면 할수록 참으로 제멋대로라고 단언하지 않을 수 없다"고도 말한다. 제1화에서는 교사인 집주인도 "금테 안경을 쓴 미학자"도, 그들의 직업은 밝혀져 있지만 "이름은 아직 나오지 않는다". 미학자의 이름이 메이테이迷亭라고 밝혀지게 된 것은 제2화였으며, 주인공의 이름인 구샤미도 제3화에 이르러서야 알게 된다. 제3화에서는 간게쓰든 그의 친구 도후東風든 처음부터 이름을 가지고 등장한다. 애초에 일회성 이야기로 게재했는데 결국 연재 형식이 된 까닭에 등장인물들을 늘릴 필요가 있었던 것이다. 하지만 구샤미 집안에 출입하는 기인들 가운데 "친동생보다 더 사랑한" 제자 미즈시마 간게쓰만 평범한 이름이고, 그 외의 사람들의 이름은 죄다 이상한 것들뿐이다. 구샤미의 성은 진노珍野이므로 진狆(재패니즈 친Japanese Chin, 몸집이 작고 이마가 튀어 나왔으며 털이 긴 일본 토종 애완견-역자 주)이 재채기('구샤미'는 일본어 '재채기'와 동음이의어-역자 주)를 한 것 같은 얼굴을 하고 있을 것 같다. 그야말로 "(재채기하는 애완견처럼) 못생긴 얼굴"이다. 시인인 오치 도후越智東風는 본인이 '고치'('東風'는 일본어로 '도후'로도, '고치'로도 읽을 수 있음-역자 주)'라고 읽어주었으면 좋겠다고 말한다. '도후'를 '고치'라고 읽을 경우 일본어 '여기저기遠近'를 연상시킨다(이름 '오치 도후越智東風'를 '오치 고치'로 읽으면 일본어 '여기저기遠近'와 동음이의어가 됨-역자 주). 여기저기遠近에 얼굴을 내미는(발표회를 개최해 가네다金田의 딸 도미코富子와도 아는 사이임) 오지랖 넓은 인물임을 연상시킨다. 메이테이迷亭의 본래의 성은 '마키야마牧山'인 것 같다. 즉 '목장牧場에서 길을 잃고(迷) 정자(亭)에서 쉬고만 있는 인물'임을 가리키는 걸까? 혹은 일본어로 동음이의어인 '메이테이酩酊(몹시 취했음을 가리키는 일본어-역자 주)'의 상태로 긴 이야기를 늘어놓기 때문이라는 식으로도 받아들여진다. 학창 시절 그들의 동료였던 '야기 도쿠센八木獨仙(염소 수염을 하고 혼자 신선이라도 되는 양 처신한다)'이나 '리노 도젠理野陶然(당연한 이치理の當然)', 옛날 대학 도서관에서 오줌을 싸러 다니던 '다치마치 로바이立町老梅(순식간에 낭패忽ち狼狽)' 등은 말할 것도 없다(하나같이 동음이의어를 활용한 익살스러운 이름임).

구샤미를 비롯해 지나치도록 박식한 '별종'들이 바라보는 현대는 어딘지 모르게 광기에 휩싸여 있다. 그것을 정면에서 비판하지 않고 고양이의 화자인 '내'가 익살스럽게 풀어내는 데서 이 이야기 본연의 묘미가 잉태된다. 요컨대 돈이나 권력이 그 전성기를 맞이했다며 현세를 비판하고 있는 등장인물들은, 한편으로는 고양이라는 동물에 의해 야유당하며 그 내면의 천박성을 지적당하고 있는 것이다. 등장인물들은 모두 타인이 놀림을 받으면 열렬히 환호한다. 그러나 정작 본인이 그런 경우를 당하면 화를 내는 것이다. '고양이' 입장에서 인간이란 참으로 어리석은 존재다.

하지만 이 영묘한 능력의 소유자인 고양이 화자 '나' 역시 실수를 연발하는 경우가 있다. 정월에 떡을 먹다가 제대로 삼키지 못해 고양이춤을 추며 온 집안 식구들의 웃음거리가 된다. 고양이 입장에서 "떡은 요물"이라고 느낀다. 이 표현은 아무래도 소세키가 즐겨 보았던 라쿠고落語「고양이는 요물猫は魔物」의 패러디 같다. 예를 들어 『메이지다이쇼라쿠고집성明治大正落語集成』에 나오는 산유테이 엔유三遊亭円遊의 「스다가 가까워진 계기隅田の馴染め」에는 비밀 이야기를 하려고 다른 사람을 다 물리친 후 이제 괜찮은 거냐고 다시금 다짐을 하는 장면이 나온다. 그때 상대방이 "아직 고양이가 한 마리 있습니다", "고양이 따위라면 있어도 상관없잖아", "고양이는 요물"이라고 말한다. 하녀인 오산ぉ三의 가면인 오타후쿠ぉ多福를 '오다카쿠ぉ多角'라고 짓궂게 표현한 것도 슌푸테이 고류시春風亭小柳枝의 라쿠고「다양한 이야기五目講釋」에 그대로 나온다. 고양이인 '내'가 구샤미 집에만 머무르지 않고 가네다金田의 집으로 출장을 가서 그 속사정을 알아내오는 것도 고양이이기 때문에 가능한 모험일 것이다.

고양이가 본 러일전쟁

고양이인 '나'는 "일본의 고양이"로서 "혼성 고양이 여
행단을 조직해 러시아 병사를 할퀴어주고 싶다고 생각할
정도"지만, 그건 도저히 불가능하니 대신 집 안에서 소란
을 피우는 쥐들과 싸워 기개를 드높이고 싶다고 생각했
다. 도고 장군인 체하며 작전을 세우고 '부엌'이라는 '전쟁
터'에서 각자의 위치를 정하고 적군을 기다린다. 인기척
이 드물어지자 뭔가 움직이는 소리가 찬장 안에서 시작된
다. 적은 "뤼순 주발 안에서 성대한 무도회를 열고 있다".
러일전쟁에서는 히로세 다케오廣瀬武夫 부대에 의해 적의
함대가 뤼순만 밖에서 나가지 못하도록 하는 폐쇄 작전이
수행됐는데, 여기서는 고양이인 '내'가 선반의 빈틈으로는
들어갈 수 없으므로 공격에 난항을 겪고 있다. 그 후 적들
은 도처에서 나와 민첩하게 부엌 여기저기를 돌아다닌다.
"얄밉다고 해야 할지, 비겁하다고 해야 할지 도저히 그들
은 군자의 적수가 아니다". 패배를 아쉬워하는 고양이의

모습이 우습기 짝이 없다. 전투에 지친 그가 잠깐 쉬며 졸고 있을 때, 적군의 공격을 받아 귓불과 꼬리를 다치며 엄청난 난투 끝에 결국 양 앞발을 지탱하고 있던 선반에서 떨어지다가 작은 양념절구와 빈 잼 깡통 등이 바닥에 나뒹구는 지경에 이른다. 쥐들의 총공세에 싸움은 이런 종국을 맞이하게 된 것이다. 시끄러운 소리에 놀란 주인이 램프와 지팡이를 들고 "도둑이야!"를 외치며 뛰어나온다.

전원 집합

야기 도쿠센이 등장해서 "사람 마음이 그렇게 마음대로 되는 것이 아니야"라고 말한다. 아울러 서양인의 적극성을 높게 평가하지만 적극성이 항상 능사는 아니라며 서양인들의 경우 아무리 적극적으로 해대도 '만족' 혹은 '완전'의 영역에는 도달할 수 없다고 말한 뒤 돌아간다. 시즈오카에서 온 메이테이의 숙부는 옛 방식의 '정신 수양'이 중요하다고 발언한다. 귀가 얇은 구샤미는 금방 탄복한다. 문명개화라는 급물살이 휩쓸고 있는 세태에도 무관심해서 여전히 상투를 틀고 그 옛날 사무라이처럼 쇠살로 된

부채를 들고 다니는 숙부였다. 그가 감탄하자 메이테이가 다른 사람들의 소식을 전해준다. 도쿠센을 따랐던 리노 도젠은 엔카쿠사의 연꽃 연못에 뛰어들어 사방을 걸어다녔던 인물인데 결국 병에 걸려 죽었고, 다치마치 로바이는 정신병 때문에 입원 중이라는 것이다. 고양이인 '나'는 주인공의 속마음을 읽는다. 그가 스스로 자신에게 '미치광이'의 기미가 있을지 모른다고 생각하고 있으며, 가까운 지인들 모두 어쩌면 그럴 거라고 추측하고 있다는 사실을 알고 있다. 지하실에서 구슬만 다듬고 있는 간게쓰도 마찬가지이며, 메이테이는 "양성陽性의 미치광이"다. "사회란 모든 미치광이들의 집합소"며 그 가운데 "약간의 이치를 알고 있으며 분별력도 있는 자"는 오히려 방해가 되므로 '정신병원'이란 것을 만들어 그 안에 가두는 것이다. 그런 의미에서는 정신병원 밖에서 날뛰고 있는 "영향력 있는 미치광이가 돈이나 위세를 남용해 다수의 작은 미치광이들을 부려먹고 난폭하게 대하며, 결국에 가서는 남들에게 훌륭한 사내라 칭송받는 예가 적지 않다". 구샤미는 그쯤에서 "뭐가 뭔지 잘 모르겠다"며 쿨쿨 잠들어버리지만, 사실 구샤미가 이 정도로 철저히 뭔가에 대해 깊이 생각해본 적도 없다.

이런 이치를 생각해내는 것은 고양이인 '나'의 역할이지 결코 주인의 생각은 아니다. 말하자면 이런 대목을 전후로 세상을 풍자하고 우스꽝스럽게 그려내는 이 이야기는 다소 변질되기 시작한다. 제10화에서는 집에 놀러 온 조카딸 유키에雪江에 의해 야기 도쿠센 선생님의 강연 내용이 화제에 오른다. 도쿠센은 돌 지장보살을 옮긴 옛이야기에 대해 강연했다고 한다. 다양한 사람들이 그 어떤 방법으로도 움직일 수 없었던 돌 지장보살을 결국에는 그 마을에서 가장 바보라고 놀림받았던 일명 '바보타케'가 움직였다는 이야기다. '바보타케'는 그냥 있는 그대로 "움직여주세요"라고 부탁한다. 그러자 지장보살님은 선선히 움직여주었던 것이다. 도쿠센은 강연에서 최근에는 여성은 물론 남성들도 "정면으로 최단거리를 통과할 생각을 하지 않고 오히려 멀리 돌아가는 번거로운 수단을 취하는 병폐가 있습니다"라고 말하며, 아무쪼록 여러분들은 "바보타케처럼 솔직한 의견으로 일을 처리해나가주시길 바랍니다"라고 강연을 마무리했다는 것이다. 물론 유키에는 "세상에, 바보타케라니, 너무하셨어요"라고 도쿠센 선생님의 의견에 대해 일축하고 있다. 지나치게 교훈적인 이야기는 젊은 세대에게 수용되지 못한다는 것을 '고양이'는 알고 있었다.

인간들의 본성

가네다金田 집안의 따님에게 연서, 즉 러브레터를 보낸 후루이 부에몬古井武右衛門이 퇴학당할까 봐 끙끙 앓다가 담임인 구샤미에게 읍소를 하러 왔다. '고양이'는 이 두 사람의 모습과, 옆방에서 두 사람의 이야기를 엿들으며 웃고 있는 사모님과 유키에의 모습을 비교해 살펴보면서 인간들의 '냉담함'에 대해 느끼고 있다. 체구만 클 뿐 심약한 부에몬은 여태까지 구샤미를 무척이나 무시해왔으면서도 정작 자신이 곤경에 처하자 도움을 청한다. 한편 구샤미 쪽은 "글쎄다"를 연발하기만 할 뿐 냉담 그 자체다. 안쪽 방에서 그런 대화를 엿듣고 있는 두 여자는, 오로지 재미있어하며 키득키득 웃고 있다. 타인이 그토록 곤경에 처했는데도 그 일과 무관한 인간들에게는 그것이 그저 재미있는 일일 뿐이라며 '고양이'는 인간의 차가운 본성을 꼬

집고 있는 것이다.

소세키에게는 절친한 친구들이 여럿이어서 항상 그가 곤경에 빠졌을 때 구해주었다. 부친이나 그 일족들처럼 불쾌한 인간이 있었다 해도, 이것은 어디까지나 '고양이'가 깨달은 '진정한 인간관'일 뿐, 소세키의 인간관의 전부는 아니다. 그는 당시의 평론가인 오마치 게이게쓰大町桂月가 단행본 『나는 고양이로소이다吾輩ハ猫デアル』(상편)의 평에서 "소세키는 산뜻한 취향을 이해하는 사람이지만 조금 어둡고 너무 진지하며 위장병 탓에 한층 더 예민해져 고양이를 벗 삼아 방 안에만 틀어박혀 있다. 잼의 맛은 알지만 술 맛은 알지 못하며 도락에도 빠지지 않고 여행조차 하지 않아 취미세계가 한정돼 있다. 특정 청년들을 기쁘게 하는 정도에 그칠 뿐 아직 사회 경험이 풍부한 사람들을 만족시킨다고 할 수는 없다. 시적 취향이 있는 대신 치기에 넘쳐 있다는 비판을 면치 못할 것이다"(《다이요太陽》1905년 12월 「잡언록雜言錄」)라고 썼던 것에 대해 격노했다. 『나는 고양이로소이다』의 제7화 말미에는 구샤미가 저녁 식사 자리에서 술을 들이켜며 게이게쓰桂月가 마시라고 해서 마셨다고 말하는 장면이 있다. 사모님은 "게이게쓰

라니, 무슨 말씀이세요?"라고 되묻는다. 그러자 이렇게 대답한다. "그 대단하신 게이게쓰도 안주인을 만나면 한 푼의 값어치도 없지."

작중에서는 이 정도의 야유로 끝났지만, 소세키의 편지에서는 훨씬 더 격렬한 비판이 보인다. "마치 자신이야말로 소세키 선생보다 경험 있고 성숙하고 의젓한 사람이라는 말투입니다. 아하하하. 게이게쓰만큼이나 치기 어린 싸구려 글을 쓰는 자가 천하에 또 있겠습니까?"(다카하마 교시에게 보낸 편지). "《진민신문人民新聞》이라는 데서는 내가 『나는 고양이로소이다』를 쓰면서부터 아내와 사이가 나빠졌다고 쓰고 있다고 한다"(스즈키 미에키치에게 보낸 편지). 게이게쓰는 도쿄대 국문과 출신으로 소세키보다 나이가 어렸다. 작품평이라기보다는 작자와 작중인물을 혼동하는 비평이나 소문 이야기 따위를 쓴 것을 용서할 수 없었던 것이다.

『나는 고양이로소이다』는 제11화로 끝난다. 구샤미 집안에 메이테이, 간게쓰, 도후 등의 단골손님, 거기에 도쿠센까지 가세해서 허심탄회하게 논의를 벌이는 장면이 전개된다. 고양이 화자는 그저 그것을 보고 들을 뿐, 더 이상

비아냥거리지도 비평을 끼워넣지도 않는다.

'20세기의 인간'은 왜 탐정적 경향이 있는지 도쿠센이 문제를 제기한다. 집주인은 "개인의 자아가 너무 강한 것이 원인"이라고 주장하며 자신과 타인 사이에 확실한 이해관계의 대립이 있다는 사실을 알게 된 탓이라고 설명한다. 개인과 개인 사이가 과거보다 더 부드러워진다고 생각하는 것은 대단한 오류로서 언뜻 보기에 평온하기 이를 데 없어 보이는 것은 마치 스모의 모래판 위에서 스모 선수들이 서로를 꽉 움켜쥔 채 움직이지 않고 있는 것이나 마찬가지인 것이다(구샤미). "옛날 싸움은 폭력으로 압도했기 때문에 오히려 죄는 없었지만", "오늘날의 싸움은 교묘해지고 있어서" "적의 힘을 이용해 적을 쓰러뜨리는 것을 생각한다"(메이테이). "그래서 가난할 때는 가난에 얽매이고, 부유할 때는 부에 속박되며… 재주를 가진 사람은 자기 재주에 스스로 넘어지고, 지식을 가진 자는 그 지식 때문에 패한다. 구샤미 씨처럼 울화증이 있는 사람은 그 울화 때문에 이용"당한다(도쿠센).

그들은 여태까지처럼 서로 대립하지 않고 서로의 의견을 보완해가며 토론을 전개한다. 화제를 전환하는 사람은

구샤미다. "아무튼 이런 기세로 문명이 발달돼가는 날에
는 나는 살아 있고 싶지 않네". 메이테이가 "사양하지 말
고 죽게나"라고 쏘아붙여도 구샤미는 "죽기는 더 싫다네"
라고 불평한다. 혼자 초연한 태도를 취하는 도쿠센은 "죽
는 것을 고통스럽게 받아들이게 된 것은 신경쇠약이란 병
이 발명되고 나서부터의 일"이라며 "죽는 것을 고통스러
워하지 않는 자는 행복한 사람이지"라고 철학자다운 소견
을 말한다. 여기에는 일찍이 참선에 임했으나 결국에는
깨우침을 얻지 못했던 소세키가 동경했던 어떤 경지가 표
현되고 있는 듯하다. 이 전후 문장은 거의 그대로『소세키
전집』의「단편 32 E」에 남아 있다. 소세키는 글을 빨리 쓰
는 사람이어서 메모는 하지만 초고 따위는 쓰지 않는 작가
라고 간주되고 있는데 이 토론은 신중하게 글을 써나가고
있다. 이하의 내용은 구샤미의 발언이다.

죽는 것은 괴로워. 하지만 죽을 수 없다면 더욱 괴롭겠
지. 신경쇠약에 걸린 국민에게는 살아 있는 것이 죽는 것
보다 훨씬 고통이지. 그래서 죽음에 대해 걱정하는 거야.
죽기 싫어서 괴로워하는 게 아니지. 어떻게 죽으면 좋을

지 몰라 고심하는 거라네.

대부분의 사람들은 지혜가 부족해서 "세상이 괴롭혀 죽여주지만", 성깔이 있는 사람은 죽는 방식에 대해 여러 가지로 고찰하고 "참신한 대안을 내놓을 거"라고 말한다. "앞으로 천 년 이상 지나면", 인간은 모두 자살하고 학교에서는 "윤리 대신 자살학을 정규과목으로 삼게" 된다고 단언하길 서슴지 않는다.

삶과 죽음에 대한 관심은 일찍부터 소세키의 내면에 있었지만, 그것이 작품 안에서 본격적으로 거론된 것은 이런 구샤미의 발언이 최초다. 농담처럼 말하는 어조의 이면에 그의 본심 같은 것이 엿보인다. 『행인』의 이치로는 '신경쇠약'으로 자살 직전의 상태에 빠지고, 『마음心』의 선생님은 '급작스러운 죽음' 혹은 광기라고 생각되는 방식으로 자살한다. 만년의 수필집 『유리문 안에서』에는 항상 "죽음은 삶보다 고귀하다"고 믿고 있는 내가 비참한 과거를 고백한 여성에게 "만약 살아 있는 게 고통이라면 죽는 게 더 좋겠지요"라고는 차마 말할 수 없었던 사정이 적혀 있다.

『나는 고양이로소이다』의 이야기는 '문명국 백성'이 '개성'을 발달시킨 결과, 남편과 아내라는 '두 가지 개성'이 더 이상 함께할 수 없게 되고, "천하의 부부들은 모두 헤어진다. (중략) 이제부터는 같이 살고 있는 것은 부부의 자격이 없는 것으로 세간으로부터 간주되게 된다"라는 도쿠센이나 메이테이의 생각으로 글의 마지막에 다가간다. 신혼인 간게쓰가 걱정하고 연예시인 도후가 결연히 반대해도 그들에게 일축당할 뿐이다. 구샤미는 자신이 읽기 시작한 토머스 내시Thomas Nashe(16세기의 영국 작가)의 책을 가지고 와서 "이 시대부터 여자가 나쁘다는 사실을 역력히 알 수 있다"며 최후의 일격을 가한다.

먼저 실례합니다

저녁 식사 후, 조용해진 집 안에서 홀로 곰곰이 생각해보면 "담담해 보이는 사람들도 마음 밑바닥을 두드려보면 어딘가 슬픈 소리가 난다". 왠지 쓸쓸해진 '고양이'는 "울적한 기분이 들어" 손님이 남기고 간 맥주라는 것을 마시고 기운을 차릴 결심을 한다. 부엌에서 남은 맥주를 혀로 살짝 핥아먹자 혀가 얼얼해졌다. 인간들은 어째서 "이런 말도 안 되는 것을 마시는지" 모르겠지만 꾹 참고 마시자 몸이 점점 따뜻해지고 눈도 풀려갔다. "이건 꽤나 재미있군" 하며 거나하게 취한 기분으로 바깥으로 나오자마자 커다란 물독에 빠졌다. 물이 가득 채워져 있어서 앞발이 바닥까지 닿지 않는다.

『나는 고양이로소이다』 하편 표지 그림. 1907년 5월 간행. 하시구치 고요 그림

당황해하며 어떻게든 빠져나가려고 발버둥치지만 차츰 발도 말을 듣지 않는다. 그런 고통 속에서 '고양이'는 생각했다.

　　나갈 수 없다는 것을 뻔히 알고 있으면서도 나가려고 발버둥치는 것은 억지다. 자꾸 억지를 부리려고 하니까 괴로운 것이다. (중략)

　　이제 그만두자. 될 대로 되라지. 욕심을 부리는 것은 이것으로 그만두자. 이렇게 생각하며 앞발도 뒷발도 머리도 꼬리도 자연의 힘에 맡기고 더 이상 저항하지 않기로 했다.

점차 편안해진다. 괴로운 건지 고마운 건지 분간이 가지 않는다. 물속에 있는지 다다미 위에 있는지 알 수 없다. 어디에서 어떻게 하든 상관없다. 이제 그저 편안할 따름이다. 아니, 편안함 자체도 느껴지지 않는다. 세월을 떼어내고 천지를 분쇄해서 불가사의한 평온함 속으로 들어간다. 나는 죽는다. 죽어서 이 평온함을 얻으리라. 평온함은 죽지 않으면 얻을 수 없다. (하략)

여기에 나타나 있는 것은 "머리를 써서 활동해야 할 천명을 받고 이 사바세계에 출현한 만큼 고금 이래의 고양이로서"(제5화) 죽음을 면할 수 없는 것이며, '평온함'은 소세키가 그 스스로 최후의 순간까지 계속 바라 마지않던 경지다. 우에다 빙이 「전후의 문단戰後の文壇」(《신쇼세쓰新小說》 1905년 9월)에서 지적한 것처럼, "담박하다느니 골계적이라느니 소탈하고 서민적인 맛이 난다느니 하는 것은 필경 소극적인 것"이라고 넌지시 『나는 고양이로소이다』를 풍자한 평가도 있으나, 『나는 고양이로소이다』는 표면적으로

는 익살맞지만 그 이면에 인간, 특히 문명개화 이후 '스스로'를 잃어버린 일본인들의 모습을 날카롭게 그려낸 소세키 최초의 걸작이라고 하지 않을 수 없다. '고양이'는 소세키가 희망했고 구샤미가 동경했던 것처럼 즐겁게 이 세상을 떠났다. 아울러 작중에서 간게쓰의 친구로 '소세키送籍'라는 인물이 화제에 오르는데, 메이테이는 "바보로군" 하며 단칼에 베어버리고 있다.

강의 평판과 창작

『나는 고양이로소이다』 연재와 병행해서 소세키는 「환영의 방패幻影の盾」나 『도련님』, 『풀베개』 등 다수의 소설을 발표했다. 다카하마 교시에게는 "학교를 세 군데나 맴돌며" "자유롭게 수학"하거나 "문학적 저술을 하는 것은 무리"이기 때문에 "여하튼 그만두고 싶은 것은 교사, 하고 싶은 것은 창작. 창작만 할 수 있다면 그것만으로 하늘에 대해서도 인간에 대해서도 면목은 선다", "나 스스로에 대해서는 물론이고"라고 써서 보냈다(1905년 9월). 그렇게 생각하면서 근무하는 이상, 좀처럼 휴강을 하지도 않고, 수업도 시간을 꽉 채워 임했다고 한다.

쓰루미 유스케鶴見祐輔는 도쿄대 법학과 3학년 시절 소세키의 영어 수업을 들었는데 "이렇게 통쾌한 기분이 들었던 것은 난생처음"이었다고 회상한다(「제일고등학교의 나쓰메 선생님—高の夏目先生」). 소세키는 아무도 예습을 해오지 않은 것을 확인한 후 텍스트를 한 페이지 정도 읽고 "질문 있는 사람?" 하며 항상 묻곤 했다. 질문하지 않으면 시험 범위가 많아질 것을 두려워한 한 학생이 '인 굿 타임'의 의미를 물어본 순간, 종료를 알리는 종소리가 울렸던 적이 있었다. 선생님은 "수업을 마치는 종이 울리면 질문이 있든 없든 교사는 '인 굿 타임'에 교실에서 재빨리 나가버린다"고 말하며 학생들의 박수갈채 속에 교실을 나갔다고 한다. 소세키가 싫어했던 것은 학교의 관리적 체질과 수업 이외의 시간을 빼앗기는 것이지, 수업 그 자체는 아니었던 것 같다.

그 무렵 발표된 단편이 「하룻밤—夜」(1905년 9월)이다. 장맛비가 하염없이 내리는 밤, 수염 난 사내와 수염 없이 둥그런 얼굴을 한 사내, 그리고 어떤 미인, 이렇게 세 사람이 멋진 분위기 속에서 대화를 즐긴다. 소설다운 맛은 거의 없다. 오히려 세 사람이 서로 짧은 구를 주고받는 듯한 문장이다. "아름다운 많은 사람들의 아름다운 꿈을…"이라고 말하는 수염 난 사내의 '작은 읊조림'에서 시작돼 수염 없이 둥근 얼굴의 사내가 "무언가를 써보려 해도 써보려 해도, 꿈이기에 아무리 써보려 해도 쓸 수가 없네"라고 중얼거린 후 고개를 들어 여자를 바라본다. 여자는 "화가라면 그림이라도 그리겠죠. 여자라면 비단을 틀에 걸치고 수라도 놓고 있겠죠"라고 말한다. 하지만 그 후 이야기는 자꾸 옆길로 새며 좀처럼 진전되지 않는다. "백이십 간의 회랑"에 "백이십 개의 등불"이 켜지고 봄의 물결이 밀려와서 등불이 흔들리는 "바닷속에는 거대한 도리이(일본 신사의 경내로 들어가는 입구를 나타내는 관문-역자 주)가 헤어나오지 못하는 거대한 괴물처럼 서 있다.…"라는 표현은 일찍이 소세키가 다카하마 교시와 함께 구경했던 히로시마 서부의 미야지마宮島 신사의 이미지인 걸까. 그 회랑에 이백삼십오 개의 액자가 걸려 있고 "이백삼십이 번째의 액자에 그려진 미인의…"에서 다시 중단됐다가, "파도 소리마저 없는 으스름달밤에 문득 어떤 그림자가 드리워지는가 싶더니 어느 순간 움직이기 시작한다…"라고 간신히 애초의 줄거리 비슷한 것이 나온 부분에서 여러 가지 다른 이야기가 나오더니 "꿈 이야기는 결국 도중에서 끝났다". 꿈이기 때문에 어디서 끝나도 상관없는 것이다. 세 사람은 떡을 먹고 모깃불도 꺼져버렸기 때문에 잠을 자기로 했다. 그들은 각자 모든 것을 잊고 '평온함' 속으로 들어갔다.

"그들의 하룻밤을 묘사한다는 것은 그들의 인생을 묘사한 것이다"라고 내레이터는 마지막 부분에서 덧붙인다. 말하고 싶은 것을 말하고 졸리면 잔다. 세상의 온갖 잡다함에 구애받지 않는 자유롭고 시적인 생활은 소세키가 그 당시 가장 동경했던 생활이었을 것이다. "일관된 사건이 발전하지 않는 것"은 "인생을 써내려간 것이지 소설을 쓴 것은 아니기 때문에 어쩔 수 없다"고 말하는데, 현재라면 아주 훌륭한 소설일 것이다. 소설이라면 으레 사건 중심이라고 생각되던 시대에 이런 '소설'을 쓴 소세키의 진보성을 엿볼 수 있다.

'비인정非人情'의 여행

『풀베개』(《신쇼세쓰新小說》 1906년 9월)는 '문명'으로 가득 찬 도쿄 생활을 견딜 수 없게 된 화공이 '비인정非人情'한 심정으로 자연에서 지내는 시간을 갖고자 여행길에 나서 나코이那古井온천에서 지낸 체험을 묘사한 소설이다. '비인정'이란 세속적인 욕망이나 이치를 초월한 심정을 의미하는 단어라고 설명되고 있다. 소세키는 구마모토 시절에 그 근처의 오아마온천에서 머물렀던 적이 있는데 무대가 된 나코이온천은 그곳이 모델이 되고 있다. 종종 지적돼온 것처럼 이 작품이 일종의 '도원경'으로서 도연명의 『도화원기桃花源記』를 모방했다는 것은 분명하다. 여기서는 그것이 마지막 부분에서 기차가 달리는 현실세계로 돌아와 순식간에 사라지는 것처럼 보이는 것이 특징이다.

손님은 '나' 한 사람뿐이다. 숙소에는 은거 생활을 하고 있는 노년의 주인장과 그 딸이 있을 뿐이다. 딸 나미那美는 시집을 갔다가 친정으로 돌아온 여성이다. 인적 드문 촌락에 위치한 이 조용한 온천에서 그는 매일매일 하릴없이 지내고 있었다. 때때로 스케치를 하긴 하지만, 실제로 화구를 사용하지는 않는다. 그가 생각하는 '그림'이란 단순히 "인간 세상과 그 경치를 있는 그대로" 그려내는 것으로는 충분치 않다. 그런 것들을 봤을 때의 자신의 '심정'을

전하고 싶은 것이다. 그러니 그런 감흥을 일으켜주는 대상을 찾아야만 했다. 전국을 돌아다녀봐도 "자신의 마음이, 진정 여기에 있었노라고, 순식간에 자기를 인식할 수 있도록 그려야" 하기 때문에 어렵고도 어려운 문제인 것이다.

나미 씨는 승려에게서 선禪에 대해 배우고 있었다. 그녀의 언동은 세간에서 벗어난 것이어서 이발소 영감은 '미치광이'라고 말한다. 그녀는 종종 화공 앞에 나타나 기묘한 행동거지를 보이는데 그 진의는 알 수 없다. 간카이사觀海寺 깊숙한 계곡의 가가미가연못鏡が池에서 화공은 만개한 동백이 하나씩 떨어지는 것을 바라보며 "이런 곳에 아름다운 여인이 떠 있는 장면을" 그리면 어떨까 생각해보았다. 가가미가연못은 일찍이 나미 씨의 조상 중 한 여성이 스스로 물에 빠져 목숨을 끊었다는 것에서 유래한 명명이었다. "동백꽃은 영원을 향해

204

떨어지고 여자는 영원을 향해 물에 떠 있는 느낌"을 내고
싶다는 것이다. 나미 씨는 어제 방으로 찾아와 "내가 몸을
던져 떠 있는 곳", "마음 편히 왕생해 물에 떠 있는 곳"을
아름다운 그림으로 그려주길 바란다고 농담처럼 말했다.
하지만 그녀의 얼굴에는 뭔가가 결여돼 있었다. 다른 사
람을 깔보는 '옅은 미소'와 이기려고 하는 '초조함'이 겉으
로 드러나 '연민'이 없었기 때문이다.

  예술가로서의 그는 "옳지 않음을 버리고 바름을 따르며,
구부러진 것을 내치고 곧은 것을 떠올리며, 약한 것을 돕
고 강한 것을 짓누르지 않으면 도저히 견딜 수 없는 일념
의 결정체"로서의 예술을 믿고 있다. 명자나무꽃(산당화)
아래서 뒹굴고 있을 때 우연히 나미 씨가 전 남편과 만나
는 것을 엿보았다. 사내는 "키가 땅딸막하고 거무스름한
얼굴에 수염이 난 얼굴"을 하고 있었으며 행색도 말이 아
니었다. 만주로 가서 재기를 노려보고자 하는 전 남편에
게 나미 씨는 지갑을 건네주었던 것이다.

  마지막 13장에서는 출정하는 나미 씨의 조카 규이치久
一를 배웅하는 장면이 나온다. 배를 타고 규이치를 역까지
전송하는 할아버지, 아버지, 나미 씨 일행과 함께 화공은

기차를 타고 사라져가는 규이치와 전 남편을 바라보던 나미 씨의 얼굴에서 지금까지 한 번도 본 적이 없는 '연민'이 내비치고 있는 것을 목격했다. 그의 '가슴속 화면'은 바로 이 순간 성취된 것이다.

그의 술회는 분명 그의 희망사항과 앞뒤가 서로 호응하고 있다. 단, 그가 그 얼굴을 실제로 그렸는지는 불분명하다. 그는 또다시 나코이로 돌아오겠지만 도쿄에서 온 그에게 그다지 시간이 남아 있으리라고는 생각되지 않는다. 결말 부분에서 "현실세계로 이끌려 나온" 화공은 "20세기의 문명을 대표하는" 기차를 통해 "개성을 말살하는" 시대를 뼈아프게 느낀다. 나코이는 그것을 잊게 해주는 도원경인 것이다. 하지만 그는 자신이 언제까지고 그곳에 머무를 수 없다는 사실을 자각하고 있다. 하지만 그는 나코이 마을이 아니라 기차가 달리는 문명의 역에서 우두커니 서 있던 나미 씨의 얼굴에서 '연민'을 발견했던 것이다. 이런 역설은 그가 문명의 세계에서도 연민의 표정이 가능할 수 있다고 순간적으로 깨달았다는 사실을 의미한다. "너무 위험해"라는 문명에 대한 그의 감상은, 머지않아 『산시로』의 히로타 선생님이 산시로에게 말해주는 경구이기도

하지만, 화공이 '가슴속 화면'에서 이야기를 멈춘 하나의
원인이기도 했다.

거울 이야기

소세키의 초기 작품에는 '거울'이나 '꿈'에서 세상을 바
라보는 이야기가 많다. 그 출발점이라고 말할 수 있는 「환
영의 방패」나 「해로행薤露行」은 모두 아서왕 시대의 이야
기다. 전자는 '화이트성의 성주 늑대 루퍼스'의 기사 윌리
엄과 '밤까마귀성의 성주'가 애지중지하는 딸 클라라의 사
랑 이야기다. 후자는 유명한 기사 랜슬롯에게 마음을 준
아서왕의 왕비 귀네비어와 가련한 딸 앨런의 순정을 그린
다. 전자의 '거울'은 윌리엄이 들고 있는 방패로서, 그는
그 오래된 '영혼의 방패'로 여태까지 몸을 지켜올 수 있었
다. 이웃 나라 클라라의 미소도 그 방패에 비친다. 화이트
성의 성주와 밤까마귀성의 성주는 20년 이상 친교가 있었
는데 무슨 일 때문인지 사이가 틀어져 전쟁이 시작됐다.
윌리엄은 친구의 권유에 따라 승리한 군대에서 벗어나 말
을 타고 남쪽으로 달려가 붉은 옷을 입은 여자가 말해준

대로 모든 마음을 환영의 방패에 집중했다. 마침내 그는 방패 그 자체가 됐고, 그 안에서 클라라를 만나 영원한 봄을 맞이할 수 있었다. 붉은 옷을 입은 여자의 말처럼 "진정함이란 깊은 생각에 잠겨 있는 마음의 그림자"인 것이다. 그는 방패의 거울 안에서 사랑을 이루었다.

이에 비해 「해로행」은 랜슬롯과 왕비 귀네비어의 불륜, 랜슬롯을 향한 미소녀 앨런의 한결같은 마음을 그리는데, 그런 것들은 '샤롯의 여자'의 저주에 의해 파멸의 원인이 된다. 샤롯의 언덕에서 홀로 '비단'을 짜는 여자는 매일 "오 척이 넘는 쇠로 된 거울"을 통해 세상을 바라본다. 그녀가 창문을 열고 직접 사람을 바라보면 상대방에게 위해가 가해지기 때문이다. 하지만 기사 토너먼트에 늦게 도착한 랜슬롯을 거울 안에서 본 그녀는 자기도 모르게 "랜슬롯!" 하고 외치며 창문을 열고 그와 눈이 마주쳐버렸고, 거울은 깨져 산산조각이 났다. 토너먼트에서 승리한 랜슬롯은 몸을 다친 뒤 어딘가로 사라졌다. 그 사실을 전해들은 앨런은 곡기를 끊다가 결국 죽음에 이르고, 왕비는 그 배신을 질책당한다. 거기에 유언대로 앨런의 시체를 실은 배가 도착하는 것이다.

길흉 어디에도 관여하는 '거울'의 마력은 두 작품에서 대조적으로 묘사되고 있다. 동서양을 불문하고 거울은 신성시돼 일본에서도 '야타노카가미八咫鏡'는 삼종의 신기(일본의 역대 천황들이 계승해왔던 세 가지 보물로 야타노카가미는 거대한 거울을 말한다-역자 주) 중 하나로 추앙되고 있다. 소세키는 런던에서 길가 저쪽으로부터 "이상하게 더러운 녀석"이 왔다고 생각했는데, 그것이 실은 거울에 비친 자신의 모습이었다고 일기에 적고 있다. 그는 초기 작품에서 '거울 상'이 가진 불가사의함에 집착했던 경향이 있다. 물론 거울에 비친 상은 좌우가 반대인 자신의 그림자다. 우리들은 거울, 혹은 그 비슷한 것에 의해서밖에 자신의 모습을 볼 수 없기 때문에 거울에 비친 상을 보고 '자신'과 중첩시켜 생각하지 않을 수 없다. '고양이'의 대사에서도 "거울은 자만의 양성제조기인 동시에 자만의 소독기이기도 하다"라고 표현된다. 『풀베개』나 『꿈 열흘 밤』(여덟 번째 밤)에도 나오지만 소세키는 자주 이발소에 가는 인물을 등장시킨다. 필연적으로 거울로 자신을 보게 되는데, 거기에서는 또 하나의 자신이 실현된다. 그런데 『풀베개』의 '내'가 간 이발소의 거울은 "혼자 여러 가지 괴물의 구실을 겸하지 않으면 안 되는" 끔찍한 물건이었다. 그것을 마주했을 때 그는 '손님의 권리'로 거울을 들여다보는 것을 포기해버리고 싶어졌다. 그와 동시에 나미 씨 역시 기묘한 연기를 보여주었던 것이다.

『꿈 열흘 밤』의 거울은 육면 거울이다. 방은 창문이 "양쪽으로 열리기" 때문에 거울은 양쪽에 있다는 설정이다. '자신'은 "거울에 비친 그림자를 모조리 볼 작정"이었지만 목소리만 들릴 뿐 모습이 보이지 않는 남자(여자의 이야기 상대)나 이발소가 화제로 삼고 있는 '바깥 금붕어 장수'는 보이지 않는다. 꿈이기 때문에 보이든 안 보이든 상관없지만, 이 조건을 충족시키기 위해 이발소는 십자로의 모퉁이에 있어야만 한다. '자신'은 들어가서 안쪽 깊숙한 곳 가운데에 있는 의자에 앉아야만 한다. 그는 교차하는 길을 가로질러 바로 보이는 입구를 통해 들어갔던 것이다. 남녀는 입구에서 벗어난 모퉁이에서 이야기를 하고, 남자는 벽으로 가로막힌 거울에 비춰지지 않는다. 밤떡 장수는 자신이 앉았던 의자의 오른쪽 골목에, 금붕어 장수는 가게를 나와서 '왼쪽' 길모퉁이에 있었을 것이다.

하지만 여기서의 문제는 누구누구가 있었는지의 여부

가 아니라, 그에게 보이지 않았던 것이 있다는 것이다. 이 것은 인간의 시각에 관한 자각의 문제다. 우리들은 아무리 눈을 비벼 보아도 모든 것을 볼 수 없다. 샤롯의 여자는 거울 안의 랜슬롯을 보는 것에 만족하지 못해 창가로 가서 온몸에 유리조각이 박힌 채 즉사했다. 『꿈 열흘 밤』의 여 덟 번째 밤부터 부상하는 것은, 일찍이 책의 기억에 의해 실생활을 생각하려고 했던 초기 소세키의 허무함에 대한 표명이다.

『도련님』

『도련님』(《호토토기스》 초출, 1906년 4월)은 『마음』과 함께 소 세키의 작품들 중에서 가장 애독되고 있다. 대부분은 늙 은 하녀 기요淸에게 '도련님'이라 불리는 주인공의 올곧은 성격에 공감하는 독자들이라고 생각된다. 하지만 최근에 는 그 이면에 있는 쓸쓸함이나 멸시감을 강조하는 의견도 많아졌다. 역시 소세키의 작품에는 그런 양쪽 모두의 성 격이 공존한다는 사실을 자연스럽게 납득할 수 있다. 하 지만 이 작품은 엄마라고 느껴지는 하녀 기요에 대한 추도

『도련님』 가운데 표지 컷. 하시구치 고요 그림. 『메추라기 둥지鶉籠』(1907년 1월 간행) 발췌

의 성격을 가진 탓인지, '나'라는 일인칭으로 이야기하는 인물과 '빨강셔츠'의 성만은 확실치 않다. 다른 주요 인물들의 경우 그 성을 알 수 있다. 예를 들어 '멧돼지'에게는 홋타堀田, '끝물'에게는 고가古賀, '알랑쇠'에게는 요시카

와吉川, '마돈나'에게는 도야마遠田라는 이름이 붙어 있다. '알랑쇠'가 '나'에 대해 "기개 있는 도련님"이라고 빨강셔츠에게 이야기하는 부분이 있는데, '나'의 입장에서는 가장 가까운 기요와 가장 경멸하는 '알랑쇠'가 묘하게도 모두 '나'를 '도련님'이라 부르고 있다. 이것이 의미하는 바는 무엇일까. '나'는 지체 높은 가문 출신도 아니거니와 응석받이로 자란 것도 아니다. 기요는 집안일을 해주는 하녀였으므로 주인 집 자녀를 도련님이라고 부르는 게 하등 이상할 것이 없지만, '나'와 마음이 맞지 않는 형을 어떤 명칭으로 불렀는지는 분명치 않다. 소설 속에 나와 있는 '형님'은 '나'와 대비해서 형을 가리킨 말이었다.

이야기는 "부모에게 물려받은 앞뒤 가리지 않는 성격 탓에 어렸을 때부터 나는 손해만 봐왔다"라는 문장으로 시작된다. 하지만 아버지는 황당한 짓을 하는 그를 꾸짖기만 할 뿐 "눈곱만큼도 나를 귀여워하지 않았다. 어머니는 형만 두둔했다"고 돼 있다. 피부가 하얀 형은 "가부키 흉내를 내며 특히 여자 역할로 나온 배우가 되는 것을 좋아했다"고 한다. 친부모는 누구 하나 그를 귀여워해주지 않았지만 집안일을 봐주던 기요 할멈만이 이상하리만큼 그를 귀여워해주었다. 왜 그랬을까. 아버지는 "이 녀석은 변변한 인간이 못 될 게 뻔해"라고 하고, 어머니는 "개구쟁이도 이런 개구쟁이는 없을 거야. 앞날이 캄캄하구나"라고 말한다. 형과는 "열흘에 한 번씩은 싸움을 했다"는 것이다. 요컨대 '나'는 구박을 받으며 자랐던 것이다. 그런 그를 기요는 계속 편들어주며, 아버지가 부모·자식 간의 연을 끊겠노라고 호통을 쳤을 때는 아버지에게 울며불며 매달려 용서해달라고 대신 빌어주었다. 기요는 그런 '구제불능'의 아이를 '하녀'라는 신분이었음에도 불구하고 어째서 귀여워한 것일까. 이 시기에 하녀는 넘쳐났기 때문에 주인의 뜻을 거스르는 행위를 하면 자칫 일자리를 잃을 수도 있었다.

　기요는 "본래 지체 있는 집안 출신"이었는데 메이지 유신이라는 일대 변혁기를 맞아 "남의집살이를 하게 됐다"고 '나'는 들었다. 진위 여부는 알 수 없지만 '나'는 그렇게 믿고 있다. 너무 지나친 추측임을 충분히 알고 있지만, 그럼에도 굳이 말해보자면, '나'는 어쩌면 아버지와 기요 사이에서 태어난 아이였을지도 모른다는 느낌이 든다. 진부한 옛날이야기에나 나올 법한 이야기다. '할멈'이라고는 해도 당시 감각으로 40대 여자는 할멈 축에 들었다. 혹시나 싶어 확실히 짚어두자면 '내'가 훗날 하숙집에 들어갔을 때 그 하숙집 할멈의 모델이 된 것도 40대였다. 이시하라 치아키石原千秋 「도련님」의 야마노테「坊っちゃん」の山の手」의 계산에 의하면 '나'는 1882년생, 1896년에 어머니가 사망하고 1902년에 아버지가 사망하고, 형은 도쿄고등상업학교(현재의 히토쓰바시―橋대학의 전신-역자 주)를 나왔고, '나'는 물리학교에 입학한다. 졸업해서 어떤 중학교에 부임한 것은 소세키보다 10년이나 늦은 1905년, 러일전쟁에서 승리했을 무렵이다. 연령은 '23세 4개월'(현재 나이로 24세)이 작중의 연표다.

그런 희박한 가능성의 진위에 대한 추적을 시도해보면 다음과 같다. 10년간 일을 해준 기요가 '나'의 집으로 와서 처음으로 일하기 시작한 것은 '내'가 한창 응석을 부릴 나이. 물론 생모라는 사실을 절대로 입 밖에 내지 않는다는 것이 조건이다. 기요가 '나'와 이야기를 하는 것은 부엌에서 둘만 있게 될 때다. 아무도 모르게 자기 돈으로 먹을 것이나 학용품 같은 것도 사주었다. 기요는 '나'의 올곧은 성격을 칭찬하며 "자신의 힘으로 나를 제조하고 자랑스러워하는 것처럼 보이기에" "어쩐지 기분이 나빴다". 형은 아버지가 돌아가자마자 집을 팔았고, 조상 대대로 물려받은 골동품들도 팔아넘겼다. 그리고는 '사업가'가 되기 위해 규슈로 갔다. 헤어질 때 '나'에게 600엔의 돈을 주었고, 기요에게 전해달라며 50엔을 내놓았다. '하녀'의 퇴직금치고는 거금인 셈이다. 가령 당시 월급을 1엔이라고 한다면 5년분에 가까운 급여였다(『도쿄풍속지東京風俗志』에 의한다). 어머니는 당연하다 치고, 형은 아버지로부터 기요의 신분에 대해 이야기를 들었던 게 아닐까?

형이 집을 팔아치웠기 때문에 기요는 어쩔 수 없이 조카의 집에 몸을 의탁했고, '내'가 학교를 졸업하고 부임지에서 돌아오길 기다렸다….

부임지에서의 '나'의 '활약상'은 워낙 유명하기 때문에 생략한다. 교장(너구리)과 빨강셔츠의 본명이 적혀 있지 않은 것은 모델 문제로 민폐를 끼치지 않을까 두려워했기 때문일 것이다. 앞서 이름을 낸 시마자키 도손의 「수채화가」는 모델이 된 화가가 비판문을 발표해서 시마자키 도손을 곤혹스럽게 했다. 소세키는 마쓰야마중학교에서 문학사는 본인 한 사람이었기 때문에 빨강셔츠는 자기라는 말이 된다며 물음에 답변하고 있다.

이 이야기에는 지방으로 내려가자마자 별안간 프라이드가 높아져 시골을 멸시하던 '내'가 학생들의 놀림거리가 되자 노골적으로 그들을 차별하는 마음을 품는 대목도 많다. 도쿄에서는 좀처럼 기를 펴지 못해 놀림거리가 되던 '내'가 지방에서는 오히려 '도쿄'라는 간판을 내세우고 시골에 대한 험담을 늘어놓는다. 그야말로 '종로에서 뺨 맞고 한강에서 눈 흘기는' 형국이다. 집안에서는 온갖 차별을 받던 '내'가 시골 사람들을 멸시하는 것은 차별을 받고 살아왔다는 방증인 것이다. '나'는 취임 직후 스스로 붙였던 별명에 의해 그들을 바라보고 그 이외의 시점을 가지지 못한다. 스스로에 대해 말할 것 같으면 "이래 봬도 근본은 하타모토다. 하타모토의 시조는 유서 깊은 세이와겐지淸和源氏로 이런 상놈들과는 근본부터 다른 것이다"라며 잔뜩 으스댄 뒤, "단지 지혜가 없다는 점이 아쉬울 뿐이다. 어떻게 해야 할지 모르는 게 곤란할 뿐이다.… 이 세상에 정직한 것 외에 다른 어떤 것이 이길 수 있나 생각해보라"라고 마음속으로 단호히 말한다. 하지만 의로운 덕보다는 기지를 중시해야 이득을 얻는 세상이기에, 정직한 사람이 손해를 보는 것은 필연적인 결과였다. 상대를 때려눕혀 끝날 문제가 아닌 것이다. '나'는 멧돼지와 함께 빨강셔츠와 알랑쇠를 흠씬 때려눕혀 묵은 체증이 싹 가셨다. 사직서를 던지고 도쿄로 돌아온 후 도쿄시 철도회사의 기수로 취직해 기요와 같이 살게 된다.

기요는 폐렴에 걸려 죽기 전날, "소원인데요, 기요가 죽거든 도련님네 절에 묻어주세요. 무덤 속에서 기쁜 마음으로 도련님 오시기를 기다리고 있겠어요"라고 말한다. 그래서 "지금 기요는 고비나타小日向에 있는 요겐사養源寺에 잠들어 있다"라며 이야기는 끝이 난다. 죽어도 '부모자식'의 인연은 끊을 수 없노라는 기요의 조용한 고백이 전해질 것만 같은 결말 부분이다. 고이시카와의 고비나타에 요겐사는 없지만, 당시 인접한 혼고코마고메하야시本鄕駒 込林초에는 유명한 사찰인 요겐사가 있었다. 요겐사는 '나' 의 집안 조상 대대로 위패를 모신 절이라는 설정이다. 그 렇다면 '나'는 기요의 마지막 소원을 형과도 의논하지 않 고 들어주었다는 말이 된다. 그들 형제는 아버지의 사후 서로 연락을 끊은 상태였기 때문이다. 기요의 말은 빨리 와주었으면 좋겠다는 의미로 해석되지 않는 것은 아니기 에 그렇게 받아들이는 독자도 있는 것 같지만, '기다린다' 는 것에 익숙해져 있는 기요는 저세상에서도 '나'의 행복 을 염원하며 언제까지고 기다릴 것이다.

정의로운 사람들

'도련님'은 자신의 정의가 단순하다고 놀림 받는 세상이 있다는 것을 알게 된 인물이었다. 『풀베개』의 화공은 살아 가기 힘겨운 세상을 등지고 도원경 같은 땅에서 한동안 지 내고자 찾아온 인물이었다. 이에 비해 『이백십일二百十日』 (1906년 10월)과 『태풍野分』(1907년 1월)은 저속한 세상과 싸울

것을 선언하는 '비분강개의 지사'에 관한 이야기다. 분명 '여성 취향이 아닌 작품'이다.

『이백십일』은 대부분이 두부가게 아들임을 자칭하는 호방한 게이圭와 그의 친구 로쿠碌의 대화로 이뤄져 있다. 귀족이나 부자들이 거드름을 피우고 평민을 압박하는 지금의 세상을 개혁하자고 주장하는 쪽이 게이, 점차 그에 동조해주는 것이 로쿠다. 두 사람은 아소산阿蘇山에 오르기 위해 도쿄에서 온 듯했다. 첫날은 이백십일(입춘으로부터 210일 되는 날로, 9월 1일 경임. 이 무렵 태풍이 많음-역자 주)에 부는 태풍으로 날씨가 나빴다. 비바람 때문에 절벽에서 떨어진 게이는 발톱이 벗겨지고 로쿠는 복통을 앓는다. 할 수 없이 도중에 등산을 단념하는데 다음 날 날씨는 회복되지만 구마모토로 돌아가 처음부터 다시 산행을 하고자 하는 로쿠를 게이는 설득한다. "악의에 가득 찬 뻔뻔한" 귀족들이나 부자들은 성공할 때까지 '나쁜 짓'을 거듭하며, 자신들이 그 짓을 거듭해가면 결국 선악이 뒤바뀌어 그것이 '좋은 일'이 된다고 생각하는 '문명의 괴수'다. "우리들이 살아가는 첫 번째 목적"은 그 폐해를 "타파하고" "돈도 힘도 없는 평민들에게 조금이라도 안도를 가져다주는" 것이라고 역설한다. 로쿠는 게이의 말을 반복하며 "언어도단이다", "그렇지, 있어", "응, 해야지", "어쨌든 아소산에 올라가는 게 좋을 거야"라고 다시 한번 아소산에 오를 결심을 한다.

어젯밤은 게이가 깊은 잠에 빠져버렸기 때문에 로쿠는 산중에서 말해주기로 약속했던 게이의 "복잡한 사정 이야기", 서로 알게 되기 전 "갑자기 부자들이 미워지게 된" 이

『이백십일』제목 서명. 소세키 자필.《주오코론中央公論》1906년 10월호

유를 들을 수 없었다. 어제 등산하던 중 게이는 프랑스 혁명에 대해 잠깐 언급하며 부자들이나 귀족들이 제멋대로 굴면 혁명이 일어나는 것이 당연하며, 아소산이 "요란한 소리와 함께 폭발하는 것과 마찬가지"라고 설명했다. 산은 오늘도 "요란한 소리를 내며 백 년의 불만을 한없이 푸른 하늘에 토해내고 있었다".

문부대신 마키노 노부아키牧野伸顯가 청년, 학생의 사상

에 대해 '문부성 훈령'을 내고 '극단적 사회주의'의 유행에 우려를 표명한 것은 1906년 6월 9일의 일이었다. 그 사실을 알게 된 소세키가 즉시 집필한 것이 이 소설이라고 추정된다. 그는 이미 런던에서 장인인 나카네에게 '칼 마르크스'의 이름을 거론하며 설령 그 이론에 결점이 있을지도 모르겠으나 "오늘날의 세상에 이런 설이 나오는 것은 지당한 일"이라고 적고 있었다. 사회주의를 전면적으로 믿고 있었던 것은 아니지만, 소세키로서는 지위나 돈의 힘으로 청년들의 사상을 탄압하는 당국의 경향을 무시할 수 없었을 것이다.

'태풍'의 바람

『태풍』이라는 작품은 "시라이 도야白井道也는 문학자다"라는 규정으로 시작된다. 대학을 나온 그는 지방의 중학교 교사가 되는데 자신의 신념을 관철한 결과, 세 번이나 학교에서 쫓거나 도쿄에서 저술 작업에 힘쓰고 있다. 정기적인 수입은 인기 없는 잡지와 영일英日사전 편집으로 받는 돈이 고작이다. 매달 겨우 35엔의 수입이다. 아내는 불평을 하면서 가까스로 살림을 꾸려가고 있지만 시라이는 가난을 낙으로 삼고 있다. 그의 생각으로 살아가는 것의 의미를 가르치는 문학자에게는 돈이나 권력을 만능이라고 생각하는 사업가나 정치가와는 달리, 가난한 것이 지당한 것이었다.

한편 에치고에서 그에게 배웠던 다카야나기高柳는 역시 대학 졸업자이면서 소설가 지망생으로, 번역 아르바이트로 가까스로 생계를 유지하다가 너무 무리한 탓에 결핵에 걸리고 만다. 절친한 벗인 나카노中野의 아버지는 부유한 사람이다. 평론을 쓰고 있던 나카노는 아름다운 아내를 얻어 즐겁게 지내고 있다. 그는 친절하고 다정한 사내였지만 다카야나기는 친구와의 빈부 차이에 너무 신경 쓴 나머지 적극적으로 나카노와 교제할 수 없었다. 시라이가 나카노의 이야기를 들으러 찾아가고, 다카야나기가 우연히 그 기사를 잡지에서 읽고, 아울러 시라이 도야의 「해탈과 집착」이라는 논문을 발견한 것이 기회가 돼 시라이와 다카야나기의 교류가 시작된다. 다카야나기는 "문학은 다른 학문과 다르다", "문학은 인생 그 자체다", "다른 학문은 가능한 한 연구를 방해하는 것을 피해 점점 세상과 멀어지지만 문학자는 자진해서 이 장애 속으로 뛰어드는 것"이라는 설을 듣게 된다.

시라이의 생각은 문학에 대한 소세키의 결심에 매우 근접해 있다. 소세키는 『소세키전집』의 「단편 34」에서 「단편 37」에 걸쳐 부자나 권력자와 문학자의 차이, 그리고 문학자의 존재 가치에 대해 적고 있다. 『태풍』과 거의 동일한 문장이 몇 개나 있다. 예를 들어 "개인이 평등한 세상에 보호를 입에 담는 것은 지극히 치욕적인 것이다", "1906년에는 과거가 없다" 등이 그러하다. 이러한 '단편'들, 아울러 『태풍』은 그가 대학을 그만두고 전문적인 문학자가 되고자 하는 결심을 표명한 글일 것이다. 이미 1906년 10월 가노 고키치에게 보내는 편지에, "세상은 자기 혼자만의 힘으로는 어떻게 해볼 수 없지만 그것과 싸워 죽을 각오"라고 적어 보내고 있다. 그다음 편지에는 "하늘에게서 부여받은 생명을 있는 힘껏 이용해 자신이 정의라고 생각하는 곳으로 한 발자국이라도 더 나아가지 않는다면 하늘의 뜻을 저버리게 될 것이다. 나는 그렇게 결심했으며 그렇게 행하고도 있다"라는 표현도 보인다. 나중 편지에는 '나의 품행'은 "야마카와 신지로 씨와 절대적으로 반대다. 내

『태풍』 표지 사진. 하시구치 고요
그림. 『초합(草合)』 1908년 9월호

가 계속 공격하고 있는
것은 기실은 야마카와 씨
같은 인물일지도 모른다"
라는 말이 덧붙어 있다.
그는 학창 시절부터 야
마카와와 친한 사이였고,
구마모토에서도 동료로
지냈으며, 아소산에도 함
께 올랐던 사이였다. 하
지만 야마카와가 제5고
등학교 시절의 가노 고키

치에게 접근해서 가노가 제일고등학교 교장으로 전근가
자마자 곧바로 제일고등학교로 자리를 옮겼던 태도를 못
마땅하게 생각하고 있었던 모양이다.

태풍은 최근 들어 이백십일(9월 1일경)에 불어 닥치는 강
한 바람을 가리키는 것 같기도 하지만 여기서는 만추에서
초겨울에 걸쳐 부는 강한 바람을 말한다. 도쿄 시내의 '전
차 운임 인상 반대 집회'를 열었다는 이유로 체포된 지인
을 원조하기 위해 시라이는 강단에 서게 된다. 그때 시라

이의 옆 창문 유리가 태풍의 강한 바람에 의해 덜컹덜컹 흔들렸다. 그 안에서 그는 태연스럽게 300명도 채 되지 않는 청중을 향해 연설을 했다. 야유에 대해서는 기발한 비유로 응대하며 웃음을 자아냈고, 마침내 청중들의 마음을 돌려놓았다. 이야기를 하는 그의 모습은 『소세키전집』의 「담화談話」에서 읽는 소세키의 강연 그 자체 같다는 느낌이 든다.

제6장
소설기자가 되다

아사히신문사 입사 권유

아사히신문사는 무라야마 료헤이村山龍平와 우에노 리이치上野理一가 1879년 오사카에서 창립한 신문사다. 때마침 신문 붐을 맞이했다. 성공을 거둔 후 도쿄에도 진출하게 된 것이 1888년(도쿄아사히신문사), 다음 해 오사카 쪽은 오사카아사히신문사가 돼 양자가 병존하는 형태가 됐다. 아사히신문사가 오늘날과 같은 규모가 된 것에는 이케베 산잔池邊三山(기치타로吉太郎)의 각별한 노력에 힘입은 바가 컸다. 이케베는 구마모토 출신으로 1892년 구 번주 호소카와細川 집안의 후계자인 호소카와 모리시게細川護成의 보도역補導役(니시다 다케도시西田長壽)으로서 프랑스로 건너갔다가 유럽의 여러 나라를 돌아본 후 귀국했다. 귀국 후에는 이케베 데쓰콘론池邊鐵崑崙이라는 필명으로 마사오카 시키가 있던 신문 《닛폰》 등의 논설에서 필명을 떨쳤다. 1896년부터 오사카아사히신문사의 주필이 됐다가 다음 해 도쿄아사히신문사의 주필 대리를 겸하게 됐고, 1898년부터는 도쿄아사히신문사의 주필이 됐다. 이토 히로부미伊藤博文, 야마가타 아리토모山縣有朋, 가쓰라 다로桂太郎 등 정치가와도 관계가 친밀한 '대기자'였다.

당시에는 연재소설이 신문사의 판매부수를 늘리는 하나의 요인이 됐다. 그 때문에 이케베는 오사카아사히신문사의 주필이 된 도리이 소센鳥居素川의 권유로 소세키의 입사를 계획했다. 아사히신문사는 이보다 앞서 베이징에서 돌아온 후타바테이 시메이二葉亭四迷를 입사시켰는데, 그와 아울러 또 한 사람, 인기가 급상승하고 있던 소세키를 가세시켜 교대로 소설 연재를 하게 할 생각이었다. 하지만 후타바테이는 러시아 특파원으로 러시아로 파견됐다가 결핵이 악화돼 귀국하던 배 안에서 세상을 떠났다. 그 결과 아사히신문사가 애당초 구상했던 계획이 실현된 것은 소세키의『우미인초』와 후타바테이의『평범平凡』1회만으로 끝났다. 후타바테이와 소세키는 당시 혼고니시카타마치에서 살아 집이 가까웠기 때문에 공중목욕탕에서 우연히 만나서 이야기를 나눈 것이 그야말로 '(벌거벗은 몸으로) 친밀한 교제'를 할 수 있었던 유일한 기회였다.

　소세키는 아사히신문사에 입사하기 전년도 연말에《요미우리讀賣신문》에도『문학론』서문序 등을 발표했는데 일요문단日曜文壇 집필은 보류하고 싶다고 다키타 조인에게 답장을 보냈다. 당시 요미우리에 있었던 다케코시 산사竹越三叉의 희망을 다키타 조인이 전달했을 것이다. 직접적으로는 드러내지 않았지만 입사에 대한 의향인 듯했다. 본인이 교사를 그만두고 신문사에 들어가기 위해서는 "내 쪽에서 그만큼의 모티브가 있어야" 하는데, 지금의 본인에게는 그것이 없다는 것이다. 하지만 그는 1905년 9월 "여하튼 그만두고 싶은 것은 교사, 하고 싶은 것은 창작. 창작만 할 수 있다면 그것만으로 하늘에 대해서도 인간에 대해서도 면목은 선다. 나 스스로에 대해서는 물론이다"라고 다카하마 교시에게 편지를 보냈다. 다만 문제는 금전상의 사정을 포함하고 있었다. 설령 요미우리가 800엔을 주어도 "매일 신문에 쓰는 것은 내 사업으로서는 후세에 남는 것이 아니다". 즉 자신은 '하늘'에 대해 삶을 내려주신 '의리'를 다할 수 있는 창작을 하고 싶다는 것이었다.

제자 중 한 사람인 사카모토 사부로坂元三郎(당시 시라니 사부로白仁三郎)가 아사히신문사의 의향을 얻어 입사를 타진하러 온 것은 1907년 2월 말 일요일이었다. 가능성이 있다는 이야기를 듣고 근처에 있던 후타바테이의 집에 모여 있던 시부카와 겐지와 유게타 슈코弓削田秋江(본명 유게타 세이치弓削田精一)는 매우 기뻐했다. 아사히신문사가 소세키를

이케베 산잔(1864~1912년). 도쿄·오사카아사히신문사 주필. 소세키의 아사히
입사에 진력했다. 사진 제공 : 일본근대문학관

왜 소설기자로서 초빙했냐면 당시 오사카아사히에서 논
설을 쓰고 있던 도리이 소센이 소세키의 작품집 『메추라
기 둥지』를 입수하고 그 안에 수록된 「풀베개」에 자신들
이 논하는 것과 비슷한 내용이 적혀 있다고 느꼈기 때문이
다. 그는 그것을 무라야마 료헤이 사장에게 보여주고 그
의 허가를 얻어 도쿄에 있는 이케베 산잔에게 연락했던 것
이다(『우에노 리이치전上野理一傳』 등에 의함).

1907년 3월 4일에 이르러 숙고를 마친 소세키는 사카모토에게 입사 조건에 관해 세밀한 질문장을 보냈다. 그 질문장의 내용은 첫째, 수당은 일전에 이야기했던 그대로인지, 그 지위를 이케베와 무라야마가 보증해줄 것인지, 연금 같은 것은 있는지. 둘째, 신문소설은 1년에 몇 개월 지속하면 되는지. 자신의 소설은 오늘날의 신문에는 맞지 않는다고 생각하지만, 판매 방면에서 불평이 나와도 무방한지. 셋째, 소설 이외의 문장을 어느 정도의 양만큼 집필해야 하는지. 넷째, 다른 잡지로부터 논설이나 소설 등을 의뢰받았을 때는 지금처럼 임의로 집필해도 되는지. 다섯째, 아사히에서 나온 소설, 그 외의 글을 책으로 정리했을 때 판권은 이쪽에 속하는지 등등 매우 주도면밀했다.

사카모토는 이러한 조건들에 대해 소세키의 편지를 읽은 당일(3월 4일 월요일) 중으로 이케베와 의논하고 동시에 소세키에게 다시 한번 면회하고 싶다는 내용을 담은 엽서를 썼다. 소세키로부터도 바로 당일(오후 5~6시 소인) 답장이 왔다. 금요일 오후 3시나 목요일이라면 언제든지 무방하다는 엽서였다. 이상의 결과를 바탕으로 한 소세키의 답장이 3월 11일자 편지다. 최초 조건이 다소 변경돼 이것이 승인되면 기꺼이 이케베 씨와 회견하고 싶다는 것이었다.

변경된 사항은 첫째, 문학적 결과물은 일체 《아사히신문》에 게재한다. 단 그 분량, 종류, 길이, 시기는 나의 임의대로 할 것임. 둘째, 월급은 아사히가 제시한 대로 200엔, 연 2회 명절 상여는 월급의 4배. 셋째, 문학적 결과물을 피치 못하게 다른 잡지에 게재할 경우 아사히신문사의 허가를 얻는다. 단 2, 3페이지 정도의 짧은 글이나 신문 게재에 적당치 않은 논설은 게재가 자유롭다. 넷째, 이케베 및 사주의 보증을 받고 싶다. 이케베는 믿지만 만일 그가 퇴사할 경우, 사주 이외에 의지할 수 있는 사람이 없기 때문에 사주와 계약을 맺고 싶다는 것이었다.

이런 사항들은 아사히 측에 의해 승인되고 3월 15일 이케베 산잔이 소세키를 방문해 입사가 결정됐다.

소세키는 3월 25일 도쿄제국대학 문과대학 강사 해직원을 제출하고, 같은 달 28일 교토로 여행을 떠났다. 숙사는 교토제국대학 문과대학 학장으로 있던 가노 고키치의 집이었다. 그사이에 제일고등학교도 서로 합의하에 그만두는 형태를 취했다. 메이지대학과 도쿄대의 해직은 4월에 해임에 대한 공식적인 발령이 나와 그는 완전히 교직으로부터 자유로운 몸이 되는데, 직업작가가 된다는 것이 또 다른 의미의 의무와 고통을 동반한다는 것을 그는 아직 자각하지 못하고 있었다.

그가 3월 중 교토로 간 이유는 봄방학으로 가노가 도쿄의 자택으로 돌아오기 전 그를 만나고 싶었기 때문이다. 오사카에서는 사주인 무라야마와도 만나야 했다. 교토 시모가모下鴨 지역의 다다스노모리糺の森에 있는 가노 고키치의 집에는 스가 도라오도 와 있어서 세 사람이 함께 히에이산比叡山에 올랐다. 후시미伏見, 모모야마桃山, 우지宇治를 구경하고 아라시야마嵐山에서 호즈천保津川 래프팅도 해봤다. 물론 지온원智恩院에서 시센당詩仙堂, 긴카쿠金閣, 긴카쿠銀閣, 난젠사南禪寺, 기코쿠저택枳殼邸 등 관광명소도 돌아봤다. 4월 4일 오사카에서 무라야마와 대면하고 오사카에서 묵은 뒤, 10일에는 우연히 간사이關西 지방에와 있던 다카하마 교시를 불러 교토 시가지 북쪽에 있는 헤이하치차야平八茶屋에 간다. 매우 바쁜 일정이었다. 소세키가 이 정도로 마음껏 논 것은 태어나서 처음이자 마지막이었을 것이다. 교토 여행에서 보고 들은 것은『우미인초』의 여러 곳에서 활용되고 있다.

『우미인초』 연재

　『우미인초』는 1907년 6월 23일부터 10월 29일까지 《도쿄아사히신문》에 연재됐다. 《오사카아사히신문》에서도 거의 동일한 기간에 연재됐다. 소세키의 교토 여행을 바탕으로 히에이산이나 아라시야마의 풍경이 묘사되고 있으며 우에노上野공원에서 열린 내국권업박람회(식산흥업을 강조하며 전국에서 출품한 공업 생산품의 우열을 가리는 국가 주도의 대형 이벤트-역자 주)도 묘사되고 있다. 그야말로 당시의 실상까지 잘 그려낸 현대소설이었다고 할 수 있다. 애당초 신문소설로 구상된 이 소설은 몇 그룹인가의 대조적 인물이 펼쳐내는 이야기였다. 교토 여행에 나선 친척 사이인 고노 긴고甲野欽吾와 무네치카宗近가 히에이산, 덴류사天龍寺를 비롯한 관광지를 돌다가 우연히 다카시마다高島田 형태로 머리를 높이 틀어 올린 조용한 처자를 발견한다. 그녀가 산조三条 거리에 있는 숙소 옆집에서 거문고를 연주하던 여성이라는 사실을 알아챈 사람은 무네치카宗近였다. 귀경하는 야간 급행열차에서 식당차로 향하던 두 사람은 세 번째로 그녀와 그녀의 아버지를 발견한다.

　고노 긴고가 잠깐 집을 비운 사이, 집에는 계모와 그 딸

『우미인초』 제목 글자 컷. 나토리 슌센 그림. 《도쿄아사히신문》 1907년 7월 5일

인 후지오藤尾가 있었다. 고노의 어머니는 일찍 세상을 떠났고, 아버지도 외교관이었는지 외국의 부임지에서 최근 사망했다는 설정이었다.

고노 긴고의 부친과 무네치카의 아버지는 후지오를 무네치카의 아내로 삼고 싶다고 생각하고 있었으며, 무네치카도 그렇게 될 거라고 믿고 있었다. 그는 외교관 지망생이지만 일단 시험에 실패한 상태로 다시 기회를 기다리고 있다. 하지만 미모에 관해서는 남에게 절대 지기 싫어하는 성격을 지닌 후지오는 무네치카를 멸시하며 영어 가정교사로 와주고 있는 오노小野와 결혼하고 싶다고 생각하고 있었다. 수재인 오노는 박사 논문 집필 중이었다. 후지오의 어머니도 오노를 사위로 삼아 고노 가문의 재산을 딸에게 물려주고 싶다고 생각하는 눈치였다. 철학자로 염세적인 경향의 고노 긴고는 재산 따위는 바라지 않았다. 그런 고노 긴고를 무네치카의 여동생인 이토코糸子가 사모하고 있다. 후지오의 어머니는 고노 긴고와 무네치카가 교토에 간 틈을 타서 오노와 후지오 사이를 확실하게 해두고 싶은 모양이다. 하지만 기차는 고노와 무네치카, 그리고 교토에서 발견한 사요코小夜子와 그녀의 아버지, 즉 고아였던 오노를 길러 대학까지 보내준 이노우에井上 선생님 등 두 그룹의 인간들을 대면시키기 위해 내달렸다.

소세키가 이처럼 복잡한 인간관계를 구상한 것은 이 이전에는 물론 없었으며 이후에도 유작인『명암明暗』정도일 것이다. 삶과 죽음에 대한 작가의 사고방식이나 문명을 바라보는 시각이 작중 세계를 강력히 지배하고 있는 작품이다. 이 때문에 우연한 만남을 지나치게 자주 사용한다는 인상도 없지 않다. 소세키는 훗날 이 작품을 다시는 읽고 싶지 않다고 말했다는데, 세간에서는 오히려 호평을 얻었다. 난해한 한자어도 많았고 문장도 결코 간결·명쾌하다고 말할 수 없었다. 결국 당시의 독자들은 이런 가락을 즐겼다는 말이 될 것이다.

오노의 걸음걸이에 대해 "어쩐지 한쪽 발이 신新이고 한쪽 발은 구舊 같다"고 친구는 평하고 있다. 혹은 "서양에

갈 때는 인간을 두 가지로 준비해가지 않으면 곤란할 때가 있으니까요"(무네치카의 발언) 같은 문명 비판에는 수긍할 수 있지만, "신들의 시대에 하늘에서 울었다는 금계金鷄, 오백 리에 이르는 날개를 한꺼번에 펼치고 거대한 구름을 하계로 뻗어내려 광활한 허공 한가운데로 쾌청하게, 허공에 뜨기 시작하는 만고의 눈은, 아득한 아래를 향해 넓게 흘러 퍼지며, 온 세상의 들판을 압도할 기세를, 좌우로 전개하면서, 창망한 가운데, 허리 아래를 뒤덮고 있다" 따위의 장문은 동틀 무렵의 후지산에 대한 '묘사'라기보다는 화려한 수식을 지나치게 뒤섞었다고 생각된다. 회화문은 적당히 가볍고 산뜻하지만, 자연을 묘사할 때는 형용에 지나치게 많은 의미들을 사용하는 것이 이 당시의 그의 버릇이었다. 아울러 우미인초란 개양귀비의 다른 명칭이다. 중국 진나라 말기의 영웅 항우가 한나라의 유방에게 패했을 때, 애첩 우미인도 스스로 목숨을 끊었는데, 그 시신을 묻었던 흙 위에서 피어난 꽃이라고 한다.

소세키는 고미야 도요타카에게 후지오는 "나쁜 여자다", "시적인 여자이긴 하지만 온순하지 않다. 도덕심이 결핍된 여자다. 마지막에 가서 그 여자를 죽이는 것이 한편의 주제다. 잘 죽일 수 없다면 도와주지"라고 적어 보내고 있는데, 그렇다고는 해도 후지오의 죽음은 너무 갑작스럽다. 자아의 덩어리나 다름없는 그녀의 죽음에는 조금 더 시간을 줘도 좋지 않았을까.

오노가 그녀에게 가르치고 있던 『안토니와 클레오파트라』(셰익스피어 작)에서 클레오파트라가 자살하는 것은 안토니우스의 패전과 자살 소식을 듣고 난 후였다. 작중에서는 오모리大森로 같이 가기로 해놓고 약속을 어긴 오노에 대해 후지오가 분노하며 집으로 돌아가버리지만, 집에서 기다리고 있던 무네치카나 오노의 이야기에 격앙된 그녀는 갑자기 몸이 경직되며 그대로 쓰러져 죽는다. 오노는 사요코와 결혼하고, 무네치카는 런던으로 향하며, 고노 긴고는 이토코와 맺어지게 되는 모양이다. "자아로 가득 찬 여자" 후지오만 벌을 받고, 마음을 바로잡는 바람에 오노는 용서를 받는다는 건 약간 불공평하다.

선과 악, 바름과 그름을 개개의 인간들의 마음에서 인정하고 그 변화를 분석해가는 것이 소세키 소설의 특징인데, 여기서는 최초의 신문 연재소설이기 때문에 스토리의 완결을 지나치게 서둘렀다는 느낌도 부정할 수 없다.

제7장
『산시로』까지

『문예의 철학적 기초文藝の哲學的基礎』

　이 평론은 도쿄미술학교東京美術學校(도쿄예술대학東京藝術大學의 전신)에서 행해진 강연을 바탕으로 《도쿄아사히신문》에 게재됐다(1907년 5~6월). 따라서 어떤 의미에서는 이 평론이 『우미인초』보다 앞선 연재가 되는 셈이다. 입사에 즈음해 그는 그 자신이 바탕에 두고 있는 기초적 생각을 표명해두고 싶었을 것이다. 매우 긴 평론이다. 인간의 삶의 근원에는 '의식意識'을 두고 있으며 거기에서 존재를 의식하는 '아我'와 의식되는 '물物'과의 관계에 대해 언급한다. '의식의 연속'은 '생명'이라는 관념을 낳는다. 거기서 중요한 것은 생명이 진眞, 선善, 미美, 장裝의 네 가지 이상理想 가운데 무엇을 택하느냐에 따라 그 방향성이 결정된다는 점이다.

　문학작품의 내용은 이 네 종류의 이상이 '지知', '정情', '의意'라는 세 가지 작용과 어떻게 관련되는지에 따라 어떤 성질의 작품이 되는지 결정되는 것이다. '문예'는 작가가 자신의 '이상'을 '기교'에 의해 표현한 것이다. ― 극히 간단히 요약하면 이상과 같은 내용이 소세키의 '문학'에 대한 기초적 자세다. 『우미인초』에서라면 고노 긴고는 '진'을 추구하는 '지'의 인간, 후지오는 '미'를 숭상하는 '정'의 인간, 무네치카는 '선'을 추구하는 '의'의 인간이 될지도 모르겠다. 하지만 『우미인초』에 이어 소세키가 연재를 시작하는 『갱부』는 그 분위기가 극적으로 바뀐 작품이다.

마지막 이사

『갱부坑夫』(1908년 1~4월)는 새해부터 《아사히신문》에 연재할 예정이었던 시마자키 도손의 작품(『봄』)이 4월로 연기됐기 때문에 갑자기 집필하게 된 소설이다. 그는 봄까지는 좀 느긋하게 지내며 다카하마 교시를 통해 소개받은 호쇼 아라타寶生新에게 요쿄쿠를 배우고 혼고니시카타마치의 집에서 이사하기로 마음먹은 상태였다. 원인은 집주인이었다. 단기간에 두 번이나 집세를 올렸기 때문이다. 그는 출입하는 문하생들이나 지인들에게 자신이 세를 살적당한 집을 알아봐달라고 부탁했는데 결국 근처에서는 찾지 못했다. 스가 도라오가 소유하고 있는 우시고메키타牛込北마치의 집을 일시적으로 빌리는 방안도 생각했지만 결국 우시고메구 와세다미나미초 7번지로 결정했다. 집주

소세키 산방. 우시고메구(현재의 신주쿠구) 와세다미나미초에 있었던 자택 서재. 『소세키 사진첩』 발췌

인에게 이번 달(9월) 안으로 나가겠노라고 큰소리를 쳐놨기 때문에 체면상 급히 이사를 해야 했다. 생가 자리와 가까웠던 이 집에서 소세키는 결국 평생 살게 된다. 교코에 의하면 울타리 건너편에 '빈민가'가 있었지만 이사에 지친 그녀가 "여기서 살까요?"라고 말했더니 그는 "여긴 싫어"라고 대답했다고 한다. 소세키 입장에서는 좋아하는 곳은 아니었지만, 그래도 자신이 태어난 동네라는 마음이 어딘가에 있었던 것은 아닐까.

『갱부』의 방랑

여기로 이사한 지 얼마 되지 않았을 무렵, 느닷없이 방문한 아라이 도모오荒井伴男라는 인물이 자신의 갱부 체험을 소설로 써달라고 부탁해 소세키는 그 요점을 상세히 적어두었다(『소세키전집』 수록 단편 45). 한자와 가타카나가 섞인 부분과 한자와 히라가나가 섞인 부분이 있다. 교코에 의하면 아라이는 서생처럼 집에 함께 기거하는 식으로 한동안 나쓰메 집안에 눌러 살다가, 어느 날 갑자기 어딘가로 사라졌다 다시 돌아오는, "뭔가 이상한 남자"였다. 『갱부』의 내레이터인 '나'의 모델로 그 체험 자체는 아라이가 해준 말 그대로지만, 어떤 사건이나 사태에 대한 감상은 소세키가 덧붙인 것임에 틀림없다.

도쿄에 살던 '내'가 두 여성 사이에 끼어 '번민'하다가 돌발적으로 집을 뛰쳐나가 북쪽을 향해 길을 걸어가는데 방한용 의복 차림의 사내가 말을 걸어와 아시오足尾 구리광산 비슷한 곳까지 끌려가(소세키 메모에는 아시오라고 돼 있다) 광부가 됐다는 이야기다. 그 사내는 딱 한 번 탄광 내 가장 낮은 충까지 내려가 추위와 공포에 떨게 된다. 자포자기에 빠져 있던 그는 그래도 갱부라는 '하층'의 일을 하다 죽

『갱부』제목 글자 컷.《도쿄아
사히신문》, 1908년 3월 29일

는다면 아무 상관없다며 강한 척하며 건강진단을 받지만 결국 기관지염으로 실격 처리된다. 그는 어떻게든 여기에 있게 해달라고 고집을 피우다 윗사람(親方)에게 부탁해 노무자 합숙소 장부 기입자가 돼 단돈 4엔의 월급을 받으며 5개월간 일하다 도쿄로 돌아온다. 훗날 소세키는 소설의 말미에 "내가 갱부에 대해 경험한 것은 이것뿐이다. 그리고 모든 게 사실이다. 소설이 되지도 못했다는 것이 그 증거다"라고 덧붙이고 있다. 이것은 실화를 바탕으로 소세키가 청년의 심리를 따라가며 삶과 죽음의 경계, 혹은 자포자기의 삶으로부터 '일'의 의미를 되찾아가는 경과를 독자에게 보여준 소설이다.

예를 들어 '나'는 "최근에는 운명론에 입각해서 타인과 교제하고" 있는데, 곤란한 것은 "연설과 문장"이라고 말하고 있다. 작중 현재의 그는 연설을 하거나 문장을 쓰는 경우도 있는 모양이다. 소설은 아니라고 하면서, 소설 이야기도 몇 차례 나온다. 하지만 그가 말하는 것은 자신의 '과거'이며 소세키와 만났을 때는 이미 19세. 따라서 그는 산에서 내려와 곧장 나쓰메의 집에 나타나 서생으로 눌러 살았다는 말이 된다. 작중의 '내'가 말하는 "자신의 마음이 계속 움직이고 있다는 것도 모른 채 움직이지 않는다고, 변하지 않는다고, 변하면 큰일이라고" 생각하는 사람들에 대한 비판도 그 옛날의 자신을 "주저하지 않고 엄밀하게 해부용 칼을 그어대며 위로 옆으로 자신의 심장을 난도질해보는" 것도 소세키가 만들어낸 현재의 '나'인 것이다. 소세키의 표현을 빌리자면 '시간'과 '공간'의 차이에 의한 소설 세계의 구축이다. 여기에 다소 잘못된 계산이 있지만, 이 소설은 소세키가 인간 심리에 깊이 파고들어가 상황에 따라 다양하게 변하는 인간을 그리게 되는 첫걸음이 됐다.

놀라서 당혹해하는 산시로

도쿄에서 시골로 들어갔던 갱부와 정반대로, 『산시로』(《도쿄아사히신문》, 1908년 9월 1일~12월 29일)의 오가와 산시로

小川三四郎는 대학에 입학하면서 규슈의 촌 동네를 벗어나 도쿄로 올라왔다. 입신양명을 꿈꾸는 이 청년은 우선 나고야가 종착역인 기차를 타고 상경하던 중, 차 안의 여자에게 놀라고, 나고야에서 출발한 차 안에서는 언뜻 보기에 중학교 교사로 보이던 남자에게 놀란다. 나고야에서 함께 내린 차 안의 여자는 태연히 산시로와 같은 이불을 덮었다. 심지어 시트를 둥글게 말아 요의 한 가운데에 긴 경계선을 만들었던 그와 다음 날 헤어질 무렵 "당신은 어지간히 배짱이 없는 분이군요"라고 말하며 빙긋이 웃었다.

나고야에서 탑승한 기차에서는 가까운 자리에 40대의 수염 기른 남자가 있었는데 이 사람에게도 놀란다. 남자는 대학생이라는 것을 인정받지 못한 그의 기분에 대해서는 전혀 개의치 않는다. 심지어 "이제부터 일본도 점점 발전하겠지요"라고 산시로가 말하자 "망하고 말 거요"라고 단칼에 잘라 내뱉었다. 도쿄에서라면 이 정도의 사내는 얼마든지 있을 거라고 믿고 이름도 물어보지 않은 채 헤어졌지만, 이 남자는 훗날 고등학교의 히로타廣田 선생님으로 판명된다.

도쿄에서는 그 번화함에 놀라고, 전차가 큰 소리로 울

리는 것에 놀란다. 대학에서는 같은 고향 출신으로 광선의 압력을 측정하고 있는 노노미야野々宮의 실험실을 방문한다. 추운 밤에는 외투나 머플러가 필요해진다는 이야기를 듣고 "매우 놀랐다". 광선의 압력 측정이 무슨 쓸모가 있는지도 이해할 수 없었다. 노노미야와 헤어져 연못가에서 가만히 수면을 응시하고 있는데 아름다운 여성이 간호사 같은 여자와 둘이서(일반적으로 산상회관이라고 불리는 쪽으로부터) 내려와 그의 옆을 지나칠 때 힐끗 산시로와 시선을 주고받았다. 그는 기차에서 만났던 여자에게 들었던 말을 떠올리고 두려워졌다. 이윽고 알게 된 노노미야의 여동생인 요시코よし子는 언뜻 보기에 온화해 보이지만 자신의 의견을 확실히 말할 줄 아는 여성이었다. 그녀의 표정을 통해 산시로는 "나른한 우울과 내면에 감춰진 쾌활함의 통일"을 발견했다. 여성으로 또 한 사람의 등장인물이 나온다. 노노미야에게 부탁받아 오쿠보의 집을 보고 있을 때 "아아, 아아, 이젠 얼마 안 남았어"라는 목소리를 듣고 시신을 보러 갔던, 철도에 투신해 자살한 여성도 있다. 하지만 그는 그것에 흥미를 가지긴 했어도 여자가 왜 죽어야만 했던가를 고심하는 청년은 아니다. 교실에서 함께하게

『산시로』 제목 컷. 나토리 슌 센名取春仙 그림. 《도쿄아사 히신문》, 1908년 12월 1일

된 사사키 요지로佐々木與次郎에게 리드를 당해 전차로 도쿄를 한 바퀴 돌고 올 정도로 도쿄에 아직 익숙지 못했고, 그 교제 범위는 주로 요지로가 서생으로 있는 히로타 선생님과 노노미야, 그 여동생, 거기에 노노미야의 교제 상대인 사토미 미네코里見美禰子 등으로 국한돼 있다.

'틀'에서 뛰쳐나온 여자

산시로는 히로타 선생님의 이사를 도우러 갔다가 미네코라는 여성을 알게 됐다. 연못에서의 만남 이후 그녀는 항상 어떤 틀 안에서 나타난다. 틀이란 세속적인 틀이기도 하고, 실제로 사각형의 틀을 말하기도 한다. 산시로가 병원에서 요시코를 병문안했을 때는 통로의 어두컴컴한 문에서 나온다. 히로타 선생님이 이사를 갈 때는 정원의 문에서 나온다. 딱 한 번 산시로가 사토미의 집을 방문했을 때는 응접실 문 거울 안에 있었다. 그녀가 결혼을 결심하고 교회로 보고하러 갔을 때는 그 문에서 나왔다. 마지막으로는 말 그대로 액자 안에 담겨진 모습으로 산시로의 앞에 나타난다. 그녀는 '결혼'이라는 틀에 갇히기 직전의 '자유'를 만끽하고 싶었을지도 모른다. 그 상대로 산시로는 우연히 그녀의 눈에 머물렀던 것이다. 유작이 된 『명암明暗』에서도 쓰다津田와 재회했을 때의 기요코靑子는 '일종의 그림'으로 '잊을 수 없는 인상'을 담아낸다.

산시로가 연못에서 미네코를 만났을 때, 그녀는 그림 안의 기모노와 동일한 복장을 하고 있었다. 산시로는 자신과 만났던 날을 기념하는 옷이라며 기뻐했지만, 미네코는 산시로와 만나기 직전부터 "조금씩 그려지고" 있었던 것이다. 미네코가 산시로와 동년배라고 한다면 요즘 나이로 23세, 당시로서는 결혼 적령기를 다소 넘긴 연령이다. 세간의 눈으로 볼 때 교만한 미모의 여성으로 보이고, 히로타로부터 "무의식의 위선자"라고 평해지고 있지만, 그녀 역시 내심 결혼을 의식하기 시작하고 있었던 게 아닐까.

그녀가 결혼하고 싶어 하는 상대인 노노미야는 확실한

태도를 취하지 않고 단고자카團子坂의 국화인형전(도쿄 교외의 경승지 중 하나인 단고자카에서 막부 말기부터 메이지 시기에 걸쳐 행해진 인형전. 도쿄의 가을철 관광 이벤트-역자 주)을 구경하러 갔을 때의 장면에서 미네코는 기분이 좋지 않다면서 전시 회장 밖으로 나간다. 산시로가 이를 알아차리고 근처 풀밭에서 쉬게 해주었을 때 그녀는 산시로에게 '미아'를 영어로 뭐라고 하는지 아냐고 묻는다. 뭐라고 대답하기도 전에 "스트레이 십(길 잃은 어린 양), 아시겠죠?"라는 유명한 표현을 입에 담는다. 국화 인형 전시장에 도착하기 전, 히로타와 노노미야 남매를 포함한 일행 다섯 명은 길을 잃은 여자아이를 발견했다. 같이 온 사람을 애타게 찾으며 여자아이는 울고 있었다. 요시코가 자기 가까이로 오면 파출소로 데려다주겠다고 말하자 오빠인 노노미야는 "그럼 쫓아가서 직접 데려다주면 되잖아"라고 재촉한다. 하지만 요시코는 사람이 이렇게 많은데 그런 역할을 꼭 자기가 해야 하냐며 "쫓아가는 건 싫어"라고 거절한다. 그것을 본 히로타는 "역시 책임 회피로군" 하고 평한다. 그와 관련해 말하자면 미네코는 자신도 주위에서 흥미를 가질 뿐 아무도 도와주지 않는 "길 잃은 어린 양"이라고 암묵적 호소를 했

메이지 30년대(1897~1906년) 무렵의 도쿄제국대학 안의 연못.『사진첩 도쿄제국대학寫眞帖東京帝國大學』발췌. 도쿄대학교 종합도서관 소장

다는 말이 된다. 산시로는 그 의미를 깨달을 수가 없었다.

하지만 설령 미네코가 산시로에게 도움을 청했다 해도 그는 이제 대학에 갓 입학한 학생인 데다가 고향에 있는 어머니는 편지를 보낼 때마다 미와산三輪山의 오미쓰お光를 아내로 맞이하라고 압박한다. 미네코 쪽에도 사정이 있었다. 오빠의 결혼으로 그녀는 집에 계속 머물기 어렵게 된 것이다. 히로타는 '그 여자'는 자기 스스로 가고 싶은 곳으로만 갈 거라고 단언하지만 그녀는 산시로가 언뜻 본 적 있는 '금테 안경'을 쓴 "키가 훌쩍 큰 갸름한 얼굴의 근사한 사람"과 결혼하는 모양이다.

산시로는 요지로가 경마의 마권을 사서 실패한 돈을 미네코한테서 빌려주었다. 그때 '단청회丹靑會' 전람회에도 함께 갔다. 열은 높아질 뿐이다. "광선의 압력은 반경의 제곱에 비례하는데, 인력의 경우는 반경의 세제곱에 비례"하기 때문에 "물체가 작아지면 작아질수록 인력이 밀리고 광선의 압력이 강해진다. 만약 혜성의 꼬리가 지극히 가느다란 파편으로 이뤄져 있다면 태양과는 반대 방향으로 방출될 거라는 얘기다"라고 노노미야는 설명한다. 이것을 태양적 존재인 미네코와 노노미야 자신과의 관계에 대한 비유로 읽을 수 있다고 한다면, 지하 실험실에 틀어박혀 미세한 연구에 몰두하고 있는 노노미야는 화려한 언사나 동작으로 매력을 사방으로 내뿜는 미네코에게 '방출될' 우려를 느끼고 있었다는 말이 된다. '단청회' 전람회에서 필요 이상으로 여보라는 듯이 산시로와의 친밀함을 과시한 그녀는 산시로로부터 "노노미야 씨를 우롱하는 겁니까?"라고 질책당해도 "어째서요?"라며 "완전히 천진난만"하다. "당신을 우롱한 건 아니에요"라는 것이 그녀의 변명이다. 히로타의 생각으로는 "어떤 상황 아래 놓인 인간은 반대 방향으로 작용할 수 있는 능력과 권리를 가지고 있다". "하지만 묘한 관습에 따라 인간도 광선처럼 기계적인 법칙에 따라 활동한다고 생각하기 마련이라 때때로 엉뚱한 오류가 생긴다"는 것이다.

히로타의 꿈 이야기

이런 인간관은 히로타의 여성관에서 생겨난 듯하다. 산시로가 방문했을 때 낮잠을 자고 있던 히로타는 조금 전에 꾼 꿈 이야기를 한다. 실은 그가 아직 고등학생이었던 시절, 모리 아리노리森有禮의 장례식이 있던 해(1889년)에 학교에서 단체로 장례식 행렬을 전송한 적이 있었다. 그때 눈앞에 마차와 인력거 몇 대가 지나갔는데, 그 마차 중 하나에 열두세 살 정도의 어여쁜 여자아이가 타고 있었다. 그런데 평생 단 한 번 만났던 그녀가 느닷없이 꿈속에 나타났던 것이다.

꿈속에서 그는 지금처럼 남루한 옷차림으로 숲속을 걷고 있었다. 그런데 갑자기 자신을 기다리고 있던 그녀를 만나게 된 것이다. 그녀는 20년 전 언뜻 봤을 때와 똑같은 얼굴에 복장이나 머리 모양에도 변함이 없는, 열두세 살

소녀였다. 그가 어째서 그렇게 변하지 않고 있을 수 있는 거냐고 묻자, 여자는 당신과 만났던 날의 모습이 가장 마음에 들어 계속 이렇게 하고 있다고 대답했다. 그가 "나는 왜 이렇게 나이를 먹은 걸까요?"라고 말한다. 그러자 여자는 "당신은 그때보다 훨씬 아름다운 쪽으로만 가려고 하기 때문"이라고 가르쳐주었다. 그가 "당신은 그림이다"라고 말하자 여자는 "당신은 시詩입니다"라고 말했다. —『꿈 열흘 밤』의 번외편 같은 낭만적인 꿈이다. 그림 속 여자는 화면에 고정돼 움직이지 않았지만, 시는 아름다움을 추구하며 변했기 때문일 것이다.

하지만 히로타는 그녀에 대한 기억 때문에 결혼하지 않았던 거냐고 묻는 산시로에게 의외의 답변을 했다. "결혼하기 어려운 사정을 가진 사람들도 있어" 하며 '햄릿'의 예를 들고, 현실 세계에는 그와 비슷한 사람이 많을 거라고 대답했다. "예를 들어 어떤 사람입니까?"라고 계속 묻자 그는 다음과 같은 이야기를 한다. 아무래도 히로타 본인의 이야기인 것 같다.

예를 들자면 여기에 한 남자가 있다고 치자. 아버지는

일찍 죽고 어머니만 의지하며 자랐다고 하자. 그 어머니
가 또 병에 걸려서 결국 숨을 거뒀는데, 임종 때 "내가 죽
거든 아무개에게 가서 도움을 받도록 해라"라고 말했어.
아이가 아직 만나본 적도 없고 알지도 못하는 사람을 지
명한 거지. 연유를 물으니 어머니는 아무런 대답도 하지
않았어. 다그쳐 묻자 실은 아무개가 너의 진짜 아버지라
고 희미한 목소리로 말했어. — 물론 그냥 꾸며낸 이야기
이지만 그런 어머니를 가진 아이가 있다고 치자. 그러면
그 아이가 결혼에 믿음을 두지 못하게 되는 것은 당연하
지 않을까.

이런 술회를 들으면 앞서 언급한 『도련님』의 생모의 대
한 억측도 전혀 가능성이 없는 것은 아니지 않나 싶기도
하다. 작중에 나오는 '나'는 물론 결혼하지 않았다.

산시로의 타자 인식

산시로가 상경하고 나서 배운 것은 거의 모두 다른 사람
들이 가르쳐준 것이다. 소세키는 「『산시로』의 예고」에서

"시골 고등학교를 졸업하고 도쿄에 있는 대학교에 들어간 산시로는 새로운 세계에 접한다. 그리고 동료, 선배, 젊은 여성들과 접촉하며 다양하게 변해간다. (작가의) 작업은 이런 공간 속에 이런 인간들을 자유롭게 놓아줄 뿐이다"라고 말한다. 이 소설은 예고대로 전개돼가는데 도쿄에 무지한 산시로는 만나는 인물들의 말을 그대로 믿어버리는 경향이 강하다. 요지로, 노노미야 남매, 히로타, 그리고 미네코. 미네코는 '스트레이 십'이라든가 "대저 나는 내 죄를 아오니, 내 죄가 항상 내 앞에 있나이다"처럼 성서에 나온 말을 임기응변적으로 입에 담는 지적인 여자였다. 아마도 이런 어구는 자신이 자신 스스로에 대해 자각하는 모습이나, 타인을 농락할 생각은 없었더라도 산시로를 농락해버리는 결과를 낳았던 것에 대한 사죄였다고 할 수 있다. 하지만 그조차 이런 미사여구로 표현해버렸다는 점에 서양 문명의 풍조에 젖어 있으면서도 어딘가 거짓된 느낌이 드는 여성으로서의 미네코가 있다.

'숲속의 여인'이라는 제목을 가진 미네코의 그림 앞에서 요지로가 그림의 완성도에 대해 질문하자, 산시로는 그림의 제목이 좋지 않다며 그냥 입속으로 "스트레이 십, 스트레이 십"이라고 되풀이할 뿐이었다. 그는 '숲속의 여인'보다 '스트레이 십'으로서의 미네코를 깨달았던 것이다. 이 이후 소세키의 연재소설은 남녀의 미묘한 어긋남을 중심으로 전개되게 된다.

제8장
『그 후』전후

『만한滿韓 이곳저곳』

1909년의 소세키는 다사다난했다. 과거 한때 양부였던 이가 돈을 요구해 결국 적지 않은 돈을 주고 인연을 끊었다. 자세한 경위는 훗날『한눈팔기』에 묘사되고 있다. 6월 말부터『그 후それから』를《도쿄아사히신문》에 연재하기 시작했다. 위장병을 앓으면서도 어떻게든 연재를 마쳤는데 집필 직전에 그의 이른바 '먼 붕우'인 후타바테이가 러시아로부터 귀국 중이던 배에서 사망해 두 번에 걸쳐 추도문을 썼다. 오랜 벗인 나카무라 제코가 남만주철도회사 총재가 돼 귀국했다. 둘이 함께 만주와 한국 여행을 가기로 했는데, 결국《오사카아사히신문》의 연재소설『?』(하세가와 뇨제칸長谷川如是閑, 훗날『이마의 사내額の男』로 제목 변경)에 대한 비평을 쓴 후 여행길에 올랐다.

왕복 43일에 걸친 긴 여행이었다. 여행기를 보면 의리를 중시하는 소세키의 성격이 잘 드러나 있다. 여행 중에도 위에 통증이 극심했지만 가까스로 참아내며 여행을 계속했으며, 귀국 후 바로『만한滿韓 이곳저곳』을 연재했다. 앞서 이케베 산잔이 1901년 '만한시찰기滿韓視察記'를 연재했기 때문에 만주와 한국에 대한 여행기는 아사히신문사에서는 두 번째로 시도된 셈이었다. 이케베가 갔을 때는 '의화단의 난'이 일본과 러시아 등 8개국에서 출동한 군대에 의해 진압된 직후였다. 특히 일본과 러시아가 병력을 철수하지 않은 상태에서 러시아가 만주를 지배했기 때문에 새로운 긴장이 고조되고 있었다. 이와 대조적으로 소세키가 방문했을 당시에는 러일전쟁을 거쳐 일본 지배가 확실시된 이후였기 때문에 '평화'는 유지되고 있었다. 그는 우연히 재회한(혹은 제코가 안내자로 붙잡아둔) 도쿄대 예비과정 시절의 옛 친구 하시모토 사고로 도호쿠東北제국대학 농학부 교수와 함께 하얼빈까지 갔다. 그동안 각지에 진출해 있던 옛 친구들과 제자들의 환대를 받았으며, 각지의 명소들이나 낯선 풍속, 풍경을 즐겼다. 소세키는 다양한 접대 공세에 지칠 정도였다. 뤼순에서는 아픈 배를 움켜쥐고 203고지에 올라 '스키야키'를 먹어야 했다. 그다음 날 아침에는 대량의 메추라기를 먹었다. 하나부터 열까지 온통 메추라기 요리였다. 펑톈奉天(중국 랴오닝遼寧성省 선양瀋陽의 옛 이름-역자 주)에 도착했을 때는 피로가 극에 달했지만 하이쿠 가인(전직 군인)인 사토 롯코쓰佐藤肋骨를 만났다. 실제로는 그 후 하얼빈까지 가서 고토 신페이의 복심으로 러·일관계의 무대 뒤에서 활약했던 나쓰아키 기이치夏秋亀一(후타바테이 시메이의 지인으로 대륙 낭인)의 안내를 받았는데, 『만한 이곳저곳』에는 그 기록은 누락돼 있다. 일기에서는 21일 펑톈에서 푸순撫順으로 이동했고, 22일에 하얼빈까지 갔다가 25일 다시 펑톈으로 돌아온 것으로 돼 있다. 그리고는 해당 지역 선물을 산 후, 협궤철도를 타고 안봉선安奉線까지 갔다가 안동安東에서 갈아타고 남하하다가 증기선으로 압록강을 건너 평양과 경성, 인천 등을 거쳐 귀국길에 올랐다고 돼 있다. 조선에 대한 감상은 "사람들이 하나같이 흰옷을 입고 있으며 물이 푸르고 경사가 완만하다. 붉은 흙과 푸른 소나무 작은 것이 보인다. '그리운 흙냄새로다 소나무 보이는 가을 풍경'"이라고 돼 있다.

신경 쓰이는 부분이 있다. 평양에 있던 숙소에서 종업원이 "이 부근에서는 조선어를 배울 수 없습니다. 조선인들이 먼저 일본어를 사용하니까요"라고 말했다는 대목이다. 한반도가 일본의 영토로 편입된 것은 그다음 해인 1910년이니, 조선에서 이미 일본의 식민지화가 진행되고 있었다는 얘기다. 소세키가 과연 일본인 종업원의 이 같은 발언을 어떻게 받아들였는지, 그 진의를 파악할 수는 없다. 그러나 그가 이 표현을 그대로 적어두었다는 것은, 설령 조선에서 살고 있는 '일본인'으로서는 당연하다 해도, 소세키의 입장에서는 놀랄 만한 발언이었기 때문일 것이다. 소세키도 런던에서는 영어로 말했다. 뤼순을 안내받은 그는 뤼순항에서도 203고지에서도, 승리의 증표라기보다는 무참한 흔적을 남긴 '폐허'로서 망연히 바라보았다. 호텔에서 항구와 산을 바라볼 때도 "참으로 쓸쓸하다"는 감상을 느꼈다. 그는 러일전쟁의 경우 일본의 승리를 기뻐했지만 힘에 의한 억압에는 결코 따르지 않는 성격이었다.

『만한 이곳저곳』은 푸순 지역에서 석탄 광산의 가장 깊숙한 갱 안까지 내려갔다는 대목에서 중단됐다. 안내를 받으며 아래로 계속 내려가는 소세키는 『갱부』의 이야기를 추체험追體驗(다른 사람의 체험을 자기의 체험처럼 느낌-역자 주) 했다는 말이 된다. 중단된 이유는 "아직 쓸 것이 있지만 벌써 12월 31일이므로 일단 멈춘다"고 돼 있다. 후편은 미발표다. 일기에는 하얼빈에서 하시모토와 둘이서 오버코트를 샀는데 너무 커서 좀 줄여서 입었다는 이야기도 있다. 발표하면 좋은 반응을 얻었을 거라고 생각되는데 아쉽다.

『그 후』 제목 컷. 《도쿄아사
히신문》 1909년 8월 2일

『그 후』가 향하는 곳

순서가 다소 뒤섞여버렸지만, 『그 후』(1909년 6월 27일~10월 14일)는 예고문에서 소세키가 『산시로』 이후를 썼다는 설명을 하는 바람에 그다음 작인 『문』과 함께 연작으로 간주되고 있다. 분명 주인공 다이스케代助의 연령이나 좋아하는 여성이 다른 남자와 결혼했다는 점에서, 『산시로』와 『그 후』에 일부 공통점이 있다. 하지만 해당 인물과 그 환경은 너무나도 상이하다.

우선 다이스케는 차남이며, 아버지 혹은 형의 돈으로 홀로 유유자적하며 고상한 취미생활을 즐기면서 지내고 있다. 미치요三千代는 양친이 세상을 떠났다는 점에서는 미네코와 비슷하지만, 의지하고 있던 오빠도 이미 세상을 떠난 상태였다. 그녀는 다이스케와 결혼할 거라고 생각하고 있었던 모양이지만, 다이스케는 벗에 대한 묘한 우정 때문에 히라오카平岡와 미치요를 맺어주었다. 히라오카는 은행원으로 서일본을 전전하다가 지점장의 공금 횡령 사건에 얽혀 사직한 후 도쿄로 돌아왔다. 다이스케와는 3년 만에 재회하게 된다. 하지만 두 사람은 이전처럼 반갑게 이야기를 나눌 수 없다.

다이스케는 아버지의 부름을 받고 집으로 돌아왔지만 아버지의 설교는 여전했다. 아들의 궤도를 지배할 권리가 있는 양 "조금은 다른 사람에게 도움을 줄 수 있는 사람"이 돼야 한다고 잔소리를 늘어놓는다. 아버지에게는 재산을 모으는 능력이 있어서 막부 말 궁핍한 번의 재정을 회복시킨 적이 있다. 지금은 장남에게 권리를 이양했지만 메이지 유신 후 사업가로 변신해 성공을 거두었다. 아버지의 신념은 '성실과 열심'이다. 다이스케는 요즘 같은 세상에서는 시대에 뒤떨어진 사고라고 내심 깔보면서도 겉으로는 묵묵히 그런 아버지의 의견에 따르고 있었다. 그는 아버지가 꺼내는 혼담을 하나같이 어물쩍 피해가며 서른이 다 된 나이에도 여전히 독신인 채로 있다. 대신 아버지에게 돈을 받아 음악회나 공연 관람 등 취미생활을 만끽하고 있다. 그야말로 부럽기 그지없는 신분이다. 그는 "입에 풀칠하기 위한 일"을 거부하고 "생활 이상의 일"을 하고 싶을 뿐이라며 히라오카에게 자신의 생각을 단호히 말하고 있다.

소세키는 1911년 8월 아카시明石 지역에서 행한 강연 「도락과 직업道樂と職業」에서 "과학자나 철학자 혹은 예술가"도 아닌 이상 "다른 사람을 위한" 일이 직업이고, "다른 사람을 위해" 일한 결과가 금전이 되며, 생활의 기반이 된다고 말하고 있다. 그런 의미에서 다이스케가 "일하는 장소"는 무상의 봉사라든가 "선승의 수업" 같은 도락밖에 없는 게 된다. 다이스케가 히라오카와 "일하는 것"에 대해 논쟁했을 때 다이스케는 "먹고사는 것에 부족함이 없는 사람은 이를테면 호기심 때문에 하는 일이라면 몰라도 착실한 일은 불가능한 법"이라고 단언한다. 히라오카가 "자네 같은 신분이 아니라면 신성한 노력은 불가능할 거라네. 그렇다면 더더욱 해야 할 의무가 있지"라는 말을 하자 미치요도 그에 찬성한다. 돈이 없는 히라오카는 미치요를 다이스케에게 보내 돈을 빌리게 한다. 하지만 정작 자신의 돈은 없는 히라오카는 형수 우메코梅子에게 돈을 빌려 달라고 말한다. 결과적으로 그 절반에도 못 미치는 돈을

미치요에게 건넬 수 있었을 뿐이다. 그는 당시의 일본에서는 보기 드문 '특수인(오리지널)'으로 설정돼 있다. 추상적 논리에는 탁월했지만, 구체적 생활에는 무능력한 인물이었다. 하지만 그에게는 그런 의미에서 '사랑'은 '돈'보다 훨씬 소중한 가치였다.

되살아나는 '과거'

다이스케는 학창 시절 미치요와 그녀의 오빠 스가누마菅沼와 함께 즐겁게 지냈던 시절을 떠올렸다. 히라오카가 그 가운데 들어오면서 "미치요와 친밀해졌다". 이런 관계는 『마음』의 삼각관계와 일맥상통하는 면이 있다.

네 사람의 관계가 와해되기 시작한 것은 스가누마의 어머니가 장티푸스에 걸려 사망한 후 스가누마도 그에 전염돼 세상을 떠났기 때문이다. 미치요는 가까운 현에 있는 본가의 아버지에게로 갔다. 히라오카가 미치요와의 결혼을 희망했을 때 다이스케는 본가까지 직접 가서 아버지와 미치요의 동의를 확인시켰다. 아버지는 주식에 실패해서 홋카이도로 이주해버렸다. 미치요는 결국 다이스케의 권유로 히라오카와 결혼했던 것이다.

다이스케는 자신의 지적 능력에 대해 자부심을 가지고 있는 인물이었다. 하지만 미치요와 재회한 후 그는 자신의 마음이 미치요에게 빨려 들어가는 것을 억제할 수 없었다. 그는 "두 사람의 과거를 순서대로 거슬러 올라갔을 때, 그 어느 순간이든 두 사람 사이에 끓어오르는 사랑의 불길을 발견하지 못한 적이 없었다". 그는 미치요를 위해 돈을 마련했고, 그녀에게 그것을 건넸다. 그의 억측으로는 아내에 대한 히라오카의 태도는 그들이 귀경했을 때 이미 변질돼 있었다. 부부의 거리가 자신이라는 '제3자' 때문에 더 멀어졌다고는 "자신의 오성에 호소해봤을 때" 도무지 믿을 수가 없었다. 부부의 마음이 점차 멀어지고 있는 원인으로 그가 상정했던 것은 우선 미치요의 병과 육체적 관계, 두 번째로 아이의 사망, 세 번째로 히라오카의 방탕, 네 번째로 직장인으로서의 히라오카의 실패, 다섯 번째 히라오카의 방탕으로 빚어진 경제 사정의 파탄 등이었다. 그런 것들을 감안한 후, 다이스케는 이 부부가 애당초 결혼해서는 안 될 상대였다고 결론 내렸다. 다이스케는 미치요에 대한 자신의 마음이 '자연스러운 사랑'이라고 자각하고 있다. 하지만 그녀가 히라오카의 아내인 이상, 그것을 겉으로 드러내려고 하지 않았다. 그는 신문사에 들어간 히라오카에게 가능한 한 빨리 돌아가 "미치요 씨가 안도할 수 있도록 해줘"라고 말했다. 혹은 설령 속았다고는 해도 사가佐川의 딸과 맞선을 보거나, 아카사카赤坂의 게이샤와 하룻밤을 보내기도 한다.

"대지는 자연스럽게 이어져 있지만 그 위에 집을 지으면 순식간에 서로 각자 별개의 것이 돼버린다. 집 안에 있는 사람 역시 제각각이 돼버렸다. 문명이란 우리들로 하여금 서로 고립시키게 하는 것"(『그 후』8의 6)이라는 생각을 해본 적도 있다. 그때 그는 히라오카와의 불화를 예감하고 있었던 것이다. 하지만 히라오카가 '집'을 가진 것은 미치요와 결혼했기 때문이었으며, 다이스케처럼 마음 내키는 대로 유유자적한 생활을 하기 위해서가 아니었다. 다이스케는 자신이 미치요의 마음을 흔들었기 때문에, 히라오카가 아내로부터 떠날 거라고는 생각할 수 없지만, "동시에 미치요에 대한 다이스케의 애정은, 이 부부의 현재의 관계를 필수조건으로, 계속 깊어지고 있다는 사실 역시 부정할 수 없었다". 다른 작품과 마찬가지로 여기서도 다이스케의 마음이 양쪽 모두 향하고 있다고 지적되는 이유다. 그는 다양한 인간관계에서 항상 상대방의 뜻에 따라 행동해 왔다. 하지만 겉으로는 항상 상대방과 부딪히지 않으려는 태도를 견지하면서도 내심 그들을 가볍게 여기며 지내왔다. 그는 '감격'이나 '열성', 혹은 '순수'라는 말의 이면에 있는 '허위'에 대해 자신이 너무나 잘 알고 있다고 생각했다. 아버지의 경우가 특히 그랬다.

다이스케의 파탄

다이스케는 마침내 미치요에게 사랑을 고백했다. 그는 장맛비가 내리는 동안 미치요가 떠올리게 해주었던 백합 꽃을 사와 방 안을 장식했다. 백합꽃 향기를 통해 "다시 눈앞에 나타난 그 옛날"을 떠올리며 더할 나위 없이 안온하다고 느꼈다. 거기에는 탐욕이나 이해관계는 물론, "자신을 압박하는 도덕"도 없었다. "구름 같은 자유로움과 물 흐르는 듯한 자연스러움이 있었다". 하지만 이런 꿈결 같은 기분은 그 후 도래할 '영구한 고통'으로 사라져버렸다.

폭우에 갇힌 가운데 다이스케와 미치요는 세상 사람들

로부터 완전히 격리된 채 단 둘이 이야기를 나눴다. 그는 "나라는 존재에겐 당신이 필요하오. 반드시 필요하오"라고 말했고, 미치요는 울었다. 그녀는 좀처럼 대답을 해주지 않았지만, 불안감과 고통으로 한참을 눈물지은 후 "어쩔 수 없네요. 각오하기로 해요"라고 답했다. 일체의 세속적 조건을 무시하고, 그저 한 남자와 한 여자의 사랑만이 있는 이 장면은 긴장으로 가득 차 있으며 실로 아름답다. 미치요는 소세키가 창조한 여성상 가운데 가장 자신의 뜻에 맞았던 여성일 것이다. 거드름을 피우거나 편견에 치우치지 않았으며, 당연히 돈에 대한 욕심도 없었다. 세간의 눈을 의식하는 일도 없었다. '자연' 그대로 행동하는 여성이었다.

이후의 결말은 굳이 덧붙이지 않아도 될 것이다. 히라오카는 "미치요를 돌려줘"라고 부탁하는 다이스케에게 "응, 돌려주지"라고 대답하지만 미치요가 병으로 몸져누웠으니 나으면 주겠다고 말했다. 그는 절교를 선언한 뒤 다이스케의 아버지에게 사건의 전말을 소상히 편지로 알렸다. 아버지를 대신해서 다이스케의 형이 찾아와 인연을 끊겠다고 선언한 뒤 돌아간다. 고립무원에 빠진 다이스케는 중병을 앓고 있다는 미치요가 염려돼 히라오카의 집 주변을 배회한다. 하지만 어떤 상태인지 전혀 알 수 없다.

소설 초반부에서는 아버지와 히라오카로부터 두 통의 편지가 왔다고 돼 있는데, 이야기는 그것을 계기로 전개되고, 그 두 사람으로부터 절연을 당하면서 끝을 맺는다. 대신 다이스케는 미치요의 마음을 되찾았다. 어떤 희생을 치르더라도 반드시 그녀를 얻고 싶다던 그의 연애는 당시 유행하기 시작한 연애지상주의라고 불러도 무방하겠지만, 한편으로는 생활을 위한 금전 문제도 동시에 부상된다. 그럼에도 불구하고 결국 연애를 택했던 그는 기존까지의 주장을 버리고 돈 때문에 직장을 구하러 나서야 했다. 전철을 탄 다이스케에게는 그가 싫어하는 '빨간' 것들만 눈에 띈다. 우체통이며 빨간 풍선이며 빨간 깃발이며 빨간 페인트칠을 한 간판 등 온갖 빨간 것들이 머릿속에서 화염처럼 회전하며 타올랐다. 그는 "머릿속이 다 타버릴 때까지 계속 전차를 타고 가겠노라"고 결심했다. 그 이후의 두 사람의 운명은 알 수 없다.

『매연煤煙』과 『이마의 사내』

『그 후』의 연재가 시작되기 직전까지 도쿄와 오사카의 아사히신문사는 모리타 소헤이森田草平의 『매연』과 하세가와 뇨제칸의 『?』(훗날 『이마의 사내』로 제목 변경)을 게재하고 있었다. 전자는 작자 모리타와 그 애인인 오쿠무라 하루奥村はる(히라쓰카 라이초平塚らいてう)와의 연애와 정사情死 미수 사건을 바탕으로 한 고백소설이다.

―처자식이 있는 고지마 요키치小島要吉는 가족들을 남기고 홀로 상경해 '문학'에 뜻을 품게 된다. 하지만 처자식들까지 뒤따라 상경함으로써 생활은 수습할 수 없는 지경에 이른다. 한편 중학교에서 영어를 가르치면서 문학 강좌도 담당하고 있었는데, 문학 강좌를 청강하러 온 마나베 도모코眞鍋朋子를 만나 결국 사랑하는 사이가 됐다. 하지만 자립을 꿈꾸는 도모코와 종종 충돌하는 일도 있었다. 결국 그 해결을 위해 동반자살을 결심하고 도치기栃木현 시오바라塩原로 향한다. 하지만 요키치는 정사 직전 '삶'을 택하고, 두 사람을 수색 중이었던 사람들에 의해 보호된다.

이 사건은 고학력 남녀에 의한 동반자살 미수 사건으로 대대적으로 보도됐고, 두 사람은 거의 사회적으로 매장되기 직전이었다. 하지만 소세키는 한동안 모리타를 자택에 숨겨주며 《아사히신문》지면에 『매연』을 발표하도록 권했다. 교코는 나쓰메 집안에 근신 중이었던 모리타가 처음에 한동안은 위축돼 있었으나 점차 태도가 거만해지며 밤늦게까지 술을 마시러 돌아다녔다고 말하고 있다. 『그 후』에는 다이스케의 집에 기거하던 서생 가도노門野가 연재 중이던 『매연』을 화제로 삼는 부분이 있다(『그 후』6의 1). 그가 "현대적인 불안이 표출돼 있네요"라고 높이 평가하자 다이스케는 "육체적인 냄새가 나지는 않는가"라고 물어보더니, "나네요, 무척이나"라는 답변을 듣고는 침묵하는 장면이 나온다. 다이스케가 미치요에 대한 마음을 심적인 문제로만 삼고 싶어 했다는 증거라고 할 수 있다. 『매연』 서문에서 소세키는 혹여 검열에 저촉될 가능성을 생각해 전반부인 "요키치가 고향으로 돌아갔다가 도쿄로 나올 때까지를 일단 제1권으로" 출판했다는 사정을 적으며, 하지만 이 소설은 전반에서는 사건에만 충실할 뿐 요키치의 "성격이 나와 있지 않다"고 솔직한 감상을 적고 있다. 이 글이 처음 나온 것은 『그 후』의 연재 종료 이후다.

한편 『이마의 사내』(신문 초출 때 『?』)는 『그 후』 직전까지

《오사카아사히신문》에 연재됐다. 하세가와 뇨제칸은 당시 오사카아사히신문사에 적을 두고 있던 상태였다. 이 소설은 높은 식견을 갖고 있으면서도 무위도식한 생활을 하고 있는 하니羽仁를 중심으로 그를 사모하는 후사코富佐子, 피아니스트 아오미青海, 사업가인 가도노上遠野, 하니의 여동생이자 가도노의 약혼녀인 다에코妙子, 하니가 보살피고 있는 친구의 여동생 사야코小夜子라는 소녀 등이 주요 등장인물이다(그녀의 오빠는 유학 중).

사야코는 별개지만 그들은 모두 토론을 좋아해서 만나기만 하면 토론하는 장면이 많다. 개개인이 가지고 있는 각자의 생각은 매우 흥미롭지만 그들의 구체적인 '생활'이 묘사되고 있지 않다는 약점도 있다. 아버지의 유산을 물려받아 도쿄에서 생활하고 있는 하니는 「이마의 사내」라는 제목 그대로 사색에 빠져 있다. 따라서 욕망의 실현을 우선시하는 현실 사회에 비판적이다. 하지만 그는 자신의 생각을 어떤 형태로든 실행에 옮기려고 하지 않는다. 부자가 된 가도노가 다에코와 결혼하는 것에 대해서도 굳이 참견하지 않는다. 후사코나 아오미는 하니에게 우호적인 인물로, 여동생이나 가도노에게 충고나 반론을 하지 않는 하니를 답답해하지만, 정작 하니 본인은 그것이 현재의 도덕이기 때문에 어쩔 수 없다고 말할 뿐이다. 그는 여동생에게는 "옛날 사람들은 이상을 현실의 귀착점으로" 보았기 때문에 "최대한 현실을 이상 쪽으로 나아가게 하려고 했다", "하지만 지금의 현실은 이상을 배후로 보고" 나아가며, "가능한 한 이것에서 멀어지는 것이 진보라고 하고 있다"고 말하며 "결혼도 부정하는 거지요?"라는 여동생의 물음에는 "부정할 만한 가치도 없는" "편의적인 이야기"라며 그것을 무엇이라 부르든 상관없다고 답한다. 그에게 인류란 "이상적으로는, 남녀의 절대적 정조에 의해 파멸해야만 할 존재"인 것이다. 나이를 먹으면 인간은 죽는다. 하지만 "그것이 바로 죽음이 생명이라는 증거"인 것이다. "개개의 생명들의 죽음을 통해 온갖 세포들이 시시각각 신진대사하며" "더욱 커다란 생명을 만드는 연유"라고 말한다. 그것을 들은 다에코는 당장이라도 울음을 터뜨릴 것 같은 얼굴로 침묵해버렸다. 소설은 하니가 갑자기 전 재산을 처분하고 '서양'에 가겠다는 결심을 아오미에게 말한 부분에서 끝난다. "나 하나만의 메카, 나 하나만의 예루살렘를 원하고 있다"고 말하는 그는 자신이 가야 할 길을 추구하는 인간이었다는 점이 분명해진다. 아오미는 "아직 처리되지 않은 것"이 있다고 생각했다.

소세키는 「『이마의 사내』를 읽다『額の男』を読む」(《오사카아사히신문》 1909년 9월)에서 "참으로 등장인물의 의견(오피니언) 그 자체가 흥미롭다", "그 의견은 세상을 방관하는 인텔리 지식인의 유유자적한 취미생활과 비슷한 구석이 있다. 물론 위트는 차고 넘칠 정도지만 애석하게도 진정한 의미에서의 도리, 진지한 관찰로서의 개괄로는 도저히 받아들이기 어렵다", "해당 인물의 의견이 등장인물들의 관계를 움직일 수 있어야 한다"며 긍정적인 부분뿐만 아니라 부정적인 특색도 예리하게 지적하고 있다.

하지만 소세키 자신이 이런 비판은 과거 본인 작품에도 공통된 특징이었다고 인정했던 것처럼 『나는 고양이로소이다』, 『풀베개』에 대한 의견도 "등장인물의 관계를 움직이고" 있지는 않다. 하지만 『이마의 사내』의 "옮겨가지 않는" 성격을 지적했을 당시, 소세키는 주인공 고노의 '도의'에 의해 무리하게 이야기의 결론을 냈던 『우미인초』를 거쳐 "지식인의 유유자적한 취미"와도 비슷한 '의견'만을 계속 유지해왔던 사내가 그런 자세를 버리고 '행위'로 옮겨

가지 않을 수 없는 소설인『그 후』의 집필을 막 끝마친 순간이었다.

한편 하세가와 뇨제칸 입장에서 이 작품은 "온갖 불만을 늘어놓았다"(「처음 만난 소세키 初めて逢った漱石君」)는『우미인초』에 대한 일종의 비판이었을 것이다.『우미인초』와 거의 비슷한 인간관계(고노=하니, 후지오=이토코, 오노=가도노, 무네치카=아오미, 이토코=후사코)를 설정했는데, 정작 가장 중요한 주인공인 하니의 논리는 가도노나 이토코를 승복시킬 수 없었기에 문제를 해결할 수 없는(혹은 해결하지 않는) 상태로 그대로 방치한다. 거기에는 문명이든 연애든 그리 간단히 "정리할 수는 없다"는 인식이 담겨 있었던 것으로 추정된다. 문명이라는 급행열차는 승객들의 낙관적인 희망을 싣고 달리지만 가야 할 곳은 불분명하다. 일체를 버리는 것에 의해 절망적인 자유를 추구하는 하니는 '나 하나만의 메카'를 찾는 순례 여행에서 그곳에 과연 무사히 다다를 수 있을지, 이것 역시 의문인 것이다.『그 후』의 다이스케도 "머릿속이 다 타버릴 때까지 계속 전차를 타고 가겠노라고 결심했다". 동기도 목적도 각각 다르지만 그들이 시대의 도덕에 저항하며 그 어느 곳이든 가야 함을 뼈저리게 느끼게 해주는 작품이다.

'아사히 문예란' 창설

이 해를 마무리하는 소세키의 대규모 작업은 '아사히 문예란'의 창설이었다. 이 작업은 1909년 11월 25일부터 시작돼 1911년 10월 12일까지 계속됐다. 소세키가 총괄 책임자였고, 실무는 모리타 소헤이(편집), 고미야 도요타카(보좌) 등이 맡는 형태였다. 요시다 세이치吉田精一의 『아사히 문예란朝日文藝欄』(일본근대문학관편日本近代文學館編) 「해설解說」이 지적하는 것처럼 선행하는 《고쿠민신문國民新聞》의 '고쿠민 문학란'을 모방한 형태였다. 기실은 소세키가 '매연사건' 직후 세간으로부터 매장당하기 직전이었던 모리타의 생계를 고려해 이 문예란 작업을 맡은 모양이다. 제1회는 앞서 언급했던 모리타 소헤이의 『매연』 전편 단행본 서문이었다. 모리타는 『매연』을 전편과 후편으로 나눠 발표할 생각을 가지고 있었다.

문예란은 주로 문학, 미술, 연극 등에 대한 비평을 소개하는 난과, 여담이나 뒷이야기를 담은 '후시즈케柴漬'라는

모리타 소헤이(왼쪽)와 고미야 도요타카(오른쪽). 사진 제공 : 일본근대문학관

제목의 2편 형식으로 구성된다. 주요 집필자는 소세키를 필두로 모리타 소헤이, 아베 요시시게安部能成, 아베 지로阿部次郎, 고미야 도요타카 등이었으며, 그 외에 소세키의 지인이나 제자들이 많았다. 이 때문에 소세키가 문벌을 만들고 있다는 평판도 생겨났지만 당사자는 개의치 않았다. 앞서 언급했던 것처럼 문예란은 이케베 산잔의 퇴사 및 소세키의 사표 제출을 계기로 소멸됐다.

닫힌 문

『문』(1910년 3월 1일~ 6월 12일)이 기존의 소세키의 작품들과 다른 점은 현재 소스케와 오요네御米 부부가 절벽 아래에 있는, 누군가로부터 빌린 작은 집에서 조용히 살고 있다는 것이다. 두 사람에게는 차마 입 밖으로 꺼낼 수 없는 과거가 있다. 소스케는 교토에서의 학창 시절, 야스이安井와 친한 친구 사이였다. 야스이는 언젠가(아마도 대학교 2학년이 되기 직전의 여름방학) 요코하마에 가서 젊은 여성을 데리고 돌아와 여동생이라고 소개했다. 그 사람이 바로 오요네인 것이다. 소스케는 점차 그녀와도 친숙해져 셋이 함께 자주 놀았다. "사건은 겨울 끝자락에서 봄이 고개를 처들 무렵에 시작돼 벚꽃이 다 떨어져 어린잎으로 바뀔 무렵에 끝났다". "강풍은 돌연 아무런 준비도 안 된 두 사람에게 휘몰아쳐 그들을 쓰러뜨린 것이다". "그들은 모래투성이가 된 자신들을 확인했다. 하지만 언제 쓰러졌는지조차 기억하지 못했다". 이러한 인용 부분(『문』14의 10)은 소스케의 회상으로 추상적인 형용 표현에 의거하고 있다. 요컨대 소스케와 오요네는 명확히 자각하지도 못한 채 사랑에 빠졌고, 정신을 차리고 보니 돌이킬 수 없는 관계가 돼 있었던 것이다. 그런 사실이 폭로된 후, 두 사람은 모든 관계로부터 단절돼 "서로 손을 잡고 어디까지든 함께해야 한다는 것"을 깨닫기에 이르렀다. 오요네가 야스이의 진짜 여동생은 아닌 것 같다는 사실을 어렴풋이 느끼면서도 간음이라는 죄를 저질러버린 소스케는, 스스로에 대한 세간의 지탄을 묵묵히 받아들였다. 두 사람은 히로시마나 후쿠오카로 가서 갖은 고생을 하다가 가까스로 도쿄로 돌아왔다. 차마 입에 담지는 않지만 그런 과거에 대해 한시도 잊어본 적은 없다.

소스케의 현재 직업은 하급관리로 월급은 "23엔 이하"다(『소세키전집』 주, 1910년 3월 28일 「봉급령개정俸給令改正」). 비정규직 강사였던 소세키의 1개월분 월급보다도 적다. 그는 적자로서의 신분이나 상속권까지 박탈당하지는 않았기에 부친이 타계했을 때 그 재산을 상속받을 권리가 있었을 것이다. 그러나 숙부인 사에키佐伯는 그 유산을 정리해준 후 갑자기 세상을 떠나버렸다. 숙모의 말로는 저택을 팔아치우고 소스케에게 건네준 2,000엔(단 1,000엔은 동생인 고로쿠 小六의 학비로 맡긴다) 이외에 4,000여 엔이 남았다고 하는데, 숙부는 간다神田의 대로변에 집을 지어 고로쿠의 재산으로 하려고 했다가 그게 잘못돼 신축한 집은 화재로 타버렸다고 한다. 『마음』의 '선생님'은 아버지의 사후 아버지의 친동생인 숙부에게 불신감을 가지고 친구에게 집안의 재산을 팔아달라고 했기 때문에 수난을 겪지 않아서 굳이 일을 하지 않아도 살아갈 수 있는데, 소스케는 재산 처분을 모두 숙부에게 맡겼기 때문에 가난한 생활을 하지 않을 수 없는 것이다. 소스케가 숙부의 사후 받았던 것은 '호이쓰抱—'라는 낙관이 있는 병풍뿐이었다.

『문』 제목 컷. 《도쿄아사히신문》, 1910년 4월 5일

집주인 사카이坂井

이 병풍이 계기가 돼 소스케는 절벽 위에 사는 집주인 사카이와 친해진다. 소세키가 즐겨 쓰던 방식이다. 사소한 일이 인연이 돼 사람과 사람이 이어지는 전개다. 소스케는 사카이의 집에 들었던 도둑이 절벽 아래로 내던진 작은 상자를 들고 그 집을 방문한다. 그리고 이야기를 나눠보고 그 멋진 인품에 대해서도 알게 됐다. 소스케가 35엔까지 값을 불러 비싼 값으로 팔았다고 생각했던 병풍은 결

국 사카이의 집에 장식돼 있었다. 무려 80엔이라는 가격으로 사카이에게 넘어갔다는 사실을 알고 새삼 놀라지만, 사실 기숙사를 나오는 동생 고로쿠와 같이 살 돈을 마련하기 위해, 자기 집에서 팔릴 만한 값어치가 있는 것이라곤 병풍 하나밖에 없었다.

오요네는 결혼 이후 병치레가 잦아 걸핏하면 몸져눕곤 했다. 그녀는 이사할 때마다 임신했지만 모두 실패했다. 점쟁이는 오요네에게 아이가 생기지 않을 거라고 선고해 그녀를 깊이 실망시켰다. 하지만 그녀는 꿋꿋하게 처신한다. 함께 살기로 한 시동생 고로쿠와도 잘 지낼 수 있게 됐다. 소스케는 종종 사카이와 이야기를 나누기 위해 그 집을 방문하곤 했다. 넉넉하지는 않지만 평온한 생활이 계속될 것처럼 보였다. 하지만 운명은 그리 간단히 두 사람을 내버려두지 않았다.

연말이 됐다. 다른 사람들처럼 평범하게 신년을 맞이하고자 그는 이발소를 찾았다. '막연한 불안감'을 가슴속에 품은 채 이발소의 "차가운 거울 속에서 자신의 모습을 발견한 순간, 그는 문득 이 자는 과연 누구일까, 하는 생각이 들었다". 평범한 생활과는 어울리지 않는 의문이라고 할 수 있다. 돌아오는 길에 그는 사카이의 집에 잠깐 들렀다. 그곳은 여전히 밝은 웃음소리로 가득 차 있었다. 그런데 이들 가족 외에 다른 한 사람, '묘한 사내'가 섞여 있었다. 가이甲斐 지방에서 옷감 더미를 짊어지고 이 멀리까지 그것을 팔러 온 옷감 장수였다. 소스케는 주인인 사카이의 권유로 오요네를 위해 표면이 까슬까슬한 비단을 3엔에 샀다. 하지만 집에 돌아오는 내내 신경이 쓰인 것이 있었다. 옷감 장수의 "무슨 이유에서인지, 머리 한가운데에서 그 기름기 없는 머리카락을 좌우로 갈라놓은 모습"이었다. "무슨 이유에서인지"라는 표현에서 그가 애써 피해왔던 기억이 되살아나고 있음을 짐작할 수 있다. 앞서 서술한 그의 과거 회상에서 야스이는 "길게 기른 머리카락을 머리 한가운데에서 좌우로 가르는 버릇이 있었다"고 돼 있었다.

행운과 불운은 항상 함께 찾아온다. 정월 7일 소스케의 경제 상태를 짐작하고 있던 사카이는 소스케를 불러 제안을 해준다. 자기 집 서생이 징병검사에 합격해 입대해서 그 후임자를 물색하고 있는데, 소스케의 동생인 고로쿠는 어떻겠느냐는 제의였다. 기쁜 마음으로 호의를 받아들인 소스케는 그 얘기 끝에 주인의 남동생에 관한 이야기를 듣게 된다. 학창 시절부터 속을 썩였던 사카이의 동생은 최근 몽골에 가서 묘한 일을 벌이는 '모험가'라는 이야기였다. 마침 지금 도쿄에 잠깐 돌아왔는데, 몽골 왕을 위해 2만 엔 정도 돈을 빌려달라며 모레 저녁 들른다고 하니 함께 만나보자고 권유하기도 했다. 동생분만 오시느냐고 물어봤더니, 동생이 '야스이'라는 친구 한 명을 데리고 오겠다고 했다는 것이다. 소스케는 "창백해진 얼굴로 사카이의 집을 나왔다".

몽골은 몇 개나 되는 왕가로 나뉘어 있었는데 특히 카라친왕은 친일적인 인사였다. 베이징 경무학당(경찰학교)의 가와시마 나니와川島浪速는 일본의 몽골 진출을 고려해 카라친왕과 일본 시찰을 기획하며 "일본 사업가와 그 왕을 연결시켜 몽골로 진출해 한몫을 챙길 계획"을 후타바테이에게 살짝 흘리며 만약 성공하면 후타바테이에게 그쪽을 담당하게 해주겠노라고 말했다고 한다(『후타바테이시메이전집二葉亭四迷全集』 쓰보우치 유조坪内雄藏에게 보낸 편지). 카라친왕은 1903년 일본을 방문했고, 같은 해 말 가와하라 미사코河原操子가 카라친 왕실의 교육 담당으로 부임하기도 했다.

『문』의 작중 연대의 하한선을 관리의 봉급 현황 대조를 통해 1910년 봄이라고 상정한다면, 몽골의 '모험가'들은 더 늘어나 있었을 것이다.

참선 수업

야스이라는 이름을 듣고 난 후, 소스케는 불안감에 짓눌리며 고뇌의 나날을 보냈다. 직장에서는 일이 손에 잡히지 않았고, 야스이가 온다는 당일에는 소고기 요릿집에서 술을 마시고 늦게 귀가했다. 그는 야스이 건에 대해 오요네에게도 털어놓지 못한 채 홀로 괴로워했다. "하늘이 파도치며" 늘어났다가 오므라들었다 하고, "지구가 실에 매단 공처럼 커다란 포물선을 그리며 허공에서 움직이는", "무서운 마귀가 지배하는 꿈"을 꾸었다. 사카이로부터는 그 후 아무런 연락도 없었다. 그는 지금까지처럼 인내심만으로 세상을 살아갈 게 아니라, "적극적으로 인생관을 새로 구축해야겠다"고 결심하고 '마음의 실질'을 단련하기 위해 좌선을 배워야겠다고 마음먹었다.

직장 동료의 지인을 통해 소개장도 얻었다. 직장에는

일주일쯤 병가를 얻기로 하고 가마쿠라에서 열흘 정도 좌선에 매진했다. 아마도 소세키가 1894년 연말부터 1895년 초반에 걸쳐 몸소 경험한 '가마쿠라 엔카쿠사에서의 참선 수업'이 그대로 적용되고 있는 것으로 보인다. 화두로 제시된 '부모미생이전본래면목父母未生以前本來面目'이라는 제목까지 동일했다. 앞서 언급했던 것처럼 이것은 소세키가 참선 이후 줄곧 고민해왔던 어려운 문제였다. 당연히 소스케의 답변도 노승으로부터 일축당해 그는 허망하게 집으로 돌아오지 않을 수 없었다.

나는 누군가가 문을 열어주길 바라며 이곳을 찾아왔다. 하지만 문지기는 문 건너편에 있을 뿐, 이쪽에서 아무리 문을 두드려도 얼굴조차 내비치지 않았다. 그저 "아무리 두드려봐야 소용없다. 네 힘으로 열고 들어오라"라는 목소리가 들려올 뿐이다. (중략) 그는 앞을 바라보았다. 눈앞에는 견고한 문이 가로막고 있었다. 그는 그 문을 통과할 수 있는 사람이 아니었다. 그렇다고 문을 통과하지 않은 채 견뎌낼 수 있는 사람도 아니었다. 요컨대 그는 문 앞에서 그저 발길을 멈춘 채, 우두커니 날이 저물기를 기다려야 하는 불행한 사람이었다(『문』21의 2).

집으로 돌아온 이후의 소스케의 생활은 표면적으로 이전과 전혀 변함이 없었다. 오요네는 물론이었고, 사카이나 고로쿠 역시 마찬가지였다. 야스이는 아무것도 눈치채지 못한 채 몽골로 돌아갔고, 소스케의 직장에서는 "모두들 병은 좀 나았느냐고 물어왔다". 이번에 닥친 '비구름'은 간신히 피할 수 있었지만 이와 유사한 불안감은 앞으로도 거듭 반복될 것이다. 소스케에게는 어쩐지 그런 예감이 들었다. "이런 일들이 반복되게 하는 것은 하늘이 하는 일이었다. 그것을 피해 다니는 것은 소스케의 몫이었다"라고 쓰고 있는 소세키에게는 '하늘의 뜻'에 따라 움직일 수밖에 없는 인간의 모습이 한없이 나약하고 가엾게 보였다. 『그 후』의 다이스케는 "하늘의 뜻에 따르는 대신 자기의 의지"를 위해 목숨을 바쳐야 할지(미치요를 포기한다), "하늘의 뜻을 거스르지는 않지만 인간의 법도에는 어긋난 사랑"을 선택해야 할지 고민했다. 인간의 의지는 종종 잘못된 길을 선택한다. 『문』의 소스케 부부의 경우, 두 사람은 당연히 후자의 경우라고 할 수 있다. 하지만 그들은 자신들의 의지를 확인할 겨를도 없이 돌발적으로 엄습해오는 '폭풍'을 만났다는 설명되고 있을 뿐이다. 그런 의미에서는 두 가지 구분은 다이스케의 머릿속에서만 존재할 뿐일지도 모른다. 굳이 말하자면 후자의 '하늘의 뜻'이 소스케 부부에게 짓궂은 장난을 친 것이라고 해야 할 것이다. 부부는 세간의 복수는 두렵지만 지금 자신들의 관계가 잘 못된 것이라고는 생각하지 않는다. 일단 일어나버린 사건은 영원히 "계속 중"(『유리문 안에서』)이며 때때로 표면으로 떠오른다. 소스케도 예상하고 있는 것처럼 비슷한 시련은 다시금 소스케에게 닥쳐올지 모른다. 봄이 와서 고맙고 기쁘다는 오요네의 말을 듣고 "응, 하지만 다시 또 겨울이 올 거야"라고 대답하는 소스케는 툇마루로 나와 길게 자란 손톱을 자르고 있다. 소설은 맨 처음 도입부 장면으로 되돌아간 상태에서 종결된다. 인생도 결국엔 이럴 거라고 느끼지 않을 수 없다.

『문』이란 제목은 어떻게 만들어졌을까. 고미야 도요타카에 의하면, 소세키가 제자인 모리타 소헤이에게 적당히 알아서 지어보라고 한 모양이었다. 모리타는 고미야와 의논한 뒤 책상 위에 있던 『자라투스트라』를 적당히 넘겨보

엔카쿠사圓覺寺 정문. 메이지 20년대(1887~1896년)부터 메이지 30년대 (1897~1906년) 무렵. 소설 『문』에서 주인공 소스케가 참선한 절로, 과거 소세키 본인도 머물렀던 사찰이다. 사진 제공 : 가마쿠라 시립도서관

다가 마침 '문'이라는 단어가 있어서 그것으로 결정했다고 한다. 지나치게 그럴듯해 오히려 만들어낸 이야기 같다. 어떤 제목이라도 그것에 합치되는 것을 써 보여줄 수 있다 는, 그 당시 소세키의 자신감이 느껴진다.

제9장
슈젠지 대환

위장병 악화

『문』집필 중에도 소세키는 종종 위의 통증을 느꼈다. 원고 집필이 끝나자마자 그는 고지마치麴町구(현재의 지요다千代田구) 1번가에 있던 나가요長與 위장병원에서 진찰을 받았다. 원장 나가요 쇼키치長與称吉는 고명한 내과의사였으며 동생은 작가 나가요 요시로長與善郎다. 소세키의 일기(1910년 6월 9일)에는 "변에 혈이 보임. 위궤양이 의심됨"이라고 씌어 있다. 이어 13일에도 혈변이 심해 외출과 요쿄쿠謠曲를 금하라는 말을 들었지만, 하지 말라고 하면 오히려 더 하는 것이 그의 독특한 성벽性癖이었다. 귀가 후 저녁 식사 전후로 그는 우타이謠(일본을 대표하는 전통 가무극 '노能'의 가사, 혹은 그것에 가락을 붙여 읊조리는 것-역자 주)를 두 곡 부르고 "이것으로 나빠진다면 자업자득"이라고 적고 있다. 6월 16일에 입원하기로 결정이 나서 18일에 입원했는데, 원장인 나가요 쇼키치는 와병 중이라 스기모토杉本 부원장이 치료를 총지휘하고 있었다. 우에노 세이치上野精一, 이케베 산잔, 스기무라 소진칸杉村楚人冠 등 아사히신문사의 주요 간부들을 비롯해 유게타 슈코와 이시카와 다쿠보쿠石川啄木 등 지인들, 모리타와 고미야, 마쓰네 도요조

松根東洋城 등 제자들은 물론, 소문을 듣고 찾아온 애독자들을 포함해 연일 다수의 병문안 손님들이 방문했다. 교코는 아이들도 돌봐야 했기 때문에 매일 찾아오지는 못했지만 의논을 겸해 거의 이틀에 한 번꼴로 모습을 나타냈다. 형이나 누나도 병문안하러 찾아와 병실은 마치 나쓰메 집안의 응접실처럼 시끌벅적했다. 소세키는 무료할 틈도 없었겠지만, 식사가 "하루 세 번 모두 반숙 계란 한 개, 우유 180ml", 아침은 여기에 빵 두 조각, 점심은 생선회, 저녁은 계란두부나 생선조림으로 딱 정해져 있었기 때문에 이런 식단에 진절머리가 났다는 심경을 일기에 적고 있다. 때마침 귀국 중이었던 나카무라 제코가 멋들어진 단풍나무 분재를 보내줘 눈만 호강하는 상황이었다.

치료는 출혈이 멈추고 나서 2주일째부터 복부를 곤약으로 찌는 것이다. 치료를 마친 자리에는 흉터가 생겨 "뜨거운 것에 화상을 입은 것처럼 색깔이 변했다"고 하는데, 복부 부위였기 때문에 상관이 없다고 소세키 본인도 이미 각오하고 있었다. 7월부터 2주간 곤약 요법을 실시하고 고약으로 그 흉터를 치료한 뒤 초산은硝酸銀 약을 계속 먹었다. 치료는 긍정적인 효과를 보였다.

그동안 사망한 환자도 있었고 퇴원한 환자도 있었다. 소세키는 간호사로부터 실로 다양한 환자들의 상태를 전해 듣고 있었다. 2층 병실에서는 히비야日比谷 공원이 내려다보여 경치가 훌륭했다. 그는 그런 풍경을 바라보며 원고를 썼고, 외출이 허락되자마자 일단 이발소에 들렀다가 히비야나 긴자 거리를 산책했다. 퇴원은 7월 31일이었으며, 일등병실 입원료는 10일마다 37엔 50전이 들었다. 거기에 출장간호사협회를 통해 부른 개인 간병 간호사 비용 3엔 50전(5일분), 곤약 비용 27전이 들었다. 약 170엔의 비용을 필요로 했다는 말이 된다.

슈젠지온천으로

그는 퇴원 후 일주일간 자택에서 안정을 취했으나 결국 마쓰네 도요조의 권유로 슈젠지온천에서 탕치(온천에서 목욕을 통해 병을 고치는 요법-역자 주)를 시도하기로 했다. 마쓰네 도요조가 공무 때문에 자신도 그곳에 가야 한다며 함께 가자고 권했던 것이다. 출발 당일인 8월 6일, 신바시역에서 본인과 마쓰네 도요조의 차표까지 두 장을 사서 기다리고 있는데, 그는 결국 오지 않았다. 이 여행은 출발부터 운이 나빴다. 차장이 급히 마쓰네 도요조의 전보를 가지고 와서, 결국 두 사람은 고우즈國府津나 고텐바御殿場에서 만나기로 했다. 당시의 도카이도 철도선은 고우즈에서 고텐바를 경유해 누마즈沼津로 갔다. 누마즈에서 미시마三島로, 미시마에서 오히토大仁로, 거기에서 인력거를 타고 가까스로 슈젠지 기쿠야료칸菊屋旅館 별관에 도착해 1박을 했다. 그다음 날은 본관으로 옮겨가기로 했다. 도요조가 담판을 짓고 와서, 10일까지 3층에 있는 다다미 열 장짜리 넓은 방에서 지낼 수 있게 됐다. 피로를 느끼던 소세키는 일찌감치 "위 상태가 평소와 다름"이라고 일기에 적고 있다. 밤 10시쯤 마쓰네 도요조가 방으로 와서 한 시간 정도 이야기를 나누다 돌아갔다. 다음 날인 8일, 위경련이 시작됐다. 변은 볼 수 있었지만 밤에도 발작이 일어났기 때문에 이럴 바엔 위장 전문 병원에서 누워 있는 편이 나을 뻔했다고 뒤늦게 후회했다.

8월 9일부터 폭우가 쏟아졌다. 이즈 철도(현재의 세이부西武-이즈하코네伊豆箱根 철도)가 멈출 거라는 소문이 돌자 료칸에 머물고 있던 손님들은 발이 묶여버렸다. 비는 계속해서 내렸다. 12일이 되자 소세키는 담즙과 위산액을 한 바가지 토하고 그다음부터는 물과 우유밖에 마실 수 없는 상태가 됐다. 도요조가 나쓰메의 집으로 위독한 상태임을 알리고 언제든 오실 수 있도록 준비해두라고 연락을 했지만, 즉시 전보를 다시 보내 그것을 취소했다. 소세키가 아내를 부를 것까지는 없다고 말했기 때문일 것이다. 나쓰메의 집에는 아직 전화가 없었다. 16일 일기에는 "고통이라는 한 글자조차 쓸 수 없음"이라고 돼 있을 뿐이다. 20일이 돼서야 17일부터의 상태를 되짚으며 한꺼번에 적어놓고 있는데, 그에 따르면 "17일 객혈, 웅담 같은 것을 토했다"고 돼 있다. 당황한 도요조는 아사히신문사에도 연락을 취했다. 아사히신문사 사회부 기자 마쓰자키 덴민松崎天民이 나가요 병원을 찾아가 의논한 결과, 같은 병원 의사인 모리나리 린조森成麟造가 파견됐다. 아사히신문사에서는 소세키의 제자인 사카모토 셋초坂元雪鳥(사카모토 가문의 양자로 들어가기 전의 성은 시라니白仁-역자 주)가 동행했으며, 소세키 체재 중의 사무를 담당했다. 모리나리 린조가 진찰해본 결과 소세키의 병세는 매우 위독한 징후가 보였다. 그는 마쓰자키 덴민, 사카모토 셋초와 협의해 급히 교코

부인을 슈젠지로 부르기로 결정했다.

교코는 아이들이 모친(교코의 어머니)과 함께 해수욕을 하러 지가사키茅ヶ崎에 가 있었기 때문에 아이들을 데리러 간 상태였다. 마침 하코네에 있던 여동생과 남동생도 무사히 요코하마의 집으로 돌아왔기 때문에 어머니를 요코하마로 보내고 본인은 지가사키에서 하룻밤을 묵을 작정이었다. 그러던 차에 슈젠지에서 온 전보가 회송된 사실을 알게 된다. 교코는 아이들을 지가사키의 집주인에게 부탁하고 자신도 요코하마 방향으로 향했지만 늦은 시간이라 기차가 끊어졌기 때문에 다음 날인 22일 오후에야 슈젠지에 도착했다. 모리나리 린조는 나가요 원장의 상태가 염려스러워 도쿄로 돌아가고 싶었지만, 교코의 항의와 슈젠지에 계속 있으라는 원장 명의의 전보를 받고 소세키를 돌보는 데 전념하게 됐다. 소세키는 21일 밤에는 창가까지 이불을 끌고 와서 불꽃놀이를 구경했고, 22일 밤에는 사카모토, 모리나리, 교코가 수박을 먹는 것을 곁에서 바라보고 있었다. 자필 일기는 8월 23일로 일단 중단된다. 8월 24일부터 9월 7일까지는 교코가 대신 쓴 것이다. 단, 8월 21일 무렵부터 중단될 때까지의 일기 기술 내용은

이즈 슈젠지온천의 기쿠야료칸 '대환의 방'. 소세키는 위궤양 요양치료를 위해 숙박하던 중 병세가 악화돼 일시적으로 위독한 상태에 빠졌다. 『소세키 사진첩』 발췌

교코나 모리나리의 기억과 상충되는 면도 있다.

20일 막차로 왔던 아사히신문사의 시부카와 겐지는 이케베 산잔과 의논해 무슨 일이든 해주겠노라고 말했지만, "와서 보니 해줄 것이 그다지 없었다"고 한다.

8월 24일 저녁 무렵, 나가요 병원의 스기모토 부원장이 와서 진찰한 후, 별실에서 모리나리와 사카모토 등과 식사를 막 시작할 무렵이었다. 소세키는 교코에게 "그쪽에 가 있어줘"라고 말했는데 바로 그 찰나, 순식간에 이상한 소리를 내며 코에서 피가 쏟아지기 시작하더니 교코를 붙잡은 채 엄청난 출혈을 시작했다. 빈사 상태에 빠진 것이다.

교코의 비명 소리를 듣고 스기모토와 모리나리 등이 뛰어 들어 왔을 때, 소세키는 이미 교코의 무릎 위로 쓰러져 있었다. 얼굴은 창백했으며 주위는 온통 피투성이였다. "기분은 어떠십니까?"라고 묻자, "…하아… 편해졌…습니다"라고 희미하게 대답했다. 그러더니 10분 정도 지나자 다시 한번 엄청난 헛구역질이 시작됐고 결국 맥박이 멈추었다. 모리나리는 "가슴이 찢어질 것 같은 고통과 앉을 수도 설 수도 없는 불안감"에 짓눌렸지만 당황하면 안 된다고 생각하고 병자의 몸에 계속해서 주사를 놓았다. 교코에 의해 작성된 일기에 따르면 캠퍼 주사 15회와 식염수 주사였다. 그러던 중 필사적으로 맥을 찾고 있던 스기모토가 갑자기 "맥박이 돌아왔다!!"라고 미칠 듯 기뻐하며 소리쳤다. 모리나리도 너무 기쁜 나머지 두 눈에서 눈물이 쏟아졌다.

두 의사는 앞으로 어떻게 처치해야 할지 독일어로 이야기를 나누었다. 그때 갑자기 소세키가 눈을 뜨더니 "나는 아직 안 죽습니다"라고 말했다고 한다. "어쩜 이리도 얄궂은 병자란 말인가"라고 모리모토는 적고 있다. 링거액은 있었지만 주사기가 거의 반쯤 망가진 것밖에 없었기 때문

에 그것을 "유일한 무기" 삼아 그는 링거액을 체내로 집어
넣었다.

'죽음'으로부터의 생환

소세키는 좀처럼 하기 어려운 이런 체험을 '축복'이라
생각하며 『생각나는 것들』(군데군데 끊어지며 1910년 10월 29일
~1911년 2월 20일)을 《도쿄아사히신문》과 《오사카아사히신
문》 양쪽 모두에 연재했다. 본인은 당일 저녁 무렵부터 다
음 날 아침까지의 상황을 모조리 기억하고 있다고 내심 생
각하고 있었다. 하지만 아내가 대신 작성한 일기를 읽은
후, 자신이 "실로 30분이라는 긴 시간 동안 죽어 있었다"
는 사실을 알고 경악했다. 갑자기 가슴이 답답해지며 통
증이 엄습해올 때 그는 "모처럼 다정하게 침대 옆에 가까
이 다가와 앉아준 아내"에게, 더우니 저쪽으로 좀 가달라
고 "매정하게 명령했다". 그가 이렇게 반성하는 표현을 아
내와 연관된 부분에서 사용하는 경우는 거의 없다. 그는
옆으로 돌아누우려고 하다가 뇌빈혈을 일으켜 아내의 유
카타에 피를 토했던 것도, 사카모토가 "사모님 정신 차리

서야 합니다!"라고 외쳤던 것도 전혀 기억하지 못했다.

다소의 의식이 돌아온 것은 아마도 두 의사가 맥을 짚으며 독일어로 나눈 대화를 들었을 때일 것이다. 두 사람은 "약하다", "늦었는지도 몰라", "자녀들을 만나게 하는 게 어떨까" 등의 이야기를 나눴다고 한다. 그는 '삶과 죽음'의 관계가 "너무나 변화무쌍하고 동시에 몰교섭"하다는 사실을 절실히 느꼈다. 삶과 죽음이란 '크고 작음' 등과 비슷한 범주로 다뤄지지만, "당황스럽도록 거리가 먼 두 상황이 교대로" 자신을 포착한 이상, 그것들을 같은 성질의 것으로 관련짓는 것이 어찌 가능할 것인가. 젊은 시절부터 생사에 대해서는 민감했으나 그것이 좀 더 절실한 문제로 내면 깊숙이 자리 잡게 된 것은 이 사건 이후일 것이다.

"생을 영위하는 한 순간에서 본 인간"은 스모 선수가 사각형의 모래판 안에서 언뜻 보기에 조용하게 보이는 것과 마찬가지다. 복부는 파도치고 등은 땀투성이다. 생명이 있는 한 이런 괴로움이 계속될 거라면 인간은 "정력을 소모하기 위해" 살아가고 있는 것이나 마찬가지라고, 그런 생각을 가진 채 살아왔던 그는, 병에 걸린 후 그것이 뒤집어졌다는 것을 자각했다. 많은 사람들의 친절이 "살아가기 어렵다고 체념하고 있던 세계에 순식간에 훈풍"을 가져다주었기 때문이다. 그는 병에 감사했고, "나를 위해 이토록 고생과 시간과 친절을 아끼지 않았던 사람들"에게 감사했다. 그리고 바라건대 "선량한 인간이 되고 싶다고 생각했다".

소세키는 10월 11일, 특별히 제작된 들것에 실려 도쿄로 돌아와 그대로 나가요 병원으로 옮겨졌다. 비가 오는 가운데 출발했기 때문에 들것에는 하얀 천이 덮여 있었다. 그는 일기에 "나의 첫 번째 장례식 같았다"고 적고 있다. 미시마역부터는 일등실 전체를 다 빌렸다.

나가요 병원은 병실을 개조해놓고 대기하고 있었다. 하지만 원장은 만날 수 없었다. 다음 날 교코에게 물어보자 원장은 지난달 5일에 세상을 떠났다는 것이다. 모리나리 의사가 도쿄로 돌아간 것은 원장이 매우 위독했고, 장례식도 준비해야 했기 때문이었음을 알게 됐다. "치료를 받던 나는 아직 살아 있는데 치료를 명한 이는 이미 세상을 떠났다. 그저 놀랄 뿐이다". 오쓰카 야스지의 부인이자 작가였던 오쓰카 구스노코大塚楠緒子도 11월에 사망했다.

떠나는 사람 머무는 사람 결국에는 찾아올 잠깐뿐인 삶

逝く人に留まる人に來る雁

　면회 사절이었지만 여전히 문병객으로 북적였다. 그는 "바라는 바는 한적함, 북적거림은 매우 싫음"이라고 일기에 적었다. 가장 심각한 환자 셋 중 두 명은 사망하고, 소세키만이 살아 돌아와 다음 해 2월 26일 퇴원했다.

박사학위 사퇴

문부성이 소세키에게 박사학위 수여를 결정한 것은 그가 도쿄로 돌아와 아직 입원 중이던 2월의 일이다. 그는 이전부터 오로지 박사학위를 취득하기 위해서만 공부하는 학자들을 경멸하고 있었기 때문에, 교코가 가지고 온 통지를 보고 즉각 사퇴 의사를 밝혔다. 그는 1911년 2월 19일 《도쿄아사히신문》을 통해 기존에 박사학위를 가지고 있던 사람들의 모임인 '박사회'가 모리 가이난森槐南, 나쓰메 소세키, 고다 로한幸田露伴, 사사키 노부쓰나佐佐木信綱, 아리가 나가오有賀長雄 등 다섯 사람을 문학박사에 추천했다는 사실을 알고 있었다.

저는 오늘날까지 그저 나쓰메 아무개로 세상을 살아왔으며 앞으로도 역시 그저 나쓰메 아무개로서 살고 싶다고 희망하고 있습니다. 따라서 저는 박사학위를 받고 싶지 않습니다.

단도직입적인 사퇴 의사다. 당시 문부성의 전문학무국장專門學務局長은 그와 대학교 예비과정에서 함께했던 후쿠하라 료지로福原鐐二郎였다. 문부성은 소세키의 의사를 무시하고 4월이 되자 일방적으로 학위기를 보내왔다. 소세키는 즉각 그것을 반송했다. 후쿠하라는 소세키를 찾아와 그냥 받아달라고 설득했지만, 결국 소세키가 뜻을 굽히지 않아 이야기는 결렬됐다. 문부성은 재차 후쿠하라의 편지과 함께 학위기를 보냈다. "이미 발령이 완료돼" 사퇴할 방법은 없다는 것이었다. 소세키도 재차 이것을 반송했다. 소세키의 논리는 다음과 같다.

"나는 학위 수여 통지를 받고 즉시 사퇴 의사를 밝혔다", "학위령의 해석상 학위는 사퇴할 수 있다는 판단을 내릴 만한 여지"가 있다. 그럼에도 "나의 의지를 전혀 개의치 않고 사퇴할 수 없다고 결정한 문부대신에게 불쾌한 심정이다"라는 것을 명확히 했다. "나는 목하 일본에서의 학문과 문예 세계에서 양쪽 모두에 공통된 추세를 돌아보고 현재의 박사 제도는 그 공이 적고 오히려 그 폐해가 많음을 믿는 사람 중 한 사람"이다.

그는 「박사 문제의 경과博士問題の成行」(《도쿄아사히신문》 1911년 4월 15일)를 공표하고 자신의 의사를 설명하는 동시에 "박사 제도는 학문 장려의 도구로 정부 측에서 보자면

유효할 것임에 틀림없다. 하지만 일국의 학자 모두가 하나같이 박사가 되기 위해서만 학문을 한다는 기풍을 양성하거나, 혹은 그런 생각이 들 정도로 극단적인 경향을 띠고 행동하는 것은 국가 입장에서 봐도 폐해가 많을 것임을 충분히 짐작할 수 있다"고 덧붙였다.

머독 선생님

그가 박사학위 수여를 거부했다는 소식은 즉각 신문에 보도됐다. 물론 박사학위를 거절했다는 것을 유감스러워하는 사람들도 있었으나, 오랜 친구들이나 새로운 지인들이 다수 소세키의 입장에 대해 찬성해주었다. 그중에는 과거 제일고등학교에서 영어를 가르쳤던 제임스 머독James Murdoch 선생님도 있었다. 머독 선생님이 "솔직하게 학위 사퇴를 기뻐하셔서" 소세키는 기쁘게 생각했다. 선생님은 "이번 일은 자네가 윤리와 신념을 가지고 있다는 증거이기 때문에 축하할 일이다"라고 말했다. 머독은 스코틀랜드 태생의 일본 역사 연구가로 옥스퍼드대에서 고전 및 근대 각국어를 배우고 1889년부터 4년간 제일고등학교 교사를 역임했다. 그 후 남미로 갔다가 다시 일본으로 돌아온 후 제4고등학교와 제7고등학교 교사를 역임하면서 장대한 『일본역사日本歷史』를 집필 중이었다. 그의 편지에는 "박사학위 사퇴가 반드시 예의에 어긋나는 것은 아닌" 실증으로 글래드스턴Gladstone(영국 총리 역임, 1809~1898년)의 백작 작위 사퇴를 예로 들고 있다. "우리들이 세인들 이상으로 뛰어나려고 노력하는 것은 인간으로서 당연히 해야 할 일이다. 하지만 우리들은 사회에 대한 영예로운 공헌에 의해서만 뛰어나야 한다"고 적어 보내기도 했다.

머독 선생님과 관련된 소세키의 글은 1911년 3월, 도쿄와 오사카의 《아사히신문》에 발표됐다. 2월부터 교착 상태에 빠져 한동안 잠잠했던 박사학위 문제가 4월 들어 갑자기 재연된 것은 소세키가 머독의 편지를 예로 들며 그 사퇴에 대해 일반 대중에게 공표했던 것도 하나의 원인이 됐을 것이다. 학위기는 소세키로부터 다시금 문부성으로 반려돼 허공에 붕 뜬 상태로 유야무야가 됐다.

소세키는 5월에도 아사히 문예란의 지면을 빌려 "문예위원은 무엇을 하는가"에 대해 쓰며, 정부가 계획하고 있는 문예원 창설에 반대 입장을 표명했다. 문학자는 다른 사람이나 정부기관의 관리를 받으면 점차 붓끝이 무뎌지고 결국 자유로운 생각을 쓰기 어려워진다는 것이 이유였다. '자기'를 원점으로 하는 소세키의 진면목이 실로 명확히 드러나는 사건이었다.

순회강연

이 해(1911년)에는 소설 연재는 중단됐지만 사방에서 강연 의뢰가 쇄도했다. 6월에는 시나노교육회信濃教育會의 의뢰로 나가노에 가서 강연했다. 교코는 여전히 회복되지 않은 몸 상태를 걱정하며 소세키가 싫어하든 말든 같이 동행했다. 6월 17일에는 나가노에서 투숙했는데 밤에 모리나리가 찾아와 모교인 다카다중학교에서 강연해줄 것을 부탁했다. 당시 모리나리는 고향인 니가타新潟현 다카다高田로 돌아와 의원을 개업한 상태였다.

나가노 강연은 18일 오전이었다. 소세키는 강연 전 젠코사善光寺를 참배하던 중 우연히 도쿄아사히신문사의 마쓰자키 덴민을 만나기도 했다. 강연 제목은 '교육과 문예'

였다. 문학을 '로맨티시즘'과 '내추럴리즘'의 두 종류로 크게 나누고, 전자가 '과거의 덕육德育'과 통하고, 후자가 '사실 위주의 현재 교육'과 통하는 점이 있다는 것이 요지였다. 하지만 두 종류의 문학이 서로 무관하게 존재하는 것은 아니다. '자연주의'도 "일본 문학의 일부에만 나타난 것"은 아니다. 인간의 마음에 "낭만주의의 영웅 숭배적인 정서적 경향이 존재하는 한", 그것을 무시하고 "인간의 약점만 드러내는 것은 문학으로서의 진정한 가치를 가지지 못한다". '인간의 약점'을 묘사할 때도 "이에 대한 악감정이나 윤리적 요구"가 생겨나는 문학이어야 한다. 교육도 마찬가지이기 때문에 결론적으로 문학의 두 가지 경향과 밀접한 관계를 가진다고 단언했다.

이 강연 후 부부는 바로 다카다로 가서 모리나리의 신혼집에서 묵었다. 다카다에 대해서는 '매우 좁고 긴 마을'이라는 인상을 남겼다. 다카다중학교에서의 강연은 오전 9시에 시작됐다. 청중은 중학생들이 대부분이었기 때문에 이야기는 간단했다. 활자화됐을 때의 제목은 「다카다 기질을 벗어나다」였다. 요컨대 어떤 지역에서 나고 자란 인간은, 예를 들어 다카다에서 태어난 사람은 이른바 '다카다 기질'에 물들여지기 마련인데, 앞으로는 최대한 '애향심'에만 얽매이지 말고 넓은 시야를 가지고 '일본인', 나아가 "세계적 인물이 될 수 있는 인격을 갖추면 좋을 거라고 생각한다"는 이야기였다. "이제 남은 시간이 얼마 없으니", "핵심을 잘 잡지 못했습니다만" 이야기를 끝마치겠노라면서 강연을 마무리하고 있다. 빗소리가 격하게 울리던 강당이었다.

다음 강연 '내가 본 직업'(6월 21일)은 나가노에 모였던 교육자들 중 스와諏訪 쪽 인물이 의뢰한 것 같다. 19일 낮에 다카다를 출발해 비가 내리는 와중에 기차로 나오에쓰直江津에서 니가타현의 고치五智로 가서 와쿠라로和倉樓에서 묵었다. 고치고쿠분사五智國分寺에는 문화재 고치여래五智如來가 있었다. 저명한 승려인 신란親鸞이 그 옛날 귀양살이를 했던 유배지 유적도 있었다. 밤에 다카다로 돌아와 21일 이른 아침 7시에 다카다를 출발해서 마쓰모토松本로 갔다. 마쓰모토松本성城이나 스와 호반을 구경한 뒤 스와 소학교에서 '내가 본 직업'이라는 제목의 강연을 하고 당일 바로 도쿄로 돌아왔다.

상세한 스케줄을 기록한 이유는 일정이 제법 강행군이

었기 때문이다. 여기서의 강연은 시대가 내려오면서 직업이 세분화돼 '자기 전공 이외의 지식'을 가지지 않는 '불구자'가 증가하고 있다는 것에 대해서였다. 동업자 동맹은 있지만 서로 상이한 업계와의 교류는 없다. 이런 "분과적 고립 상태를 구하기 위해" 이런 연설회도 좋겠지만, '더 좋은 방법'은 문학작품을 읽는 것이다. 문학은 언뜻 보기에 '도락'처럼 보이지만 다른 직업과 마찬가지로 "타인에게 이익을 가져다주는 것"을 통해 돈을 버는 일이다. 문학작품을 읽고 '인류의 접촉점'을 넓혀가길 바란다···. 마지막으로 소세키는 "될 수 있으면 내가 쓴 것을"이란 말을 "기왕에 얻어가는 김에" 추가하고 있다.

그의 강연은 단도직입적으로 해당 주제에 대해 거론하지 않고, 인사나 농담을 하면서 시간을 때우나 싶은 생각도 들게 하다가 부지불식간에 본 주제로 들어간다는 특징이 있다. 청중의 지적 능력에 따라 가능한 한 알기 쉬운 용어로 능숙하게 비유를 들어가며 고금의 고사까지 인용해 듣는 사람들의 이해를 도와준다. 그런 의미에서 그의 강연은 그가 소설 집필로부터 체득한 기술의 결과라고도 말할 수 있고, 반대로 다수의 강연 경험이 『문』 이후의 소설

문장을 길러주었다고 말할 수도 있을 것이다. 그는 이 해 8월, 오사카아사히신문사 연속 강연회에도 나갔다.

오사카아사히신문사 강연회

여기서 해당 내용 전부를 언급할 수는 없지만, 우선 제목과 장소를 들면 다음과 같이 4회에 걸쳐 행해지고 있다.

1. 도락과 직업(아카시明石, 8월 13일)
2. 현대 일본의 개화(와카야마和歌山, 8월 15일)
3. 내용과 형식(사카이堺, 8월 17일)
4. 문예와 도덕(오사카大阪, 8월 18일)

우선 '도락과 직업'은 기본적으로 6월 스와에서 했던 강연과 비슷한 취지를 골자로 하고 있다. 스와에서의 강연 내용을 정밀하게 하고 특히 '도락'으로서의 문학의 성격을 자세히 표현한 것이라 할 수 있다. '직업'에 대해서는 "제가 일전에도 다른 사람에게 이야기했던 것입니다만"이라는 단서가 있었지만 시간관계상 '도락' 쪽은 짧게 끝냈기 때문에 결국 이야기를 새롭게 한 셈이 된다. 물론 이쪽이 훨씬 이해하기 쉽다. 그의 강연 직전에는 당시 오사카아사히신문사에 적을 두고 있던 마키 호로牧放浪가 '만주 문제'라는 제목으로 강연했다. 청중 중에는 후쿠이 출신 도쿄대 영문학과 졸업생이자 소세키의 열렬한 팬이기도 했던 하야시바라 고조林原耕三(당시 이름은 오카다 고조岡田耕三)도 있었다. 그는 아카시까지 소세키의 강연을 들으러 왔던 것인데, 머지않아 소세키 책의 교정을 담당하게 된다.

현대 일본의 개화

14일 오사카에서 와카야마로 갔다가 와카노우라和歌の浦에서 묵었다. 차를 타고 와카야마를 향해 가는 도중부터 비가 내리기 시작했는데, 특히 강연장은 찌는 듯한 무더위로 견딜 수 없을 정도였다. 15일의 강연은 그의 여러 강연 중에서도 가장 널리 알려져 있다. 평소처럼 이야기의 핵심으로 들어가기 전, 바로 앞 강연자 마키 호로가 "나쓰메 씨의 강연은 그가 쓴 글처럼 때론 대문에서 현관으로 들어갈 때까지 지겨운 경우가 있다"고 소개했다는 것을 예로

들며, 좀처럼 진짜 주제로 들어가지 않는다. 제목은 도쿄에서부터 이미 정해왔다고 하는데, 우선 '개화'에 대한 정의를 내리려고 하지만, 정의를 내려버리면 변화하는 사물을 고정시켜버리는 경향이 있으므로 명확한 정의는 피하고 막연하게나마 다른 것과 구별함으로써 고정화의 폐해를 면하고자 하는 것이 "나의 희망"이라고 말한다. 소세키의 기본적 사고방식 중 하나다.

"개화란 인간 활력의 발현 경로"라고 정의를 내린 후, 나아가 거기에는 "근본적으로 성질이 다른 두 종류의 활동"이 있다고 말한다. 활력을 소모하는 적극적인 활동과 절약하려고 하는 소극적인 활동이다. 생활을 위한 노동은 의무적이지만, 인간에게는 "다른 사람에게 강요를 받아 어쩔 수 없이 하는 일"은 가능한 한 "간단히 끝내고 싶어 하는 근성"이 있기 때문에, 그것이 우편이나 기차나 전화 등 활력 절약의 방안이 돼 개화의 원동력이 된다. 이에 반해 활력을 임의로 소비하고자 하는 정신은 그 도락적인 정신, '자기 본위'에 바탕을 두고 있다. 화가 등 예술가나 학자들이 그것에 의해 탄생된다. 하지만 문명개화의 현재를 보면, 양자가 서로 뒤엉켜, 생활의 발전에 의해 이 역시,

반대로 고통마저 동반된 것이 되고 있다.

이런 전개가 일반적인 '개화'인데 일본의 개화는 이와 상이한 경향을 지닌다고 지적한다. 그것은 서양의 여러 나라들이 '내발적内發的'으로 발전해왔던 것에 반해 일본의 경우 서양의 압력에 의해 "갑자기 자기 본위 능력"을 상실하고 급격히 밀려드는 서양 문화를 도입하지 않을 수 없었던 "지극히 피상적인 개화"였다. 서양이 100년에 걸쳐 서서히 발달시킨 것을 40년 동안 그 결과만 수입하려고 하고 있다. 계속해서 밀려 들어오는 '새로움'을 뽐낸다면 '부화뇌동'하지 않으려고 굳건히 버티는 인간일수록 신경쇠약에 걸리지 않을 수 없을 것이다. 그렇다면 어떻게 하면 좋단 말인가. 뾰족한 답이 없다. "딱하다고 해야 할지 안쓰럽다고 해야 할지", "가능한 한 신경쇠약에 걸리지 않을 정도"로 내발적으로 변화해가는 수밖에는 방법이 없지 않겠는가. 소세키는 이렇게 비관적인 전망을 언급하며 강연을 끝냈다.

일본에는 후지산이 있다느니 러일전쟁에서 이겨 '일등국'이 됐다고 기뻐하는 것은 어리석은 일이다. 이렇게 말하는 소세키는 이미 『산시로』의 히로타 선생님과 똑같은 말을 토로하고 있는 것이다. 소세키의 강연은 항상 경세적警世的 의도로 가득 차 있었으며, 현대에도 충분히 통용될 수 있는 부분이 많았다. 아울러 강연 후 열린 연회 중 폭우가 격해졌다. 이 체험은 『행인』에 응용되고 있다.

내용과 형식

15일에는 내키지 않는 연회에 참석하는 바람에 와카노우라에서 묵었기 때문에, 16일에는 바로 오사카로 돌아와 내일 강연을 준비해야 했다. 오후 1시경 오사카에 도착했고, 밤에는 요정 가와우川卯에서 "위로회에 출석할 예정"이라고 쓴 대목에서 일기는 중단됐다. 시간이 허락하는 한, 명소 관람과 강연, 연회가 이어졌으며 태풍 피해도 있었기 때문에 소세키가 느끼는 피로는 상당했을 것이다. 예정된 강연은 사카이와 오사카 등 아직 절반이나 남아 있었다. 다음 날은 사카이로 가서 강연을 한다. 강연 바로 전 시간은 제5고등학교에서 가르쳤던 제자로 오사카아사히신문사 사원이었던 다카하라 가이도高原蟹堂가 '사할린 기담'이란 제목으로 이야기했다. 그는 연속 강연 내내 소세키를 돌보고 있었다. 아카시로 갔던 날 오전 내내 미노오箕面 지역을 안내해준 사람도 바로 그였다.

사카이에서 했던 강연의 요지는 모든 현상이나 행위에 있어서 "형식은 내용을 위한 형식일 뿐, 형식을 위해 내용이 생기는 것은 아니다", "내용이 바뀌면 외형도 자연스레 바뀐다"는 것이었다. 선악이나 상하, 우열 등의 기준도 시대적 추이에 따라 변하지 않을 수 없다. 그렇다면 '형型'이란 어째서 존재하는가. "내용이나 실질을 내면적으로 경험하는 것은 불가능하지만", 그것을 모양으로 인정하고 싶은 욕구가 형식을 낳는다는 것이다. '형' 자체가 독립적으로 존재하는 것이 아니며, 그것은 어디까지나 '설계도와 집'이라는 관계라고 설명하고 있다.

소세키가 직접 거론하지는 않았지만, 이것은 일찍이 마사오카 시키와 논쟁했던 '문장의 정의'와 매우 흡사하다(제2장 참조). 소세키는 에센스로서의 아이디어가 먼저 있으며 거기에서 레토릭이 나오는 거라고 생각했지만, 마사오카 시키는 레토릭이 전부이며 아이디어는 거기에 포함돼 있다고 주장했었다. 여기서는 시대적 변천에 방점을 두었기 때문에 시간적 여유도 없어서 '문학'의 기본에 대해서는 군이 언급하지 않았던 것으로 생각된다.

문예와 도덕

18일 열린 마지막 강연은 오사카 나카노시마공회당中
之島公會堂에서 행해졌다. 그 기본에는 앞서 언급했던 시
나노교육회 주최의 '교육과 문예'가 있었는데, 그것을 다
양한 예를 통해 확대한 강연이었다고 할 수 있다. 예를 들
어 나가노에서는 시대사상의 변화에 대해 "물리나 화학,
자연 등 과학이 진보하면서 사물을 잘 관찰하고 연구하는
과학적 정신을 사회에서도 차츰 응용하게 됐다. 또한 계
급도 없어지고 교통도 편리해졌다"고 간단히 설명하는 데
그쳤지만, 오사카에서는 이 세 가지 사항에 대해 『소세키
전집』으로 약 4페이지에 이르는 분량으로 자세히 거론하
고 있다. '교육'을 '도덕'으로 변경해 옛날 사람들은 금방
책임감을 느끼고 할복을 했다거나, 옛날에는 에도에서 교
토까지 53개의 역참을 가마를 타고 가야 했지만 오늘날
에는 편지 한 통으로 충분히 볼일을 볼 수 있으며, 아울러
"계급이 다르면 종류가 다르다"는 사회 통념이 존재해 "규

범적인 충신 효자"가 실재한다고 믿어졌었다는 등 다양한 예들이 열거되고 있다. 낭만주의가 자연주의로 대체됨에 따라 이상주의에서 자연주의로 변했으며, 이상적 인간상을 그려내는 것에서 인간의 약점도 표출하는 쪽으로 변했다고도 설명하고 있다.

하지만 오사카에서는 그 차이와 함께, 관련성에 관해서도 매우 조목조목 설명하고 있다. 나가노에서는 "인간의 인간다운 점을 있는 그대로 묘사하는 것이 자연주의의 특징"이라고 규정하고 그 폐해가 교육이나 문학에도 나타나기 시작해 '일본의 자연주의'는 "매우 미심쩍은 것이 되고 있는데", 애당초 자연주의는 그런 비윤리적인 것이 아니며 그런 것들은 자연주의의 결점만을 드러낸 것에 불과하고, 어떤 문학이든 결코 윤리적 범위를 벗어나서는 안 되며 "윤리적 격앙의 신념을 어딘가에서 싹틔워야만 한다"고 역설했다. 오사카에서는 더더욱 엄격하게 "근래의 일본의 문사들처럼 그 밑바탕에 자신감도 배려도 없이, 도덕은 문예에 불필요하다는 양 주장하는 것은 매우 세인을 현혹시키는 눈먼 자의 맹목적 논리 말하지 않을 수 없다"며 강하게 비판했다. 낭만주의라든가 자연파란 그 특징적인 일부분에 지나지 않으며, '도덕적 분자'는 직접적이든 간접적이든 작품에 항상 포함돼 있다고 주장한다. 현재는 '개인주의' 시대이므로 '개인'은 '자유의 열락悅樂'을 얻어 만족하는 동시에 "사회를 구성하는 한 사람으로서는 항상 불안한 눈을 부릅뜨고 세상을 바라봐야 한다"는 것이다. 이것 역시 소세키의 사고의 중심에 있는 생각이다.

입원 소동

무더위가 기승을 부리는 가운데 너무 최선을 다한 탓인지, 아니면 연회 참석이 지나쳤기 때문인지, 소세키는 위에 통증을 느껴 연속 강연회 직후부터 오사카 히가시東구 이마바시今橋에 있던 유카와위장병원湯川胃腸病院에 입원했다. 원장 유카와 겐요湯川玄洋는 노벨물리학상 수상자인 유카와 히데키湯川秀樹의 장인이었다. 오사카아사히신문사는 책임을 통감하며 판매부장이었던 고니시 가쓰이치小西勝一를 중심으로 전력 대응했다. 아사히신문사의 연락을 받고 교코가 도쿄에서 한걸음에 달려왔다. 교코는 병실에 들어가자마자 과자 상자를 발견하고, 역까지 마중 나왔던

다카하라에게 "오사카에서는 과자 같은 걸 병실에 가지고 들어오게 합니까?"라고 꾸중했다고 한다. 소세키는 쓴웃음을 지으며 "그만두시게, 그렇게 말하지 마시고. 집을 나설 때 당신이 부적 비슷한 걸 옷에 넣어주었지만, 그래도 이렇게 병에 걸리지 않았는가"라고 말했다. 다행스럽게도 상태가 호전돼 부부는 9월 14일 귀경했다. 하세가와 뇨제칸의 「처음 만난 소세키初めて逢った漱石君」에 의하면 이 위장병의 원인은 아카시에서 주꾸미를 너무 많이 먹은 것이 원인이라고 한다. 먹으라고 내놓은 건 남기지 않고 다 먹는 것이 이전부터의 그의 식사 버릇이다.

치질 수술

돌아오자마자 곧바로 치질 수술을 했다. 수술 집도의는 항문과 개업의 사토 고스케佐藤恒祐였다. 당시엔 치질이나 생식기는 주로 피부과에서 다뤘다. 사토가 소세키를 받아준 까닭은 슈젠지에서 소스케를 치료했던 모리나리 의사와 나쓰메 집안의 주치의였던 스가 다모쓰須賀保 등이 사토의 센다이仙台의학전문학교 동창이었다는 인연이 있었기 때문이다. 사토와 스가 다모쓰는 함께 바둑을 두는 사이였는데 마침 스가의 집에서 함께 바둑을 두고 있을 때 나쓰메의 집에서 전화가 와 진찰을 의뢰받게 됐다. 소세키는 입원하는 것을 싫어해서 처음 1개월은 방문 치료, 그후 다음 해 4월까지는 통원 치료를 받았다. 병명은 '항문 주위 농양'이었다. 절개해서 고름을 빼냈기 때문에 통증이 어느 정도 사라져 걸을 수 있을 정도가 됐지만, 맨 처음 절개한 날로부터 1년 후 치질 부위가 부어오르면서 다시 통증이 생겨 재수술을 받고서야 완치됐다. 재수술을 받느라 일주일 동안 입원했다. 이 재수술 건은 『명암明暗』도입부의 쓰다津田의 수술 장면에서 응용되고 있다.

히나코의 죽음

1911년 12월 8일 일기에는 "사토 씨에게 가다. 치질이 낫는 건지 낫지 않는 건지 실로 성가시다"라고 돼 있었는데, 같은 달 12일에는 "치루의 분비물이 적어진다. (중략) 고약을 넣어도 아프지 않고 오히려 기분이 좋다"라고 변했다. 아사히신문사에서 타진도 있어서 그는 슬슬 소설에 대해서도 고민해봐야겠다고 생각하기 시작했다. 하지만 그 직전인 11월 29일, 다섯 째 딸인 히나코가 저녁 식사 중 급사했고, 집필 중이었던 2월 말에는 그가 가장 신뢰하던 이케베 산잔도 갑자기 세상을 떠났다. 히나코는 그 전년도 3월생이었다. 모모노셋쿠桃の節句(삼월 삼짇날. 여자아이가 있는 집에서 히나 인형을 장식하는 '히나마쓰리' 행사를 하는 날-역자 주) 전날 태어났기 때문에 히나코雛子라는 이름을 붙여주었다. 한창 귀여울 때였다. 그 당시 소세키는 집에 찾아온 나카무라 고쿄中村古峽와 면담 중이어서 소동에 대해 인지하지 못했다. 교코가 다급한 목소리로 큰일 났다며 서재로 달려왔을 때, 히나코는 이미 숨을 거둔 상태였다. 원인은 확실치 않지만 영아들에게 종종 있는 이른바 '경풍'인 것 같다. 비가 내리는 밤에 일어난 사건이라 소세키도 교코도 어찌할 바를 몰랐다. 하지만 소세키의 집은 분가였기 때문에 한 번도 장례식을 치러본 적이 없어서 본가인 와사부로(나오타다)에게 부탁해 보리사菩提寺인 고이시카와의 혼포사本法寺에서 장례식을 치렀다. 교코의 회상에 의하면 소세키는 의례적인 장례식을 싫어했는데 특히 정토진종에 대해서는 공연히 미워했기 때문에 '쓰야通夜(시신 곁

에서 밤을 새우는 의식-역자 주)'를 위해 와준 승려에게도 냉담
히 대했다고 한다. 이 장례식 사정은 다음 작품인『춘분
지나고까지』의「비 오는 날雨の降る日」에 상세히 나오게
된다.

아사히의 내분

아사히신문사에서는 1909년 도쿄와 오사카의 아사히신
문사에 각각 평의회를 구성하고 중요 사항을 결정하는 장
으로 그 위치를 설정했다. 1911년 9월 30일 무라야마 료
헤이 사장에 의해 이케베가 건강 문제로 주필을 사직하되
객원 자격으로 종전과 동일한 대우를 받을 것이라는 것이
공표됐다. 이케베도 간단히 인사를 했다. 이케베의 사임
은 그 전에 열린 평의회에서 유게타 슈코가 소세키를 주
필로 하는 '문예란'의 경향을 비판하며, 특히 당시 게재 중
이던 모리타 소헤이의『자서전』(『매연』의 속편)의 반도덕성
을 비난한 것이 발단이 됐다. 이에 대해 이케베는 소세키
의 문예란을 옹호했다. 그러나 유게타 슈코한테서 문예란
을 옹호하는 것은 "사사로운 정에 이끌리는 행위"라는 말

까지 듣게 되자 분노가 폭발해 "그렇다면 내가 책임을 지고 사표를 내겠으니 자네도 그만두게"(『우에노 리이치전上野理一傳』)라고 되받아쳤다. 자리에 앉아 있던 모든 사람이 침묵했다. 무라야마가 이케베와 이야기를 나눈 후 30일의 결정이 통지된 것이다. 당연한 말이지만 이케베는 아사히신문사가 큰 번성을 이루는 데 공로자였다고 할 수 있다. 그를 잃는 것은 사회적인 측면에서도 커다란 손실이었다.

소세키의 사표

   이케베의 사의 표명 소식을 전해 들었을 때 소세키는 마침 치질 치료 중이었다. 이케베로부터 10월 4일 사표 건을 전해 들은 그는, 우선 유게타에게 편지를 보내 '조정'을 시도해보고자 했다. 하지만 사태가 이미 회복 불가능하다는 사실을 알게 되자 직접적인 책임자인 자신이 그만두어야 한다고 생각하고 이케베에게 사표를 보냈다. 제출 직전 그는 교코에게 아사히신문사를 그만두게 될 텐데 생활비는 괜찮겠냐고 물었다. 교코는 "어떻게든 되겠지요"라고 대답했다고 한다. 이전의 소세키라면 아내와 아무런 상의도 하지 않고 사후의 일방적인 통지로 처리해버렸겠지만, '슈젠지 대환' 이후의 그는 변했다. 아내의 정성스러운 간병 때문인지, 무턱대고 자신의 아집만 드러내는 나쁜 버릇은 없어진 모양이었다. 결국 사표 건은 이케베나 시부카와, 유게타 등의 설득에 의해 "사방팔방에 근심을 끼쳐서는 안 된다고 생각해"(이케베 산잔에게 보낸 편지) 결국 철회했다. 아사히 문예란은 그 일주일 전 직접 평의회에 출석해 폐지를 결정했다. 노무라 덴시에게 보낸 편지(11월 22일)에는 "도쿄의 신문사에서도 조금 복잡한 일들이 있어서 저도 이젠 나가야지(그만두겠다는 뜻) 생각했는데 모두들 붙잡아서 생각을 접었다", "모리타는 그만두라고 했다. 모리타와 나의 질긴 인연을 끊기에 딱 좋은 시기다"라고 썼다. 고미야 도요타카에게는 원고를 되돌려주며 "문예란은 자네들이 기염을 토하는 장소로 활용되고 있었는데, 자네들도 그런 글을 단편적으로 쓰며 제법 의기양양해져 아사히 신문사가 행여나 자기들 덕분으로 유지되고 있다고 우쭐해하는 일이라도 생긴다면 그것이야말로 젊은 사람들에게 독이 되는 신문란이다"라고 썼다.

아사히 문예란은 1,500자 정도의 단문 비평란인데 소세키가 모리타의 재능을 높이 사서 편집을 돕게 한 것이 화를 자초했다. 특히 소세키가 중병에 걸렸을 무렵부터 모리타가 소세키의 검열을 거치지 않고 자기 혼자 결정해 게재한 것도 있어서 소세키를 불편하게 만들었다. 집필 횟수는 물론 소세키가 가장 많다. 『생각나는 것들』의 연재 32회나 앞서 나왔던 「머독 선생님」 관련 글 등은 문예란을 통해 처음으로 활자화됐다. 당연히 모리타, 고미야, 아베 지로, 아베 요시나리 등 문하생의 글도 다수 실렸다. 집필자의 대부분은 소세키의 친구이거나 지인들이었는데, 그 중 후데코의 피아노 선생님이었던 나카지마 로쿠로中島六郎(長耳生)의 글에는 심각한 어휘상의 오류가 두 개나 있어서 소세키는 모리타를 질책했다. 아울러 문예란에는 1910년 7월 16일까지 '후시즈케'라는 이름의 외국 문학 소개란이 있었다. 매번은 아니지만 경우에 따라서는 수록되는 형식이었다.

춘분을 넘기고

소세키는 연말 가까운 시기가 되자 마침내 연재소설에

대해 고민하기 시작했다. 제목은 『춘분 지나고까지』였다. 1912년 1월 2일부터 《도쿄아사히신문》과 《오사카아사히신문》 양쪽 모두에 연재됐다. 1일에는 「춘분 지나고까지에 대해彼岸過迄に就て」란 글에서 "「춘분 지나고까지」란 새해 첫날부터 시작해 춘분이 지날 때까지 쓸 예정이었기 때문에 그런 제목을 붙였을 뿐, 실은 공허한 표제다"라고 밝히고 있다. 하지만 이 작품에 대한 메모(『소세키전집』수록 단편 56B)에는 '가마쿠라, 문어잡이, 고쓰보小坪', '아카시明石', '아이의 죽음, 장례, 화장터, 화장 후 뼈 수습', '오가와마치小川町 정류장' 등의 단어가 보인다. 그가 우선 실생활에서 체험한 이런 사항들을 작품 속에서 사용할 심산이었다는 것은 확실해 보인다. 가마쿠라나 고쓰보 지역의 문어잡이는 「스나가의 이야기須永の話」에 등장하며, '아이의 죽음'과 '화장 후 뼈 수습'은 치요코가 이야기하는 「비 오는 날雨の降る日」에 나온다. 마지막으로 '오가와마치 정류장'은 다구치田口로부터 여자를 동반한 중년 남성을 관찰해 보고하라는 명령을 받은 게이타로가 전차가 도착하기를 기다리는 장소였다. 그러나 이 메모와 선으로 구별된 등장인물의 이름은 정연하게 소설 속의 전개대로 적혀 있지만, 마쓰모

토의 아내 이름이 센仙이라고 돼
있어(단행본에서는 오타요お多代), 집
필 중 적은 것으로 추측된다.

연재가 시작되기 전 소세키는
"예전부터 나는 각각의 단편들
을 중첩시킨 후 그 단편들을 한
데 합쳐 하나의 장편으로 구성해
본다면 신문소설로 재미있게 읽
히지 않을까" 생각했기 때문에
"이 『춘분 지나고까지』를 의도대
로 완성하고 싶은 바람이다"(「춘

『춘분 지나고까지彼岸過
迄』 제목 컷. 《도쿄아사
히신문》 1912년 2월 9일

분 지나고까지에 대해」)라고 밝히고 있다. 앞서 언급했던 등장
인물명의 순서는 그것을 새삼 확인한 것일 것이다. 각각
의 인물들을 통해 이야기를 전해 듣고 전체를 통괄적으로
보여주는 인물로 게이타로가 맨 처음 등장한다. 호기심이
왕성하지만 아직 취직자리를 찾지 못하고 있는 젊은이다.
그는 소설 앞부분에 나오는 「목욕 후風呂の後」에서 같은 하
숙집에 사는 모리모토森本로부터 진짜인지 꾸며낸 이야기
인지 짐작할 수 없는 모험담을 듣고 자극을 받는다. 그리

고는 하숙비를 떼어먹고 갑자기 다롄으로 도망간 모리모토가 남기고 간 물건, "자기 같으면서도 타인 같고, 긴 듯하면서 짧고, 나올 듯하면서 기어들어가버릴 듯한" 지팡이를 가지고 '모험'을 하러 떠나게 된다. 친구인 스나가須永의 숙부이자 사업가인 다구치의 의뢰에 따라 오가와마치 3번가에서 전차를 내리는 남녀 두 사람을 관찰하기 위해서였다. 이 지팡이는 모리모토가 직접 만든 것으로, 가느다란 대나무 손잡이에 뱀의 머리가 새겨져 있었고 뱀의 몸뚱이는 없었다(소세키는 이 형태를 런던 유학 시절 지인인 와타나베 슌케이가 요코하마에서 올 때 들고 온 지팡이로부터 응용했다). 게이타로는 노파 점쟁이의 말을 통해 그 물건을 떠올렸던 것이다. 이 지팡이는 분명 게이타로에게 행운을 가져다주게 되는데, 동시에 낙천적이었던 그는 결과적으로 인생의 불가사의에 이끌려버린다. 이 지팡이에 새겨진 신비한 문양처럼, A면서 B라는 정반대의 요소를 하나로 합친 구문이 이 작품에는 빈번히 나온다.

예를 들어 스나가의 집에 갔을 때, 언뜻 본 여성의 등을 떠올리는 게이타로는 "떨어져 있으면서도 합쳐져 있고 합쳐져 있으면서도 떨어져 있는, 양지와 음지의 겉과 안을 하나로 한 머리"를 다구치 집안에 대해 품고 있었고, 오가와마치 정류소에서 발견한 여성(나중에 알고 보니 다구치의 맏딸인 치요코로 판명됨)은 "예민하게 움직이려고 하는 그 눈동자를 굳이 움직이지 않게 하려고 노력하고" 있었다. 가마쿠라에 있는 다구치의 별장에 어머니를 두고 홀로 기차로 돌아오는 스나가는 소설적인 삼각관계(자신과 치요코와 다카기高木)에 빠지는 것을 피할 결심을 한 자신을 "절반은 우월한 사람이고 절반은 뒤떨어진 사람"이라고 생각하며 자택에서 『사상Gedanke』(러시아 작가 안드레예프의 소설)을 읽었다. 이 책은 친구가 "화려한 행동만큼이나 화려한 사고가 동반돼 있다"며 행동이 부족한 그에게 권해준 것으로, 자아를 절대적으로 생각하는 주인공이 그 결과로 자신에게 충실하게도 절친한 벗을 살해할 치밀한 계획을 세우고 실행한다. 주인공은 미친 사람이라는 이유로 강제입원을 당하게 되는데, 그것도 계산 안에 있던 사건으로 주인공 '나'는 정신병원 안에서 그 모든 것들을 글로 적는다. 스나가는 이 소설을 다 읽은 후 주변 상황에 대해 전혀 "돌아보지 않고 자기 마음대로 행동하는" 주인공이 "무척이나 부러웠다. 동시에 진땀이 날 정도로 두려웠다".

어머니를 배웅하고 돌아온 치요코가 스나가 집안을 출입하던 머리 손질 전문가에게 머리를 다듬는 장면이 있다. 머리 손질을 해주는 사람이 치요코에게 시마다島田(일본에서 미혼 여성이 머리를 트는 방식 중 하나-역자 주)를 추천하자 치요코는 스나가에게 "당신은 뭐가 좋아요?"라고 묻는다. 그러자 머리 손질을 해주는 사람은 "서방님도 분명 시마다가 좋을 거라고 말씀하시겠지요?"라고 말했다. 머리 손질 해주는 사람은 어머니로부터 스나가의 '결혼 상대'로 치요코 이야기를 들었을 것이다. 스나가가 움찔하며 "느닷없이 허를 찔린 듯이" 한 것은 '서방님'이란 호칭 때문이었다. 동시에 돌아가신 어머니가 시마다 스타일의 머리 모양을 했기 때문이기도 하다. 그는 그것을 마쓰모토로부터 이미 듣고 있었다. 하지만 치요코는 태연하게 "그럼 시마다 모양으로 틀어서 보여드릴까요?"라며 웃었다. 그는 이 말을 "이 여자의 허영심"이라고 받아들이고 "지나치게 예민한" 집착이라고 생각하며 2층으로 사라졌다. 그는 그녀가 너무나 당연하게 "강탈해갈 탄성이라는 조세를 면해볼 작정"이었던 것이다. 하지만 막상 치요코가 머리 모양을 봐달라며 2층으로 올라오자, "아주 예쁘게 됐네. 앞으로 언제든 시마다 모양으로 해달라고 하면 되겠네"라고 마치 남편이나 되는 양 말한다. 그리고는 서로 이야기를 나누고 있다가 "어느 사이엔가 옛날처럼 아름답고 솔직하며 천진난만한 치요코를 눈앞에서 보는 듯한 기분이 들기 시작했던" 것이다. 시마다 스타일의 머리 모양에는 높게 치켜서 틀어 올린 형태나 혼례를 올릴 때의 형태, 게이샤들이 주로 하는 형태 등 다양한 버전이 있지만, 그녀는 어떤 올림머리 형태로 틀어 올렸을까.

「스나가 이야기」는 그녀가 그저 머리 모양을 보여주러 온 것이 아니라 가마쿠라로 돌아가겠다는 인사를 하러 왔다는 사실을 알게 되면서 급박한 전개를 보이다 결국 막을 내린다. 스나가가 자기도 모르게 이 이틀간 차마 입 밖에 내지 못했던 다카기(가마쿠라 별장에 와 있다)라는 이름을 내뱉어버렸기 때문이다. 그것을 들었을 때의 치요코의 눈은, 그로서는 처음 본 '일종의 모멸감'으로 가득 차 있었다. 치요코는 다카기가 그렇게까지 신경 쓰이냐고 소리 높여 웃더니, "당신은 비겁해요"라고 비난했다. 그는 '비겁'이라는 소리를 들어야 할 이유를 알 수 없어서 반론을 했다. 그러자 치요코는 "사랑하지도 않으면서, 아내로 삼겠다고 생각하지도 않으면서, 왜 그런 질투를 제게 하느냐"고 되물었다. 이 물음이 스나가를 침묵하게 만들었다.

소설 내의 시간

게이타로가 스나가의 '두려워하지 않는 여자와 두려워하는 남자'의 고백을 들은 것은 그가 다구치가 관계하는 회사에 취직한 이후의 일이기 때문에 두 사람이 대학을 졸업(7월)한 다음 해 봄일 것이다. 치요코가 이야기하는 요이코宵子의 죽음과 장례식 절차를 들은 것은 그 조금 전, "매화 소식이 신문에 날 무렵"이었다. 하지만 요이코의 죽음과 장례식은 11월의 일이었으며, 소세키의 다섯째 딸인 히나코의 갑작스러운 죽음과 동일한 시기다. 이 부분의 내레이터가 형식적으로는 치요코임에도 불구하고 3인칭으로 쓰인 것도 그 죽음과 함께했던 치요코의 성정을 객관적으로 나타내고 싶었기 때문일 것이다. "이따금 벌거숭이가 다 된 높다란 나무의 가지에서 색깔이 독특한 작은 잎들이 한 장씩 떨어졌다. 이파리가 공중에서 무척 빠른 속도로 뱅글뱅글 날아다니는 모습이 치요코의 눈을 자

극했다. 잎사귀가 땅 위로 쉽사리 떨어지지 않고 한참 동안 허공에서 맴도는 모습도 그녀로서는 처음 보는 현상이었다"(「비 오는 날雨の降る日」)라는 화장장 가는 풍경도 소세키의 일기와 비슷하다.

하지만 여기서 지적해두고 싶은 것은, 게이타로가 이 장례식 건에 대해 몰랐다는 사실이다. 요컨대 게이스케가 다구치 가문 사람들과 친숙해진 것은 전년도 연말 무렵이라는 게 된다(그는 다구치 집안의 정월 가루타 모임에 참가하고 있다). 이런 조건들을 두루 함께 생각해보면 모리모토의 이야기와 다구치와의 관계, 아울러 세 가지 '이야기'는 그가 들었던 순서대로이긴 하지만, 그 내용은 스나가와 치요코의 성장, 특히 스나가에 관해 계속 과거로 거슬러 올라가는 것이다.

「마쓰모토의 이야기」

"그 사건이라면 그 당시 나도 들었네. 게다가 양쪽으로부터 들었지"라고 마쓰모토는 게이타로에게 말한다. "그들은 헤어지기 위해 만나고 만나기 위해 헤어지는 가엾은

한 쌍일세"라고 단정했다. 스나가는 모든 사람들이 알고
있지만 자기만이 모르는 어떤 것이 괴로움의 원인이라고
마쓰모토를 압박했고, 마쓰모토는 결국 그의 출생의 비밀
을 털어놓았다. 스나가의 어머니는 친어머니가 아니었으
며, 스나가는 아버지가 하녀와 관계해서 태어난 아이였던
것이다. 이상할 정도로 어머니에게 깊은 사랑을 받으며
자라났던 스나가는 점차 퇴영적인 청년이 돼갔다. 그는
마쓰모토가 평하고 있는 것처럼 "세상과 접촉할 때마다
안으로 똬리를 감는 성격"을 가진 인물이었다. 치요코에
대해서도 그는 그녀가 자기 한 사람을 온몸과 영혼을 다
해 사랑하길 바라고 있다. 하지만 그녀는 사교적인 성품
이었으며, 누구에게든 마구 애교를 발사하는 여성이었다.
딱 한 번 두 사람 사이가 가장 접근했던 것은 가족 모두가
외출을 하고 그녀가 몸이 아파 자고 있을 때, 우연히 방문
한 스나가와 묘한 전화 놀이를 했을 때였다. 전화벨 소리
가 들렸을 때 치요코가 수화기를 들고 '상대방'에게 보내
는 말을 스나가에게 가르쳐주고 스나가가 상대방에게 대
답을 한 적이 있다(당시의 전화기는 수화기와 발성하는 부분이 나
뉘어 있었다). 감기 때문에 목소리가 나오지 않는다는 이유

로 치요코가 귀, 스나가가 목소리를 담당하기로 했던 것이다. 더 이상 이야기를 계속하기가 어려워 스나가가 수화기를 빼앗으려고 했을 때 치요코는 수화기를 내렸다. 지금처럼 자동전화가 아니었기 때문에 전화벨 소리는 아마도 전화국에서 온 것으로, 치요코는 일단 전화를 신청했다가 그것을 끊고 나서 스나가를 불렀을 가능성이 높다. 소세키는 전화벨 소리를 싫어해서 가까스로 끌어온 전화의 수화기를 내려놓고 있었기 때문에 전화국으로부터 주의 조치를 당했던 적도 있었다.

마쓰모토의 판단으로는 조카인 스나가는 "자아 이외에 애당초 아무것도 가지고 있지 않은 사내"였다. 그는 스나가에게 그런 고통에서 탈출하기 위해서는 외부의 풍물에 관심을 가지고 마음을 해방시켜야만 한다고 가르쳤다. 그의 생모가 출산 후 바로 세상을 떠났다는 사실도, 그 여성의 이름이 오유미お弓라는 사실도, 머리 모양을 시마다 형태로 틀어 올렸다는 것도 묻는 대로 다 답해주었다. 스나가가 가마쿠라에서 돌아왔을 때부터 이틀 정도 하녀인 '사쿠作'와 이야기를 나누다가 아무 생각 없이 곧이곧대로 답하는 그녀를 '고귀하다'고 느꼈던 것도 생모와 관련이 있을 것이다.

「마쓰모토의 이야기」는 졸업 시험을 마친 스나가가 간사이 방면으로 여행을 떠나 교토, 우지, 미노오箕面, 아카시 등에서 매일같이 편지나 엽서를 보냈다는 사실과 그 인용을 끝으로 종결된다. 하나같이 소세키가 과거 구경을 다녔던 지역이다. 미노오에서 온 편지에는 신문사 친구가 데려다주었다고 돼 있다. 그곳에 있던 할머니가 또 한 명의 할머니(86세)의 머리를 깎아주고 있던 광경과 노파들의 대화는 소세키의 일기에도 그대로 적혀 있다. 스나가의 감상으로는 "백 년이나 옛날 사람으로 태어난 듯한 한가로운 기분이 들었습니다. 저는 이런 기분을 선물로 들고 도쿄로 돌아가고 싶습니다"라고 돼 있다. 아카시에서는 방에서 밤바다를 바라보다 어머니한테 들었던 아야세綾瀬강의 뱃놀이(은박 부채를 펴서 멀리 강물 속으로 던진다)를 떠올리거나 아침에 일어나 서양인 남녀가 바닷물에 들어가 놀고 있는 광경을 편지에 쓰기도 한다. 스나가의 편지를 읽고 마쓰모토는 안심했다.

치요코, 스나가, 마쓰모토 등 세 사람의 이야기 배열이 기묘한 것은 게이타로가 들은 순서와 반대로 이야기의 내용이 스나가의 먼 과거로까지 거슬러 올라간다는 점이다. 치요코의 이야기는 스나가나 게이타로의 대학 졸업 전년 도 늦은 가을, 스나가의 이야기는 유소년기부터 졸업 전년 도 여름까지, 마쓰모토의 이야기는 스나가의 출생에 대한 비밀까지 언급하고 있다. 치요코는 스나가와의 사이를 말 하지 않았고, 스나가도 치요코와의 사이에 대해서만 언급 했을 뿐 생모에 관해서는 털어놓지 않았다. 그녀는 스나 가 집안의 하녀였기 때문에, 스나가가 호적상의 어머니에 게 극진한 사랑을 받았고, 마쓰모토가 설령 안도하고 있더 라도, 보이지 않는 곳에서 남몰래 생모에 대한 심정을 품 는 것은 어쩔 수 없는 일일 것이다.

『춘분 지나고까지』에는 전체를 다시금 돌이켜보는 게이 타로의 결론이 '결말'로 더해지고 있다. 그는 세간에 대해 알기 위해 온갖 곳을 헤매고 다녔고 여러 이야기들을 들 었지만 "그 역할은 끊임없이 수화기를 귀에 대고 '세상'을 듣는 일종의 탐방에 지나지 않았다"고 결론짓는다. 하지 만 한편으로 그에게는 "별안간 멈춰버린 듯한 이 드라마 가 이제부터는 어디로 영원히 흘러갈지" 모르겠다는 감회 가 있었다. 일단 일어난 일은 표면에 드러나지 않는다 해도 영원히 살아 숨 쉬다 어느 순간 불쑥 드러나는 경우도 있을 것이다. 그것이 '과거'라는 것에 대한 소세키의 생각이기도 했다.

한편 이 작품 집필 중 이케베 산잔이 소중히 보살펴왔던 노모가 죽음을 맞이했고, 본인도 마치 그 뒤를 따르는 것처럼 2월 28일 급작스럽게 세상을 떠났다.『춘분 지나고까지』는 소세키가 공식적으로 밝히고 있는 '무의미한 표제'가 아니라, 애당초 히나코의 영혼을 애도할 의도가 있었던 것 같다. 거기에 이케베까지 더해졌다. 이 때문에 이 책의 단행본 초판(슌요도春陽堂 간행) 권두에는 "이 책을 / 죽은 아이 히나코와 / 세상을 떠난 벗 산잔의 / 영전에 바친다"라는 헌사가 적혀 있다.

제11장
내면을 탐색하다

메이지 천황 서거

메이지 시대는 천황의 서거에 따라 1912년(메이지45년) 7월 30일로 끝나며 같은 해부터 연호는 다이쇼大正로 바뀌었다. 4월 말에 『춘분 지나고까지』의 연재를 끝마친 소세키는 다소 시간적 여유가 생겨 노能를 관람하러 가거나 음악회에 참석하기도 했다. 5월 25일에 "수상비행기 비행을 거행한다"는 안내가 있어 일부러 시바우라芝浦의 매립지에 갔는데 중지한다는 종이만 붙어 있었다. 그런 무책임한 처사에 완전히 기막혀했다. 황태자가 입장한 노 공연에서는 수행한 신하들이나 관람객들의 무례함에 역정을 냈으며, 아울러 황태자 일행은 담배를 피우고 자신들은 금연해야 한다는 사실에 대해서도 화를 냈다. 이 노 관람 건에 대해서는 『행인』에서 다뤄지고 있다. 6월에는 나카무라 제코의 자동차로 무코지마向島에 가서 여기저기를 구경하고, 아이들을 위해 빌린 가마쿠라 자이모쿠자材木座 지역 베니가야쓰紅ヶ谷에 있는 집에도 갔다. 이 집도 『행인』에 등장한다.

7월 20일 '천황의 중환에 대한 호외 보도'를 봤는데 30일에는 서거했다는 사실이 공시됐다. 일기에는 당일 날짜로 연호가 바뀐다는 공식 발표와 그 이후의 조정 및 정부의 행동, 장례식 절차 등에 대해 엄청난 분량의 내용이 상세히 언급되고 있다. 그는 정부나 관료들은 싫어했지만 황실은 존경하고 있었다. "황실은 신들이 모인 곳이 아니다. 가까이하기 쉽고 친숙해지기 쉬우며 우리들의 동정에 호소해 경애심을 얻어야 한다. 그것이 가장 견고한 방법일 것이다. 그것이 가장 오래갈 수 있는 방법이다. 정부 및 궁내성 관리의 방식이 만약 이에 해당하지 않으면 황실은 마침내 무거워질 것이다. 그리고 동시에 마침내 신민들의 마음으로부터 멀어질 것이다"라는 의견이 소세키가 생각하고 있던 황실의 모습이었다. 현재의 황실의 존재 양식과 일치한다는 점에서 실로 놀랄 만한 식견이라 말할 수 있을 것이다.

여름에는 주로 나카무라 제코와 유람을 즐겼다. 닛코나 시오바라온천을 돌았고, 9월에는 치질 재수술을 받았다. 입원과 수술 기록(일기)은 그대로 『명암』 도입부에 묘사되게 된다.

화가 쓰다 세이후津田青楓와 친해진 것도 이 해의 일이었다. 쓰다 세이후(화도華道, 즉 꽃꽂이 종가를 형성하고 있는 니시카와 잇소테이西川—草亭의 친동생)는 1910년 파리 유학에서 돌아와 나쓰메의 집과 가까운 다카다오이마쓰高田老松초에 살고 있었다. 소세키는 고미야 도요타카의 소개로 그를 알게 됐다. 그는 훗날 교토 후시미에 집을 마련해 교토를 유람 중이던 소세키를 안내했고, 『한눈팔기』나 『명암』의 장정을 맡게 됐다.

『행인』의 형제

『행인』(《아사히신문》, 1912년 12월 6일~1913년 4월 7일. 휴재 후 연재 재개. 1913년 9월 18일~1913년 11월 15일)은 형인 나가노 이치로長野一郎와 동생 나가노 지로長野二郎를 통해 인간이 타자와 어떻게 관계를 맺는지를 철저히 탐색하고자 한 소설이다. 형은 생각하면 할수록 아내의 마음을 '소유'할 수가 없어, 주변 인물(가족)을 두렵고 곤혹스럽게 만든다. 대학 교수인 그는 학문과 지식을 갖춘 교양인이지만 아내인 오나오お直의 '마음'을 도무지 알 수 없었다. 그는 논리적으로 사고하는 인물이었지만 반대로 논리로밖에는 생각하지 못하는 인물이다. 평소에는 조용하지만 때때로 과도하게 역정을 내는 타입이다. 한 편 동생인 지로는 쾌활한 성격으로 누구에게서든 호감을 사는 낙천가인데, 형에게는 항상 경의를 표하며 대접하고 있다.

이야기는 나가노 집안의 하녀인 오사다お貞와 혼담이 오가는 상대를 살펴보기 위해 지로가 오사카에 갔다는

『행인』의 제목 컷. 나토리 슌센 그림. 《도쿄아사히신문》, 1913년 2월 19일

내용으로 시작된다. 지로는 친구인 미사와三澤와 고야산高野山에도 올라갈 작정이었는데, 미사와는 지로가 오기 전 위장병이 생겨 입원 중이었다. 지로는 나가노 집안에서 과거 서생으로 지냈던 오카다岡田(오사다의 혼담 알선자)를 통해 어머니가 형 부부와 오사카에 온다는 사실을 알고 놀랐다. 오사다 건을 해결한 후, 그는 세 사람과 와카야마로 가서 와카노우라 지역에서 묵었다.

다음 날 그는 형의 권유로 그 지역 도쇼궁東照宮에 함께 갔다가 형으로부터 생각지도 못했던 질문을 받았다. 형은

"오나오가 네게 반해버린 게 아니냐"라고 말했다. 이 부분을 전후로 이야기는 급반전한다. 지로는 형의 명령식 말투를 차마 거스르지 못하고 어쩔 수 없이 형수와 단둘이 와카야마로 가서 그녀의 본심을 탐색하는 역할을 맡게 된다. 그가 알고 있는 형수는 "애초부터 가지고 태어난 애교가 없는 대신, 이쪽에서 잘만 하면 제법 애교를 짜낼 수 있는 여자"였다. "불행하게도 형은" 그녀와 "비슷한 기질을 다분히 갖추고 있었다". 그들은 자신들이 필요로 하는 것을 결코 표현할 수 없는 "상대방에게 그것을 원하고" 있었다. 이것이 지로가 본 두 사람의 관계였다.

하지만 형수와 함께 간 와카야마에서 그들은 엄청난 폭풍우를 만나게 된다. 어쩔 수 없이 숙소를 잡아 하룻밤 머물게 된 그는 폭풍우에도 굴하지 않고 설령 시동생과 부부 사이로 오해를 받아도 전혀 동요하지 않는 그녀를 발견했다. 그는 그녀의 강인함을 실감했다. 하지만 그녀는 그보다 조금 전 점심 식사를 할 때만 해도, 형에게 좀 더 친절히 대해달라고 부탁하며 자신은 이미 "얼이 빠진 사람", "넋이 나간 사람"이라 말하고 눈물을 흘렸다. 그런 한편으로 언제 죽어도 상관없다는 결심을 이미 했으며, 폭풍우가 몰아치는 바닷물 속으로 뛰어들어갈 수도 있다고 선언해 그의 간담을 서늘하게 했다. "쓸쓸하게 웃는 모습"은 항상 그녀가 보여주던 얼굴이었다. 그는 형수가 어떤 사람인지 알 수 없어졌다는 생각이 들었다.

「돌아와서歸ってから」장에서 이야기 끝에 잠깐 나오는데, 그는 "애당초 형수와 조금 알고 지내던 사이였다"고 한다. 그녀와 형이 어떤 인연으로 결혼하게 됐는지는 일절 밝혀지지 않았지만, 그녀가 까다로운 남편과 시부모님을 모시고 시누이인 오시게お重까지 집에 들여놓은 후, 마음 편히 이야기를 나눌 수 있는 지로와 가까워지게 된 것은 자연스러운 흐름이었을 것이다. 그 결과 '예민한' 이치로를 자극해 결국 지로가 따로 나가 살게 된다는 변화를 초래한다. 그동안 식사 자리를 밝게 해주는 역할을 담당해 왔던 그가 사라지자, 나가노 집안의 식탁 풍경은 더할 나위 없이 쓸쓸하게 변해버렸다.

이 이야기는 「돌아와서」장에서 더더욱 심각해진다. 이치로의 예민한 성격을 배려한 가족들은 미사와를 통해, 이치로를 여행에 데리고 가준 동료 H씨의 긴 '보고' 편지를 받고, 그런 장면에서 이야기는 끝을 맺게 된다.

소세키의 소설은 "소설이기 때문에 사건은 묘사"하지만, 사건 그 자체보다도 그것에 직면해 있는 인간의 심적 변화가 그 중심에 있다. "죽느냐, 미치광이가 되느냐, 그것도 아니면 종교를 얻느냐. 내 앞에 놓인 길은 이 세 가지밖에는 없네"(『번뇌塵勞』)라고 신음하는 이치로는 H씨가 편지를 쓰고 있을 때는 "쿨쿨 잠을 자고" 있을 뿐이다. 논리의 힘으로 '신'을 얻으려고 하는 그는 '믿음'의 힘으로밖에는 '신'을 얻을 수 없음을 잘 알고 있었다.

형수의 방문

춘분 다음 날 저녁, 지로의 하숙집으로 갑자기 찾아온 오나오는 최근의 부부간의 '어색함'에 대해 털어놓았지만 그 '직접적인 원인'에 대해서는 한마디도 언급하지 않았다. 그녀는 "부모의 손으로 화분에 심어진 나무"처럼 "누군가 와서 움직여주지 않는 이상", "그대로 말라죽을 때까지 꼼짝 않고 있는 수밖에 도리가 없다"고 호소했다. 이런 발언에 대해, 지로에게 "움직여주길" 원한다는 희망사항으로 파악해 두 사람의 연애설을 주창하는 논자도 있지만,

지로는 그것을 듣고 역경에 견디는 '여성의 강인함'을 느끼는 동시에 이런 강인함이 "형에게 어떻게 작용할 것인지에 생각이 미치자" 자기도 모르게 오싹해졌다. 『그 후』에서도 그랬던 것처럼 소세키가 그려내는 형수와 시동생(다이스케)이란 허심탄회하게 뭔가를 이야기할 수 있는 사이인 것이다. 그것은 '도덕'의 범주 안에서 형수와 시동생으로서 육친 이상으로 진심을 토로할 수 있는 관계였다.

가는 사람

『행인』이란 분명 '가는 사람'이라는 뜻일 것이다. 하지만 곰곰이 생각해보면 '행行'은 십자로의 형상으로 시라카와 시즈카白川静에 의하면 '교차하는 길'이라고 한다. 그렇다면 이치로는 십자로에서 아내의 기분도 생각하지 않고 막무가내로 자신의 방향으로만 가려고 하는 사내이며, 오나오는 이 길은 이상하다고 생각하면서도 묵묵히 남편을 따라가다 완전히 지쳐버린 여자일 것이다. 그리고 지로는 형과 오나오의 진행 방향에 차이가 있음을 인지하고 그것을 고치려고 하면서도 자기도 모르게 '방관적'으로 바라볼 수밖에 없는 사내인 것이다.

아울러 『행인』이 중단된 것은 소세키의 신경쇠약과 함께 지병이었던 위궤양이 다시 도졌기 때문이다. 호전되기까지는 2개월이란 시간이 필요했다. 중단된 구멍은 나카 간스케中勘助의 「성장 기록生立ちの記」인 『은수저銀の匙』가 메꾸게 됐다.

『마음心』의 '검은 그림자'

『마음』은 그 일부분이 교과서에도 자주 사용되고 있을 만큼 그간 높은 평가를 받아온 소설이다. 일반적으로는 단행본 초판의 일기에 기록된 '상-선생님과 나', '중-부모님과 나', '하-선생님과 유서'로 구분된 『마음こころ』이 널리 읽혀지고 있지만, 다른 작품들과 마찬가지로 여기서도 신문 연재 초출(《도쿄아사히신문》 1914년 4월 20일~8월 11일)에 따르기로 한다. 처음엔 『마음 선생님의 유서心 先生の遺書』가 제목이었다. 청년은 귀경 후에도 선생님에 대해 계속 생각하고 있었기 때문에 이쪽이 완성된 작품에 더 어울린다는 생각도 든다. 내용은 널리 알려진 것처럼 청년인 '내'가

전체적인 내레이터이다. 가마쿠라의 해수욕장에서 '선생님'을 처음 만난 '내'가 거듭해서 그 자택을 방문하다가 '사모님'과도 친해지는데, 귀향 중 '선생님'으로부터 유서가 우편으로 전달된다. 깜짝 놀라 급히 기차에 올라타

『마음』의 제목 컷. 《도쿄아사히신문》, 1914년 5월 21일

고 도쿄로 돌아가던 중, 기차 안에서 선생님의 유서를 읽는 장면으로 이야기는 막을 내린다. 큰 줄거리는 간단하지만 결코 간단한 이야기는 아니다. 소세키의 작품 중에서도 이 작품의 경우, 읽으면 읽을수록 인간의 '마음'이 복잡하게 형상화돼 독후감이 언제나 조금씩 달라진다. 이하 오랫동안 문제가 돼왔던 것들을 중심으로 그런 점들에 대해 언급해두고 싶다.

등장인물의 이름

이 작품은 "나는 그분을 늘 선생님이라고 불렀다. 그러

니 여기서도 그냥 선생님이라고만 쓰고 본명을 밝히지는 않겠다"라는 문장으로 시작된다. 그 이유는 "세상 사람들을 의식해서 삼간다기보다 나로서는 그렇게 부르는 게 자연스럽기 때문"이라고 한다. "어색한 이니셜 따위는 도무지 쓸 마음이 들지 않는다"고 말할 정도이니, 그가 선생님에게 얼마나 경도돼 있었는지 짐작할 수 있을 것이다. 하지만 그는 선생님의 사모님에게는 선생님의 발언 안에서 '오시즈お静'라는 이름을 내놓고 있다. 또한 그가 아버지를 부를 때는 단순히 '아버지'일 뿐이지만 어머니는 아버지로부터 '오미쓰お光'라 불리고 있다. 문제는 'K'다. 그는 선생님과 같은 고향 출신의 친한 벗으로, 선생님이 자신의 하숙집에 데리고 와서 같이 기거할 정도였기 때문에 어딘가에서 이름이 나올 법도 하다. 하지만 '사모님'도 '아가씨'도 'K'라고 부르고 있다. 물론 이것은 선생님의 유서 안에 나오는 내용이기 때문에 선생님이 자살한 그의 이름을 이니셜로 표시한 사정은 충분히 이해가 간다. 하지만 그것은 내레이터인 '나'의 가치관에서는 '서먹서먹한' 글자로 느껴질 것이다. 선생님의 유서는 '내'가 읽고 보존하고 있는데, 그는 이 이니셜에 위화감을 느끼지 않았을까.

나아가 더더욱 알 수 없는 것은 선생님의 유서 마지막 부분에 있는 "내가 죽은 뒤에도 아내가 살아 있는 이상은 자네에게만 털어놓은 내 비밀로서 모든 것을 가슴에 묻어두게"라는 희망사항이다. '내'가 이 수기를 쓴 것은 사모님이 죽었다는 것을 의미할까, 혹은 '내'가 약속을 깬 것이 될까. 이 결말에 대해 "사모님은 지금도 여전히 그것(비밀)을 알지 못한다"라고 돼 있으므로 약속은 잘 지켜지고 있으며 '사모님'도 건재할 것이다. 이 청년과 '사모님'이 결혼했다는 억측까지 나왔던 기억이 있는데, "아이를 가진 적이 없는 그 당시의 나"라는 기술을 보면 그는 이미 결혼해서 아이도 있었던 모양이다. 만약 그것이 그와 '사모님'의 아이라면 그는 아내와 아이를 위해서라도 비밀에 대한 글을 남기지 않았을 것이다. 그가 선생님에 관한 회상을 쓰기 시작한 것은 아마도 그가 대학을 나온 지 수년 후였을 것이다. '젊은 내'가 강조되고 있는 것처럼 가마쿠라에서의 만남은 고등학교 학생 시절이었고, 선생님 댁에서 집을 지키고 있을 때는 이미 대학생이었으며, 졸업논문 건으로 책을 빌리거나 졸업 축하까지 받고 귀향한 후 선생님이 자살했기 때문에 적어도 꼬박 3년간 선생님을 만나러 다니곤

했다는 말이 된다.

노기乃木 대장 부부의 자살

노기 장군이 메이지 천황의 뒤를 따라 아내인 '시즈靜'와 함께 순사한 것은 메이지 천황의 장례식 당일(9월 13일)이었다. 청년인 '내'가 도쿄제국대학 졸업식에 참석한 것은 1912년 7월 10일, 메이지 천황은 예년처럼 그곳을 찾았다(『소세키전집』시게마쓰 야스오重松泰雄 주석). 이 지적대로 "내가 돌아온 것은 7월 5, 6일"이라고 돼 있어, 이 설정은 시간적으로 이상하다. 작중에서 선생님이 아내에게 '순사'하자고 농담처럼 말했던 것도 그즈음의 일로 보인다. 하지만 중병에 걸린 '나'의 아버지가 신문을 읽다가 "아, 천자께서도 드디어 세상을 떠나신다. 나도 곧…"이라고 말한 것은 시골 신문임을 감안하면 9월 13일로 추정된다. 아버지는 노기 대장의 자살 소식도 신문에서 읽고 "큰일이구나, 큰일이야"라고 말했다. 선생님과 아버지, 자신을 길러준 두 사람을 '나'는 거의 같은 시기에 잃게 된다. 하지만 '나'는 그 누구의 죽음에 대해서도 임종을 지킬 수 없었다. 그는 빈

메이지 천황의 장례 의식 당일 광경. 1912년 9월 13일. 『메이지 천황 장례식 사진첩』 발췌

사 상태의 아버지를 규슈에서 상경한 형에게 맡기고 상경했지만, 차 안에서 읽은 유서에는 "이 편지가 자네 손에 닿을 무렵이면 나는 이미 이 세상에 없을걸세. 진작 죽었겠지"라고 적혀 있었기 때문이다. '선생님과 나', '부모님과 나'라고 불리고 있는 각각의 장은 큰 은혜를 입었던 두 사람의 임종을 지킬 수 없었던 회한의 글이기도 하다.

'과거'가 가지는 의미

'나'는 선생님의 '과거'에 대해 알고 싶었다. 하지만 선생님은 "지금은 말할 수 없다"고 양해를 구하면서도 그것에 대해 조금씩 말을 꺼내면서 청년으로 하여금 더더욱 흥미를 느끼게 했다. 선생님은 십수 년 동안 아내에게도 그 사정을 털어놓지 못한 채 살아왔다고 한다. 하지만 자신의 과거를 숨긴다는 것은 그 이면에 그것을 누군가가 알아줬으면 좋겠다는 희망을 갖고 있는 경우가 있다. 그런 의미에서는 아직 젊고 절실한 마음으로 오로지 자기만 바라보고 있는 청년은, 선생님에 의해 고백할 수 있는 상대로 길러졌던 것이다. "사랑은 죄악"이며 동시에 "신성한 것"이라거나 "자유와 고립과 자기 자신으로 가득 찬 현대에 태어난 우리들은 그 희생으로 모두 이렇게 외로움을 맛보지 않으면 안 된다"든가 하는 표현도 마찬가지일 것이다. 가까이 다가오지 말라는 소리를 들으면 들을수록, 더더욱 다가가서 그 비밀을 알고 싶다고 생각하게 되는 것은 극히 자연스럽게 솟아나는 감정일 것이다.

청년이 동석한 자리에서 "만약 내가 먼저 가면…"이라는 암시 비슷한 말이 사모님에게 건네졌던 것은 청년인 '나'의 졸업식 기념 만찬 이후였다. '나'의 입장에서는 마지막 대면이 된 자리였다. 처음엔 농담조의 말투였기 때문에 사모님도 일부러 가볍게 응수했다. 하지만 선생님이 그런 말을 반복하자 사모님은 신경을 쓰시며 "'내가 죽으면'이라고 대체 몇 번이나 말씀하시는 거예요? 제발 부탁이니 '내가 죽는다면' 하는 그런 말은 이제 그만 좀 하세요"라고 간곡히 부탁했다. "선생님은 뜰을 향한 채 웃었다. 그리고 더 이상 사모님이 싫어하는 말을 하지 않았다". 하지만 선생님은 뜰 쪽을 향해 있던 상태였기 때문에 얼굴 표정은 알 수 없었다. '나'는 이 "내가 죽으면"이란 발언이 나왔던 그날 밤의 기억을 고향에서 떠올려보는데, 그것은 "미소를 머금은 선생님의 얼굴과 불길하다고 귀를 막던 사모님의 모습"이었지, "뜰 쪽을 향해 웃던" 선생님의 얼굴이 아니었다. 사모님은 처음에는 남편의 "미소를 머금은 말투"에 보조를 맞춰 심각한 문제로 삼지 않으려는 듯 "어떻게 하긴요, 어쩔 수 없죠, 안 그래요?"라고 나를 보며 짐짓 우스갯소리처럼 말했다. 하지만 자꾸 거듭되는 말에 불길한 느낌이 든다는 아내를 위해 결국 선생님은 얼굴도 돌리지 않은 채 목소리에 웃음을 담아 아내의 불안감을 떨쳐준 것이다.

이 부부가 연기한 암투, 혹은 한편의 촌극 같은 공연을 청년은 이해할 수 없었다. 그는 얼굴을 돌린 선생님의 웃음을 고향에서 좀처럼 떠올릴 수 없었다. 아버지가 "내가 죽으면 어찌할 거냐?"라는 말을 했다는 것을 어머니로부터 들었을 때도 가옥 처분이나 자신의 장래에 대해 걱정할 뿐이었다. 그가 선생님의 미소에 대해 다시금 머릿속에 떠올렸던 것은 아버지로부터 직접 "내가 죽으면 부디 어머니를 잘 모셔라"라는 말을 들었을 때였다. 하지만 선생님의 경우는 '단순한 가정'에 불과했으며, 아버지의 경우는 목전에 놓인 '사실'이었다. 그는 그 자리에서는 뭐라고 얼버무리며 아버지의 마음을 진정시켰다.

K의 죽음

이 소설에는 '나'의 아버지나 선생님을 포함해 메이지 천황, 노기 마레스케 부부, 선생님의 양친, K 등 모두 여덟 명의 죽음, 혹은 죽음이 임박한 시기에 대한 묘사가 보인다. 심지어 그 가운데 자살이라는 죽음의 형태가 절반에 가깝다. 이상하리만큼 많은 숫자라고 할 수 있다. 『행인』의 이치로도 그렇지만, 이 무렵의 소세키가 죽음에 대해 얼마나 비상한 관심을 갖고 있었는지 짐작할 수 있을 것이다. 『마음』의 주요 등장인물들 중 살아 있는 것은 화자인 '나'와 선생님의 사모님뿐이다.

'선생님과 유서'에 의하면, K는 선생님과 같은 고향에서 태어난 친구로 진종眞宗(교토의 니시혼간사西本願寺를 본산으로 하는 정토진종淨土眞宗의 한 파-역자 주) 집안의 차남이었다. 어느 집 양자로 보내졌는데 그 집 희망대로 의과대학에 진학하지 않고 '나'와 같은 과(문과대학의 아마도 철학과)로 진학했기 때문에 격분한 양가에서 호적을 되돌려 본가로 보냈고, 결국에는 본가와도 인연이 끊어져 오로지 공부에만 전념하며 가난한 생활에 기꺼이 안주하고 있었다. 어려운 처지를 차마 외면할 수 없었던 선생님이 거의 억지로 K를 자신의 하숙집으로 불러들이고 이로 말미암아 '비극'은 시작됐다. 선생님은 진작부터 이 집 아가씨(훗날의 사모님)를 연모하고 있었는데, 여자와는 거리가 멀다고 생각하고 있던 K가 자신과 마찬가지로 그녀를 동경하게 되리라고는 꿈에도 생각하지 못했다. 자신이 호의를 가지고 시도했던 일이 역으로 예상치도 못한 나쁜 결과를 낳는다. 머릿속으로 생각한 미래는 종종 그 밑바닥에서부터 무너지는 것이다.

함께하는 접이식 밥상

　선생님은 말수가 적고 낯을 가리는 K를 일가와 친숙하게 만들어주기 위해 둥근 모양으로 된, 다리가 접히는 상을 고안해 오차노미즈에 있는 가구점에 가서 직접 주문했다. 1900년 무렵의 일이다. 그 당시의 가정에서는 식사를 할 때 지금처럼 한방에 모두 다 모이긴 했지만, 오늘날과 달리 각자가 조그만 전용 밥상(뚜껑이 달린 것은 상자상이라는 명칭으로 불렸다)을 받아, 식사를 마치면 차(혹은 뜨거운 물)로 밥공기를 헹구어 상자에 담아두었다. 만년의 소세키는 혼자 저녁 식사를 하는 경우도 많았지만, 둥그런 상에 모여 앉아 서로 얼굴을 보면서 밥을 먹으면 당연히 대화도 더 많아지기 마련이었다. 선생님이 발명했다고 하는 것은 물론 허구다.

　고이즈미 가즈코小泉和子의 『가구와 실내의장의 문화사家具と室內意匠の文化史』(호세이다이가쿠슛판쿄쿠法政大學出版局)에 의하면, 이런 동그란 밥상이 출현하게 된 연대는 확정할 수 없지만 1900년경부터 서서히 서민 가정에 보급된 듯하다. 접었다 폈다 할 수 있어서 자리를 차지하지도 않았고, 상에 음식을 가득 올려놓기에도 수고스럽지 않았으며 청결했기 때문이다. 혹시나 싶어 말해두자면『문』의 소스케 부부가 오랜만에 만난 동생 고로쿠와 식사를 하기 위해 앉았던 식탁은 이런 동그란 접이식 밥상이 아니라 사각형의 좌탁이었다. 그는 아버지의 유품 중 하나로 그것을 침실 겸용의 다다미방에 놓아두었다. 최근에도 '접이식 둥근 밥상'의 예로 이 장면이 거론되고 있기에 다시금 명확히 해두고 싶다. 『문』의 집주인인 사카이의 발언에 따르면 '식탁'이란 부엌에서 사용되는 정도의 것에 지나지 않았다.

말할 것도 없이『마음』에 나온 '선생님'이 이 식탁을 고안했던 것은 K를 당시 유행하던 '단란한 가족'의 한가운데로 끌고 들어와 '가정'이 어떤 것인지 느끼게 해주고 싶다고 생각했기 때문이었다. 하지만 약효가 지나쳤다. 선생님의 하숙집에서 있었던 일로서, 어머니가 집을 비운 사이에 K의 방에서 이야기를 나누고 있던 아가씨나 집 밖에서 K의 뒤를 따라 들어오는 아가씨를 선생님이 발견해버렸던 것이다. 아가씨의 이런 태도가 K에게 다정하게 대해달라던 선생님의 부탁을 실행한 것에 지나지 않았는지, 혹은 도무지 결혼 이야기를 꺼내지 않는 선생님에게 애가 탄 아가씨의 어머니가 시킨 일이었는지, 혹은 K가 정말로 아가씨를 마음에 들어 했는지, 그 무엇 때문인지는 알 수 없다. 하지만 결과적으로 질투에 눈이 먼 선생님은 K를 다그친 끝에 그가 아가씨를 흠모하게 됐고 '도의'와의 분열 때문에 괴로워하고 있다는 사실을 알게 됐다.

그가 그 사실을 아직은 아무에게도 털어놓지 않았다는 것을 안 선생님은 K보다 먼저 어머니에게 "아가씨를 제게 주십시오"라고 부탁해 간단히 결혼 승낙을 받았다. "본인이 싫다는 사람한테 내가 그 아이를 줄 것 같은가?"라는 어머니의 말은, 결혼 당사자의 마음을 확인해보고 승낙을 얻는 것이 순서이지 않느냐는 뜻이었다. 선생님은 그 직후부터 자신의 비겁한 언행을 부끄러워하며 그 사실을 알게 됐을 때 K가 어떻게 나올지 두려워했다. 저녁 식사 자리에서도 말수가 적었는데 아무것도 모르는 어머니는 이런 경사스러운 일을 5, 6일 후 그에게 이야기한다. K는 "그렇습니까"라고만 말한 뒤, 축하 선물을 하고 싶지만 돈이 없어서 줄 수가 없다는 말만 덧붙였다고 한다. 선생님이 "나는 책략으로는 이겼어도 인간적으로는 졌다"고 느끼며, 한편으로는 "이제 와서 K 앞에 나가 창피를 당하는 것은 내 자존심에도 커다란 고통"이라고 생각하고 아무튼 다음 날까지 기다려보자고 결심한 것이 토요일 밤, 바로 그 토요일 밤에 K는 경동맥을 끊고 자살해버렸던 것이다.

『그 후』의 다이스케는 미치요를 히라오카보다 먼저 사랑하고 있었다고 말하며 그 아내를 히라오카한테서 빼앗으려 하고 있다.『문』의 소스케도 야스이의 아내를 빼앗았다. 소세키는 두 남자와 그 사이에 끼어버린 여자의 삼각관계를 즐겨 소설의 제재로 삼았다. 유작이 된『명암』에서도 상당히 제멋대로인 결혼 생활을 하고 있던 쓰다津田의 마음속 깊숙이에는 항상 기요코清子가 자리 잡고 있었다. 하지만 이 세 작품에서 여성은 항상 결혼한 상태에 있으며『마음』처럼 미혼은 아니었다. 여기서는 승리가 형식적이었으며 실질적으로는 패배했다고 '승자'가 단언하고 있는 것이다.

소세키가 그려내는 남성들은 모두 결벽증이 심하지만『마음』의 선생님은 그 정도가 정점에 달했다고 여겨진다. 졸업식 날 만찬 자리에서 준비된 테이블보는 새하얀 색깔이었다. 와이셔츠 깃이나 커프스와 똑같은 색이었다. "하얀 거라면 순백색이어야 하고"라며 선생님은 말했다. "솔직히 말하면 난 정신적으로 결벽증이네", "그래서 늘 괴롭

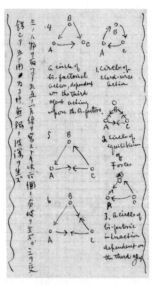

삼각관계가 이야기에 생겨나게 하는 파문에 대해 고찰한 소세키의 메모. 도호쿠대학부속도서관 소장

지", "생각하면 정말 어이없는 성격이네"라는 선생님의 말이 정확히 무슨 뜻인지, 듣고 있던 나는 그 의미를 잘 이해할 수 없었다. 사모님도 잘 모르는 것 같았다. 하지만 선생님의 유서에서는 숙부의 횡령은 물론, 일체의 부정은 결코 용서할 수 없다고 돼 있다. 아가씨 시절의 아내가 자신의 진지한 질문에 대해 "그저 웃고만 있었던" 태도조차 싫

어했던 것이다. 선생님의 자살은 K가 자살했던 것에 대한 속죄라기보다는 자신이 완벽한 혼자였기 때문이다. 아내에게조차 그 사실을 털어놓지 못하는, 문자 그대로 완벽한 고독감의 결과였던 것이다.

노기 장군은 아내와 함께 죽었다. 하지만 선생님은 홀로 죽었다. "아내에게 의식주에 관한 걱정이 없는 것은 다행입니다"라고 적고 있는 선생님에게는 홀로 남게 될 아내의 마음을 헤아려볼 심정이 없었던 것일까. 부부라고는 하지만 인간이란 어차피 혼자인 걸까. 아니면 K를 자살로 몰아가게 된, '여자'라는 존재가 발하는 무의식적인 교태를 잊을 수 없었던 것일까. 철저히 자기중심적인 '개인주의'의 결말을 청년에게 제시하며『마음』은 종결된다. 남자와 여자의 갈등을 중점적으로 묘사한『그 후』에서 시작된 문제는, 주인공의 자살로 일단 결론이 도출됐다. 하지만 그들은 소세키의 뇌리에 떠올랐던 인물들이었으며, 비슷한 부분은 있다손 치더라도 소세키 본인은 아니다. 그는 그 이후『유리문 안에서』나『한눈팔기』에서 진지하게 자신의 과거를 되돌아보게 된다.

제12장
살아 있는 과거

『유리문 안에서』

　『유리문 안에서』는 1915년 1월 13일부터 2월 23일까지 《도쿄아사히신문》과 《오사카아사히신문》 양쪽 모두에 연재된 수필집이다. 연재가 중단된 날도 있었기 때문에 최종적으로는 총 39회에 걸친다. 제1회는 그 전해 연말부터 감기에 걸려 거의 바깥출입을 하지 못한 채 지내던 본인이 제1차 세계대전이나 불경기 가운데 "자기 이외에는 별로 관계없는 시시한 이야기를 써보려는 것이다"라고 양해를 구하고 있다. 분명 잡담적인 성격도 있어서 언뜻 보면 쉽게 쓴 글 같지만, 그 내용은 대부분이 삶과 죽음, 과거의 자신에 관한 현재의 심경을 적어놓은 무거운 내용들이다. 데라다 도라히코에게 보낸 이 해 연하장(인쇄) 여백에 그는 "올해 내가 평상시와 같지 않아서 죽을지도 모른다"고 적어놓고 있었다.

　그를 찾아오는 손님들은 여전히 많았다. 그중에는 네 번이고 다섯 번이고 와서 지금까지 살아온 자신의 사연을 말하는 여성도 있었다. 그녀의 사연은 "여자의 고백은 듣고 있는 내가 숨이 막혀버릴 만큼 비통하기 그지없는 내용"이었다. 여자는 만약 선생님이 소설을 쓴다면 "그 여자의 마지막을 어떻게 처리하시겠습니까?"라고 물었다. 죽는 게 좋을지, 계속 살아가야 할지에 대한 선택이었다. 답변하기가 곤란해진 소세키는 "산다는 것을 인간의 중심점"으로 생각한다면 그냥 그대로 살아가는 것을, "하지만 아름다움이나 품격 같은 것을 으뜸"에 놓고 고민한다면 문제는 달라질 수 있다고 대답했다. "만약 살아 있는 게 고통이라면 죽는 게 더 좋겠지요"라는 말은 실제로 자신이 살아 있는 이상 결코 입에 담을 수 없는 말이었다. 밤 열한 시가 지나 여자를 바래다주러 밖으로 나섰을 때, 그는 "선생님께 배웅을 받다니 너무 과분합니다"라고 고마워하는 여자에게 "그렇다면 죽지 말고 살아주서요"라고 말하고 헤어졌다. 숨이 막히도록 괴로운 이야기를 들었음에도 "그날 밤 나는 오히려 오랜만에 인간다운 흐뭇한 마음을 맛보았다"고 토로한다. 자신이 조언자로서 그녀를 설득했기 때문이 아니다. "죽음은 삶보다 고귀하다"고 끊임없이 믿으며 "여전히 이 삶에 집착하고 있는" 자기 자신과 마찬가지로, 여자를 그 두 가지 사이에서 계속 고통스럽게 하고 싶지 않았기 때문이다. 그의 추측에 의하면 연애에 의한 깊디깊은 상처 때문에 생긴 그녀의 고통은 "모든 것들을 치유해주는 '시간'의 흐름이 해결"해줄 거라고 판단했던 것이다. 하지만 그것은 '시간'이 그녀의 소중한 기억을 점점 바래가게 하는 것이기도 했다. 여기서의 그는 "결국 이 불유쾌함으로 가득 찬 삶이라는 것을 초월할" 수가 없었다.

『마음』의 K에 대한 글쓰기를 마친 소세키는 그녀의 고뇌가 K처럼 '도의'를 관철할 수 없는 고통과는 다른 종류의 그것임을 알고 있었던 것이다. 이 여성에 대해서는 '범용한 자연주의자'로서 "스스로를 증거케 한 것처럼 여겨지기까지 했다"고 말하고 있다. 이 부분은 본인 스스로를 반신반의하는 눈으로 물끄러미 자기 스스로의 마음을 바라보고 있다는 내용으로 끝나고 있다. 그는 육체는 사라지더라도 정신은 불멸의 존재라는 사실을 믿고 싶어 했다.

집에서 기르는 개 헥토르나 '고양이', 만담가, 2대 다나베 난류田邊南龍의 죽음을 시작으로 그의 회상은 두 명의 형과 어머니, 사촌 형인 다카다 쇼키치高田庄吉 등으로 이어진다. 기억은 단편적이긴 하지만 그는 "비교적 명료하게" 과거를 회상하고 있다. 역으로 말하면 현재의 입장에서 과거를 만들어내고 있다. 어머니의 기억 따위는 그의 탁월한 비유에 따르면 "물에 젖어 먹물이 빠져가는 글씨를 황황히 건져 올려 겨우 본디 모습으로 되돌린 것과 흡사한 아슬아슬한" 기억의 단편에 불과하다. 그것도 "항상 큼직한 돋보기를 코에 건 할머니"로서 떠올랐던 것을 "전부 꿈인지, 아니면 절반만 진짜인지 지금도 의심스럽다"고 적으면서 "실제로 있었던 일"이라고 생각하지 않을 수 없었던 것이다.

'계속 중'

제30회에 묘사된 T군(데라다 도라히코로 추정)과의 대화는 '과거'에 대한 소세키의 자세를 아주 잘 보여주고 있다. 찾아오는 사람들마다 "병환은 이제 다 나으셨습니까?"라고 묻는다. 몇 번씩이나 똑같은 질문을 받기 때문에 그는 "예, 뭐 그럭저럭 살고 있습니다"라고 똑같은 대답을 되풀이할 작정이었다. T군이 왔기에 "나았다고도 할 수 없고 낫지 않았다고도 할 수 없으니 뭐라고 대답해야 좋을지 모르겠다"고 말했더니, T군은 그야 물론 다 나았다고는 말할 수 없으니 "원래의 병이 계속되고 있는 거지요"라고 가

르쳐주었다. 그 후 그는 "병은 아직 계속 중입니다"라고
답변하고, 그 계속이란 의미를 설명해야 할 경우에는 유럽
의 대란을 예로 들먹였다. "결국 우리들은 제각기 꿈속에
서 제조한 폭탄을 소중히 껴안고 너나없이 죽음이라는 먼
곳을 향해 담소를 나누면서 걸어가고 있는 게 아닐까"라
는 심정을 품고 그는 '하늘'이 허락하는 한 살아가는 것이
다. 병도 과거도 '계속 중'이다.

가계부

『유리문 안에서』를 쓰기 전년도의 11월, 아내 교코의 여
동생 남편인 스즈키 데이지의 아버지가 사망했다. 그 장
례식에 소세키 부부도 참석했는데 평소 교코가 친정 일에
관여하는 것을 싫어했던 소세키는 식이 끝나자마자 곧장
돌아와버렸다. 예를 들어 보내준 이의 이름이 '스즈키鈴木'
로 돼 있는 고급 일식집 '이요몬伊予紋'의 도시락 세트를,
미에키치三重吉치고는 매우 훌륭한 음식을 보내주었다고
생각하면서 다 먹고 나서, 나중에야 기실은 스즈키 데이지
집안에서 온 것이라는 사실을 알게 된다(스즈키 데이지 집안

에서 온 음식을 제자인 스즈키 미에키치가 보내준 것으로 착각한 모양임-역자 주). 그래놓고도 오늘은 칭다오가 함락된 다음 날이라 축하로 먹는 음식이므로 "실로 맛이 좋았다"고 쓴 기사가 있다. 이것은 너무나도 유치하고 고집스러운 소세키의 성격을 잘 드러내준다. 그 무렵의 일기에는 교코를 비롯해 하녀들에 대한 불만이 한도 끝도 없이 적혀 있다. 종당에 가서는 교코가 살림을 잘 꾸려나가지 못하니 가계부는 자신이 직접 적겠노라는 말을 꺼냈다. 실제로 1914년 12월부터 다음 해인 1915년 3월까지의 가계부가 수첩에 남아 있다. 공중목욕탕 입장료 4전에 이르기까지 깨알같이 상세하기도 하다. 하녀 월급과 채소나 생선 구입비용 따위는 통장에서 매달 돈을 빼서 주기 때문에 편하지만, 압지(흡묵지)나 소포비용 따위를 용케도 잘 메모해두었다. 하이바라榛原(1806년에 창업, 도쿄 니혼바시에 있는 유서 깊은 일본종이 전문점-역자 주)라는 이름이 세 번이나 나오는데 서화용의 일본종이를 샀기 때문일 것이다. 그곳은 긴자 거리에 현존하는 일본종이 점포다. 실생활과 관련된 이런 류의 세세함과는 대조적으로 『유리문 안에서』에는 멍하니 정원을 바라보며 과거의 추억에 잠겨 있는 소세키의 또 다른 면이 그려지고 있다.

교토 여행

화가 쓰다 세이후가 교토의 후시미로 집을 옮긴 뒤 놀러 오라고 권했기 때문에 소세키는 1915년 3월 19일 출발했다. 숙소는 세이후의 형이자 화도華道(꽃꽂이) 명인인 니시카와 잇소테이가 권유해준 료칸 기타노다이카北大嘉였다. 기야木屋마치 오이케御池에 있는 일본식 료칸이었다. 교토에는 몇 번인가 온 적이 있지만 본격적인 유람을 위해 온 것은 처음이었다. 도착한 다음 날은 니시카와 형제와 이치리키一力(요로즈테이万亭)에서 개최된 오이시키大石忌를 보러 갔다. 유명한 가부키 작품인《가나데혼추신구라仮名手本忠臣蔵》에 나오는 오이시 구라노스케大石内蔵助가 주군 아사노淺野의 원수인 기라吉良의 눈을 속이기 위해 이치리키에서 일부러 방탕한 생활을 하는 것처럼 행동했던 것을 그대로 보여주는 인형 장치였다. 소세키는 가부키의 부자연스러움을 좋아하지 않았기 때문에 그다지 감탄했다고는 생각되지 않는다. 하지만 거기서 알게 된 기온祇園

의 찻집茶屋 다이토모大友의 여주인인 이소다 다카磯田多佳
와 마음이 맞아 교류가 시작됐다. 그곳에 출입하던 게이
샤 기미키쿠君菊(본명 노무라 기미野村きみ)와 긴노스케金之助(본
명 우메가키 기누梅垣きぬ)도 자리에 모였다. 일기에 의하면 소
세키의 복통은 이미 이날 밤부터 시작되고 있었다. 22일
에는 비가 오는 가운데 우지 방면으로 길을 나섰다. 그다
음 날에는 "복통이 악화됐고 동시에 날씨도 나빴다"라고
적지 않을 수 없었다. 24일에는 "몸 상태가 나빠 내일 떠
나기로 결심"했지만, 그다음 날에는 '다이토모'에서 진 신
세를 갚는 답례회를 하고자 숙소에서 걸어왔다. 그곳에서
복통이 심해져 그대로 자리에 몸져눕고 말았다. 결국 자
택으로 전보를 쳐서 교코가 한달음에 달려오는 처참한 지
경에 이르렀다.

천만다행으로 복통은 다소 진정됐다. 오사카의 기업가
인 가가 쇼타로加賀正太郎가 '다이토모'의 이소다 다카의 소
개로 의뢰해준 별장(현재 아사히맥주 오야마자키산장미술관大山
崎山莊美術館. 가가 쇼타로가 직접 디자인해 건설한 영국풍 산장 건물을
복원·정비해 1996년 미술관으로 개관함-역자 주) 이름을 생각하기
위해 오토쿠니乙訓 야마자키山崎(현재 오야마자키大山崎)까지

갔다. 별장 근처 산꼭대기에 있는 호샤쿠사寶積寺의 다이후쿠大黑는 간사이 방면에서 유명해서, 기도를 한 후 영험한 '도깨비방망이'를 두드리면 부자가 된다고 한다. 교코는 거기에서 내려다보는 풍경을 마음에 들어 해서 이후 매년 다녀오곤 했다고 회상하고 있다. 소세키는 교토에 대해 잘 모르는 교코를 위해 교토 시내에 있는 명소들을 안내해준 후 4월 17일 귀경했다.

『한눈팔기』는 '잠깐 딴짓을 하는 것'일까

　『한눈팔기』는 1915년 6월 3일부터 9월 14일까지 《도쿄
아사히신문》,《오사카아사히신문》양쪽 모두에 연재됐는
데 소세키가 런던에서 돌아온 이후『나는 고양이로소이
다』로 필명을 떨치기 시작한 1904년 초엽까지의 실생활에
근거한 '자전적 소설' 형식으로도 읽힐 수 있다. 하지만 간
단히 자전적이라고 잘라 말하기도 어렵다. 의식적으로 다
양한 조작이 행해지고 있는 것으로 보이기 때문이다. 이
작품은 겐조의 세 번째 자식(모델로는 셋째 딸인 에이코. 1903
년 11월 3일 생)에게 어머니가 "그래, 우리 아이, 착하기도 하
지!"라며 "빨간 볼에 입을 맞추는" 장면에서 끝난다. 그렇
다면 겐조가 호적을 되돌릴 때 양아버지인 시마다에게 건
넸던 문장인 "금후에도 서로 불성실하거나 인정에 어긋나
지 않도록 노력하고 싶습니다"가 형이나 매형 등 친족의
알선으로 되돌아온 것도 같은 해라는 말이 된다. 하지만
예를 들어 겐조가 "조금 더 일해야겠다고 결심"하고 "매달
몇 장인가의 지폐"를 얻게 된 것은 분명 소세키가 메이지
대학으로 출강(1906년 9월부터)하게 되면서부터다(『한눈팔기』
제21장). "돈의 힘으로 지배할 수 없는 진정으로 위대한 것

이 그의 눈 안으로 서서히 들어올 수 있게 되기까지에는 아직 상당한 시간이 필요했다"(『한눈팔기』제57장)는 부분도 집필 시점에서의 비평일 것이다. 『한눈팔기』에서는 등장 인물 모두가 비판당하고 있다.

겐조의 부부 사이도, 누나 부부도 도무지 서로 마음이 맞지 않는다. 겐조와 아내 오스미御住는 자주 언쟁을 벌이고 서로가 서로를 비난한다. 겐조 입장에서 아내란 모름지기 남편을 따라야 하는 존재였고, 오스미 입장에서는 겐조의 해명이 형식적이며 현실적인 도움이 안 된다는 것이다. 누나인 오나쓰ぉ夏는 천식을 앓고 있었는데 남편인 히다比田가 생활비 전부를 틀어쥐고 자기 멋대로 생활해도 그에게 차마 뭐라고 말할 수 없다. 겐조의 형은 아내와 사별과 이별을 거듭하다 세 번째 아내를 맞이해 살아가고 있는 심약한 사내다. 그는 아이들이 병에 걸려 재산을 다 탕진해버렸기 때문에 무슨 일이 있으면 바로 겐조에게 매달리곤 한다. 시마자키 도손의 『집家』(1910~1911년)에서도 마찬가지지만, 그 당시 작가들의 일족 중에는 작가라는 직업이 자본금 한 푼 없이 돈을 마냥 벌어들일 수 있는 일이라고 착각하는 사람들이 많았다.

『한눈팔기』 제목 컷. 《도쿄아
사히신문》, 1915년 7월 22일

평소 그들과 그다지 교제하고 있지 않은 겐조는 '과거의 남자' 양부 시마다와 만나게 되고, 그에게 어떻게 대처해야 할지 형이나 매형 히다에게 상담하면서 일족과의 왕래가 거듭되게 된다. 시마다가 겐조의 집을 방문하게 되면서 그는 자신의 '과거'를 회상하지 않을 수 없었다.

하지만 그의 '과거'란 시마다의 양자가 된 과거만이 아니다. 형이나 히다 부부 등 피붙이들과의 관계도 작품의 절반을 차지한다. 오스미와의 결혼 생활도 마찬가지였다. 그는 자신이 어째서 지금의 자신이 됐는지를 의아해하며, 미래가 어떻게 펼쳐질지 탐색해보고 싶었던 것이다. 피붙이들 중에서 히다의 아내인 오나쓰가 비교적 중요한 위치를 점하고 있다. 이는 그 모델이 된 누나가 "어린 시절 양자로 보내졌던" 소세키를 가엾게 여겨 집으로 데리고 돌아와주었다는 이야기를 전해 들었기 때문만은 아니다. 소세키가 교토의 기온에서 몸져누워 있을 때, 이 누나가 위독한 상태에 빠져 결국 사망했기 때문이라는 이유도 있었다. 하다못해 우유라도 매일 마시고 싶다는 누나를 위해 소세키는 용돈을 매달 4엔 정도 보내주고 있었다. 하지만 그 돈마저 때로는 남편에게 빼앗겼다고 푸념하는 누나를 그는 어리석다고 여기면서도 안쓰럽게 생각하고 있었다.

형이 감기에 걸렸을 때 겐조는 남아 있는 가족에 대해 "그저 어떻게 생활해야 할지에 대해서만 바라보는 경우가 있었다. 그는 그렇게 바라보는 것이 잔혹하긴 하지만, 자연스러운 것이라고 받아들이고 있었다. 동시에 그런 관찰로부터 벗어날 수 없는 스스로에 대해 일종의 불쾌감을 느끼고 있었다". 이런 양면적인 관찰이나 이해는 여기서도 반복된다. 그것은 앞부분의 "먼 나라의 냄새"에서 이미 시작되고 있다. 그는 "빨리 그 냄새를 떨쳐버리지 않으면 안된다"고 생각하는 한편, 거기에 "숨겨져 있는 그의 자부심과 만족감"에 대해서는 미처 알아차리지 못하고 있었던 것이다.

일족 가운데 고학력인 그는 "교육의 힘을 지나치게 믿고 있었다". 그 결과 가까운 사람들을 논리적으로 굴복시키려고 해왔다. 하지만 누나가 터무니없는 진정성 때문에 "오히려 남편을 질리게 하는" 강한 사람이라는 사실을 알고 나서 스스로에게도 비슷한 성격이 있음을 알게 되었다. 히다는 히다대로 "극단에 가까운 일종의 개인주의"를 가진 자였기에 호의에서 우러난 아내의 간섭을 쓸데없는 잔소리라고 싫어했을 것이다. 그렇다면 겐조 부부는 어떨까. 그 역시 학문에 몰두한다는 구실로 제멋대로 살고 있다는 사실을 알아차렸다. 하지만 반성은 할지언정 아내에 대한 자신의 시각을 바꾸지는 않았다.

아내라는 존재

겐조는 여자들에게는 타고난 '기교'가 있다고 믿고 있었다. 시마다만이 아니라 시마다와 이혼한 오쓰네お常까지 찾아오게 됐다. 과거의 한때 '어머니'라고 불렀던 그녀의 결코 "소탈하지 않은 기교적 성질"을 겐조는 똑똑히 기억하고 있었다. 하지만 훗날 모습을 드러낸 오쓰네는 "예상과 달리 오히려 차분"했다. 그녀는 자신이 놓인 현재의 처지를 설명하고 겐조로부터 5엔을 받은 후 돌아갔다. 그것

이 버릇이 되어 그는 오쓰네가 나타날 때마다 5엔을 '교통비'라고 건네게 됐다.

　오쓰네가 돌아간 후 겐조 부부는 또다시 말다툼을 벌였다. 아내가 '남편의 집요함'에 대해 비웃었기 때문이다. 겐조는 "내가 집요한 게 아니야, 그 여자가 집요한 거야"라고 우겨댔다. 여기서는 "완전히 다른 사람"이 돼 나타난 이상, "옛날에 가졌던 생각을 버리는 것이 당연하다"고 주장하는 아내 쪽이 오히려 현실적이며, "다른 것은 겉모양뿐이고 뱃속은 원래대로인 거야"라고 주장하는 겐조가 오히려 독단적으로 보인다. 하지만 그는 "비평이 들어맞기만 한다면 독단적이라 해도 전혀 무방하다"는 일반론을 끌고 들어온다. 다 귀찮아진 아내는 "나랑 무관한 사람"이라며 더 이상 대화하지 않는다. 이 부부는 언쟁을 시작하면 남편이 논리적으로 아내를 굴복시키려 하며 "여자 주제에 감히"라는 심정이 되고, 아내는 아내대로 "아무리 여자라도"라며 반항한다. 하지만 이내 귀찮아져서 당면한 문제를 내던져버리고 마는 것이다. 이런 사소한 문제들이 쌓이고 쌓여 두 사람 사이에 감정의 골을 만들어갔다. 이 건에서 대해서는 "서로의 마음 깊숙이에 있는 불만"이나 "비난에 연유가 있다는 것에 대해서도 역시 서로가 서로를 인정하지 않으면 안 됐다"고 적혀 있다. 다음 작인『명암』으로 이어지는 사고방식이다.

아내는 남편이 감기에 걸리면 극진히 간병해주었고, 아내가 히스테리를 일으키면 남편은 걱정스러워 항상 곁을 떠나지 않았다. 아이가 태어날 때는 배를 쓰다듬어주었고, 예정보다 출산이 빨라졌을 때는 산파가 미처 당도하기 전에 남편이 직접 태아를 꺼내준 일도 있었다. 마음속으로는 다정한 속내를 가지고 있으면서도 일상에서는 그것을 좀처럼 드러내지 못하는 겐조와, 필요 이상의 것에 대해서는 그다지 말하지 않게 된 오스미는 분명 다른 사람들과는 다른 모습의 부부였다.

소설은 시마다에게 100엔을 건네주고 인연을 끊은 겐조와 오스미의 대화로 끝난다. "아무튼 다행이에요. 그 사람만은 이걸로 일단락됐네요. 매듭이 지어져서 다행이에요"라고 기뻐하는 아내에게 그는 씁쓸한 어조로 토해내듯 말한다. "세상에 매듭지어지는 일은 거의 없어. 한번 일어난 일은 언제까지 계속되지. 다만 여러 형태로 변하니까 남들도 자신도 알 수 없을 뿐이야". 아내는 아가를 안아 올리며 "오오, 그래, 우리 아기, 착하기도 하지. 아버지가 하는 말이 무슨 소린지 하나도 모르겠네, 그치?"라며 아기의 빨간 볼에 연신 입을 맞추었다.

『한눈팔기』에서는 과거를 떨쳐버릴 수 없는 겐조의 씁쓸한 심정과 현재의 행복을 만끽하는 아내가 대조적으로 묘사되고 있다. 소세키의 입장에서 여성에게는 이해할 수 없는 어떤 면이 있었던 모양이다. 그는 오히려 거리낌 없이 이야기를 나눌 수 있는 남자들끼리의 대화를 선호했던 것 같다. 과거에 대한 회상이 '한눈팔기'가 아니다. 인생 그 자체가 '한눈팔기'의 연속인 것이다.

한편 『소세키전집』 별권에는 세키 소이치로關莊一郞의 「『한눈팔기』의 모델과 나눈 이야기『道草』のモデルと語る記」 (잡지 《신일본新日本》 1917년 2월 1일)가 수록돼 있다. 이 필자가 우연히 시오바라와 후처인 '가쓰かつ'가 사는 시바신메이芝神明의 집에서 하숙을 했기 때문에 시오바라를 통해 당시 이야기를 전해 들었다고 돼 있다. 그에 의하면 중학교나 고등학교 때의 비용도 시오바라가 내주었다고 하는데, 사실인지 아닌지 물론 알 수 없다.

소세키의 일기에는 형이나 매형으로부터 시오바라가

소송을 일으킬 거라는 이야기를 듣는 대목이 있다. '정' 때문에 돈을 주었는데도 오로지 돈에만 집착할 목적을 가진 인간은 쓰레기에 불과하다. 그런 요지를 담은 강한 분노의 표명이었다.

제14장
명암 저 너머

「점두록点頭録」의 결심

1916년은 소세키가 생존한 마지막 해였다. 그는 이 새 해를 맞이한 감상을 「점두록」의 첫머리에 적었다. "되돌아 보면 과거가 마치 꿈처럼 보인다". 그는 세는 나이로 50세 가 됐다. 인생이란 고작 50년이라고 생각되던 시절이다. 과거는 "하나의 가상에 불과하다"라는 생각도 들며, 현재 가지고 있는 다양한 생각들은 "찰나 같은 현재로부터 곧 바로 과거로 흘러들어가기" 때문에 마찬가지로 현재는 시 시각각 미래를 잉태시키는 것이기도 했다. 하지만 그것을 인식하는 것은 '나 자신'이며, '내'가 모든 현상을 "인식하 면서 끊임없이 과거로 넘어가고 있다"고 생각하면 "과거 는 도저히 꿈이 아닌 것이다". 분명 시시각각 "나란 존재 가 어떤 사람인지 드러내는 탐조등 같은 것"이라고 그는 생각한다. 살아가는 것에 대한 이런 "두 가지 시각이 동시 에, 심지어 아무런 모순 없이 함께 존재하며", "하나지만 두 가지인 견해를 품고" 자신은 모든 생활을 "1916년의 조 류에 맡길 각오"로 눈앞에 펼쳐진 세월에 대해 "자신이 가 지고 태어난 천분만큼을 다하고자 생각한다". 이것은 신 년 벽두의 그의 소감이었다. 여태까지도 전력을 다해 살

아왔지만 이 표명에는 어딘가 최후에 임하고자 하는 결의
가 드러나 있다.

소세키가 이어 기록한 것은 군국주의에 대한 감상이었
다. 제1차 세계대전의 독일로 대표되는 군국주의와 "오랜
세월 영국과 프랑스에서 배양된 개인의 자유"를 중시하
는 사상과의 대결이 흥미의 중심에 있었다. 이미 「나의 개
인주의私の個人主義」라는 이름의 강의(가큐슈인, 1914년 11월)
를 한 그는 물론 연합국이 이기고 독일은 질 거라고 생각
하고 있었다. 하지만 독일이 아직 우세했고, 영국이 급거
징병제를 실시했다는 것에도 놀라고 있다. 그는 독일에
서 훨씬 더 확대된 시대착오적 정신이 "자유와 평화를 사
랑하는" 영국이나 프랑스에도 계속 침투되고 있다는 사실
을 슬퍼하며 독일의 정치가 트라이치케Treitschke가 고취
한 군국주의, 국가주의를 비판했다. 군국주의나 국가주의
는 독일 통일에는 유효했을지 모르지만, 그것을 다른 나라
에 적용하는 것은 무의미할 뿐만 아니라 유해하다고 주장
하는 대목에서 「점두록」은 중단됐다. 팔의 류머티즘 때문
에 "원고를 쓰는 것에 엄청난 고통과 노력"이 필요하다며
편집부 마쓰야마 주지로松山忠二郎에게 편지로 양해를 구

했다. 통증이 해 질 녘에 시작돼 계속 책상에 앉아 있는 것
이 곤란했던 것이다.

'점두'란 '수긍하다'라는 뜻으로, 여기서는 그것을 확대
해 그가 인정한 세간의 풍조를 가리킨다고 생각된다. 그
런 의미에서는 임의적이고 자유로운 제목이기 때문에 쓰
겠다고 작정하면 재개도 가능했을 테지만 그에게는 연재
소설 집필이라는 중책이 있었다.

우선 류머티즘의 고통으로부터 벗어나기 위해 유가와
라湯河原온천에 가서 나카무라 제코를 만나 15일 정도 머
물렀다. 팔이 제법 좋아져서 4월부터 5월에 걸쳐 면밀한
당뇨병 검사를 받고 몸 상태를 잘 가다듬은 그는『명암』의
집필에 착수했다.

명明과 암暗의 교착

『명암』이란, 말 그대로 명과 암, 진실과 허위, 이해과 불
가사의, 우열 등 대조적인 명제가 겉과 이면에 함께 존재
하며 그 관계가 때와 상황에 따라 역전한다는 이 소설을
상징하는 제목이다. 중심은 쓰다津田와 오노부お延의 부부

관계에 있지만, 그들을 둘러싼 숙부들인 후지이藤井 부부나 오카모토岡本 부부, 후지이 집안의 서생이었던 고바야시小林, 오카모토의 딸인 쓰기코繼子나 쓰다의 근무지 중역 요시카와 부인吉川夫人도 각각 주요 인물들이다. 쓰다 부부의 양친은 모두 교토에 살고 있고, 다른 사람들은 도쿄에서 지내고 있다.

속까지 이어지는 병

이 소설은 결혼해서 반년 정도밖에 지나지 않은 쓰다와 오노부가 뭔가 딱 맞지 않는 불안감, 혹은 불만을 느끼기 시작할 즈음의 이야기로 시작된다. 쓰다는 소세키와 마찬가지로 치질 때문에 근심이 컸다. 한 번 환부를 절개했지만 재발했기 때문에 회사에서 집으로 돌아오는 도중에 병원에 들른다. 의사는 아직도 드러나지 않은 환부가 있기 때문에 절개수술을 해야 한다고 말한다. 다시금 전차를 탔지만 뭔가 불안하다. "이 육체는 언제 어떠한 변을 당할지도 모른다. 그건 고사하고 지금 실제로 어떤 변화가 이 육체 안에서 일어나고 있을지도 모른다. 그런데도 자신은 전혀 모르고 있다. 소름끼치는 일이다". 그렇게 생각한 그는 갑자기 "정신세계도 마찬가지야"라고 마음속으로 외쳤다. 그는 "어째서 그 여자는 그런 곳으로 시집을 갔을까"라는 의문을 품기 시작했다. "그다음에 나는 또 왜 이 여자와 결혼했을까. 그것도 내가 맞이하려고 생각했기에 결혼이 성립됐음에 틀림없다. 하지만 나는 지금까지 그 여자를 맞이하려고 생각하고 있지 않았는데". 쓰다는 자신의 언동이 항상 자신의 의지에 의한 것이라고 생각하고 있었다. 그는 그 당시의 세태와 잘 어울리는 인물로 본심과 반대되는 이야기를 하거나 아부를 하는 것에 대해서도 거부감이 없는 성격이었다. 하지만 다른 남자와 결혼한 '그 여자'는 그의 '자존심'을 엄청나게 짓밟았다. 그는 전차에서 내려 생각에 잠긴 채 집 쪽으로 걸어갔다.

아내 오노부의 성격

그를 기다리는 '아내'는 피부가 흰 여자였다. 가느다란 눈은 쌍꺼풀이 없는 눈이었지만 칠흑같이 검게 빛나는 눈동자를 가지고 있었다. 그는 그 눈 속에서 발하는 빛에 매혹될 때도 있었고, 반대로 "갑자기 어떤 원인도 없이" 그 빛으로부터 "튕겨 나올 때"도 있었다. 두 사람은 교토에 있는 고향 집에 귀성하던 중 쓰다의 아버지로부터 책을 빌려오라는 부탁을 받은 오노부가 쓰다의 집에 찾아간 것이 첫 만남이었다. 쓰다의 아버지는 마침 집을 비운 상태였기 때문에 쓰다는 그 책을 찾아낼 수 없어서 그다음 날 쓰다가 일부러 가지고 와주었던 것이다. 오노부는 결혼 상대로 "공상과 현실 사이에는 아무런 차이를 둘 필요가 없다"는 것을 쓰다를 통해 느꼈다. 요컨대 오노부 쪽이 더 적극적이었고, 쓰다는 소극적이었던 것이다. 오노부는 오카모토 숙부에게 부탁해서 뛸 듯이 기뻐하며 쓰다와 결혼했다. 하지만 반년 이상 지난 지금에 와서는 공상과 현실은 이질적인 것이라는 것을 느끼기 시작하고 있었다. 하지만 자신의 직감에 자신감을 가지고 있었고, 오카모토 숙부도 그녀에 대해 그렇게 평가하고 있었다. 그녀는 자신의 마음을 누구에게도 털어놓을 수 없었다.

작품 속의 호칭

이 작품은 『한눈팔기』와 마찬가지로 남편과 아내의 문제를 커다란 맥락으로 삼고 있다. 하지만 『한눈팔기』에서 겐조는 '겐조'라는 이름으로 등장하지만 아내인 오스미는 '아내'로 표기돼 있을 뿐 본명은 거의 발견되지 않는다. 그런 의미에서 겐조는 오스미를 자신의 하위에 있는 존재로밖에는 생각하고 있지 않은 것이다. 이에 반해 『명암』에서는 쓰다와 오노부가 대등한 입장에서 서로를 상대하고 있다. 여기서는 "오노부는 …했다", "오노부는 …라고 말했다"라는 표기가 '그녀'를 능가할 정도로 많다. '오노부'는 여자로서 남자와 동등한 일체화를 바라는 아내의 프라이드를 지켜주는 호칭이다. 오랜 갈등 끝에 소세키는 마침내 남편과 동등한 권리로 자기 자신을 주장하는 여성을 어느 정도 받아들이게 됐다. 물론 그가 드러내려는 것은 '새로운 여자' 스타일로 목소리를 드높이는 것이 아니라 능숙한 농간으로 남편을 휘어잡는 재능일 뿐이다.

두 사람이 처음 만난 것은 아마도 정월 전후다. 오노부가 결혼을 희망해도 쓰다에게는 결혼의 전제로 아직 오노부는 알지 못하는 '그 여자', 기요코清子의 문제가 있었다. 종래에도 지적돼왔듯이 지난해 연말에 고바야시의원 小林醫院(당시에는 항문과와 비뇨생식기과를 겸한 의원이 있었다)에서 우연히 만난 친구 세키關가 그 결혼 상대방인 모양이다. 쓰다와 세키 사이에 '이상한 결과'를 생기게 만든 기요코와 세키의 결혼은 올해 1월이나 2월 무렵으로, 결국 쓰다의 결혼은 그 직후라는 말이 된다. 고바야시의원에는 웅크린 자세로 고개를 떨구고 있는 환자들이 쭉 앉아 있었다. 그들은 아마도 매독 같은 성병에 걸렸을 것이다. 하지만 세키는 태연스럽게 쓰다에게 다가와 말을 걸고는 '성과 사랑'에 대해 논하기까지 했다. 세키는 결혼에 앞서 성병을 당장 치료해둘 필요가 있었던 모양이다.

두 사람의 숙부

후지이는 쓰다의 아버지의 동생이었다. 교토에 있는 아버지는 관리로 각지를 전전하고 있었기 때문에 쓰다와 여동생인 오히데お秀는 아마도 중학교나 여학교 시절부터 후지이 부부의 신세를 지고 있었다. 후지이는 세상에 나가서 "단적인 사실과 격투를 하며 일한 경험이 없는" "어

두운 인생비평가"였지만 동시에 "다른 한편으로는 매우 예리한 관찰자"이기도 했다. "일종의 노력가"이면서 동시에 일종의 게으름뱅이로 태어난 그는 결국 글로 먹고살아야 했기 때문에 당연히 가난했다. 그의 아들과 오카모토의 아들은 동급생이었다.

입원한다는 보고를 하러 후지이의 집으로 간 쓰다는 거기서 오랜만에 고바야시를 만난다. 고바야시는 후지이 집안에서 서생 노릇을 한 적이 있었다. 스승한테 보고 배운 것이 있어서 이 사람 역시 가난했다. 평론가가 되고 싶다는 뜻을 품고 있었지만 아직 그럴 조짐이 보이지 않고 있다. 그는 빈민 계급에 대해 동정심을 품고 있어서, 여전히 아버지가 부쳐준 돈을 받으며 사치스러운 생활을 하는 쓰다에게 비판적이었다. 쓰다는 아버지로부터 이번 달에는 돈을 부치지 않겠노라는 내용의 편지를 받고 당황해서 사정을 설명하는 편지를 보냈으나 아직 아버지로부터의 답장은 오지 않고 있었다. 고바야시의 여동생인 오킨ぉ숲은 현재 후지이 집안의 하녀로 결혼 이야기가 나오기 시작하고 있었다. 하지만 고바야시는 그것을 알면서도 조선(당시에는 일본의 식민지)의 어느 신문사로 돈을 벌러 가야 하는 처지였다.

쓰다는 오킨이 낯선 사내와 결혼하는 것에 대해 "어쩐지 진지하지 않다"며 연애결혼, 내지는 교제결혼을 주장하는데, 후지이 숙모의 반론으로 그 자리가 서먹해져버린다. 숙모의 의견에 따르면 결혼이란 "묘한 것"으로서 "서로 잘 알지도 못하는 사람들이 함께 살게 됐다고 꼭 인연이 되지 말라는 법은 없으며", "꼭 이 사람이 아니면 안 된다며 굳게 믿고 결혼한 부부라도 처음부터 마지막까지 서로 화합하리라는 보장이 없다"는 것이다. 어쩐지 쓰다 부부 들으라고 하는 소리 같은 느낌마저 든다. 숙부는 숙부대로 다른 사람의 딸에게는 "부모라는 소유자"가 있으므로, "반해버린다거나 서로 사랑한다거나 하는 것은 요컨대 상대방을 이쪽이 소유해버린다는 의미"이기 때문에 "이미 소유권이 있는 것에 손을 대는 것은 도둑이지 않은가"라는 특이한 의견을 내놓는다.

입원 전날 모처럼 숙모가 준비해준 요리도 사양하고 근처의 맛없는 빵만 먹고 참고 있던 쓰다는 고바야시와 함께 후지이의 집을 나와 언덕을 내려갔다. 헤어지는 길에 고바야시가 조금 더 마시자고 권유하지만 쓰다는 병에 걸려 싫다고 거절한다. 그러자 고바야시로부터 "그렇게 싫은가? 나랑 술 마시는 게?"라는 추궁을 받게 된다. 결국 "그렇게 싫었음"에도 불구하고 "자신의 의지와는 전혀 반대의 결단을 외부로 드러냈다". 고바야시는 취기가 올라 '하류사회'에 동정을 베푸는 일에 대해 늘어놓기 시작했고, 쓰다는 진저리를 치면서도 끝까지 그것을 듣고 있었다.

이 고바야시가 고바야시의원의 의사와 성이 같아 헷갈린다는 것은 결코 우연이 아니다. 소세키가 고민 끝에 같은 성으로 했던 것이다. 의사 고바야시는 850배의 현미경으로 세균을 살펴보며 육체의 깊은 곳을 수술했다. 이에 대해 조선으로 전근 갈 고바야시는 이날 저녁 송별회를 하겠다고 마음에도 없는 약속을 한 쓰다에게 진정한 빈민을 보여주겠다며 그 마음에 대한 수술을 시도하고 있다.

한편 오노부의 숙부인 오카모토는 피로 이어진 숙부는 아니었다. 오히려 오카모토와 결혼한 숙모 오스미お住가 직접적인 피붙이라고 할 수 있다. 하지만 오카모토는 육친 이상으로 오노부의 재기발랄한 성격을 사랑해주었다. 오카모토는 사업가였지만 당뇨병 때문에 지금은 제일선에서 물러나 유유자적한 생활을 보내고 있다. 딸인 쓰기

코는 오노부와 자매처럼 지내고 있었다. 오노부가 쓰다와 결혼하고 싶다는 의사를 밝혔을 때 오카모토는 굳이 반대하지 않았지만, 그렇다고 쓰다라는 인물을 좋아하지도 않았다. 오노부는 그런 사실을 숙모를 통해 전해 들었다. 후지이 숙모가 오노부를 좋아하지 않았던 것과 마찬가지로, 오카모토도 쓰다 같은 재능을 가진 사람을 좋아하지 않았다. 하지만 재기발랄한 오노부의 행복을 빌며 곁에서 지켜봐주고 있었다. 오노부의 혼담은 실질적으로는 오카모토가 부모를 대신해 오랜 친구인 요시카와吉川와 상의해 이뤄진 모양이다. 오카모토와 요시카와는 함께 영국 유학을 한 경험이 있다. 쓰기코의 맞선 상대도 유학을 마치고 돌아온 사람이었다.

입원 중인 쓰다와 오노부

쓰다가 입원해서 수술을 받았던 것은 일요일로, 오노부는 오카모토로부터 공연을 관람하러 오라는 초대를 받고 있던 상태였다. 수술이 길어져 구경을 못 가면 곤란하다며 오노부는 아침부터 옷을 다 차려입고 쓰다가 눈을 뜨기만 기다리고 있었다. 오노부는 병실에서 수술이 끝나면 공연을 보러 가도 되지 않느냐며 응석을 부리듯 말하고, 쓰다는 아내의 즐거움을 병실에서 빼앗는 것도 가엾다고 생각해서 그것을 허락했다. 하지만 공연 중 막간에 행해진 저녁 식사 자리는 쓰기코의 맞선 자리였고, 요시카와 부인이 리드하는 대화는 오노부를 무시하는 분위기로 흘러갔다. 그녀는 체면이 구겨졌다는 심정으로 집으로 돌아왔다.

그녀는 다음 날 처음으로 늦잠을 자고 방을 치운 후 공중전화가 있는 곳으로 가서 세 군데에 전화를 걸었다. 우선 고바야시의원에 전화를 걸어 남편의 용태를 묻고 나서, 오늘은 병문안을 가지 않겠노라고 전해달라고 부탁했다. 그다음에는 오카모토에게 지금부터 그곳으로 가겠다고 말했고, 마지막으로 쓰다의 여동생 오히데에게 쓰다의 상태에 대해 "간단히 보고하는 식"으로 고했다.

사이가 좋지 않은 오히데

오노부와 오히데는 한 살 차이로 오히데가 연상이다.

오노부는 이 시누이를 도무지 탐탁하지 않게 생각하고 있었다. 오히데는 빼어난 미모 덕분에 비교적 유복한 남편 호리堀에게 간택돼 시집을 가게 됐지만, 도락가인 호리는 고바야시의

『명암』 연재 시의 삽화에서 발췌. 나토리 슌센名取春仙 그림. 《도쿄아사히신문》, 1916년 9월 2일

원에서 성병을 치료한 적도 있었다. 그는 낙천적인 인간이었다. 스스로 "자유롭게 놀러 다니는 대신, 아내에게도 언짢은 기색을 보이지 않았는데, 그렇다고 무턱대고 자상하게만 대하지도 않는" 사내였다. 호리의 집에는 어머니와 남동생, 여동생이 함께 살고 있었을 뿐 아니라 '귀찮은 친척'까지 동거하고 있어서 오히데의 마음고생은 끝이 없었다. 그녀는 남편보다도 자신이 낳은 아이에게만 관심이 있었다. 그녀가 불만을 털어놓는 상대는 교토에 있는 양친들뿐이었다.

오히데는 후지이 숙부의 영향으로 이치만 따지고 드는 여성으로 성장했지만, 오빠인 쓰다와의 충돌은 피하고 있

었다. "뭔가 말을 하는 오빠보다도 아무 말도 하지 않는 오노부"에게 그녀는 내심 비난의 시선을 던지고 있었다. 오빠가 아버지한테서 돈을 받는 것도 오노부가 사치스럽기 때문이라고 굳게 믿고 있었다. 오노부가 쓰다에게 받은 보석 반지를 자랑스럽게 보여주었기 때문이다. 마치 고자질이라도 하는 것처럼 아버지에게 오빠 부부의 생활에 대해 미주알고주알 보고했던 것도 '정의감' 이면에 시누이다운 불쾌감이 깔려 있었기 때문일 것이다. 오노부의 반지를 발견한 것은 오히데였지만, 호리가 보증인이 됐기 때문에 아버지가 쓰다에게 송금하고 있다는 사실을 몰랐던 오노부는 "자신이 얼마만큼이나 쓰다에게 사랑받고 있는지를 오히데에게 보여주려고" 하다가 공격을 당할 빌미를 제공해버렸던 것이다.

오노부의 결심과 문병객

전날 오카모토한테 수표를 받았던 오노부는 집을 비운 사이에 고바야시가 헌 외투를 받으러 왔다는 이야기를 듣고 의아하게 생각했다. 돌아오는 전차에서 뭔가 "어지러운 이미지를 관통하고 있는 어떤 것이 있음을 마음속에서 인정했지만" 그녀는 그 하나하나의 요소들을 모아 정확한 의미를 파악할 수 없었다. 그녀는 그날 밤 양친에게 편지를 쓰며 자신의 불안감이 무엇에 기인하는지 알고 싶어 했다. 하지만 그 "근본적인 정체는 도저히 알 수 없었다". 그녀는 오카모토의 집에서 쓰기코에게 "자신이 이 사람이라고 확신한 사람을 끝까지 사랑하는 거야. 그렇게 해서 그 사람이 반드시 나를 사랑하게 만들어야 해"라고 공언했던 것이다. 그녀는 양친에게 "행복하게 생활하고 있는 두 사람의 현황"에 대해 편지를 썼다.

상황은 점점 오노부에게 불리한 방향으로 나아가고 있다. 아침 일찍 눈을 떠서 쓰다에게 가려고 하고 있던 그녀는 고바야시가 헌 외투를 받으러 왔기 때문에 시간을 빼앗기고 말았다. 오노부는 하녀인 오토키ぉ時가 전화로 쓰다에게 확인을 하고 있는 사이에, 언뜻 듣기에 빈정거리는 말투로도 들리는 장황한 이야기나 쓰다의 과거에 대해 넌지시 암시하는 고바야시의 이야기를 듣게 돼 괴로워했다. 오토키는 전화가 연결되지 않아 의원까지 물으러 갔던 것이다. 고바야시는 "부끄러움을 부끄러움으로 생각하지 않

는 사내이므로 일단 내뱉은 말을 취소하는 것쯤은 아무것
도 아닙니다"라고 말하며 그때까지 늘어놓았던 이야기를
취소하고 돌아가버렸다. 오노부는 분한 마음에 왈칵 눈물
을 쏟은 후 쓰다의 서재를 뒤져보았지만 '과거'에 대해 알
수 있는 실마리는 아무것도 발견할 수 없었다.

여자들의 전쟁

쓰다의 병실에는 우선 근처에 사는 오히데가 병문안을
왔다. 쓰다의 변화는 오노부 때문이라고 굳건히 믿고 있
는 오히데는 격하게 쓰다를 비판했다. 뒤늦게 병실 가까
이에 당도한 오노부에게는 오빠에게 따지는 시누이의 목
소리가 들렸다. 오히데는 "올케 언니를 소중하게 생각하
고 있으면서 또 그 외에도 소중하게 생각하는 사람이 있
잖아요"라고 소리치고 있었다. 오노부가 등장하면서 일
단 봉합될 뻔했던 오빠와 여동생의 언쟁은 어찌어찌하다
사소한 일을 계기로 다시 재연돼버렸다. 격앙된 오히데는
제멋대로인 쓰다 부부에게 자신의 '친절함'이 갖는 의의를
가르쳐주고는 남편의 돈이 아니라 자기 돈이라는 점을 명

확히 한 후 종이 꾸러미를 놓고 가버렸다.

부부끼리 있을 때는 상대방의 마음을 저울질해보거나 태연히 상대방에게 거짓을 보였던 두 사람이 오히데라는 공통의 적을 앞에 두고 오랜만에 하나가 돼 싸웠다. 오노부는 오카모토한테 받은 수표를 쓰다에게 건네며 "남편에게 절대로 필요한 건 제가 반드시 마련할 거예요"라고 의기양양하게 내뱉었다.

그들 부부는 이런 친족들이나 친구들 가운데 자신들만이 타인들에게 얽매이지 않고 자기들이 내키는 대로 살아가려고 하고 있었다. 그들은 매우 계산적이었고, 오히데의 표현에 의하면 자신들에게 득이 되는 일만 하려고 했다. 오노부는 쓰다를 사랑하고 있을지도 모르지만, 거기에는 자신의 선택이 잘못된 것이었다고 비웃음거리가 되지 않길 바라는, 자신의 체면과 관련된 요소가 내재해 있었다. 그녀는 오히데와의 언쟁을 그대로 방치하는 것은 좋지 않다고 생각해서 그다음 날 쓰다가 입원한 병원에서 가까운 곳에 있는 호리의 집으로 오히데를 찾아간다. 오히데는 전날의 싸움 후 오히데가 후지이 숙부에게 호소하러 갈 것으로 예상했으나 그녀는 오히려 일단 요시카와 부인을 찾아갔다. 그러나 오노부는 그런 사실을 알지 못한다. 쓰다는 문병을 겸해 돈을 뜯어내러 찾아온 고바야시로부터 이 사실을 전해 듣고 경악을 금치 못한다. 요시카와 부인이 당장이라도 와서 오노부와 마주칠 것을 두려워했기 때문이다.

쓰다는 인력거꾼에게 오늘은 오지 않아도 된다는 편지를 자택에 있는 오노부에게 전달해달라고 부탁한다. 하지만 오노부는 이미 집을 나선 상태였다. 공중목욕탕에 가 있는 동안 오히데가 왔다는 이야기를 하녀한테서 들은 오노부는 고바야시의원으로 가는 길에 있는 호리의 집에 잠깐 들르겠다고 생각을 바꾸었다. 그것은 아버지와 가까운 사이인 오히데와 관계를 끝장내버릴 수 없다는 쓰다의 바람이기도 했다. 하지만 오노부는 양가의 관계보다 오히데를 통해 쓰다가 숨기고 있는 듯한 과거의 여성 관계를 알고 싶었던 것이다. 그 때문에 부부의 '사랑'을 화제로 삼은 오노부는 상대가 너무나 관념적이며, 서적이나 잡지 따위에서 얻은 연애에 대한 일반적 지식밖에 없다는 것을 지나치게 가볍게 봤다.

예를 들어 이와노 기요코岩野淸子(이와노 호메이岩野泡鳴와 결

혼 시절)의 「연애와 개인주의戀愛と個人主義」(《신초新潮》1915년 12월)에는 "연애란 남녀의 평화로운 합병이 아니라 서로 타자를 정복하려고 하는 투쟁", 요컨대 "동화

『명암』 연재 시 삽화에서 발췌. 나토리 슌센名取春仙 그림. 《도쿄아사히신문》, 1916년 10월 30일

시키려는 다툼"이라는 설이 있다. 여기서 한 걸음 더 나아가 오노부가 자신은 온몸을 던져 사랑하고 사랑받고 싶은 거라고 말했을 때 형세는 역전돼 두 사람의 위치는 뒤바뀌었다. 이론적이기만 했던 오히데는 오히려 현실적인 인물이라도 된 것처럼 그런 남편이 세상에 있을 리 없다고 말한다. 그리고는 "실제 예를 보여주시는 것뿐이네요. 그쪽이 더 좋네요"라고 냉담하게 말한다. 오히데로부터 멸시를 받고 굴욕감을 품은 채 오노부는 호리의 집을 나왔다.

원고를 수정한 후반부

여자들끼리의 스릴 넘치는 투쟁에 대해 언급한 까닭은

바로 이 장의 후반부 원고 내용에 수정이 이뤄졌기 때문이다. 소세키는 원고를 보낸 다음 날, 아사히신문사로부터 다시 돌려받아 내용을 고쳤다. 애당초 원고에는 "그녀(오노부)는 병원에도 들르지 않고 곧장 집으로 돌아왔다. 그리고 집에 와서 그녀를 기다리는 쓰다의 편지를 비로소 읽어내려갔다"라고 돼 있었다. 초고에 따르면 "오지 말라"는 편지를 집에 오자마자 봤다면 그녀가 곧장 쓰다에게로 가서(호리의 집과 병원과는 10분 이내), 필연적으로 그에게 다그쳐 물었을 것이다. 실제로 『명암』제144장'에서 오노부는 그대로 행동하고 있다. 만약 그렇다면 그녀가 요시카와 부인과 만나지 않을 수 없기 때문에 그 후의 전개, 쓰다에 대한 부인의 설교나 휴양을 겸한 여행에 대한 권유, 그사이에 오노부를 '교육'시킬 것 등의 긴 이야기도 불가능해진다. 소세키는 그렇게 생각을 다시 해본 후 원고를 고쳤을 것이다.

『명암』제131장을 채운 최종 원고는 오노부와 오히데가 "다투고 있는 사이에 병원에서는 병원대로 또 다른 한편의 예정된 사건이 진행되고 있었다"로 시작된다. '예정'이란 오노부가 요시카와 부인이 분명 문병하러 올 거라고 단언하고, 쓰다도 그것을 기대하고 있었기 때문이다. 오노부는 병원 근처까지 와서 오히데와 요시카와 부인이 자신에 대해 뭔가 획책하려고 하는 듯한 낌새를 눈치챘다. 그리고는 오히데한테 전화를 받고 부랴부랴 병원을 찾아온 요시카와 부인인 듯한 여성을 우연히 전차 안에서 발견했다. 불안해진 그녀는 태세를 가다듬고 일단 집으로 돌아와 쓰다의 편지를 읽고 자신의 의심을 떨쳐버리기 위해 쓰다에게로 향하게 된다. 그 결과 쓰다는 오노부에게 추궁을 당해 결국 요시카와 부인이 왔었다는 사실이나 퇴원 후 부인이 내주는 비용으로 온천에 가라는 권유를 받았다는 사실을 실토하게 되는 것이다. 물론 그 온천에 기요코가 있다는 사실에 대해서는 마지막까지 함구했다.

그날 오전 쓰다는 병실 창문에서 맞은편 세탁소 쪽을 바라보았다. "한 줄기 가느다란 버드나무 가지가 하얀 빨랫감과 하나가 돼 가볍게 흔들리고 있었다. 그것을 스쳐 지나가듯 걸쳐진 세 줄기 전선도 다른 곳과 가락을 맞추듯 흔들거리고 있었다". 언뜻 보기에 그저 평범한 풍경 같지만 이날 이후의 전개와 더불어 생각해보면 그것은 버드나무 가지인 오노부와 빨랫감인 쓰다를 암시하는 것일지도 모른다는 생각이 든다. 아울러 전선은 그들을 비판하는 고바야시와 오히데, 요시카와 부인을 암시하는 것일지도 모른다. 『명암』은 그런 독자들의 자유로운 상상을 허락해 줄 정도로 아량 있는 소설이다.

지명이 제거된 작중 공간

쓰다는 고바야시에게 조달해주기로 약속한 돈을 건네기 위해 "도쿄에서 가장 번화한 큰길"로 나서야 했다. 그는 '승자의 특권'을 유지하기 위해 늦게 갔다. 그런데 마냥 기다리다 지쳐 있을 거라고 생각했던 고바야시는 도로를 사이에 둔 모퉁이 건너편 쪽에서 한 청년과 이야기를 나누며 서 있었다. 그곳은 강한 햇살이 닿지 않는 그늘진 공간이었다. 그곳에 '자전거'가 다가와 자전거 불빛이 두 사람의 몸을 비추었다. 어두운(暗) 부분이 빛을 받아 밝게(明) 바뀌는 순간이었다. 낯선 청년은 이윽고 레스토랑에서 고바야시로부터 소개를 받게 된다. 그 자리에 어울리지 않는 남루한 차림의 가난한 화가였다. 쓰다는 거기서 한 청년이 고바야시에게 보냈다는 편지의 내용을 접하고 "밑바닥이라는 감옥 안"에서 고통을 받으며 '햇살'이 비치지 않는 곳에 있는 처지에 대해 알게 된다. 레스토랑의 밝은 광경은 반대로 쓰다의 마음에 어두운 그림자를 드리운다.

또 한 가지 주목해두고 싶은 점은 "도쿄에서 가장 번화한 큰길"라는 표현이다. 긴자라고 말하면 될 것을 어째서 이렇게 까다로운 표현을 쓴 걸까. 이제부터 쓰다가 기요코를 만나러 갈 온천도 "하루 걸려 도쿄에서 갈 수 있는 제법 유명한 그 온천장"이라고만 돼 있다. '소형 철도' 노선으로 갈아타며 그 노선의 "기점에 해당되는 역" 등 해당 여정에 대해서는 지나칠 정도로 꼼꼼하게 묘사하면서 정작 역의 이름 그 자체는 밝히지 않고 있다. 등장인물의 주소나 쓰다의 집을 비롯해 후지이, 오카모토, 요시카와의 주소도 밝히지 않았다. 딱 하나 기록된 것은 병원이 있는 '간다'라는 명칭이었으며, 그것에 부수적으로 "같은 구 안에 있는 쓰다의 여동생의 집"이라는 간접적인 기술을 통해 오히데의 거주지도 '간다'에 있다고 가까스로 추측될 뿐이다. 『춘분 지나고까지』는 게이타로가 실명으로 묘사된 다수의 지역을 돌아다니는 것이 특징이었다. 이에 반해 『명암』은 등장인물의 실재감이 보강되는 현실의 거리를 굳이 소거시켜가며 장황할 정도로 설명적인 표현을 썼다.

물론 모든 곳이 그렇다는 것은 아니다. 쓰다의 치질이 발병했던 아라카와荒川 제방길(벚꽃놀이 명소-역자 주)이나 오노부가 떠올리는 히비야日比谷나 가스미가세키霞が關의 광경이나 둘이서 쇼핑을 했던 긴자 등의 지역에 대해서는 지극히 명확하게 꼼꼼히 적어 내려가고 있다. 하지만 이러한 장소들은 부차적으로 부여된 정보에 불과했다. 쓰다의 치질이 어디서 발병했든, 오노부의 기억에 긴자가 남아 있든 아니든, 그것은 소설의 주된 전개와는 무관하다. 쓰다가 살갑게 후지이 숙모를 초대한 제국극장帝國劇場은 실명으로 나오지만 쓰기코의 맞선 장소는 그냥 '극장'이라고만 기록돼 있을 뿐이다. 후지이의 딸들이 시집간 곳도 마찬가지다.

말하자면 이 소설의 공간은 동그란 원의 가장자리 바깥이 실명으로 채워지고 있는 데 반해, 그 내부는 공백인 채 모호하게 처리돼 있다. 간다(고바야시의원, 호리의 집)만이 명확히 표시돼 있을 뿐이다. 쓰다가 수술한 병원이 소세키가 입원했던 오가와마치의 의원을 차용했다면 쓰다, 후지이, 오카모토, 호리, 요시카와의 집은 에도성 성벽 바깥쪽을 둘러 파서 만든 인공 호수인 소토보리外堀의 "끝을 쭉 따라 달리는" 전철(소토보리선外堀線)과 그것에 연결되는 "강을 따라 달리는 전차"를 축으로 배치되게 된다. 각각의 집들은 서로 간의 방향, 거리에 의해 각각의 관계를 가지고 있다. 고바야시의 하숙집은 이 축과 직각으로 교차되는 방향에 위치하는 듯하다. 그것은 "세계가 없다"고 자칭하는 그에게 어울린다. "요시카와의 사저"는 쓰다의 자택과 "반대 방향"에 있으며 그것은 그와 결혼한 오노부와의 관계를 나타내는 듯하다. 후지이와 오카모토의 집들이 "강을 따라 달리는 전차"로 갈 수 있는 같은 방향에 있다는 설명도, 그것이 실제로는 고이시카와구 고히나타다이치小日向台地 방면에 있는 듯하다는 사실로부터, 양가가 요시카와 부인의 집과는 정반대 쪽에 있다는 것을 알 수 있다. 생활상의 차이는 있더라도 "음양 화합 즉 음양 불화陰陽和合即陰陽不和(『명암』 본문의 내용에 따른다면, '음양 화합의 결실을 올리는 것은 이윽고 도래할 음양 불화라는 이치를 깨닫기 위함에 지나지 않는다'는 내용을 가리키는 것일까?-역자 주)"가 일치한다는 점에서 드러나듯, 두 명의 숙부가 각각의 조카와 조카딸의 연애결혼을 걱정스럽게 여기며 지켜보고 있다는 사실과 연결된다.

소세키가 직접 쓴 『명암』원고. 소세키가 절필한 제188회 최종 페이지. 일본
근대문학관 소장

'간다'의 위치

 이런 사실들과는 반대로 간다에 있는 호리의 집은 그 위
치가 약간 복잡하다. 오빠와 여동생은 성격적으로 맞지
않는다고는 해도 오히데가 가까운 후지이의 집으로 가기
위해서는 쓰다의 집을 지나쳐 가야 하기 때문이다. 쓰다
부부와 오히데와의 표리 상반된 관계는 여기에 상징적으
로 드러나고 있다. '간다'에는 쓰다가 입원한 의원이 있었
으며, 오히데가 쓰다 부부의 사치스러움을 아버지에게 발
신했던 장소, 요컨대 이야기의 원동력이 되는 장소가 간다
였다. 긴자가 "도쿄에서 가장 번화한 큰길"이라고 형용되
고 있는 것도 실제로 긴자 그 자체라기보다는 쓰다의 서
열적 감각을 보여주는 대목이다. 후지이에게서 돌아오는
길에 고바야시와 마셨던 "매우 음침한 곳"이 아니라는 것
을 강조하려는 쓰다의 마음을 나타내기 위함일 뿐, 긴자의
개성적인 성격은 아니다. 그가 고바야시를 기다리게 하며
'시각의 만족'을 음미했던 것은 화려한 쇼윈도가 "그저 도
회적이기 때문에 아름답다는 정도에 지나지 않았다".

온천행

쓰다는 함께 가고 싶어 하는 오노부를 설득해 결국 혼자 온천장에 가서 기요코를 만났다. 하지만 이야기는 두 사람이 정식으로 대면하는 장면에서 중단돼버리기 때문에, 그 결말이 어떤지는 결국 알 수 없다. 소세키의 편지에 의하면 『명암』은 이제 곧 끝난다는 편지도 있고, 조금 더 시간이 걸릴 거라는 반대의 기술도 보이기 때문에 그 어느 쪽이든 가능성이 있을 것 같다.

숙소에 도착해 목욕을 마치고 나온 쓰다는 복잡한 건물 내부 구조 때문에 길을 잃고 헤맨다. 그러다 문득 계단 위 마루방에서 탕 안으로 들어가려고 방을 나서던 기요코와 우연히 마주쳐버렸다. 깜짝 놀란 기요코는 그 자리에서 그대로 굳어버렸다. 하지만 다음 날 정식으로 방을 방문했을 때 그녀는 태연하게 쓰다와 만나 "어젯밤에는 그랬고, 오늘 아침에는 이런 거예요"라며 여기서 만난 것은 우연이라고 둘러대는 쓰다에게 "이유만 들으면 뭐든지 당연한 것이 되지요"라고 답한다. 그녀는 너무나 자연스러워, 쓰다는 자신과 헤어진 이유를 미처 물어볼 겨를도 없이 일단 자기 방으로 돌아온다…. 기요코의 태도는 "자연

스럽다". 쓰다처럼 기교에 능한 성격이 아니었으며 오노부처럼 자신의 의지를 끝까지 관철하려는 여성도 아니었다. 쓰다에게 "당신은 그런 걸 하시는 분이거든요"라며 어젯밤의 만남에 대해 언급하는 그녀의 말은 쓰다가 그토록 듣길 원하는 '헤어진 이유' 중 하나였을지도 모른다. 오노부는 앞으로 어떻게 될까. 소세키는 목요회에서 『명암』은 "여기저기에 묻어둔 감자를 하나씩 하나씩 파내면서 나아갈 것"이라고 말했다고 한다(마쓰오카 유즈루松岡讓 「『명암』무렵 『明暗』の頃). 부부가 결국 어디로 갈지, 기요코는 어찌 될지, '감자'는 이제 막 그 얼굴을 내밀려고 하다가 땅속에 영원히 남겨지게 됐다.

제15장
만년의 소세키와 그 주변

아카타가와 류노스케芥川龍之介, 구메 마사오久米正雄 입문

목요회 멤버도 차츰 바뀌어 스즈키 미에키치, 마쓰네 도요조 등을 대신해 아쿠타가와 류노스케, 구메 마사오 외에도 와쓰즈 데쓰로和辻哲郎, 아카기 고헤이赤木桁平 등이 출입하게 됐다. 고참 멤버들과 달리 그들은 전혀 주저하지 않고 소세키와 자유롭게 토론했으며, 소세키 역시 그것을 기뻐하는 듯했다. 그들로 하여금 말하고 싶은 만큼 실컷 말하게 한 후, 결국 최종적으로는 소세키가 이겼다. 주지하는 바와 같이 소세키는 아쿠타가와 류노스케나 구메 마사오 앞으로 편지를 썼다고 한다. 오전 중에 『명암』을 집필하고 나면 "무척이나 세속적이 된 심정"이 들어 오후에는 한시를 짓는다는 것이다. 거기에 인용된 것도 유명한 구절이다(『소세키전집』한시 141).

신선의 경지를 향하지 않고
인간 세계에 살아도 탈속의 심정은 차고 넘쳐
명암을 다루는 장편소설
돌 도장을 어루만지고 있는 사이에 자연스레 완성돼간다
仙を尋ぬるも 未だ碧山に向かって行かず

住みて人間に在りて 道情足る

明暗雙雙 三萬字

石印を撫摩して 自由に成る

『소세키전집』의 역주에 의하면, 선계仙界를 찾고자 하는
흥미는 있지만 아직 깊디깊은 산속으로는 향하고 있지 않
다. 이런 속세에 있어도 탈속의 심정(도심道心)은 충분하다.
명明과 암暗은 겉과 속처럼 한 쌍을 이루고 있다. 그런 명
암이 자아내는 장편소설을 쓰고 있다. 가까이에 있는 돌
도장을 어루만지고 있는 사이에 원고는 자연스럽게 완성
돼간다.

집필 중의 자유로운 경지가 드러나 있지만, 기실은『명
암』의 경우 쓰다가 버린 원고가 매우 많고 교정이나 첨삭
한 부분도 다수 존재한다. 역주가 말하는 것처럼『벽암록
碧巖錄』제51칙 송頌에 "명암쌍쌍 어떤 시절일까"라고 돼
있다. "어둠이 한 쌍을 이룬다는 것은 어떤 시절을 말하는
것일까"라고 설명된다.『명암』은 실로 의도한 그대로 창작
이 진행된 작품이었다.

소세키는 아쿠타가와 류노스케의 작품『코鼻』를 격찬해

아쿠타가와 류노스케(오른쪽에서 두 번째)와 구메 마사오(왼쪽 끝). 1916년. 사진 제공 : 일본근대문학관

주었다. 동료들의 낮은 평가로 풀이 죽어 있던 그를 격려했던 것이다. 아쿠타가와 류노스케의 회상을 수록한 담화집 「나쓰메 선생님夏目先生」에는 "선생님은 사소한 것에 대해서도 자주 화를 냈다"고 돼 있는데, 『문예적인, 너무나문예적인文藝的な、余りに文藝的な』에 보이는 「나쓰메 선생님夏目先生」에는 "기분이 썩 좋지 않을 때는 여러 선배는 잠시질문을 삼갔고 후배인 우리는 난감해했다"라고 돼 있다.

이 시기의 소세키는 곱돌을 갈면서 집필하는 버릇이 있었다. 중국에 간 스가나 그림을 같이 그렸던 단짝으로 외교관인 하시구치 미쓰구는 실로 근사한 곱돌을 보내주곤 했다.

여러모로 바쁜 그가 계속해서 아쿠타가와나 구메에게 두 번 세 번 편지를 보냈다는 것은 이만저만한 호의를 가진 게 아님을 보여준다. 두 번째 보낸 편지에는 초조해하면 안 되며, 소처럼 '초연'하게 밀고 나가야 한다고 돼 있다. '인간'을 미는 것이지 '작가'를 미는 건 아니라는 설명도 덧붙이고 있다. 세 번째 편지에서는 두 사람의 작품을 평하면서 아쿠타가와에게는 「마죽芋粥」에 대한 비평을 다시 한번 써서 보냈다. 그는 자연주의 작품에 불만을 가진 새로운 세대로서 그들에게 기대를 걸고 있었다. 그들과 제일고등학교 시절 동료였던 기쿠치 간菊池寬은 교토京都대학으로 옮겼지만 훗날 아쿠타가와를 따라 소세키 산장에 갔다. 그는 「선생님과 우리들先生と我等」에서 그날의 추억에 대해 적고 있다. 그는 거의 입을 열지 않았고, 아쿠타가와나 소세키가 하는 이야기를 듣고만 있었지만, 제자들에 대한 소세키의 '온정'은 절실히 느껴져 "세상에서 좀처럼 얻기 어려운 경험을 한 것만 같은 기분이 들어서 2, 3일 내내 행복했다"고 돼 있다.

두 명의 선승

소세키를 만나러 온 사람들 중에서 이채로운 사람은 두 명의 선승인 도미자와 게도와 기무라 겐조였다. 연하의 기무라가 책을 좋아해서 『나는 고양이로소이다』를 사 와 재미있으니 읽어보라고 권유했다. 고베의 쇼후쿠사祥福 寺에서 함께 불도를 연마하던 그들은 『나는 고양이로소이 다』의 재미나 속세를 벗어난 듯한 대화에 푹 빠져 소세키 에게 편지를 보냈다. 1914년 4월의 일이다. 고지식한 소 세키는 곧바로 답장을 썼다. 교코에 의하면 소세키는 그 들이 보낸 편지를 한꺼번에 따로 보관하고 있었다고 하는 데 현재는 그 소재가 불분명하다. 소세키는 일단 일반적 인 독자들에게 보낼 법한 감사 인사를 하고, 동시에 "여러 분들의 불도 수행"에 지장이 없을 정도에서 "삼가주셔요" 라고 상대방의 입장을 배려했지만, "저는 때때로 당신이 주시는 편지를 읽고 싶습니다"라고 희망사항을 밝혔다. 그들은 나쓰메의 자택 주소를 몰랐기 때문에 아사히신문 사 편으로 보냈던 것이다. 추신에서 소세키는 편지가 중 량 초과임을 알렸다. 너무나도 소세키다운 행동이다. 그 에 대한 불만이 아니라 앞으로의 교제를 위해 친절하게 주의를 준 것이다.

기무라 겐조는 위장이 나빠져서 이즈모出雲에 있는 절에서 요양을 하고 있었던 모양인데 1915년 1월에는 고베로 돌아왔다. 도미자와도 한때 위장이 좋지 않아 오카야마岡山 부근의 절로 옮겼고 거기서 편지를 보냈다. 그는 "묘지에는 한아름 있는 동백꽃이로다墓場には一抱ある椿かな" 등의 하이쿠를 보내온 듯하다. 소세키는 동백꽃 하이쿠를 재미있다고 칭찬했다.

1915년 4월, 편지 왕래 개시로부터 1년 후에 온 기무라의 편지에는 선종의 수행 생활을 설명하는 내용이 담겨 있었던 것으로 추정된다. 소세키는 교토 여행 중이어서 본의 아니게 답장이 늦어진 점을 사과하며 선승의 생활을 즐겁게 읽었다고 언급한 후 "저는 선종의 학자는 아닙니다만 법어류法語類는 다소 읽었습니다. 하지만 불문에 들어가는 것은 불가능합니다. 그저 범부에 불과하기 때문에 송구스럽습니다"라고 적었다.

무슨 연유인지 비슷한 시기에 도미자와도 병에 걸려 고베로 돌아온 듯하다. 수일 후 도미자와에게서도 편지가 도착했다. 두 사람은 주지스님의 생각으로 '수행'을 위해 쇼후쿠사와 연관된 절들로 각각 보내졌던 것 같다는 느낌이 든다. 소세키는 쇼후쿠사를 연 것은 누구였으며 임제종의 어느 파에 속하는지, 주지스님의 이름은 무엇인지 묻고 있다. 자신은 선승과 그다지 교제는 없지만 선승을 좋아한다고 솔직하게 적었다.

두 사람이 나고야에서 수행하는 모임에 가게 돼 그것을 마친 후 상경하고 싶은데 묵게 해주겠는지 편지를 보내왔다. 그에 대한 답장을 적어 보낸 것이 9월 25일의 일이다. 그는 교코에게 양해를 얻은 후 흔쾌히 승낙해주었다. 그리고는 도쿄역에서 자택까지 오는 길을 가르쳐주었다. 소설 집필 중으로 시간은 없지만 비용을 드리는 정도는 가능하다고도 적었다. 상경 날짜가 다가온 10월 18일, 기무라에게 보낸 편지에는 도쿄역에서 자택까지의 길에 대해 상세히 설명하고 있다.

도미자와의 「빡빡머리 동그란 그림자 두 개風呂吹きや頭の丸き影二つ」(『소세키전집』 별권別卷 수록)에 의하면 두 사람은 별채의 아이들 공부방에서 묵었으며, 매일 5엔의 돈을 받아 도쿄를 구경하고 식사 자리에도 함께했다. 교코가 제국극장에 데려다준 적도 있다고 한다. 닛코日光에 가보고

싶다고 말했더니 즉시 비용을 내주기도 했다. 이 글의 제목인 "빡빡머리 동그란 그림자 두 개"라는 하이쿠는 스님들이 목욕물을 데우기 위해 대나무 통을 불어 불을 지피는 모습을 읊은 하이쿠인 듯하다. 두 사람은 나쓰메의 자택에서 일주일 동안 기거하다 돌아갔다. 돌아간 후 1개월 정도 지나 '납팔접심'(12월에 일주일간 자지도 쉬지도 않고 참선을 계속하며 마음을 집중하는 행사)이 있어서 그것이 끝난 것이 12월 8일이었다. 그제야 고베의 거리로 나와 문득 발견한 신문을 통해 소세키가 위독하다는 기사를 발견했다. 도미자와는 눈물을 뚝뚝 흘리며 거리를 걸었다. 소세키는 그다음 날 타계했다.

이 글은 1965년에 도미자와가 말한 부분을 글로 기록한 것이다. 그는 1928년 간행된 전집 월보에도 「소세키 씨의 선」이란 글을 발표하고 있다. 그에 의하면 이 글은 소세키가 엔카쿠사의 샤쿠소엔 스님 아래서 참선을 한 일을 쓴 것이다. 참선을 통해 소세키가 결국 깨달음을 얻었는지 그 여부는 알지 못하지만 설령 알지 못해도 상관없다는 것이다. 깨달음이란 본인 자신의 것이기 때문에 타인이 그에 대해 꼬치꼬치 알아내려고 할 성질의 것이 아니라고도 말한다. 그런 의미에서 소세키는 "깨달음에 이른 사람"도 아니며 "깨우치지 못한 사람"도 아니다. "그저 범부에 불과하기 때문에 송구스럽습니다"라고 말하면서 "빈손으로 붓을 잡고 빈손으로 현이 없는 거문고를 뜯으며 묘기妙機·묘용妙用하게 거닐면서 명암쌍쌍明暗雙雙의 경지에 안주"하고 있었다고 그는 판단하고 있다. 그는 1929년 이후 소세키와 인연이 깊은 가마쿠라 엔카쿠사 기겐원의 주지가 됐다.

임종

소세키는『명암』집필 중 상당히 건강했다. 도쿄대의 마나베 가이치로眞鍋嘉一郞에게 연일 소변을 보내 당뇨병 검사를 받으면서 혈당치도 점점 내려갔고, 8월에는 와쓰지 데쓰로에게 "이번 여름은 견디기 수월해 매일 소설을 쓰는 것도 고통스럽지 않을 정도"라고 편지를 보내기도 있다. 10월 하순에는 밤 시간에 선승 도미자와와 기무라를 상대했고, 11월 16일엔 목요회에도 참석했다. 11월 21일 오전 중『명암』188회를 집필했고, 밤에는 쓰키지세이요

켄築地精養軒에서 열린 다쓰노 유타카辰野隆의 결혼식에 부부가 같이 참석했다. 신부는 여러모로 신세를 져왔던 야마다 사부로山田三良의 부인의 여동생이었기 때문에 양해를 구했지만 끝까지 차마 거절하지는 못해 결국 참석하기로 했다. 이 이후는 교코의 『소세키의 추억漱石の思ひ出』에 의존할 수밖에 없는데, 이 피로연은 무슨 연유인지 참석자들이 남녀로 구별된 자리에 앉아 교코도 멀리서 소세키를 지켜보고 있었다고 한다. 교코가 신경을 쓰며 살짝 살펴보자, 소세키는 앞에 놓인 땅콩을 계속 먹고 있었다는 것이다. 땅콩은 소세키가 좋아했던 음식이었다.

그날은 무사히 귀가했지만 다음 날인 22일에 위궤양이 재발했다. 당초엔 근처 의사의 진찰을 받거나 깜짝 놀란 야마다 사부로 부인이 소개해준 의학사 등이 봐주었는데, 소세키의 희망에 따라 이전에 만나 약속했던 도쿄대 마나베 가이치로가 주치의가 돼주기로 했다. 마나베는 마쓰야마중학교 시절의 제자다. 대학 수업을 휴강하고 치료에 전념했던 것 같다. 조금 차도가 있는가 싶던 27일에는 계속 먹을 것을 요구하게 됐고, 밤 12시 무렵에 끙끙거리며 "머리가 어떻게 된 것 같아, 물을 뿌려줘"라는 묘한 말을 하더니 강한 신음 소리를 내며 눈이 하얗게 되더니 실신해버렸다. 복부가 크게 팽창되면서 뇌출혈을 일으켰다. 이렇게 된 마당에 세상에 감출 일이 아니어서 용태에 관해 발표하기로 했는데, 스즈키 미에키치, 모리타, 노가미, 고미야 등이 교대로 불침번을 서고 간호사도 이전에 슈젠지에서 도움을 주었던 노련한 간호사를 불러들였다. 하지만 12월 2일 변기에 걸터앉아 배에 힘을 주자마자 두 번째의 엄청난 출혈이 보이더니 그대로 의식불명 상태가 됐다. 때때로 의식을 회복했지만 6일에는 얼굴에 죽을 조짐을 보이기 시작했다.

자녀들이 어디에서 듣고 왔는지, 죽을 것 같은 사람의 사진을 찍으면 낫는다고 우겨댔기 때문에 아사히신문사의 사진반에 부탁해서 옆방에서 사진을 찍어달라고 했다. 생존 당시 마지막으로 찍은 사진이었다. 8일 밤에는 주치의인 마나베도 소세키의 병세가 절망적이라고 말했다. 9일이 돼 나카무라 제코가 꼭 만나게 해달라고 해서 마지막 대면을 했다. "나카무라 누구?"라고 말해서 제코 씨라고 가르쳐주자 "아, 좋아, 좋지"라고 중얼거렸다. 임종 한 시간 정도 전에 온 다카하마 교시가 "나쓰메 씨"라고 말을

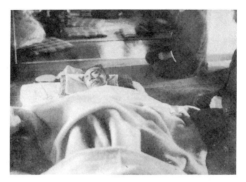

임종을 맞이하고 있는 소세키. 1916년 12월 9일. 《도쿄아사히신문》 사진반 촬영

걸자 "네"라고 대답하고, "저 다카하시인데요"라고 이름을 대자 "고맙습니다"라고 말한 것이 생전에 입에 담은 마지막 말이었다. 오후 6시 45분, 소세키는 타계했다. 스스로 고독하다고 여기고 지냈던 그가 아내와 자식들, 친구들, 문하의 제자들 등 수많은 사람들이 지켜보는 가운데 먼 길을 떠났다. 고집이 셌지만 끝까지 진실함을 버리지 않았던 그의 마음을 주위 사람들도 이해하고 있었기 때문이었을 것이다.

그의 시신은 교코의 의뢰로 다음 날 도쿄대학교병원에서 해부됐다. 집도자는 나가요 마타오長與又郎다. 장례식은 12일, 그가 싫어하는 정토진종을 피해 아오야마장례식장青山葬儀所에서 행해졌다. 장례식 주관 승려는 그와 인연이 깊은 엔카쿠사 관장 샤쿠소엔이 맡았다. 그가 마지막에 큰 목소리로 "할喝!"을 외쳤을 때 자리를 가득 메운 사람들이 일제히 숙연해졌다. 계명은 '분켄인코도소세키거사文献院古道漱石居士'였다. 그의 묘는 조시가야雜司ヶ谷 공동묘지에 있다.

'생사를 해탈하는 것'은 그의 오랜 바람이었다. "죽음이 나의 승리다… 죽음은 내게는 가장 경사스러운, 삶의 한가운데서 일어난 모든 행복한 사건보다 경사스럽다". 1914년 가을 무렵부터 그는 제자들에게 그렇게 말했다고 한다 (마쓰우라 가이치松浦嘉一「목요회의 추억木曜会の思い出」). 생은 고통에 가득 차 있지만, 사후의 세계에는 그것이 없기 때문이다. 죽음은 만인에게 찾아오는 것이며, 그것을 회피할 수는 없다. 하지만 그 관문을 넘으면 육체는 소멸해도 그 의지는 남아 있으며, 만인에게 다다를 수 있다. 그것이 소세키가 도달했던 마지막 결론이었다.

임종 직전 딸들이 눈물을 흘렸을 때 아버지 소세키는 다정하게 "이젠 울어도 된다"고 말했다고 한다. 그는 종종 아이들에게도 호통을 치며 울지 말라고 화를 내던 인물이었다. 후데코는 아버지의 불합리한 역정 때문에 울음을 터뜨렸고, 그것 때문에 또다시 울지 말라고 야단맞곤 했다. 죽음의 시간을 맞이해 그는 본래부터 가지고 있던 성품으로 돌아가 다정한 본성을 드러낼 수 있었던 것이다.

소세키 개략 연보

일본 연호	서력 연도	연령	주요 사건
게이오 慶應 3년	1867년	1세	음력 1월 5일 나쓰메 나오카쓰夏目直克·지에千枝 부부의 5남으로 에도江戸의 우시고메바바시타요코牛込馬場下横마치(현재의 신주쿠新宿구 기쿠이喜久井초)에서 태어남. 본명은 긴노스케金之助
게이오 慶應 4년 (메이지 원년)	1868년	2세	시오바라 쇼노스케塩原昌之助·야스やす 부부의 양자가 됨
메이지 7년	1874년	8세	도다戸田소학교에 입학
메이지 8년	1875년	9세	시오바라 부부가 이혼함
메이지 9년	1876년	10세	시오바라라는 성 그대로 본가인 나쓰메 집안으로 되돌려짐. 이치가야市谷소학교로 전학 감
메이지 11년	1878년	12세	이치가야소학교 졸업, 긴카錦華소학교로 입학·졸업
메이지 12년	1879년	13세	도쿄 부립府立 제1중학교에 입학
메이지 14년	1881년	15세	생모 지에가 세상을 떠남. 도쿄 부립 제1중학교를 중퇴하고 니쇼二松학사로 전학(다음 해 퇴학)

메이지 16년	1883년	17세	대학교 예비과정 수험을 위해 간다스루가다이神田駿河台의 세리쓰成立학사 입학
메이지 17년	1884년	18세	대학교 예비과정에 입학. 나카무라 제코中村是公 등과 교우관계를 맺음
메이지 19년	1886년	20세	위장병을 앓아 학년말 시험을 치르지 못하고 낙제
메이지 20년	1887년	21세	큰형 다이스케大助와 둘째 형 나오노리直則 사망. 에노시마江の島로 소풍을 감
메이지 21년	1888년	22세	나쓰메로 호적을 회복. 제일고등중학교 본과에 입학해 영문학을 전공으로 하다
메이지 22년	1889년	23세	마사오카 시키正岡子規와 교우관계를 맺다. 시키의 『나나쿠사슈七草集』에 한시 9수를 수록하고 '소세키'라는 호를 처음으로 사용하다
메이지 23년	1890년	24세	제일고등중학교 졸업. 도쿄제국대학 문과대학 영문학과에 입학
메이지 24년	1891년	25세	셋째 형 나오타다直矩의 아내 도세登世가 세상을 떠나다
메이지 25년	1892년	26세	도쿄전문학교 강사가 되다. 다카하마 교시高浜虚子와 처음으로 만나다
메이지 26년	1893년	27세	도쿄제국대학 영문과를 졸업하고 대학원에 진학하다. 도쿄고등사범학교에서 온 영어수업 촉탁을 받아들이다
메이지 27년	1894년	28세	가마쿠라鎌倉 엔카쿠사圓覺寺에서 참선, 샤쿠소엔釋宗演으로부터 '부모미생이전본래면목父母未生以前本來面目'이란 화두를 받다
메이지 28년	1895년	29세	에히메 마쓰야마중학교의 영어교사로 부임

			'구다부쓰암愚陀佛庵'이라 이름 붙인 하숙에 요양 중인 마사오카 시키를 맞이해 동거. 시키를 비롯한 하이쿠 동료들과 하이쿠 모임에 참가. 나카네 교코中根鏡子와 약혼
메이지 29년	1896년	30세	구마모토 제5고등학교로 부임. 교코와 결혼
메이지 30년	1897년	31세	친구 요네야마 야스사부로米山保三郎 서거. 친아버지 나오카쓰直克 별세
메이지 31년	1898년	32세	교코가 자살을 기도함
메이지 32년	1899년	33세	맏딸 후데코筆子 태어남
메이지 33년	1900년	34세	문부성에서 영국 유학생으로 임명하다. 런던에서 크레이그Craig 박사의 개인지도를 받기 시작하다
메이지 34년	1901년	35세	둘째 딸 쓰네코恒子 출생. 같은 하숙집에 이케다 기쿠나에池田菊苗가 오다. 칼라일Carlyle이 살던 집을 방문하다
메이지 35년	1902년	36세	신경쇠약 증세가 진행되다. 같은 하숙집에 도이 반스이土井晩翠가 오다. 마사오카 시키 타계. 12월 5일 귀국길에 오르다
메이지 36년	1903년	37세	1월 24일 도쿄에 도착. 제5고등학교 면직 후, 제일고등학교와 도쿄제국대학 문과대학에 취임. 후지무라 미사오藤村操가 투신자살. 셋째 딸 에이코榮子 태어남
메이지 37년	1904년	38세	신체시 「물 밑의 느낌水底の感」을 쓰다.《호토토기스ホトトギス》에 신체시를 발표하다

메이지 38년	1905년	39세	『나는 고양이로소이다吾輩は猫である』를 발표. 다카하마 교시에게 보낸 편지에 "여하튼 그만두고 싶은 것은 교사, 하고 싶은 것은 창작"이라고 적다. 넷째 딸 아이코愛子 태어남. 「런던탑倫敦塔」, 「칼라일 박물관カーライル博物館」, 「환영의 방패幻影の盾」 등을 발표하다
메이지 39년	1906년	40세	「취미의 유전趣味の遺傳」, 『도련님坊ちゃん』, 『풀베개草枕』, 『이백십일二百十日』을 발표. 목요회를 시작하다
메이지 40년	1907년	41세	『태풍野分』을 발표. 교직을 사임하고 도쿄 아사히신문사에 입사. 『문학론文學論』을 출판. 맏아들 준이치純一 태어남. 『우미인초虞美人草』를 《아사히신문》에 연재
메이지 41년	1908년	42세	『갱부坑夫』를 연재. 실종 사건 후의 모리타 소헤이森田草平를 자택에 살게 하다. 『꿈 열흘 밤夢十夜』을 연재. 『산시로三四郎』를 연재. 둘째 아들 신로쿠伸六 태어남
메이지 42년	1909년	43세	『문학평론文學評論』을 출판. 후타바테이 시메이二葉亭四迷가 객사함. 『그 후それから』를 연재. 만주와 조선을 여행하며 『만한 이곳저곳滿韓 ところどころ』을 연재. 아사히 문예란을 창설
메이지 43년	1910년	44세	『문門』을 연재. 다섯째 딸 히나코雛子 태어남. 위궤양 때문에 나가요長與 위장병원에 입원. 퇴원 후 요양을 하던 슈젠지修善寺 기쿠야료칸菊屋旅館에서 일시적으로 위독한 상태에 빠짐. 귀경 후 나가요 병원에 다시 입원. 『생각나는 것들思ひ出す事など』을 연재

메이지 44년	1911년	45세	문학박사 학위 수여를 거부. 나가요 병원을 퇴원함. 오사카아사히신문사 주최 강연회로 간사이 지역을 순회하다. 치질 수술을 받다. 이케베 산잔池邊三山이 아사히신문사를 퇴사함. 문예란을 폐지하고 모리타 소헤이를 해임. 다섯째 딸 히나코가 급사함
메이지 45년 (다이쇼 원년)	1912년	46세	『춘분 지나고까지彼岸過迄』를 연재. 이케베 산잔이 급사. 치질 재수술.『행인行人』연재를 개시
다이쇼 2년	1913년	47세	위궤양이 재발, 신경쇠약 증상 악화.『행인行人』연재 완결
다이쇼 3년	1914년	48세	『마음 선생님의 유서心先生の遺書』를 연재. 위궤양 악화로 쓰러짐. 가쿠슈인學習院에서 강연을 하다(「나의 개인주의私の個人主義」)
다이쇼 4년	1915년	49세	『유리문 안에서硝子戸の中』를 연재. 교토 여행 중 위궤양이 다시 악화돼 체재기간을 늘린 후 귀경.『한눈팔기道草』를 연재
다이쇼 5년	1916년	50세	「점두록点頭錄」을 발표.『명암明暗』연재를 개시. 위에 대량 출혈이 일어나 인사불성 상태에 빠짐. 12월 9일 영면.『명암』연재가 188회로 중단됨

저자 후기

　나쓰메 소세키(본명 나쓰메 긴노스케)의 생애는 대부분 메이지 시대에 속하지만 그 시작은 일본식 연호로 게이오慶應였고 마지막은 다이쇼大正였다. 특히 고야노 아쓰시小谷野敦가 지적하는 것처럼 단기간이라고는 해도 그가 에도 시대에 태어났다는 것은 좀 더 고려해볼 가치가 있을 것이다. 메이지시대에 들어와도 10년 남짓한 시기까지는 '문학'도 한시문이나 와카, 하이쿠가 우세했기 때문이다.

　그는 소년 시절에 한시문을 읽고 짓는 것을 즐겼고 만년에 이르기까지 그것을 손에서 내려놓지 않았다. 말하자면 그의 정신에는 문명개화에 의한 서양적 논리성 아래 이미 '에도적' 감성이 깊이 깃들어 있었다는 말이 된다. 그 점을 고려해서 이 책의 연대는 서력 기원이 아니라 일본식 연호를 사용했다(한국어로 번역되는 특수성을 고려해 마지막 '소세키 개략 연보'를 제외한 본문의 경우, 일본식 연호는 특별한 경우에 한해 번역 내용에 첨가했고 대부분의 경우 서기로 표시함-역자 주).

청년기 초반에는 '개인' 사상이 수입돼 점차 확대됐다. 양자로 간 집과 본가 사이를 오가던 시오바라 긴노스케는 귀속할 만한 장소를 가지지 못한 '혼자'가 됐고 '개인'으로 살아가지 않을 수 없었다. 하지만 그런 의식이 지나치게 강했던 그는 결혼 후 자신의 가족들 역시 제각각 '개인'이라는 인식을 가지기까지 상당한 시간을 필요로 했다.

이 책이 주로 지향했던 것들 중에 하나는, 그가 친구들이나 제자들을 어떻게 타인으로 인식했는지에 그치지 않고 처자식, 특히 아내인 교코와 어떤 과정을 거쳐 대등하게 마주하게 됐는지 그 변천을 살펴보는 데 있었다. 그리고 그 분기점에는 역시 '슈젠지修善寺 대환大患'이 있다. 물론 여기서 대등하다는 것은 온화한 관계만을 의미하는 것은 아니다. 변화 과정은 그의 작품들 안에서도 그 궤적을 찾아볼 수 있다. 『춘분 지나고까지』(1912년) 이후 쓸쓸함은 서서히 비대해지며 표면에 떠오르기 시작하는데, 그것이 남성만이 아니라 결혼한 아내들에게도 나타나는 것은 그의 만년의 작품들에 나타난 특징이다. 그 가운데 남편의 마음을 확실하게 붙잡고 쓸쓸함으로부터 탈피하려고 하는 오노부(『명암』)의 결의는 그 결말이 불분명하다고는 해도 분명 새로운 경지를 보여줄 것이다.

이상은 이 책이 더듬어본 대략적인 밑그림이다. 이와나미서점의 『소세키전집』(1993년)을 다시 읽는 작업은 시간에 쫓겨 고통스럽기도 했지만, 그와 동시에 기존에 미처 깨닫지 못했던 자잘한 의미들을 재발견할 수 있어서 즐겁기도 했다. 소세키에 관한 참고문헌은 고미야 도요타카, 에토 준을 비롯해 무수히 많지만 극소수를 제외하고는 다시 읽어볼 시간이 없었다. 이유 중 하나로 시력, 체력의 저하를 들 수 있다. 이 책 중에는 선행 문헌과 중첩되는 부분도 다수 있을 거라고 생각한다. 저자명을 일일이 적을 수 없었던 실례를 아무쪼록 용서해주시길 바란다. 아울러 이 책이 '소세키 사후 100년 기념'의 말석에나마 어떻게든 끼어들 수 있었던 것은 이와나미신서 편집부 나가누마 고이치 永沼浩一 씨와 교정자 여러분들의 진력 덕분이다. 새삼 감사의 뜻을 깊이 표하고 싶다.

가을이 무르익을 무렵

도가와 신스케

역자 후기

  학창 시절 열심히 봤던 일본 드라마 중 하나에 《도쿄 러
브스토리》라는 것이 있었다. 발랄한 여주인공이 짝사랑하
는 남성의 스물네 번째 생일을 축하하기 위해 무려 24개
의 초에 하나씩 불을 붙이며 각각의 나이에 있었던 이야기
를 해달라고 조르는 장면이 인상적이었다. 소중한 사람의
소중한 순간들을 함께 돌아보고 싶은 것은 누구나 가질 수
있는 자연스러운 마음일 것이다. 나도 언젠가 사랑에 빠
지면 저렇게 해보고 싶다는 생각이 언뜻 들었다.

  그로부터 무려 30년의 세월이 흘러 결국 꿈은 이루어졌
다. 직접 만나본 적은 없으나 내게는 소중한 사람의 소중
한 순간들, 그 한해 한해에 촛불을 꽂으며 나쓰메 소세키
의 전 인생을 돌아볼 수 있었다. 나이 차이 무려 103살, 시
공을 초월해 사랑에 빠졌다.

  사실 최근 몇 달간 나쓰메 소세키와 거의 '살림을 차린'
수준으로 그에게 푹 빠져 있었다. 나쓰메 소세키의 작품

들에는 103살의 나이 차이를 극복하게 하는 그 무엇인가가 있다. 그의 작품들도 매력적이지만 이 평전을 통해 그의 삶의 매 순간을 함께 돌아볼 수 있었다. 인간 나쓰메 소세키에게 좀 더 다가갈 수 있었던 시간이었다. 갓난아이였을 당시 '만물상' 앞에 있던 소세키, 양부모와 함께 있던 어린 소세키, 친어머니를 다시 만난 소세키, 친구들과의 우정에 몰두하던 소세키, 신혼 시절 부부 싸움을 하던 소세키, 아내에게 잔소리를 늘어놓는 소세키, 가계부를 적는 소세키, 우울하게 홀로 지내던 소세키, 참선하던 소세키, 아파하던 소세키 등등. 소세키와 함께 삶을 돌아본 시간이었다. AK를 통해 이미 간행된 『강상중과 함께 읽는 나쓰메 소세키』와 더불어 이 책이 나쓰메 소세키를 이해하는 데 많은 도움을 줄 수 있길 소망한다.

2018년 9월
옮긴이 김수희

일본의 지성을 읽는다

001 이와나미 신서의 역사

가노 마사나오 지음 | 기미정 옮김 | 11,800원

일본 지성의 요람, 이와나미 신서!
1938년 창간되어 오늘날까지 일본 최고의 지식 교양서 시리즈로 사랑받고 있는 이와나미 신서. 이와나미 신서의 사상·학문적 성과의 발자취를 더듬어본다.

002 논문 잘 쓰는 법

시미즈 이쿠타로 지음 | 김수희 옮김 | 8,900원

이와나미서점의 시대의 명저!
저자의 오랜 집필 경험을 바탕으로 글의 시작과 전개, 마무리까지, 각 단계에서 염두에 두어야 할 필수사항에 대해 효과적이고 실천적인 조언이 담겨 있다.

003 자유와 규율 -영국의 사립학교 생활-

이케다 기요시 지음 | 김수희 옮김 | 8,900원

자유와 규율의 진정한 의미를 고찰!
학생 시절을 퍼블릭 스쿨에서 보낸 저자가 자신의 체험을 바탕으로, 엄격한 규율 속에서 자유의 정신을 훌륭하게 배양하는 영국의 교육에 대해 말한다.

004 외국어 잘 하는 법

지노 에이이치 지음 | 김수희 옮김 | 8,900원

외국어 습득을 위한 확실한 길을 제시!!
사전·학습서를 고르는 법, 발음·어휘·회화를 익히는 법, 문법의 재미 등 학습을 위한 요령을 저자의 체험과 외국어 달인들의 지혜를 바탕으로 이야기한다.

005 일본병 -장기 쇠퇴의 다이내믹스-

가네코 마사루, 고다마 다쓰히코 지음 | 김준 옮김 | 8,900원

일본의 사회·문화·정치적 쇠퇴, 일본병!
장기 불황, 실업자 증가, 연금제도 파탄, 저출산·고령화의 진행, 격차와 빈곤의 가속화 등의 「일본병」에 대해 낱낱이 파헤친다.

006 강상중과 함께 읽는 나쓰메 소세키

강상중 지음 | 김수희 옮김 | 8,900원

나쓰메 소세키의 작품 세계를 통찰!
오랫동안 나쓰메 소세키 작품을 음미해온 강상중의 탁월한 해석을 통해 나쓰메 소세키의 대표작들 면면에 담긴 깊은 속뜻을 알기 쉽게 전해준다.

007 잉카의 세계를 알다

기무라 히데오, 다카노 준 지음 | 남지연 옮김 | 8,900원

위대한「잉카 제국」의 흔적을 좇다!
잉카 문명의 탄생과 찬란했던 전성기의 역사, 그리고 신비에 싸여 있는 유적 등 잉카의 매력을 풍부한 사진과 함께 소개한다.

008 수학 공부법

도야마 히라쿠 지음 | 박미정 옮김 | 8,900원

수학의 개념을 바로잡는 참신한 교육법!
수학의 토대라 할 수 있는 양·수·집합과 논리·공간 및 도형·변수와 함수에 대해 그 근본 원리를 깨우칠 수 있도록 새로운 관점에서 접근해본다.

009 우주론 입문 -탄생에서 미래로-

사토 가쓰히코 지음 | 김효진 옮김 | 8,900원

물리학과 천체 관측의 파란만장한 역사!
일본 우주론의 일인자가 치열한 우주 이론과 관측의 최전선을 전망하고 우주와 인류의 먼 미래를 고찰하며 인류의 기원과 미래상을 살펴본다.

010 우경화하는 일본 정치

나카노 고이치 지음 | 김수희 옮김 | 8,900원

일본 정치의 현주소를 읽는다!
일본 정치의 우경화가 어떻게 전개되어왔으며, 우경화를 통해 달성하려는 목적은 무엇인가. 일본 우경화의 전모를 낱낱이 밝힌다.

011 악이란 무엇인가

나카지마 요시미치 지음 | 박미정 옮김 | 8,900원

악에 대한 새로운 깨달음!
인간의 근본악을 추구하는 칸트 윤리학을 철저하게 파고든다. 선한 행위 속에 어떻게 악이 녹아들어 있는지 냉철한 철학적 고찰을 해본다.

012 포스트 자본주의 -과학·인간·사회의 미래-

히로이 요시노리 지음 | 박제이 옮김 | 8,900원

포스트 자본주의의 미래상을 고찰!
오늘날「성숙·정체화」라는 새로운 사회상이 부각되고 있다. 자본주의·사회주의·생태학이 교차하는 미래 사회상을 선명하게 그려본다.

013 인간 시황제

쓰루마 가즈유키 지음 | 김경호 옮김 | 8,900원

새롭게 밝혀지는 시황제의 50년 생애!
시황제의 출생과 꿈, 통일 과정, 제국의 종언에 이르기까지 그 일생을 생생하게 살펴본다. 기존의 폭군상이 아닌 한 인간으로서의 시황제를 조명해본다.

014 콤플렉스

가와이 하야오 지음 | 위정훈 옮김 | 8,900원

콤플렉스를 마주하는 방법!
「콤플렉스」는 오늘날 탐험의 가능성으로 가득 찬 미답의 영역, 우리들의 내계, 무의식의 또 다른 이름이다. 융의 심리학을 토대로 인간의 심층을 파헤친다.

015 배움이란 무엇인가

이마이 무쓰미 지음 | 김수희 옮김 | 8,900원

'좋은 배움'을 위한 새로운 지식관!
마음과 뇌 안에서의 지식의 존재 양식 및 습득 방식, 기억이나 사고의 방식에 대한 인지과학의 성과를 바탕으로 배움의 구조를 알아본다.

016 프랑스 혁명 -역사의 변혁을 이룬 극약-

지즈카 다다미 지음 | 남지연 옮김 | 8,900원

프랑스 혁명의 빛과 어둠!
프랑스 혁명은 왜 그토록 막대한 희생을 필요로 하였을까. 시대를 살아가던 사람들의 고뇌와 처절한 발자취를 더듬어가며 그 역사적 의미를 고찰한다.

017 철학을 사용하는 법

와시다 기요카즈 지음 | 김진희 옮김 | 8,900원

철학적 사유의 새로운 지평!
숨 막히는 상황의 연속인 오늘날, 우리는 철학을 인생에 어떻게 '사용'하면 좋을까? '지성의 폐활량'을 기르기 위한 실천적 방법을 제시한다.

018 르포 트럼프 왕국 -어째서 트럼프인가-

가나리 류이치 지음 | 김진희 옮김 | 8,900원

또 하나의 미국을 가다!
뉴욕 등 대도시에서는 알 수 없는 트럼프 인기의 원인을 파헤친다. 애팔래치아 산맥 너머, 트럼프를 지지하는 사람들의 목소리를 가감 없이 수록했다.

019 사이토 다카시의 교육력 -어떻게 가르칠 것인가-

사이토 다카시 지음 | 남지연 옮김 | 8,900원

창조적 교육의 원리와 요령!
배움의 장을 향상심 넘치는 분위기로 이끌기 위해 필요한 것은 가르치는 사람의 교육력이다. 그 교육력 단련을 위한 방법을 제시한다.

020 원전 프로파간다 -안전신화의 불편한 진실-
혼마 류 지음 | 박제이 옮김 | 8,900원

원전 확대를 위한 프로파간다!
언론과 광고대행사 등이 전개해온 원전 프로파간다의 구조와 역사를 파헤치며 높은 경각심을 일깨운다. 원전에 대해서, 어디까지 진실인가.

021 허블 -우주의 심연을 관측하다-
이에 마사노리 지음 | 김효진 옮김 | 8,900원

허블의 파란만장한 일대기!
아인슈타인을 비롯한 동시대 과학자들과 이루어낸 허블의 영광과 좌절의 생애를 조명한다! 허블의 연구 성과와 인간적인 면모를 살펴볼 수 있다.

022 한자 -기원과 그 배경-
시라카와 시즈카 지음 | 심경호 옮김 | 9,800원

한자의 기원과 발달 과정!
중국 고대인의 생활이나 문화, 신화 및 문자학적 성과를 바탕으로, 한자의 성장과 그 의미를 생생하게 들여다본다.

023 지적 생산의 기술
우메사오 다다오 지음 | 김욱 옮김 | 8,900원

지적 생산을 위한 기술을 체계화!
지적인 정보 생산을 위해 저자가 연구자로서 스스로 고안하고 동료들과 교류하며 터득한 여러 연구 비법의 정수를 체계적으로 소개한다.

024 조세 피난처 -달아나는 세금-
시가 사쿠라 지음 | 김효진 옮김 | 8,900원

조세 피난처를 둘러싼 어둠의 내막!
시민의 눈이 닿지 않는 장소에서 세 부담의 공평성을 해치는 온갖 악행이 벌어진다. 그 조세 피난처의 실태를 철저하게 고발한다.

025 고사성어를 알면 중국사가 보인다
이나미 리쓰코 지음 | 이동철, 박은희 옮김 | 9,800원

고사성어에 담긴 장대한 중국사!
다양한 고사성어를 소개하며 그 탄생 배경인 중국사의 흐름을 더듬어본다. 중국사의 명장면 속에서 피어난 고사성어들이 깊은 울림을 전해준다.

026 수면장애와 우울증
시미즈 데쓰오 지음 | 김수희 옮김 | 8,900원

우울증의 신호인 수면장애!
우울증의 조짐이나 증상을 수면장애와 관련지어 밝혀낸다. 우울증을 예방하기 위한 수면 개선이나 숙면법 등을 상세히 소개한다.

027 아이의 사회력

가도와키 아쓰시 지음 | 김수희 옮김 | 8,900원

아이들의 행복한 성장을 위한 교육법!
아이들 사이에서 타인에 대한 관심이 사라져가고 있다. 이에 「사람과 사람이
이어지고, 사회를 만들어나가는 힘」으로 「사회력」을 제시한다.

028 쑨원 -근대화의 기로-

후카마치 히데오 지음 | 박제이 옮김 | 9,800원

독재 지향의 민주주의자 쑨원!
쑨원, 그 남자가 꿈꾸었던 것은 민주인가, 독재인가? 신해혁명으로 중화민국을
탄생시킨 희대의 트릭스터 쑨원의 못다 이룬 꿈을 알아본다.

029 중국사가 낳은 천재들

이나미 리쓰코 지음 | 이동철, 박은희 옮김 | 8,900원

중국 역사를 빛낸 56인의 천재들!
중국사를 빛낸 걸출한 재능과 독특한 캐릭터의 인물들을 연대순으로 살펴본다.
그들은 어떻게 중국사를 움직였는가?!

030 마르틴 루터 -성서에 생애를 바친 개혁자-

도루젠 요시카즈 지음 | 김진희 옮김 | 8,900원

성서의 '말'이 가리키는 진리를 추구하다!
성서의 '말'을 민중이 가슴으로 이해할 수 있도록 평생을 설파하며 종교개혁을
주도한 루터의 감동적인 여정이 펼쳐진다.

031 고민의 정체

가야마 리카 지음 | 김수희 옮김 | 8,900원

현대인의 고민을 깊게 들여다본다!
우리 인생에 밀접하게 연관된 다양한 요즘 고민들의 실례를 들며, 그 심층을 살
펴본다. 고민을 고민으로 만들지 않을 방법에 대한 힌트를 얻을 수 있을 것이다.

나쓰메 소세키 평전

초판 1쇄 인쇄 2018년 10월 10일
초판 1쇄 발행 2018년 10월 15일

저자 : 도가와 신스케
번역 : 김수희

펴낸이 : 이동섭
편집 : 이민규, 서찬웅, 탁승규
디자인 : 조세연, 백승주, 김현승
영업·마케팅 : 송정환
e-BOOK : 홍인표, 김영빈, 유재학, 최정수
관리 : 이윤미

㈜에이케이커뮤니케이션즈
등록 1996년 7월 9일(제302-1996-00026호)
주소 : 04002 서울 마포구 동교로 17안길 28, 2층
TEL : 02-702-7963~5   FAX : 02-702-7988
http://www.amusementkorea.co.kr

ISBN 979-11-274-1901-1 04830
ISBN 979-11-7024-600-8 04080

NATSUME SOSEKI
by Shinsuke Togawa
Copyright © 2016 by Shinsuke Togawa
First published 2016 by Iwanami Shoten, Publishers, Tokyo.
This Korean edition published 2018
by AK Communications, Inc., Seoul
by arrangement with the Proprietor c/o Iwanami Shoten, Publishers, Tokyo.

이 도서의 국립중앙도서관 출판예정도서목록(CIP)은 서지정보유통지원시스템 홈페
이지(http://seoji.nl.go.kr)와 국가자료공동목록시스템(http://www.nl.go.kr/kolisnet)
에서 이용하실 수 있습니다. (CIP제어번호: CIP2018030012)

*잘못된 책은 구입한 곳에서 무료로 바꿔드립니다.